Son irrésistible patron

————

Des vœux si précieux

SARAH M. ANDERSON

Son irrésistible patron

Passions

❖ HARLEQUIN

Collection : PASSIONS

Titre original : NOT THE BOSS'S BABY

Traduction française de FRANCINE SIRVEN

HARLEQUIN®
est une marque déposée par le Groupe Harlequin

PASSIONS®
est une marque déposée par Harlequin

Le visuel de couverture est reproduit avec l'autorisation de :

Homme :
© GETTY IMAGES/COLLECTION MIX: SUBJECTS/ROYALTY FREE

Réalisation graphique couverture : E. COURTECUISSE (Harlequin)

Tous droits réservés.

HARLEQUIN

83-85, boulevard Vincent-Auriol, 75646 PARIS CEDEX 13.
Service Lectrices — Tél. : 01 45 82 47 47

www.harlequin.fr

ISBN 978-2-2803-4812-6 — ISSN 1950-2761

1

— Mademoiselle Chase, vous voulez bien venir dans mon bureau ?

Entendant la voix de M. Beaumont dans l'interphone, Serena faillit laisser échapper un cri de surprise, puis elle reprit peu à peu conscience de l'endroit où elle se trouvait.

Par quel miracle était-elle arrivée au bureau ? Et habillée qui plus était ! Si elle portait son petit tailleur habituel, elle ne gardait en revanche aucun souvenir de l'avoir enfilé ce matin. Elle porta la main à ses cheveux. Rien ne clochait a priori.

Oui, tout semblait normal.

Sauf qu'elle était enceinte.

Et cela n'avait rien de normal.

On était lundi, elle en était à peu près sûre. Elle jeta un coup d'œil à l'horloge de son ordinateur : 9 heures. Evidemment. L'heure normale pour sa réunion du matin avec Chadwick Beaumont, président et P-DG des Brasseries Beaumont. Elle avait été nommée assistante de direction de M. Beaumont sept ans plus tôt, après une année de stage dans l'entreprise à différents postes, dont un aux ressources humaines. Et elle pouvait compter sur les doigts d'une main les fois où ils avaient raté ce rendez-vous du lundi à 9 heures.

Donc pas question de laisser un détail comme une grossesse surprise interférer dans cette routine.

Après tout, il n'y avait pas de quoi en faire un plat ! Son monde avait simplement basculé sur son axe.

Tout s'expliquait. Il ne s'agissait pas d'un petit coup de fatigue, comme elle le croyait, ni d'un vulgaire épisode de stress. Elle n'était pas non plus la cible d'un méchant virus. Non. Et selon toute vraisemblance elle était enceinte de deux mois et deux ou trois semaines. Forcément, puisque c'était à ce moment-là qu'elle avait couché pour la dernière fois avec Neil.

Neil. Elle devait absolument le mettre au courant. Il avait le droit de savoir, même si elle n'avait aucune envie de le revoir. D'être rejetée, une fois de plus. Mais la situation était grave et ses états d'âme passaient au second plan. Quelle galère.

— Mademoiselle Chase ? Un problème ?

La voix de M. Beaumont retentit à nouveau dans l'interphone, autoritaire, mais sans agressivité.

Elle appuya sur le bouton « on ».

— Non, monsieur Beaumont. Juste un petit retard. J'arrive tout de suite.

Elle était au bureau avec un travail à faire, dont elle avait besoin, aujourd'hui plus que jamais.

Elle expédia un petit mail à Neil, lui disant qu'elle devait lui parler au plus vite, puis elle prit sa tablette et poussa la porte du bureau de Chadwick Beaumont.

Chadwick était le quatrième du nom à diriger la brasserie, et cela se voyait. Il régnait dans la pièce une atmosphère datant du début des années 1940, peu après la levée de la Prohibition, lorsque son grand-père, John Beaumont, avait fondé sa petite entreprise. Des panneaux en acajou, ultra-brillants à force d'être cirés depuis tant d'années, recouvraient les murs, sauf celui du fond, occupé par un immense miroir au-dessus d'un comptoir, le bar. Enfin, d'épais rideaux de velours gris pendaient aux fenêtres surmontées de cadres en bois sculpté retraçant l'histoire de la compagnie.

La table de réunion avait été conçue surmesure. Elle avait lu quelque part que le meuble était si grand, si lourd, que John Beaumont avait dû se résoudre à le faire réaliser sur place, les portes étant trop étroites pour qu'il rentre dans la pièce. Juste en face se trouvait une table basse entourée de deux fauteuils en cuir et d'un canapé de style rustique. La légende voulait que cette table basse ait été faite à partir de la roue du chariot conduit par Philipe Beaumont, lors de sa traversée des Grandes Plaines dans les années 1880, chariot tiré par deux percherons. Sa destination, Denver. Son objectif, fonder une brasserie.

Serena adorait cette pièce, son opulence, ses murs chargés d'histoire. Autant de choses qui lui avaient toujours fait défaut. Les uniques concessions au vingt et unième siècle étaient l'ordinateur et une télévision. Sur la droite, presque cachée entre le bar et la bibliothèque, une porte menait à une salle de repos. Elle savait que Chadwick y avait fait installer un tapis de course et d'autres appareils de fitness, ainsi qu'une douche.

Si elle était au courant, c'était uniquement parce qu'elle avait eu les factures entre les mains. Car elle n'avait jamais mis les pieds dans cette pièce, exclusivement réservée à Chadwick. Pas une seule fois en sept ans.

Ce bureau avait toujours été une source d'inspiration, pour elle. Un contrepoint parfait à l'extrême pauvreté qui avait marqué son enfance. Il représentait tout ce à quoi elle aspirait, la sécurité, la stabilité, la sérénité.

Autant de buts qu'elle s'était fixés. Elle aussi pourrait accéder à toutes ces belles choses à force de travail, de loyauté et de volonté. Bon, peut-être pas à autant de luxe, mais mieux en tout cas que les chambres minables de motels ou les camping-cars miteux dans lesquels elle avait grandi.

Chadwick était assis à son bureau, le regard rivé sur l'écran de son ordinateur. Elle le savait, elle ne devrait pas l'appeler ainsi, par son prénom. Trop familier. Trop personnel. M. Beaumont était son patron. Il n'avait jamais eu un geste déplacé envers elle, ne lui avait jamais suggéré de rester le soir travailler sur un projet qui n'existait pas, encore moins proposé de l'accompagner un week-end à une pseudo-conférence.

Elle s'investissait sans compter dans son rôle d'assistante, ne se plaignait pas des heures supplémentaires. Bref, elle faisait du bon travail et il l'en récompensait. Pour elle qui avait été jadis une fillette ne mangeant qu'une fois par jour, à la cantine scolaire, et encore parce que c'était gratuit, se voir gratifiée d'une prime de dix mille dollars et d'une augmentation de salaire annuelle de huit pour cent, ce qu'elle avait obtenu après son dernier entretien d'évaluation, tenait du miracle.

Ce n'était un secret pour personne, ici. Tout le monde savait qu'elle irait jusqu'au bout de la Terre pour cet homme. Ce que les gens savaient moins, c'était qu'elle l'avait toujours admiré un peu plus que pour ses seules qualités professionnelles. Car Chadwick Beaumont était terriblement séduisant. Grand, sportif, cheveux blonds cendrés, toujours bien coupés. Il faisait partie de ces hommes qui vieillissaient comme les grands vins, en se bonifiant au fil des ans. Elle se surprenait parfois à le dévorer des yeux.

Mais cette admiration restait bien enfouie. Elle avait un travail intéressant, bénéficiait de nombreux avantages, elle ne prendrait certainement pas le risque de tout perdre en faisant quelque chose d'aussi stupide que de tomber amoureuse de son patron. Elle était restée neuf ans en couple avec Neil. De son côté, Chadwick avait lui aussi était marié. Ils travaillaient ensemble. Leur relation était strictement professionnelle.

Une chose était sûre, cette grossesse allait changer bien des choses. Et si avant elle avait déjà besoin de ce travail, comme de l'assurance maladie qui allait avec, cet emploi était aujourd'hui une nécessité.

Elle s'assit comme à son habitude sur l'un des deux fauteuils faisant face au bureau de Chadwick et alluma sa tablette.

— Bonjour, monsieur Beaumont…

Oh ! bon sang, dans la panique, elle avait oublié de vérifier si elle s'était maquillée, ce matin. Trop tard. A ce stade, il n'y avait plus qu'à espérer qu'elle n'ait pas les yeux d'un raton laveur.

— Mademoiselle Chase, répondit-il en guise de bonjour.

Son regard s'arrêta quelques secondes pour la dévisager, puis il baissa à nouveau les yeux sur l'écran de son ordinateur. Un ange passa et elle retint son souffle.

— Tout va bien ? demanda-t-il.

Non. Elle ne s'était jamais sentie aussi mal de toute sa vie d'adulte. La seule chose qui lui permettait de tenir le coup, c'était de garder en mémoire qu'elle allait beaucoup moins bien, enfant, ce qui ne l'avait pas empêchée de survivre.

Et il n'y avait pas de raison qu'elle ne surmonte pas

ça aussi. Du moins l'espérait-elle. Alors, elle releva fièrement le menton et arbora son plus beau sourire.

— Je vais bien. Comme un lundi, vous connaissez la chanson…

Chadwick se renfrogna et revint à la charge.

— Vous êtes sûre ?

Elle détestait lui mentir. En réalité, elle ne supportait pas le mensonge. Elle avait eu son lot récemment, avec Neil.

— Tout finit toujours par s'arranger…

Elle devait s'accrocher à son mantra. Grâce à son courage, sa détermination, elle s'était sortie de la misère. Elle ne se laisserait pas détourner de son chemin à cause d'un imprévu. Un bébé surprise.

Il continua de la fixer durant de longues secondes, avant de renoncer.

— Bien sûr. Alors, qu'avons-nous au programme, cette semaine, en dehors des réunions habituelles qui ne servent qu'à brasser de l'air ?

Elle sourit à cette note d'humour, clin d'œil à sa profession. Chadwick avait un certain nombre de réunions hebdomadaires avec le vice-président et les cadres de la société, le plus souvent à l'heure du déjeuner. Il était très impliqué dans son entreprise, un véritable homme de terrain. Le travail de Serena consistait à s'assurer que d'autres rendez-vous n'interfèrent pas avec son programme.

— Vous avez une réunion mardi à 10 heures avec vos avocats pour réfléchir à un accord. J'ai déplacé votre rendez-vous avec Matthew ce jour-là, en fin d'après-midi.

Elle lui rappela que les avocats venaient pour une énième tentative de conciliation avec celle qui serait bientôt son ex-femme, Helen. La procédure traînait depuis des mois, treize au moins. Les détails, elle ne les connaissait pas. Qui pouvait savoir ce qui se passait dans une famille, une fois la porte fermée ? Mais une chose était sûre, toute cette histoire usait Chadwick à la longue.

— Je doute que cette réunion soit plus efficace que les cinq dernières, soupira-t-il en s'enfonçant dans son fauteuil, avant d'ajouter, prenant visiblement sur lui, d'une voix enjouée : Bien, et quoi d'autre ?

Elle toussota. Le divorce de Chadwick relevait du domaine privé. Il ne se confierait jamais à elle sur ses sentiments. Normal.

— Mercredi à 13 heures, réunion avec le conseil d'administration, à l'Hôtel Monaco… Hmm. A l'ordre du jour, une étude de l'offre émanant de AllBev. Votre réunion avec les directeurs de production est annulée. Ils vous feront parvenir leur rapport.

Elle tressaillit soudain, terrifiée. Ce n'était pas tant qu'elle avait peur d'avoir un bébé, mais plutôt qu'être enceinte risquait de lui faire perdre son travail, vu les circonstances.

AllBev était une multinationale de spiritueux et de bières. Ils achetaient des brasseries à tour de bras partout dans le monde, Angleterre, Afrique du Sud et Australie, et ils avaient aujourd'hui les Brasseries Beaumont dans le collimateur. AllBev était connu pour ses méthodes expéditives, dissolution des équipes dirigeantes, nomination aux postes clés de leurs cadres et exploitation de la masse salariale réduite à son minimum jusqu'au dernier centime de profit.

— C'est cette semaine ? marmonna Chadwick.

— Oui, patron… Oui, monsieur Beaumont, s'empressa-t-elle de rectifier quand il la fusilla du regard. La rencontre a été avancée pour correspondre à l'agenda de M. Harper...

En plus d'être le propriétaire de l'une des premières banques du Colorado, Leon Harper était également membre du conseil d'administration, fervent partisan de l'offre d'AllBev.

Que se passerait-il si Chadwick cédait face à son conseil d'administration ? Si les Brasseries Beaumont étaient vendues ? Elle se retrouverait sans travail. Jamais le DRH d'AllBev ne maintiendrait à son poste l'assistante de direction de l'ancien P-DG. Elle serait forcée de quitter l'entreprise après neuf années de bons et loyaux services.

Ce ne serait pas vraiment la fin du monde — elle vivait simplement, jamais d'excès, économisant chaque mois presque la moitié de son salaire sur des comptes ultra-sécurisés et des livrets. Pas question de vivre des allocations. Plus jamais ça. Si elle n'était pas enceinte, trouver un nouveau travail ne serait pas si compliqué. Chadwick lui écrirait une lettre de recommandation. Elle était hyper-qualifiée. Elle était même prête à accepter un poste en intérim, le temps de décrocher une place équivalente à celle qu'elle occupait ici. A condition de trouver une entreprise aussi généreuse que les Brasseries Beaumont.

Elle était enceinte et avait besoin d'une couverture santé digne de ce nom. Aussi généreuse que celle offerte par les Brasseries Beaumont. En huit ans, elle n'avait pas dû dépenser plus d'une dizaine de dollars en frais médicaux. Mais il s'agissait plus en réalité que d'une question d'argent. Elle n'imaginait pas mener la même vie qu'avant de travailler pour Chadwick Beaumont. Sans avenir, sans repères, comme un parasite.

Elever son enfant ainsi qu'elle-même l'avait été ? Grâce aux colis des associations caritatives ou en se contentant, pour le dîner, des restes que sa mère avait pu récupérer à la fin de son service au snack ? A voir les services sociaux menacer ses parents de les déchoir de leurs droits si leur situation ne s'améliorait pas — comme si c'était leur faute ? A toujours avoir l'impression de valoir moins que les autres enfants, à l'école, sans vraiment comprendre pourquoi. Jusqu'à ce jour où Mlle Gurgin, au CM1, avait déclaré devant toute la classe que Serena portait un T-shirt plein de taches et de trous sous son pull.

Elle sentit sa gorge se serrer. Non, plus jamais ça. Elle avait de quoi voir venir pour environ deux ans, et même plus si elle déménageait dans un appartement plus petit et décidait d'échanger sa voiture contre un véhicule d'occasion.

Mais Chadwick ne se laisserait pas faire. Il ne permettrait pas que l'entreprise familiale soit vendue. Il protégerait les Brasseries Beaumont. Il la protégerait, elle.

— Harper, ce vieux brigand, grommela Chadwick, l'arrachant à ses pensées. Il n'a jamais pardonné à mon père. Ce type ne cesse de ressasser le passé.

Elle dressa l'oreille, surprise par cette remarque, la première du genre de la part de son patron.

— M. Harper a donc un compte à régler avec vous ?

— Pas avec moi personnellement. En fait, il en veut toujours autant à mon père d'avoir couché avec sa femme, marmonna Chadwick avec un haussement d'épaules. Apparemment, ça se serait passé deux jours à peine après le retour de Harper et de sa jeune épouse de leur voyage de noces… Vous êtes sûre que ça va ? Vous êtes toute pâle, demanda-t-il après l'avoir brièvement dévisagée.

« Pâle » était sans doute ce qu'elle pouvait espérer de mieux, aujourd'hui.

— Je… J'ignorais cette histoire, bredouilla-t-elle, mal à l'aise.

— Hardwick Beaumont était un homme de la pire espèce, menteur, manipulateur, séducteur impénitent, expliqua Chadwick en secouant la tête. Je le crois parfaitement capable d'une chose pareille. Mais c'était il y a quarante ans. Et il est décédé depuis bientôt dix ans. Harper… J'espère que Harper finira par comprendre que je ne suis pas mon père, soupira-t-il en regardant par la fenêtre les sommets enneigés des montagnes Rocheuses étinceler sous le soleil printanier.

— Moi, je sais que vous n'êtes pas comme ça.

Il plongea soudain ses yeux dans les siens. Et elle y décela comme une étincelle, quelque chose qu'elle ne parvint pas à identifier.

— C'est vrai ? Vous le pensez vraiment ?

Elle hésita, pressentant un danger.

En réalité, que savait-elle ? Rien du tout. Peut-être que son divorce était dû au fait qu'il trompait allégrement sa femme. En tout cas, elle, il ne l'avait jamais draguée, pas une fois. Il la traitait avec respect.

— Oui, répondit-elle avec conviction. Absolument.

L'esquisse d'un sourire se dessina sur ses lèvres.

— C'est ce que j'ai toujours admiré, chez vous, Serena. Vous ne voyez toujours que le positif, chez les gens. Votre seule présence fait du bien à autrui.

Oh ! Oh ! Elle sentit ses joues s'embraser, ne sachant

néanmoins d'où venait son embarras, du compliment ou de la manière dont il avait prononcé son prénom. En général, il s'en tenait toujours à mademoiselle Chase.

Attention, terrain miné. Vite, elle devait changer de sujet.

— Samedi soir, 21 heures, bal de bienfaisance au musée des beaux-arts de Denver.

Ce petit rappel de son emploi du temps échoua à effacer le demi-sourire sur le visage de Chadwick, mais valut à Serena le haussement d'un sourcil. En un instant, il ne parut plus ni fatigué ni déprimé. Soudain, il ne fut que sexy. Bon, il l'était toujours, mais pourquoi aujourd'hui plus qu'un autre jour ?

Le visage en feu, elle ne comprit pas d'abord pourquoi elle était aussi troublée par ce petit compliment. Oh ! mais oui, bien sûr. Elle était enceinte. C'était la faute de ses hormones.

— Et quelle est l'œuvre de charité de l'année, cette fois ? Une banque alimentaire, je crois savoir ?

— Oui, la banque alimentaire des Rocheuses. C'est l'association humanitaire qui a été choisie.

Tous les ans, les Brasseries Beaumont créaient l'événement en faisant un don conséquent à une association caritative locale. L'une des responsabilités de Serena consistait à gérer les nombreuses candidatures envoyées à la société chaque année. Un partenariat avec Beaumont équivalait grosso modo à trente-cinq millions de dollars en dons et financements divers. Raison pour laquelle ils en choisissaient une nouvelle tous les ans. Avec de telles sommes, une œuvre de bienfaisance pouvait fonctionner entre cinq et dix ans.

— C'est votre frère Matthew qui se charge de l'organisation, poursuivit-elle. Une soirée majeure dans la collecte de fonds destinés à la banque alimentaire. Votre présence serait la bienvenue, ajouta-t-elle, même si Chadwick ne manquait jamais de se montrer à un gala de charité, par respect pour l'association concernée.

— C'est vous qui les avez choisis, non ? demanda Chadwick sans la quitter des yeux.

Elle se figea. Aurait-il compris que la banque alimentaire avait joué un rôle capital dans la survie de sa famille ? Que sans ses dons ils auraient fini par mourir de faim ?

— C'est moi, en effet. Cela fait partie de mon travail.

— Et vous faites ça très bien, déclara-t-il. Neil vous accompagnera à la soirée de gala, j'imagine ?

En règle générale, elle ne se rendait jamais sans Neil à ces soirées. Lui venait essentiellement pour rencontrer des personnalités influentes ; de son côté, elle adorait se pomponner pour l'occasion et boire du champagne, choses qu'elle n'aurait même pas crues possibles, jadis.

Mais c'était différent aujourd'hui. Tellement différent. Soudain, elle fut prise d'une bouffée d'angoisse.

Surtout, ne pleure pas, ne pleure pas.

— Non, il… Nous avons décidé il y a quelques mois de mettre un terme à notre relation.

— Quelques mois ? répéta Chadwick en écarquillant les yeux. Mais… Pourquoi ne m'avez-vous rien dit ?

Respire. Respire.

— Monsieur Beaumont, je n'ai pas pour habitude de parler de ma vie privée au bureau, répliqua-t-elle, une formule toute faite certes, mais qu'elle déclama avec force. Je ne voulais pas que vous me pensiez incapable de gérer la situation ou que cela influerait sur mon travail.

Elle était son assistante, compétente, fiable et loyale.

Si elle lui avait raconté que Neil était parti après qu'elle eut découvert ses tromperies à travers des textos pour le moins explicites — et lui eut demandé de s'engager un peu plus avec elle — eh bien, elle serait passée pour une incompétente. Apte à jouer son rôle d'assistante, mais complètement inefficace dans sa vie amoureuse.

Chadwick lui lança un regard comme il ne lui en avait jamais adressé, le genre de regard qu'il envoyait quand, lors d'une négociation, l'offre d'un fournisseur lui paraissait abusive. Un regard où se mêlaient incrédulité et dédain, mélange explosif qui poussait en général les gens à proposer une nouvelle offre, plus avantageuse pour Beaumont.

Jamais il ne l'avait regardée ainsi. Et cela avait quelque chose de terrifiant. Il n'allait quand même pas la jeter à la porte pour avoir gardé secrets les aléas de sa vie privée, non ? Mais, à ce moment, son visage s'adoucit et il se pencha vers elle.

— Si cela est arrivé il y a quelques mois, que s'est-il passé, ce week-end ?

— Pardon ?

— Oui, ce week-end. Car il est évident que vous êtes bouleversée. Même si vous faites de votre mieux pour le cacher. A-t-il… ? Vous a-t-il créé un problème, ce week-end ? acheva Chadwick en toussotant.

— Non, non, ce n'est pas ça…

Neil avait beau être un sale type — menteur, lâche et coureur de jupons —, jamais il n'aurait levé la main sur elle. Mais elle n'avait pas très envie d'entrer dans les détails.

Au bord des larmes soudain, elle serra les dents. Si elle restait là ne serait-ce que quinze secondes de plus, elle éclaterait en sanglots. Ou tomberait dans les pommes, puisque ses poumons semblaient avoir cessé de fonctionner.

Aussi fit-elle la seule chose dont elle fût capable. Elle se leva et, aussi calmement que possible, sortit du bureau. Enfin, essaya plutôt. Car à peine eut-elle posé la main sur la poignée de la porte que Chadwick s'exclama :

— Serena, attendez !

Elle évita de se retourner pour risquer de croiser à nouveau ce regard dédaigneux. Aussi ferma-t-elle les yeux. Et du coup, elle ne le vit pas se lever à son tour et venir vers elle. En revanche, elle entendit nettement le grincement du fauteuil en cuir, le bruit de ses pas sur le tapis persan. Et sentit la chaleur de son corps quand il fut derrière elle, juste derrière, un peu plus près que la normale.

Il posa une main sur son épaule et la fit pivoter, sans la lâcher ensuite pour autant. Oh oui, il retira bien la main de son épaule, mais comme elle restait tête baissée, les yeux clos, il glissa un doigt sous son menton.

— Serena, regardez-moi, murmura-t-il.

Elle s'en garderait bien. Elle devait être rouge tomate maintenant. A cause de ce doigt. Parce qu'il la touchait. Et ce doigt, elle le sentit aller et venir sous son menton. Oh non, voilà qu'il la caressait maintenant. C'était le geste le plus intime qu'elle eût reçu depuis des mois. Peut-être même plus longtemps encore.

Elle rouvrit les yeux. Son visage était encore à distance respectable du sien, mais plus près qu'il ne l'avait jamais été. Il lui serait facile de l'embrasser s'il le voulait et elle ne pourrait pas grand-chose pour l'en empêcher. En fait, probablement ne chercherait-elle même pas à l'en empêcher.

Mais il n'en fit rien. A cette distance, elle découvrit fascinée des nuances de vert et de marron ainsi que des paillettes d'or dans ses yeux. Et la panique monta en elle avec la force d'un geyser. Elle n'était pas amoureuse de son patron. Pas du tout. Elle ne l'avait jamais été. Et pas question de commencer, en dépit de ses compliments, de ses caresses. Non, cela n'arriverait pas.

Tout en la regardant, il s'humecta les lèvres. Peut-être était-il nerveux, lui aussi. Jamais ils n'étaient allés aussi loin, trop loin. Mais peut-être… Peut-être…

— Serena, déclara-t-il d'une voix profonde qu'elle ne lui avait jamais entendue et qui lui donna la chair de poule, quel que soit le problème, n'hésitez pas à venir vers moi. S'il vous cause des ennuis, je m'en occuperai. Si vous avez besoin d'aide ou… N'hésitez pas à vous confier à moi.

Elle vit sa pomme d'Adam rebondir quand il ravala sa salive, tandis que le doigt sous son menton continuait son va-et-vient. C'était le moment ou jamais de dire quelque chose, de se montrer rationnelle, professionnelle. Mais tout ce qu'elle réussit à faire, ce fut de fixer ses lèvres.

Quel goût avaient-elles ? Et qu'allait-il décider ? Attendre qu'elle prenne les devants ou l'embrasser ? Avec ce regard-là, on avait l'impression qu'il ne pensait qu'à ça depuis sept ans.

— Qu'entendez-vous par là ?

L'esprit confus, elle se rétracta. Ses propos auraient pu passer pour ceux d'un patron soucieux du bien-être d'une employée, sauf que non. Serait-il en train de lui faire des avances, après tout ce temps ? Juste parce qu'elle était dans un moment de vulnérabilité manifeste ? Mais il pouvait s'agir de tout autre chose.

L'air parut se raréfier entre eux, comme s'il avait approché son visage du sien sans même en avoir conscience. Ou peut-être était-ce elle ? *Il va m'embrasser. Il va m'embrasser et je ne demande que ça. Je n'ai jamais voulu que ça.*

Pourtant il n'en fit rien. Il lui caressa le bout du menton une dernière fois, comme pour mémoriser la texture de sa peau. Et elle dut se faire violence pour ne pas enfouir les mains dans ses cheveux blond cendré, presser sa bouche contre la sienne. Goûter, enfin, à ses lèvres.

— Serena, vous êtes mon employée la plus loyale. Vous l'avez toujours été. Et je veux que vous le sachiez, quelle que soit la décision du conseil d'administration, je ne vous lâcherai pas. Je ne les laisserai pas vous expulser de ces murs sans contrepartie. Je tiens à vous récompenser pour votre fidélité. Je ne vous laisserai pas tomber.

Elle évacua d'un coup tout l'oxygène qu'elle retenait en elle. Voilà exactement ce qu'elle avait besoin d'entendre. Oh oui, comme elle avait besoin d'entendre ces mots. Peut-être avait-elle perdu Neil, mais son investissement dans son travail n'avait pas été vain. Elle n'aurait pas à solliciter d'allocations ni à se mettre en faillite ou à faire la queue à la soupe populaire.

Elle se ressaisit, le moment était venu de dire quelque chose de sensé.

— Merci, monsieur Beaumont.

Aussitôt, son sourire changea, en se faisant plus malicieux, mais… sans malice.

— Appelez-moi Chadwick. Quand vous dites « monsieur Beaumont », j'ai l'impression d'être mon père…

A ces mots, une certaine lassitude réapparut dans son regard, puis il recula soudain d'un pas.

— Bien, reprit-il. Donc mardi, réunion avec les avocats, mercredi le conseil d'administration, et samedi le gala de bienfaisance, c'est ça ?

Elle hocha la tête, soulagée de revenir en territoire familier.

— Oui, répondit-elle, respirant mieux.

— Je passerai vous prendre.

Elle retint son souffle, en alerte.

— Pardon ?

A nouveau, il la dévisagea avec malice.

— Je vais à cette soirée, vous y allez aussi. Cela me semble logique que nous y allions ensemble. Je passerai vous prendre à 19 heures.

— Mais… La réception ne commence pas avant 21 heures.

— Nous irons donc dîner ensemble, répondit-il. Considérez cela comme… Comme l'occasion de célébrer par anticipation votre choix de l'association caritative de l'année.

En d'autres termes, ne voyez pas cela comme un rendez-vous privé. Même si ça y ressemble.

— Entendu, monsieur Beau… Entendu, Chadwick, rectifia-t-elle après qu'il lui eut lancé un regard noir.

Alors il lui sourit, un sourire radieux qui le rajeunit d'un coup d'une bonne quinzaine d'années.

— Voilà. Ce n'est pas si difficile, non ? Bob Larsen devrait se présenter à 10 heures. Prévenez-moi quand il sera arrivé.

Sur quoi, il retourna s'asseoir à son bureau, rompant le charme de ce moment.

— Bien sûr, répondit-elle, incapable de prononcer son prénom une deuxième fois.

Elle ouvrit la porte et s'apprêtait déjà à la refermer quand il l'appela.

— Serena ? Si vous avez besoin de quoi que ce soit, n'oubliez pas, je suis là. C'est clair ?

— Oui, Chadwick…

Et elle referma la porte.

2

C'était le moment de la matinée où, en temps normal, Chadwick étudiait les chiffres du marketing. Choisi par ses soins, Bob Larsen était le vice-président du service. Un type compétent qui avait mené des campagnes efficaces pour la reconnaissance de la marque. Proche de la cinquantaine, Bob n'en avait pas moins une compréhension parfaite d'Internet et des réseaux sociaux. C'est lui qui avait su faire entrer la brasserie dans le XXIᵉ siècle par le biais de Facebook et de Twitter. Son nouveau cheval de bataille était maintenant SnapShot. Chadwick ne voyait pas trop l'intérêt de ce nouveau média, mais Bob, lui, était convaincu de son efficacité. C'était la plate-forme idéale pour lancer leur nouvelle collection de bière saveur fruits de saison, la Percheron. « Notre cible, ce sont tous ces gens qui prennent une photo de leur assiette, au restaurant ! », avait expliqué Bob, tout excité.

Oui, c'était à cela que Chadwick devrait penser. Pas à autre chose. Il prenait chaque réunion avec ses chefs de service très au sérieux. D'ailleurs, il prenait l'entreprise tout entière au sérieux. Il savait se montrer reconnaissant envers ses équipes pour leur travail et leur loyauté et n'admettait pas qu'on se montre négligent.

On ne dirigeait pas un groupe comme Beaumont sans la plus stricte exigence.

D'accord. Et alors, que faisait-il, lui, à penser à son assistante ? Réponse : il était un homme, oui, ça ne faisait aucun doute.

Quelques mois. Ses mots n'en finissaient pas de lui résonner dans la tête, tout comme la petite mine qu'elle arborait ce matin, lasse, perdue : la mine d'une femme qui a passé son week-end à pleurer. Elle n'avait pas répondu à sa question. Si cet abruti l'avait plaquée depuis plusieurs mois — et elle avait beau sous-entendre que la décision avait été commune, il n'était pas dupe —, que lui était-il arrivé ce week-end ?

La seule idée de Neil Moore — ce joueur de golf médiocre, aimant à se pavaner et faisant des courbettes à qui avait le portefeuille bien rempli, ainsi que Chadwick avait pu le constater, à chacune de leurs rencontres — traitant Serena sans égards le rendait fou de rage. Il n'avait jamais porté Neil dans son cœur : c'était un parasite qui n'arrivait pas à la cheville de Serena Chase. Elle méritait un homme qui ne la planterait pas au beau milieu d'une soirée pour aller rouler des mécaniques devant une célébrité de la télévision locale, se souvint-il.

Oui, Serena méritait mille fois mieux que ce type. Et ça, il le savait depuis des années. Mais alors, pourquoi cette colère en lui, ce matin ?

Elle semblait si… différente. Bouleversée, oui, mais il y avait autre chose. Toujours imperturbable, Serena était professionnelle jusqu'au bout des ongles. Si lui-même n'avait jamais eu le moindre geste déplacé avec elle, il avait pu juger de l'intérêt qu'elle suscitait chez certains hommes qui se croyaient tout permis.

Il avait interrompu toute relation commerciale avec eux, dont certains étaient des fournisseurs pourtant très avantageux par leurs tarifs. Ceci allait contre les principes que lui avait inculqués son père, lequel ne pensait que profit et rentabilité.

Hardwick avait été un menteur, un escroc, tout le contraire de ce que lui voulait être. Et Serena le savait. Elle le lui avait dit. Sans doute était-ce la raison pour laquelle il avait un peu dérapé et osé un geste dont il s'était pourtant abstenu pendant huit ans. Il l'avait touchée. Oh ! bien sûr, il l'avait déjà touchée par le passé. Elle avait une sacrée poignée de main, directe et franche, comme en avaient les femmes d'influence. Mais poser la main sur son épaule ? Faire courir son doigt sous son menton ? *Aïe*.

L'espace d'un instant, il avait agi sur une impulsion, en s'autorisant quelque chose dont il avait envie depuis des années — solliciter Serena pour aller au-delà de la gestion de son emploi du temps.

Un moment privilégié, durant lequel il avait pu se noyer dans le noir profond de ses yeux et voir ses pupilles se dilater sous l'effet du désir — un désir reflétant le sien — et sentir son corps réagir à son contact.

Certains jours, il avait l'impression de ne jamais avoir vécu qu'en exécutant ce que l'on attendait de lui. C'était lui qui dirigeait l'entreprise familiale, réglait les conflits au sein du clan et payait les factures d'une famille qui pensait seulement à dépenser l'argent que lui faisait rentrer. Ce week-end encore, Phillip s'était offert un cheval pour un million de dollars. Et comment son petit frère avait-il déniché une telle somme ? En écumant les manifestations sponsorisées par le groupe et en buvant de la bière Beaumont. Là s'arrêtait l'implication de Phillip dans la marche de l'entreprise. Il n'en faisait toujours qu'à sa tête, sans jamais se soucier des conséquences et encore moins des affaires.

Tout l'inverse de Chadwick, né pour prendre la tête des Brasseries Beaumont. Le jour de sa naissance, son père avait tenu une conférence de presse à l'hôpital et présenté son premier-né encore dans ses langes, tout rouge et hurlant, en le désignant comme le futur P-DG du groupe. Chadwick avait les articles pour prouver l'anecdote.

Il avait accompli du bon travail — si bon que la compagnie était devenue la cible de multinationales qui se fichaient complètement de la bière et ne cherchaient qu'à se débarrasser d'un concurrent un peu trop envahissant, tout en se remplissant les poches grâce au succès des bières Beaumont.

Alors, oui, pour une fois, il avait agi comme bon lui semblait et pas comme son père attendait de lui, ni comme les investisseurs ou Wall Street le pressentaient. Serena était bouleversée, il avait tenté de la réconforter. Un geste qui partait d'une bonne intention, dans le fond.

Sauf qu'à un moment il avait pensé à son père, séducteur de secrétaires devant l'Eternel. Alors il n'était pas allé plus loin. Il était un homme responsable, sérieux et déterminé, en aucun cas le jouet de ses plus bas instincts, comme son père. Il valait mieux que lui.

Marié, il était resté fidèle à Helen tandis que Serena était en couple avec Neil — mari, petit ami, un peu plus qu'un colocataire, peu importait en vérité. Et puis elle travaillait pour lui. Autant de raisons de ne pas tenter sa chance : pas question de se montrer aussi indigne que son géniteur.

Bon. Cela n'expliquait pas pourquoi son doigt frôlait

maintenant le bouton de l'interphone, afin de rappeler Serena et de lui demander une fois de plus ce qui s'était passé ce week-end. De façon très égoïste, il en était presque à vouloir qu'elle s'effondre et se mette à pleurer sur son épaule.

Après un soupir, il se força à ramener son attention sur l'écran de son ordinateur. Dimanche soir, Bob lui avait envoyé par mail un certain nombre de statistiques. Chadwick détestait perdre son temps à écouter explications et démonstrations interminables. Il n'était pas stupide. S'il échouait à comprendre l'intérêt que trouvaient les gens à photographier leur assiette et à les poster sur le Net, il était bien conscient que les habitudes du consommateur étaient en pleine évolution, comme Bob l'avait expliqué.

Ah, voilà qui était mieux, se dit-il, tout en examinant les chiffres à l'écran. Le travail. Rien ne valait le travail. Cela lui permettait de rester concentré. S'il avait demandé à Serena de l'accompagner au gala de bienfaisance, c'était parce que cela entrait dans ses attributions. Par le passé, ils s'étaient rendus un nombre incalculable de fois à des galas, des banquets. Franchement, quelle différence s'ils arrivaient dans la même voiture ? Aucune. Il n'y avait rien là de personnel.

A d'autres ! C'était au contraire très personnel et il le savait. Passer la prendre chez elle, l'emmener dîner… Même s'ils discutaient de travail au restaurant, ce ne serait pas comme dîner avec Bob Larsen par exemple. Habituellement, pour ce genre d'événements, Serena portait une longue robe noire en soie avec un décolleté pour le moins intéressant. Et il se fichait bien qu'elle se montre toujours dans la même robe. Elle était superbe dedans, avec un châle en pashmina jeté sur ses épaules dénudées, un délicat collier de perles fines autour du cou, ses beaux cheveux châtain foncé relevés en un chignon déstructuré — une œuvre d'art.

Alors non, ce dîner n'aurait rien à voir de près ou de loin avec le travail.

Il ne lui ferait subir aucune pression. Sur ce point, il resterait ferme. Il n'était pas comme son père qui exerçait un droit de cuissage sur ses secrétaires. Il ne forcerait certainement pas Serena à faire quelque chose que tous deux regretteraient.

Ils dîneraient ensemble, puis se rendraient au gala et il se contenterait d'apprécier sa compagnie. Point barre. Il pouvait parfaitement se contrôler. Après tout, il avait des années de pratique, non ? Grâce au ciel, l'interphone retentit et la voix normale, posée de Serena lui annonça l'arrivée de Bob.

— Faites-le entrer, répondit-il, trop content de pouvoir se changer les idées.

Il devait mettre toute son énergie à la sauvegarde de l'entreprise. La réunion du conseil d'administration, mercredi, serait déterminante. La menace était sérieuse. Il risquait de devenir le Beaumont qui perdrait la brasserie et d'échouer dans la mission pour laquelle il avait été élevé. Il n'avait pas le temps de se laisser distraire par Serena Chase. Sujet clos.

Le lundi s'écoula sans la moindre réponse de la part de Neil. Ce dont Serena était sûre, elle qui consultait son courrier environ chaque minute. Le mardi commença à l'identique. Sa réunion du matin avec Chadwick se déroula sans événement extraordinaire. Pas de regard pénétrant, ni gestes inappropriés ou de semblants de baisers. Sauf quand il lui demanda si tout allait bien,

Chadwick se montra égal à lui-même et Serena fit en sorte de l'imiter.

Et puis, peut-être était-ce son imagination ? Après tout, elle pouvait maintenant tout mettre sur le dos de ses hormones, non ? Oui, voilà, c'était elle qui avait poussé Chadwick à sortir de son rôle habituel. Elle était bouleversée et avait forcément mal interprété son attitude. Compatissant, humain, rien de plus.

Raisonnement qui la laissa plus déprimée qu'elle ne l'aurait cru. Non qu'elle espère des avances de Chadwick. Les relations au sein de la compagnie étaient proscrites. Elle était bien placée pour le savoir, elle qui avait aidé Chadwick à modifier le règlement en vigueur au sein de l'entreprise quand il l'avait embauchée. Les flirts entre cadres et employés se terminaient souvent au tribunal, avec des poursuites pour harcèlement sexuel.

Elle l'observa quand il sortit de son bureau, le regard noir, pour se rendre à la convocation des avocats. Vivement que son divorce soit bouclé. Mais en quoi cela la concernait-il ? Parce que cette histoire finissait par peser sur le moral de son patron, tout simplement. Tout simplement ? Qui cherchait-elle à duper ?

Elle soupira et reporta son attention sur les derniers arrangements en vue du gala de bienfaisance. A son retour, Chadwick avait rendez-vous avec son frère Matthew, en charge normalement de l'organisation de l'événement. Mais un seul homme ne pouvait suffire pour une réception de quelque cinq cents personnes parmi les plus influentes de Denver. Autrement dit, tout le monde devait mettre la main à la pâte.

Elle passa l'heure suivante à appeler fournisseurs et transporteurs et vérifia la liste des invités. Vers midi, elle mangea un morceau en vitesse tout en consultant la presse locale qui expliquait pourquoi les associations caritatives du pays se disputaient le soutien de Beaumont : rares étaient les organisations de ce type disposant d'un budget publicitaire. Les Brasseries Beaumont leur fournissaient l'occasion de faire parler d'elles pendant une année entière avec, en prime, reportages télé, interviews et même blogs.

Elle venait juste de finir son yaourt et de nettoyer son bureau quand Chadwick réapparut. Pas très en forme visiblement. Tête baissée, mains dans les poches, épaules tombantes. Inutile de lui demander si sa réunion s'était bien passée.

Il s'arrêta devant elle et releva la tête. Elle retint son souffle. Il avait l'air abattu, les yeux rougis, comme s'il n'avait pas dormi depuis des nuits. Pendant un instant, elle faillit se précipiter pour le prendre dans ses bras et lui affirmer que tout finirait par s'arranger. C'était ce que disait sa mère à son père, quand les choses ne marchaient pas comme prévu et que, son père ayant une fois de plus perdu son travail, ils devaient déménager faute de pouvoir payer le loyer.

Pourtant, même enfant, Serena n'y avait jamais vraiment cru. Les choses ne s'arrangeaient jamais. Et aujourd'hui, après une rupture et une grossesse inopinée, elle était encore plus sceptique.

Pourtant elle hésita, ne sachant que faire face au désespoir dans les yeux de Chadwick. Lui ouvrir les bras l'encouragerait seulement à franchir la ligne rouge qu'ils avaient déjà franchie lundi.

Il secoua d'ailleurs brièvement la tête, comme s'il était d'accord avec elle pour ne pas recommencer cette folie.

— Merci de prendre mes appels, marmonna-t-il avant de disparaître dans son bureau.

Ebranlé. Anéanti. Voilà de quoi il avait l'air et le voir dans cet état avait quelque chose de déstabilisant. Chadwick Beaumont était une référence dans le milieu des affaires, un battant. S'il lui arrivait de perdre une bataille, il gagnait souvent la guerre. Mais là, on avait l'impression qu'il avait perdu et la bataille et la guerre.

Elle resta un moment immobile sur son siège, encore sous le choc. Que s'était-il passé ? Pour quelle raison était-il si abattu ?

Peut-être était-ce la faute de ses hormones. Peut-être était-ce sa loyauté en tant qu'employée. Ou peut-être autre chose. Toujours est-il que soudain elle se leva et entra dans le bureau de Chadwick, sans même avoir frappé. Effondré sur son siège en cuir, la tête entre les mains, comme écrasé par le poids de ses problèmes, il semblait très vulnérable.

— Ils refusent de signer l'accord présenté par mes avocats. Elle réclame plus d'argent. Tout est réglé, absolument tout, excepté le montant de la pension alimentaire, marmonna-t-il, tête baissée, quand elle referma la porte derrière elle.

— Combien exige-t-elle ? demanda Serena, même si cela ne la regardait pas.

— Deux cent cinquante, répondit-il avec un soupir.

— Deux cent cinquante dollars ? lui fit-elle préciser, se doutant bien d'une erreur quelque part, mais ne pouvant croire qu'on soit si cupide.

— Mille. Deux cent cinquante mille dollars.

— Par an ?

— Par mois. Elle veut trois millions par an. Pour le restant de ses jours. Sinon, elle ne signera pas.

— Mais ce… C'est n'importe quoi ! Personne n'a besoin d'autant pour vivre ! s'exclama Serena.

Trois millions de dollars ? Elle-même n'aurait jamais assez d'une vie pour gagner autant.

— Ce n'est pas une question d'argent, lâcha alors Chadwick avec un sourire las. Elle cherche surtout à me ruiner. Si j'accepte sa requête, elle doublera aussitôt la mise. Et même la triplera dans le seul but de m'anéantir.

— Mais enfin, pourquoi ?

— Je ne sais pas. Je ne l'ai jamais trompée, je ne lui ai jamais fait de mal. Je ne sais plus.

Il se tut et enfouit à nouveau son visage entre ses mains.

— Vous ne pouvez pas lui proposer une somme butoir, une offre qu'elle ne pourra refuser ? demanda-t-elle, se rappelant l'avoir vu opérer de cette manière avec une petite brasserie productrice d'une bière semblable à la Percheron des Beaumont, mais vendue bien moins cher.

Chadwick avait laissé la négociation pourrir une bonne semaine avant de proposer une somme importante, impossible à refuser pour tout individu doué de raison. Preuve que chacun sur cette Terre avait un prix.

— Je ne dispose pas de cent millions de dollars. Cet argent est réservé à nos investissements, à la propriété, aux chevaux, ajouta-t-il avec un peu plus d'amertume sur ce dernier mot, comme s'il avait une dent contre la mascotte de la compagnie, le Percheron.

— Mais vous avez probablement signé un contrat de mariage, non ?

— En effet, répliqua-t-il avec un haussement d'épaules. J'ai vu mon père se marier et divorcer quatre fois. Aucun risque que je franchisse le pas sans contrat.

— Dans ce cas, comment peut-elle agir de la sorte ?

— Parce que j'étais stupide et amoureux, soupira-t-il en faisant mine de s'arracher les cheveux. Je voulais lui prouver que j'avais confiance en elle. Que je ne ressemblais pas à mon père. Elle a dépensé près de la moitié de ce que j'ai gagné durant notre mariage, soit à peu près vingt-huit millions. Elle ne peut pas toucher à la fortune familiale ni à la propriété, mais…

Serena crut se vider de son sang.

— Vingt-huit millions, répéta-t-elle, sidérée. Mais alors… ?

— Mes avocats à l'époque ont voulu inclure une clause limitant le montant et la durée d'une éventuelle pension alimentaire calculée sur la durée de notre mariage, pour cinquante mille dollars par mois. Je leur ai ordonné de la supprimer, certain de ne jamais avoir besoin de recourir à ce genre de clause. Comme un idiot, conclut-il avec un ricanement amer.

Elle procéda à un rapide calcul. Chadwick s'était marié vers la fin de sa première année à la tête des Brasseries Beaumont — son année de stage. Les noces avaient donné lieu à une réception somptueuse, Beaumont avait même sorti une bière spéciale en édition limitée pour l'occasion. Un peu plus de huit années s'étaient écoulées. Cinquante mille fois douze mois multiplié par huit ans… quatre millions huit cent mille dollars ! Sans parler des vingt-huit volatilisés entre-temps !

— Je lui ai proposé cinquante mille mensuels pendant vingt ans. Elle m'a éclaté de rire au nez.

Elle frémit au désespoir qui pointait dans sa voix. Bien sûr, elle ne s'était jamais trouvée en position de perdre une fortune, mais son enfance regorgeait de phases de dénuement complet. En ce temps-là, elle n'aspirait qu'à avoir un toit pour dormir et un repas pour le soir, ce qui n'était jamais garanti.

Sa mère disait toujours : « Ça ira mieux demain »,

même quand ils devaient emballer leurs maigres affaires dans des sacs-poubelle pour déménager en urgence avant la venue de l'huissier. Puis un jour ils s'étaient installés dans une petite caravane et n'avaient plus été obligés d'en partir, sauf qu'ils n'avaient pas assez d'argent pour payer l'eau et l'électricité.

« Ça ira mieux demain. » Une belle philosophie de la vie, mais qui ne remplissait pas l'assiette de Serena ni ne lui permettait d'avoir des vêtements décents à porter.

Il devait bien y avoir un moyen de calmer l'ex-épouse de Chadwick. Lequel pourtant ? Ce genre d'affaires la dépassaient. Elle avait beau travailler pour Chadwick Beaumont depuis plus de sept ans, passer toutes ses journées au bureau, participer aux bals et autres galas, ce monde n'était pas le sien.

En revanche, elle connaissait par cœur le désarroi dans lequel une simple facture pouvait jeter certaines personnes, lorsqu'elles n'étaient pas en mesure de la régler en dépit d'heures de travail à rallonge. Et quand ses parents s'étaient déclarés en faillite, la situation avait empiré. Ils n'avaient eu droit à rien, pas un sou, pas le plus petit crédit pour leur laisser un peu de répit, leur permettre de se remettre en selle. Elle aimait ses parents — et tous deux s'aimaient — mais le désespoir avait fini par gagner la partie.

Ce n'était certainement pas comme ça qu'elle envisageait de vivre. Elle ne souhaitait cela à personne, encore moins à Chadwick.

Ce fut plus fort qu'elle, elle s'avança dans la pièce, avec le bruit de ses pas étouffé par le tapis, consciente de n'avoir à offrir que des platitudes du genre « Ça ira mieux demain ».

Au fil de toutes ces années au service de Beaumont,

jamais elle ne s'était autorisée à passer derrière ce bureau. Ce fut pourtant ce qu'elle fit. Encore une fois, peut-être ses hormones étaient-elles en cause à moins que ce ne soient les paroles de Chadwick hier, quand il avait promis de prendre soin d'elle.

En s'approchant, elle vit toute la tension ramassée dans ses épaules, comme à fleur de peau. La veille, elle était bouleversée et il avait eu ce geste. Aujourd'hui, les rôles étaient inversés. Elle posa la main sur son bras et tressaillit à la chaleur de son corps, qui traversait sa chemise. Elle n'essaya même pas de l'inciter à se retourner. Elle voulait juste qu'il sente sa présence.

Il redressa un peu la tête, puis prit sa main dans la sienne. Hier, il avait le contrôle. Mais aujourd'hui ? Aujourd'hui, elle le comprit, ils étaient sur un pied d'égalité. Elle noua ses doigts aux siens, avec le sentiment de ne pouvoir donner plus. Comment pourrait-elle prendre soin de lui, alors qu'elle n'était même pas certaine de pouvoir prendre soin de son bébé. Mais au moins saurait-il qu'elle était à ses côtés, s'il avait besoin d'elle.

Jusqu'à quel point ? Telle était la question. Et elle n'avait pas la réponse.

— Serena, murmura-t-il de sa voix profonde, tout en serrant sa main dans la sienne.

Elle retint son souffle, le temps de trouver quelque chose à dire, quand on frappa deux coups à la porte, et Matthew Beaumont, vice-président des relations publiques chez Beaumont, apparut aussitôt. Un air de famille, grand et costaud, le nez des Beaumont, mais des cheveux auburn, alors que Chadwick et Phillip étaient blonds tous les deux.

Elle voulut retirer sa main mais Chadwick refusa de

la lâcher, comme s'il voulait que Matthew les voie dans cette proximité. C'était une chose de s'aventurer sur la frontière qui délimitait leur relation professionnelle quand ils étaient seuls dans le bureau, c'en était une autre de le faire devant témoin. Sans témoin, c'était un peu comme si rien ne s'était passé. Et Matthew n'était pas idiot.

— J'arrive au mauvais moment ? demanda-t-il, alors que son regard allait de l'un à l'autre, avant de s'attarder sur leurs mains liées.

Bien sûr, Serena aurait plus de chance avec Matthew qu'avec Phillip Beaumont. Playboy professionnel, Phillip dépensait son argent en fêtes et en femmes. Sans trop s'avancer, elle pouvait supposer que, s'il en avait eu l'occasion, il aurait probablement fait plus que de poser une main sur son épaule.

Matthew, lui, était à l'opposé de ses frères sur le plan physique, sa mère étant la deuxième épouse de Hardwick. Matthew était un travailleur acharné, comme s'il cherchait à prouver qu'il avait une place légitime dans l'entreprise. Mais sans être aussi intimidant que Chadwick.

— Non, nous avons terminé, finit par répondre ce dernier, lâchant comme à regret sa main.

Elle sentit son cœur se serrer à ses paroles, paroles douloureuses, même s'il n'y avait aucune raison pour qu'il déclare autre chose à son demi-frère. Même si rien ne justifiait qu'il se lance dans de grandes explications pour défendre leur relation. Car, hormis celle de patron à employée, ils n'en avaient aucune.

Elle s'écarta du bureau après un hochement de tête furtif et sortit sans attendre.

Les secondes, les minutes passèrent. Chadwick pouvait sentir sur lui le regard de Matthew, attendant sans doute des explications. Sauf qu'il n'avait pas envie d'en donner. Et n'était pas non plus d'humeur à s'épancher.

Helen avait manifestement décidé de le pousser à la ruine. Et la raison de tant de rancœur demeurait un mystère. Il ne lui avait pourtant jamais rien refusé, quand ils étaient mariés. Un nez tout neuf, des diamants — elle adorait les diamants — des rubis — elle adorait les rubis. Il ne pensait qu'à lui faire plaisir. Mais Helen n'en avait jamais assez.

Il se remémora sa conversation avec Serena. Il ne s'était jamais vraiment confié à personne sur son divorce, excepté quand il avait informé ses frères que la procédure prendrait du temps. Il ne comprenait pas pourquoi il avait expliqué à Serena que c'était sa faute, si les tractations en étaient à ce point. Tout ce qu'il savait, c'était qu'il avait besoin de parler à quelqu'un. Le fait d'être seul responsable du problème était un fardeau trop lourd à porter.

Puis elle l'avait touché. Pas comme lui l'avait touchée, non, mais pas non plus comme elle avait pu le faire avant. En tout cas, ce n'était pas une simple poignée de main. Au fait, ça remontait à quand, la dernière fois qu'une femme l'avait touché, vraiment touché ? Cela ferait bientôt deux ans que Helen avait déserté le lit conjugal et depuis…

Matthew toussota, l'arrachant à ses pensées.

— Oui ?

— Si je ne te savais pas aussi différent de notre père, commença Matthew, mi-compatissant mi-ironique, j'en déduirais que tu as une petite idée sur celle qui deviendra ta deuxième épouse.

Chadwick fusilla son frère du regard. Matthew n'avait que six mois de moins que Phillip. Après des années de conflits et de disputes, le mariage de Hardwick et Eliza avait volé en éclats. Peu après, Hardwick épousait Jeannie, la mère de Matthew, mais quand la mère de Chadwick avait eu vent de l'existence de cette femme le couple était déjà quasiment séparé. Matthew était donc la preuve vivante que Hardwick Beaumont avait eu des vues sur son épouse numéro deux longtemps avant qu'il ne quitte son épouse numéro un.

— Je ne me suis même pas encore débarrassé de la première, marmonna Chadwick, regrettant aussitôt des propos dignes de son père.

Il détestait ressembler à cet homme ou agir comme lui.

— Ce qui prouve une fois de plus que tu n'as rien en commun avec Hardwick, remarqua Matthew avec le sourire blasé qui était la marque de fabrique des Beaumont, cadeau de leur géniteur commun. Hardwick n'aurait jamais eu ce problème. Les liens du mariage ne signifiaient rien, pour lui.

Chadwick hocha la tête. Matthew avait raison et il aurait dû trouver un certain réconfort à ses paroles. Etrangement, il n'en fut rien.

— Je suppose que Helen ne va pas s'effacer comme ça.

A ce moment précis, Chadwick détesta son demi-frère. Bon, Phillip — le frère à part entière de Chadwick, le seul qui sache véritablement ce que cela signifiait d'avoir Hardwick et Eliza Beaumont comme parents — n'aurait pas compris, mais à cet instant Chadwick enragea de se trouver face au symbole en chair et en os de la trahison de son père envers sa famille.

40

C'était bien dommage que Matthew soit un aussi talentueux chef des relations publiques, sans quoi Chadwick n'aurait pas eu à faire face quotidiennement au rappel des bassesses de son père, en tant qu'homme et que mari. Il n'aurait pas eu à faire face à ses propres bassesses.

— Fais-lui une offre, suggéra Matthew.

— Elle se fiche bien de l'argent. Ce qu'elle veut, c'est me détruire, répondit-il tout en se demandant d'où lui venait subitement cette manie de se livrer devant tout le monde — son assistante et maintenant son demi-frère.

Il n'était pas du genre à confier ses problèmes personnels d'ordinaire.

— Tout le monde a un prix, Chadwick, répliqua Matthew, avec gravité. Même toi.

Chadwick saisit l'allusion. La compagnie était sur des charbons ardents, depuis l'offre de rachat par AllBev.

— Je n'ai pas l'intention de vendre notre entreprise.

Matthew soutint son regard un long moment, sans ciller.

— Et tu n'es pas le seul à avoir un prix, tu sais. Tous les membres du conseil d'administration en ont un aussi, et bien moins de scrupules. Un autre que toi aurait déjà conclu l'affaire, ajouta Matthew, les yeux baissés sur sa tablette. Cet attachement que tu as pour le nom des Beaumont m'a toujours échappé…

— Peut-être parce que, contrairement à d'autres, c'est le seul nom que j'aie jamais eu.

Le visage de Matthew se ferma et Chadwick regretta aussitôt sa repartie. Il se rappelait le divorce de ses parents, le mariage de Hardwick avec Jeannie Billings. Il se souvenait du jour où Matthew, à peu de chose près du même âge que Phillip, était venu vivre avec eux. Matthew Billings avait déjà cinq ans quand il avait fait sa connaissance. Et du jour au lendemain il s'était appelé Matthew Beaumont.

Chadwick ne lui avait pas rendu la vie facile. Après tout, c'était la faute de Matthew si Eliza et Hardwick avaient divorcé. C'était la faute de Matthew si sa mère était partie. La faute de Matthew encore si Hardwick avait obtenu la garde de Chadwick et Phillip. Et enfin, c'était aussi la faute de Matthew si Hardwick n'avait plus eu de temps à consacrer à Chadwick, excepté pour lui aboyer dessus sans raison.

Mais cela restait des rancœurs d'enfant, il en était conscient. Matthew n'était qu'un gamin à l'époque, comme Phillip et comme lui-même. Et c'était la faute de Hardwick si Eliza détestait Chadwick.

— Je suis… Cette réflexion était déplacée…

Difficile de s'excuser après tant d'années passées à accabler Matthew de tous les maux, aussi changea-t-il de sujet.

— Tout est prêt pour le gala de bienfaisance ?

Matthew lui décocha un regard qu'il échoua à analyser. Ce fut comme si son demi-frère, s'estimant offensé, se préparait à le provoquer en duel. Puis l'impression se dissipa.

— Nous sommes prêts. Comme d'habitude, grâce à Mlle Chase. Ton assistante vaut de l'or.

Les paroles de Matthew tournèrent en boucle dans son esprit. Tout le monde avait un prix, oui. Helen Beaumont et même Serena Chase. Le problème, c'était qu'il ignorait à combien s'élevait ce prix.

3

— Les Brasseries Beaumont sont dirigées par un Beaumont depuis cent trente ans, grommela Chadwick en tapant du poing sur la table.

A ce bruit, Serena sursauta. En temps normal, il ne perdait jamais son calme lors des réunions du conseil d'administration. Mais toute la semaine il s'était montré particulièrement nerveux, avec des comportements qui ne lui ressemblaient pas. Et si elle-même n'était pas dans son état normal à cause de ses hormones, lui ne valait guère mieux.

— Le nom des Beaumont vaut plus que n'importe quelle action à cinquante-deux, voire soixante-deux dollars, poursuivit-il. Nous sommes l'une des dernières grandes brasseries familiales encore en activité dans ce pays. Nous faisons partie de l'histoire américaine. Nous avons travaillé dur pour ça et nous continuerons de travailler dur.

Un silence gêné s'ensuivit tandis que Serena prenait des notes. Il y avait bien sûr une secrétaire pour ce genre de travail, mais Chadwick tenait à avoir deux versions qu'il comparerait par la suite.

Elle parcourut discrètement du regard la salle de bal de l'hôtel. La famille Beaumont possédait cinquante et un pour cent des brasseries du même nom et avait toujours fait en sorte de garder la main, sauvant à plusieurs reprises la compagnie des manœuvres de fusion. Cependant, aujourd'hui, Chadwick était seul à la barre, le reste des Beaumont se contentant d'empocher les chèques, comme les actionnaires.

Elle pouvait le voir, certaines personnes écoutaient Chadwick avec intérêt, hochant la tête, chuchotant une remarque à leur voisin. Cette réunion ne rassemblait pas la totalité des actionnaires, ils n'étaient que vingt pour cent environ dans la salle. Certains étaient des fidèles de la compagnie, déjà présents sous l'ère Hardwick. En dehors de leur vote, ils n'avaient guère de pouvoir ; en revanche leur loyauté à l'égard de Beaumont ne faisait aucun doute. C'étaient ces gens-là qui l'écoutaient, attachés à l'idée du rôle fondateur de la compagnie dans l'histoire du pays.

D'autres membres, plus jeunes, avaient fait leur apparition, éléments bien moins loyaux et bien plus imprévisibles. Puis il y avait les membres choisis par d'autres membres, des gens qui, comme Harper, se fichaient complètement de la bière Beaumont et ne faisaient rien pour le cacher. Ce fut justement Harper qui rompit le silence.

— Quelque chose m'échappe, monsieur Beaumont. Ce rachat ferait de vous l'une des plus grandes fortunes de ce pays. Après tout, n'est-ce pas cela, le but premier du rêve américain, que le travail soit récompensé ?

D'autres têtes, les plus jeunes, acquiescèrent. Serena vit Chadwick tenter de contrôler ses émotions. Une vision douloureuse. En temps normal, il était au-dessus de la mêlée, bien plus sûr de lui. Mais, ayant traversé une semaine éprouvante, il était à bout et elle le vit prendre sur lui pour ne pas tordre le cou à Harper, lequel possédait presque dix pour cent de la compagnie. L'étrangler ferait donc mauvais effet.

— Les Brasseries Beaumont m'ont tout donné, répliqua-t-il, la voix étranglée. Il est de mon devoir vis-à-vis de l'entreprise, de mes employés…

A cet instant, son regard se posa sur Serena. Il parlait d'elle.

— Il est de mon devoir, reprit-il, de m'assurer que les gens qui ont choisi de travailler pour Beaumont puissent eux aussi réaliser leur propre rêve américain. Certains cadres revendront leurs actions et en tireront une belle somme, mais les autres ? Ces hommes et ces femmes qui président à la bonne marche de la compagnie ? Eux ne gagneront rien dans cette opération, au contraire. AllBev les licenciera tous et notre marque sera bradée pour ne devenir qu'une étiquette parmi d'autres, sans âme ni originalité. Alors non, monsieur Harper, ce n'est pas ça que j'appelle le rêve américain. Je prends soin des personnes qui travaillent pour moi. Je récompense leur loyauté. Je ne les abandonne pas sur le bord du chemin, à la première occasion. Je refuse de vendre au détriment de ceux et celles qui me donnent tant de leur temps et de leur énergie. Et je n'en espère pas moins de vous tous, ici.

Et il s'assit, tête droite, regard fier, comme un homme prêt à en découdre. Oui, il était prêt à se battre pour son entreprise.

Après trois secondes d'un silence de plomb, une véritable cacophonie s'éleva dans la salle, les arguments des deux bords fusant, les anciens se disputant avec les plus jeunes, les uns dénonçant la position de Harper, les autres la défendant. Au bout d'un quart d'heure, celui-ci exigea la tenue d'un vote.

Dans un premier temps, elle pensa que Chadwick avait gagné. Quatre personnes seulement acceptèrent l'offre de AllBev, à cinquante-deux dollars l'action. Sans appel. Elle laissa échapper un soupir, soulagée. La première bonne nouvelle de la semaine. Cela signifiait qu'elle garderait son poste, que son avenir était assuré. Elle pourrait continuer à travailler pour Chadwick. Puis Harper réclama un deuxième tour.

— M. Beaumont a parlé d'une deuxième offre à soixante-deux dollars, insuffisante. Mais si nous proposons soixante-cinq, quelle sera la réponse des membres de cette assemblée ?

Chadwick bondit sur son siège, le regard meurtrier. Un deuxième vote eut lieu et treize personnes acceptèrent l'offre à soixante-cinq dollars. Chadwick fulminait, on avait l'impression que quelqu'un lui avait donné un coup de poignard dans le dos. C'était terrible de le voir aussi impuissant, de savoir qu'il était en train de perdre une deuxième bataille, après celle qui l'opposait à Helen.

Elle fut soudain prise de nausées, mais rien à voir avec sa grossesse. Restait un espoir. Qu'AllBev refuse de payer autant. Ils préféreraient peut-être racheter une entreprise meilleur marché ?

Le discours de Chadwick — prendre soin de ses employés, les aider tous et pas uniquement quelques privilégiés à atteindre le rêve américain — était exactement la raison pour laquelle elle travaillait pour lui. Grâce à Beaumont, elle avait pu s'extraire de la pauvreté. Il lui avait donné une chance d'élever son bébé dans de bonnes conditions.

Et tout cela lui serait retiré par la cupidité de M. Harper ? Ce n'était pas juste. Enfant, elle trouvait la vie détestable et ce ne fut qu'une fois employée par les Brasseries Beaumont qu'elle avait commencé à se réconcilier avec l'existence, grâce à des règles très simples. Travailler dur pour bien gagner sa vie, s'investir dans son travail avec enthousiasme et créativité. Au fil des augmentations et des primes, elle était arrivée à faire quelques économies et pensait même à des plans retraite avantageux.

Bref, elle se sentait en sécurité, ce qui n'avait pas de prix.

Faux. Car tout ça allait partir en fumée, très précisément au tarif de soixante-cinq dollars l'action. Parce que l'argent était le moteur de ce monde.

La réunion prit fin et chacun se dispersa, les partisans comme les adversaires d'AllBev. Un groupe d'actionnaires chevronnés discutèrent avec Chadwick pour l'assurer de leur soutien. A moins que ce ne soit pour lui présenter leurs condoléances. Difficile d'entendre quoi que ce soit à cette distance.

Après une minute, Chadwick, le regard rivé droit devant lui, sortit de la salle. Elle s'empressa de rassembler ses affaires et lui emboîta le pas. Il semblait tellement hors de lui qu'elle n'aurait pas été étonnée qu'il l'oublie ici.

Elle s'inquiétait à tort. Chadwick faisait les cent pas à l'extérieur de la salle. Elle devait l'emmener loin d'ici au plus vite. S'il traversait un moment de flottement semblable à celui de la veille — moment de vulnérabilité et de désespoir —, pas question que ce soit en public, dans le hall de l'hôtel.

— Je vais faire avancer la voiture, annonça-t-elle en effleurant son bras.

— Entendu, répondit-il, d'une voix blanche. Merci.

Puis il plongea ses yeux dans les siens et la tristesse qu'elle y lut lui fit monter des larmes aux yeux.

— J'ai essayé, Serena, reprit-il. Pour vous.

Pardon ? Il se battait pour sauver son entreprise, l'entreprise familiale, le nom des Beaumont. Qu'entendait-il par « pour vous » ?

— Je sais, approuva-t-elle, n'osant aucun commentaire. Je vais envoyer chercher la voiture. Attendez-moi ici.

Il ne lui fallut que quelques minutes, durant lesquelles elle regarda une partie des membres du conseil d'administration sortir de la salle et se déverser dans la rue pour se diriger vers le restaurant à côté, sans doute dans le but de célébrer cette journée qui promettait de les rendre plus riches qu'ils n'étaient déjà. Certains s'arrêtèrent pour serrer la main de Chadwick, mais hormis elle personne ne parut se rendre compte de l'état de choc dans lequel il se trouvait.

Enfin, après ce qui lui sembla une éternité, la voiture se présenta devant l'entrée de l'hôtel. Il s'agissait d'une Cadillac version limousine, impressionnante, mais sans ostentation. Un peu comme Chadwick lui-même.

Le portier ouvrit la portière et, l'esprit ailleurs, il sortit un billet de son portefeuille pour le glisser dans la main de l'homme en livrée.

Un lourd silence s'installa dans la voiture. Comment réconforter un multimillionnaire sur le point de devenir milliardaire malgré lui ? Décidément, cette situation la dépassait. Elle s'abstint donc de parler et, le nez contre la vitre, elle regarda la ville défiler. Si le trafic le permettait, le trajet jusqu'à la tour Beaumont ne prendrait qu'une demi-heure.

De retour au bureau, elle commencerait à peaufiner son CV, voilà tout. Si Chadwick perdait la compagnie, la nouvelle direction lui ferait rapidement savoir qu'elle n'avait plus sa place chez Beaumont, mais elle n'attendrait pas qu'on la jette dehors. Elle devait prendre les devants et s'assurer avant toute chose de bénéficier d'une bonne mutuelle, sans quoi elle risquait bien de perdre toutes ses économies en soins prénataux. Chadwick comprendrait sûrement sa décision.

— Qu'attendez-vous de la vie ?

Elle sursauta, surprise à la fois par le son de sa voix et la nature de sa question.

— Pardon ?

— Oui, qu'attendez-vous de la vie, répéta-t-il, sans détourner les yeux de sa vitre. Est-ce ainsi que vous envisagiez votre avenir ?

— Oui… Enfin, à peu près.

En fait, elle s'était imaginée mariée avec Neil, peut-être même avec des enfants. Dans ses rêves, elle ne se voyait pas mère célibataire. En revanche, pour ce qui était du travail, oui, c'était exactement ce à quoi elle aspirait.

Car elle n'avait pas une ambition démesurée et se moquait de la gloire et des ors. Tout ce qu'elle demandait, c'était de pouvoir subvenir à ses besoins.

— Vraiment ?

— Travailler pour vous m'a apporté… une réelle stabilité. C'est-à-dire ce dont j'ai manqué, enfant.

— Ah, vos parents aussi ont divorcé ?

— Non. Et ils sont toujours aussi amoureux l'un de l'autre. Mais l'amour n'a jamais payé le loyer ou les courses. Ni les factures du médecin.

— Je… Je ne savais pas, balbutia-t-il en reportant son attention sur elle.

— Je n'aime pas parler de ça.

Neil savait, bien sûr, pas toute l'histoire, mais une bonne partie. Quand ils s'étaient rencontrés, elle se nourrissait encore de nouilles instantanées et travaillait à deux endroits différents pour se payer ses études. Vivre avec lui avait été une chance. Il avait pris le loyer à sa charge, la première année, celle de son stage chez Beaumont. Mais dès qu'elle en avait eu la possibilité, elle avait insisté pour payer sa part, mettant un point d'honneur à ne jamais finir le mois à découvert et même à se constituer une petite épargne.

Bon, peut-être avait-elle trop voulu en faire. Elle était si soucieuse de participer au budget de leur couple — jamais l'argent ne serait une cause de dispute entre eux — qu'elle en avait un peu perdu de vue un point essentiel : une relation reposait sur autre chose qu'un compte en banque. Après tout, ses parents n'avaient rien, et cela ne les avait jamais empêchés de s'aimer à la folie.

Au début, elle aussi aimait Neil passionnément. Mais au fil du temps la passion s'était émoussée, tandis qu'elle faisait tout pour lui prouver qu'elle pouvait gagner autant que lui. Comme si l'amour se mesurait en dollars.

Chadwick la dévisagea avec un drôle de regard qu'elle ne voulait pas voir. Un regard de pitié, or elle détestait la pitié. Aussi s'empressa-t-elle de relancer la conversation.

— Et vous ?

— Moi ? marmonna-t-il, l'air confus.

— Avez-vous toujours aspiré à diriger l'entreprise familiale ?

Sa question produisit l'effet escompté, Chadwick ne songea plus à son enfance misérable. Mais elle amena une profonde lassitude sur son visage.

— On ne m'a jamais vraiment laissé le choix.

Oh ! la froideur avec laquelle il avait dit cela. Le détachement, même.

— Jamais ?

— Non, répondit-il presque sèchement en se retournant vers la vitre.

De toute évidence, son enfance à elle n'était pas le seul sujet tabou.

— Mais, si vous aviez eu le choix, qu'auriez-vous aimé faire ? demanda-t-elle.

Il pourrait sans doute bientôt se le permettre, vu l'avancée du processus avec AllBev.

A nouveau, il se tourna vers elle, les yeux brillant d'une sorte de fièvre. Elle ne lui avait vu ce regard qu'une seule fois — ce lundi, quand il avait glissé le doigt sous son menton. Sauf qu'alors son regard n'était pas aussi... intense. Elle tressaillit.

Allait-il recommencer ? Approcher son visage du sien et l'embrasser ? Et... le laisserait-elle faire ?

— J'aimerais... Je voudrais juste faire quelque chose pour moi, répondit-il avec une chaleur qui lui donna la chair de poule. Pas pour la famille, ni pour la compagnie. Juste pour moi.

Elle retint son souffle. La façon dont il l'avait prononcé ne laissait aucun doute sur la nature de ce « quelque chose ».

Il était son patron, elle était son assistante, et il était encore marié. Mais rien de tout cela ne semblait être un problème, à l'arrière de cette limousine. Le chauffeur ne pouvait pas les voir, derrière la vitre teintée. Personne ne risquait de les surprendre ni de les interrompre.

Je suis enceinte. Les mots frétillèrent sur le bout de sa langue et tentèrent de se frayer un passage hors de sa bouche. Cela tuerait dans l'œuf l'attirance à laquelle ils étaient près de céder depuis quelques jours. Elle attendait un enfant d'un autre homme.

Pourtant, elle se tut. Chadwick était déjà accablé, inquiet sur le sort de ses employés, comment réagirait-il à l'annonce de sa grossesse ? Toutes ses promesses pour la récompenser de sa loyauté et prendre soin d'elle ne risquaient-elles pas de le placer dans une position pire encore que celle à laquelle il était confronté ?

Non. Elle devait prendre soin d'elle-même et ne pas tout attendre de son patron. Elle vivait sans doute ses dernières heures chez Beaumont. Elle n'allait pas se jeter dans les bras de Chadwick avec l'espoir qu'il arrange sa vie d'un coup de baguette magique. Elle le savait pour l'avoir appris très tôt, il ne fallait pas compter sur les autres pour régler vos problèmes.

Elle s'était mise toute seule dans cette situation. Elle se débrouillerait seule. D'abord, en recouvrant ses esprits et son sang-froid. Elle toussota.

— Peut-être devriez-vous vous investir dans autre chose que la bière ? suggéra-t-elle d'une voix aussi légère que possible.

Il fronça les sourcils, puis hocha la tête, acceptant l'esquive sans insister.

— Mais j'aime la bière, répondit-il en regardant à nouveau par la vitre. A dix-neuf ans, je suis allé travailler chez les maîtres brasseurs, auprès de qui j'ai appris tout ce qu'il y avait à savoir sur la fabrication de la bière, et pas seulement en termes de rendement. Une belle expérience, presque de l'alchimie. Pour ces gens, la bière est une chose vivante, pas un produit. Le métier de brasseur est un art et une science. Je n'oublierai jamais ces gens, ajouta-t-il avec un sourire nostalgique. Cette période a été l'une des plus belles de mon adolescence. En dépit de mon père.

— C'est-à-dire ?

— Dès l'âge de seize ans, il m'a obligé à passer par chaque rouage de la brasserie. En plus de mes études, je devais travailler au moins vingt heures par semaine dans l'entreprise.

— C'est beaucoup de travail pour un adolescent.

Certes, elle aussi avait commencé à travailler à l'âge de seize ans, à remplir les sacs de courses au supermarché, mais il en allait de sa survie. Sa famille avait besoin de sa paye et puis elle pouvait récupérer certaines marchandises périmées. Elle avait ainsi pu leur permettre de garder un toit au-dessus de leur tête et aider à nourrir la famille. Ce dont elle tirait aujourd'hui encore une réelle satisfaction.

— J'ai appris à diriger la compagnie, reprit-il avec un sourire plus cynique. C'est ce qu'il voulait… Comme je vous l'ai dit, on ne m'a pas laissé le choix.

Le choix de son père, donc, pas le sien. La voiture ralentit et tourna pour s'engager dans l'avenue menant au bureau, tout près maintenant. Le temps pressait soudain.

— Si vous aviez eu le choix, qu'auriez-vous fait ? demanda-t-elle, consciente de se montrer audacieuse, voire indiscrète.

Mais quelque chose avait changé, ils n'étaient plus dans un rapport patron employée. En filigrane demeuraient maintenant entre eux ces gestes, lui quand il l'avait touchée, lundi, elle quand elle en avait fait autant, hier.

Oui, quelque chose avait changé. Peut-être même tout.

Il la fixa, mais pas avec le regard las de qui discute de son agenda, pas même avec le regard ébranlé d'hier. Il lui donnait à présent envie de presser ses lèvres contre les siennes, de vouloir des choses qui n'avaient rien à voir avec le travail.

— Que porterez-vous, samedi ? murmura-t-il, avec l'ombre d'un sourire.

— Comment ?

— Pour le gala. Que porterez-vous ? La robe noire ?

Elle écarquilla les yeux. Où voulait-il en venir ? Aux lacunes de sa garde-robe ?

— Non, en fait…

En fait, cette robe ne lui allait plus. Elle l'avait essayée lundi soir, pour se changer les idées et arrêter de relever ses mails, dans l'espoir d'une réponse de Neil. Impossible de remonter la fermeture Eclair. Son corps changeait. Et cela ne l'avait même pas alertée. Il avait fallu qu'elle fasse ce test de grossesse pour admettre qu'elle était enceinte.

— Bref, je trouverai bien quelque chose…

Le chauffeur se gara au pied de la tour. Le site des Brasseries Beaumont s'étendait sur près de cinq hectares, la plupart des bâtiments datant d'avant la Grande Dépression. Cet endroit chargé d'histoire l'avait toujours fascinée. Ses parents déménageaient souvent pour échapper à leurs créanciers. La seule fois où elle leur avait déniché un appartement agréable, avec un loyer raisonnable — en réglant elle-même la caution —, ses parents avaient pris trois mois de loyer de retard. Encore une fois. Mais, au lieu de le lui avouer, ils avaient fait comme toujours, ils étaient partis au beau milieu de la nuit avec armes et bagages. Ils ne savaient pas vivre autrement.

Les Beaumont occupaient les lieux depuis plus d'un siècle. Quelle impression avait-on, lorsque l'on empruntait des couloirs foulés par son grand-père ? Quand on travaillait dans un bureau construit par son arrière-grand-père ?

Le chauffeur vint leur ouvrir la portière. Elle se préparait déjà à sortir quand Chadwick lui fit signe de se rasseoir.

— Prenez l'après-midi et allez chez Neiman Marcus. J'ai un acheteur personnel là-bas. Il fera en sorte de vous trouver une tenue appropriée, proposa-t-il.

— Excusez-moi, mais… Vous ne trouvez pas ma robe noire appropriée ?

Elle en était pourtant fière. Elle l'avait payée soixante-dix dollars dans une friperie, plus vingt pour la faire ajuster à sa taille, mais elle l'avait portée et portée encore pour la rentabiliser. Elle adorait cette robe, elle se trouvait glamour dedans. Cela étant, elle ne pourrait plus l'enfiler avant belle lurette. Et encore, à condition qu'elle perde du poids, après l'accouchement.

— Bien au contraire, il sera difficile de trouver une autre robe plus appropriée. C'est pourquoi je vous conseille de faire appel à Mario. Si quelqu'un peut trouver mieux, c'est bien lui, expliqua Chadwick, sans paraître se soucier d'être entendu par son chauffeur.

Elle sentit sa gorge se nouer. Il n'esquissa aucun geste, ne se rapprocha pas d'elle, mais elle fut parcourue des mêmes sensations que lundi matin. Excepté que ce jour-là elle était au bord des larmes. Aujourd'hui, c'était différent. Elle ne se laisserait pas déborder par ses émotions. Quant à ses hormones, qu'elles aillent au diable !

— Je crains que cela ne soit pas possible, répondit-elle. En dépit du salaire généreux que vous me versez, Neiman reste hors de mes moyens.

Ce qui n'était pas un mensonge.

— C'est une soirée professionnelle. Une tenue appropriée entre dans le cadre des frais professionnels. Vous n'aurez qu'à faire inscrire cette robe sur mon compte…

Elle ouvrit la bouche pour protester quand il ajouta :

— Et ce n'est pas négociable.

Il descendit aussitôt de voiture et fit signe au chauffeur de refermer la portière.

— Conduisez-la chez Neiman, lui ordonna-t-il.

Non, tout ça n'allait pas dans le bon sens. Que Chadwick lui donne des actions en échange de son travail, d'accord. Mais pas question qu'il lui achète quelque chose d'aussi personnel qu'une robe. C'était elle qui s'achetait ses vêtements. Elle n'attendait rien d'aucun homme.

Elle rouvrit donc la portière et sortit à son tour de la limousine, sous le nez du chauffeur ébahi. Chadwick s'éloignait déjà.

— Monsieur, le rappela-t-elle. Avec tout le respect que je vous dois, je me vois obligée de décliner votre proposition. Je m'achèterai une robe moi-même.

Chadwick fit volte-face et marcha vers elle comme un tigre se dirige sur sa proie.

Et il ne s'arrêta pas à une distance politiquement correcte, non. Il s'approcha assez pour glisser une nouvelle fois son doigt sous son menton, assez pour l'embrasser, là, en plein jour et sous le nez de son chauffeur.

— N'est-ce pas ce que vous m'avez demandé, mademoiselle Chase ? demanda-t-il d'une voix suave. Oui ou non ?

— Je ne vous ai jamais demandé de robe.

Il lui lança un sourire espiègle.

— Vous m'avez demandé ce que j'aimerais faire. Eh bien, voilà, j'ai envie de vous emmener dîner. De vous avoir pour partenaire à ce gala. Et je veux que vous vous sentiez aussi belle que possible pour cette soirée.

Elle entrouvrit la bouche, la referma, sidérée. Chadwick baissa les yeux sur ses lèvres.

— Parce que, cette robe noire, vous vous sentez belle dedans, non ? Eh bien, vous vous sentirez sûrement aussi belle dans une autre, tout aussi digne de vous.

— Oui, sans doute…

Que cherchait-il, au juste ? S'il voulait seulement lui acheter une robe, pourquoi lui parler de ce qu'elle ressentait ? S'il voulait la séduire, parce qu'il ne s'agissait que de ça, ne devrait-il pas lui dire qu'elle était jolie ? Qu'il l'avait toujours trouvée jolie ?

— C'est un événement professionnel. Une dépense professionnelle. Fin de la discussion.

— Mais je ne voudrais pas avoir l'air de…

Quelque chose en lui parut lâcher. Puis il la toucha — pas avec réserve, comme lundi et pas non plus avec maladresse comme hier. Il la prit par le bras avec fermeté, autorité, rouvrit la portière et l'obligea à se rasseoir dans la limousine. Et avant même qu'elle ne comprenne ce qui se passait, il fit le tour de la voiture et s'assit à côté d'elle.

— Conduisez-nous chez Neiman, ordonna-t-il au chauffeur.

4

Qu'est-ce qui ne tournait pas rond chez cette femme ?

Telle fut la question que Chadwick se posa tout le long du trajet vers le centre commercial Cherry Creek qui abritait la célèbre enseigne Neiman Marcus. Il avait passé un coup de fil à la boutique, histoire de s'assurer que Mario serait là.

Dans son monde, les femmes adoraient les cadeaux. Peu importait d'ailleurs le cadeau, du moment qu'il était cher. Durant son mariage, cent fois il avait offert à Helen vêtements et bijoux qu'elle exhibait ensuite fièrement, comme des prises de guerre, devant leurs amis.

Mais ça, c'était avant. Aujourd'hui, Helen semblait décidée à le ruiner. Preuve qu'il y avait des limites au pouvoir des cadeaux. Bref, il n'avait jamais rencontré une femme refusant un présent, et encore moins ne semblant même pas supporter l'idée de se voir offrir quelque chose.

Serena Chase était la première.

— C'est ridicule, marmonna-t-elle.

Ils étaient assis côte à côte à l'arrière de la limousine. Serena s'était réfugiée à l'autre bout du siège, mais il n'aurait qu'à tendre la main, si l'envie le prenait de la toucher.

En avait-il envie ? Question idiote. Bien sûr que oui.

— Qu'est-ce qui est ridicule ? demanda-t-il, conscient de son irritation.

Après tout, il l'avait fait monter de force ou presque dans cette voiture. Et il pourrait répéter jusqu'à la fin des temps que cette dépense entrait dans la catégorie frais professionnels, rien n'était moins vrai, en fait.

— Ça. Vous. Comme ça, en fin d'après-midi. Un mercredi. Nous avons une foule de choses à faire. Je suis bien placée pour le savoir, c'est moi qui gère votre agenda.

— Je ne crois pas… Il est 16 h 15, l'après-midi est loin d'être terminé, il me semble.

Elle se tourna vers lui avec un regard furibond comme il ne lui en avait jamais vu.

— Vous avez rendez-vous avec Sue Coleman, cet après-midi, votre réunion hebdomadaire avec les ressources humaines. Et je dois aider Matthew pour les préparatifs du gala.

Il attrapa son téléphone.

— Allô, Sue ? Chadwick. Nous allons devoir remettre notre rendez-vous…

A nouveau, Serena lui dégaina un regard censé lui glacer le sang et qui en réalité lui donna envie de rire. Annuler une réunion, comme ça, sur un coup de tête ? Lui ? Il y avait là de quoi la déstabiliser.

Et le déstabiliser lui aussi, par la même occasion.

— Retenu par la réunion du conseil d'administration, je suppose ? demanda Sue.

— Exactement.

L'alibi parfait, sauf si quelqu'un les avait vus arriver à l'entreprise avant d'en repartir aussi vite.

— Il n'y a rien d'urgent. Nous nous verrons la semaine prochaine.

— Merci, Sue.

Il raccrocha puis composa un autre numéro.

— Matthew ?

— Tout va bien ?

— Oui, mais Serena et moi sommes encore à la réunion du conseil d'administration. Peux-tu te passer d'elle, cet après-midi ?

Un long silence s'ensuivit à l'autre bout du fil.

— Je pense que oui, répondit Matthew, sarcastique. Et toi ?

« Si je ne te savais pas si différent de notre père, avait ironisé Matthew hier, j'en déduirais que tu as une petite idée de qui deviendra ta deuxième épouse. »

Ce qui était faux. Il n'était pas Hardwick. Dans le cas contraire, il aurait déjà sauté sur son assistante, là, sur la banquette arrière de sa limousine. Or il n'en était rien. Jamais il n'avait fait une chose pareille. Il était un gentleman. Hardwick aurait fait miroiter une nouvelle robe en échange d'un petit coup vite fait. Pas lui. La voir porter une robe glamour serait sa récompense.

Du moins n'eut-il de cesse d'essayer de s'en convaincre.

— On se verra demain, répliqua-t-il et il raccrocha avant que Matthew n'en rajoute. Voilà, dit-il en glissant son téléphone dans sa poche. C'est réglé. Nous avons l'après-midi devant nous.

Elle le dévisagea, mais ne pipa mot. Il s'écoula encore quinze minutes avant qu'ils atteignent le centre commercial. Mario les attendait devant l'entrée. A peine la voiture arrêtée, son acheteur personnel se précipita pour ouvrir la portière.

— Monsieur Beaumont, quelle joie de vous voir ! J'étais justement en train de dire à votre frère Phillip qu'il y avait une éternité que je n'avais eu la joie de votre compagnie…

— Bonjour, Mario, répliqua Chadwick, un peu déstabilisé comme à chaque fois par cet homme flamboyant en costume jaune citron, maquillé et les cheveux coiffés à la punk.

Un original certes, mais qui avait l'œil pour habiller quelqu'un, talent dont Chadwick était dénué. C'était Mario qui lui choisissait ses vêtements et il était satisfait de ses services.

Comme il le serait sans doute pour Serena. Il se tourna vers elle, main tendue. Lorsqu'elle hésita, il ne put résister, il fronça les sourcils. Et l'effet fut immédiat. Elle lui offrit sa main, mais se garda bien de la refermer autour de la sienne.

— Mario, je vous présente Mlle Serena Chase.

— C'est un honneur de faire votre connaissance, mademoiselle Chase, roucoula celui-ci en esquissant une courbette. Mais je vous en prie, entrez.

Mario s'écarta et leur tint la porte, mais une fois à l'intérieur de la boutique Serena s'agrippa subitement à sa main. Surpris, il le fut plus encore en lui découvrant une expression proche de l'horreur.

— Vous allez bien ?

— Oui, oui, répondit-elle avec un peu trop de vivacité.

— Mais ?

— C'est juste… Je n'ai jamais mis les pieds dans une boutique de ce genre. C'est… Je fais mon shopping dans des endroits très différents.

Il pressentit peut-être que si elle avait d'abord refusé son offre ce n'était pas seulement par fierté.

— Bien, déclara Mario en tournoyant autour d'eux, les mains jointes. En quoi puis-je vous être utile… ?

Son regard s'arrêta trois secondes sur la main de Serena, toujours dans la sienne, mais il ne fit aucun commentaire.

— Nous avons une soirée, samedi. Mlle Chase a besoin d'une robe…

— Le gala de bienfaisance du musée des Beaux-Arts, bien sûr, renchérit Mario. Quelque chose de sage, d'une élégance sobre ou carrément mode ? Elle peut tout se permettre, avec un tel physique…

Serena lâcha la main de Chadwick. Intimidée peut-être par Mario. Ou que l'on se réfère à elle à la troisième personne. En tout cas, elle ne parut pas touchée par le compliment.

— Quelque chose d'élégant, répondit-elle.

— Bien sûr, suivez-moi, je vous en prie, dit Mario.

Il les mena jusqu'à l'escalator tout en leur parlant des dernières tendances ainsi que d'un costume qu'il avait repéré et qui irait sûrement comme un gant à Chadwick.

— Pas aujourd'hui, répliqua-t-il. Nous avons juste besoin d'une robe.

— Et des accessoires qui vont avec, suggéra Mario.

— Bien sûr, acquiesça Chadwick, gagnant au passage un regard de reproche de la part de Serena.

— Par ici…

Mario les mena dans un salon privé, comprenant une cabine d'essayage et deux miroirs d'un côté, un canapé et une table basse de l'autre.

— Champagne ?

— Volontiers.

— Non merci, répondit Serena avec vigueur.

Chadwick crut d'abord qu'elle recommençait à s'entêter, puis il vit ses joues s'embraser. Elle baissa les yeux, porta une main tremblante sur son ventre, visiblement nerveuse.

— Ah, fit Mario en écarquillant les yeux. Veuillez m'excuser, mademoiselle Chase. Je ne m'étais pas rendu compte que vous étiez enceinte. Je vais vous faire servir un cocktail de fruits, sans alcool bien sûr… Félicitations, monsieur Beaumont, ajouta-t-il en se tournant vers lui.

Chadwick ouvrit la bouche pour répliquer quelque chose, mais rien n'en sortit. Serena était enceinte ?

Il la regarda, elle chancela soudain, comme au bord de l'évanouissement. Mais elle ne démentit pas les allégations de Mario, se contentant de marmonner un « Merci » avant de s'asseoir lourdement sur le canapé.

— Mon assistante va vous servir les rafraîchissements pendant que je vais chercher quelques modèles pour Mlle Chase, reprit Mario qui, s'il nota le subit changement d'atmosphère dans la pièce, n'en laissa rien paraître.

Il s'éclipsa en refermant la porte derrière lui, les laissant seuls.

— Est-ce que… Ce qu'il vient de… ? Vous… ?

— Oui, répondit-elle en laissant échapper un soupir, avant de se plier en deux, comme si elle voulait disparaître.

A moins qu'elle ne soit sur le point de vomir ?

— Et vous l'avez appris ce week-end ? Voilà pourquoi vous étiez si bouleversée, lundi.

— Oui, répondit-elle d'une voix quasi inaudible.

— Et vous ne m'avez rien dit ! s'exclama-t-il. Mais pourquoi ?

— Monsieur Beaumont, nous n'avons pas pour habitude de parler vie privée au bureau, rétorqua-t-elle, comme une leçon apprise par cœur, ce qui eut le don de l'énerver.

— Oh ? Et nous en parlerons quand ? Lorsque vous devrez partir en congé maternité ? s'exclama-t-il, le fait qu'elle garde le silence le mettant hors de lui. Neil est au courant ? demanda-t-il, terrifié à l'idée qu'elle puisse lui répondre que Neil n'était pas le père.

— Je… J'ai envoyé un mail à Neil pour lui demander de me contacter. Il ne s'est pas encore manifesté. Mais je n'ai pas besoin de lui. Je peux très bien m'occuper de mon enfant toute seule. Je ne serai une charge ni pour vous, ni pour la compagnie. Je n'ai besoin d'aucune aide.

— Ne me racontez pas d'histoires, Serena. Vous êtes consciente de ce qui arrivera, si je perds la brasserie ?

Même si elle fixait ses chaussures et ne lui accorda pas un regard, il la vit fermer les yeux. Bien sûr qu'elle en était consciente. Mais quelqu'un d'aussi intelligent et pragmatique que Serena devait avoir un plan d'urgence en tête.

— Je perdrai mon emploi. Mais j'en trouverai un autre. Si vous voulez bien me rédiger une lettre de recommandation.

— Evidemment, voyons. Mais vous ne comprenez pas. Trouver un emploi en étant enceinte de huit mois ne va pas être facile, même si je chante vos louanges.

Elle vira au vert pâle. Bon sang, quelle brute il faisait ! Elle était enceinte. Enceinte. Et lui, il ne trouvait rien de mieux à faire qu'à l'inquiéter. Une attitude digne de son père. Et zut.

— Respirez, lui conseilla-t-il en s'obligeant à parler avec douceur. Respirez, Serena.

Elle secoua la tête, comme si elle avait oublié la manière de procéder. Oh non ! Son assistante enceinte n'allait quand même pas s'évanouir dans le salon privé d'une boutique de luxe. Mario appellerait le SAMU, la presse accourrait et Helen — la femme avec laquelle, devant la loi, il était encore marié — lui ferait payer cet outrage.

Il s'accroupit auprès de Serena et entreprit de lui masser le dos.

— Respirez, Serena, je vous en prie. Je suis désolé. Je ne suis pas fâché contre vous.

Elle se laissa alors aller contre lui, juste un peu, en posant la tête sur son épaule. N'était-ce pas ce qu'il avait espéré, quelques jours plus tôt ? La tenir entre ses bras ?

Oui, mais pas dans ces circonstances. Pas après avoir perdu son sang-froid. Et puis, elle était… enceinte.

Il n'avait pas la moindre idée de la façon de s'y prendre, pour être un bon père. En revanche, il était incollable sur l'art d'être un père irresponsable. Helen ne voulait pas d'enfants, ils n'en avaient donc pas eu. Les choses étaient plus simples comme ça.

Mais Serena ? Elle était douce et tendre, tout le contraire de Helen ou de sa mère, tellement dure, tellement instable. Serena s'investissait beaucoup dans son travail et ne rechignait jamais quand il s'agissait de se retrousser les manches.

Oui, elle ferait une bonne mère. Une supermaman.

A cette pensée, il sourit, juste avant de frémir, terrifié, lorsqu'il la vit au bord de l'asphyxie.

— Respirez, répéta-t-il. Bien. Allez, encore une fois, l'encouragea-t-il lorsque enfin elle inspira.

Ils restèrent un long moment comme ça, elle s'appliquant à respirer, lui l'y encourageant. Et quand l'assistante de Mario se présenta avec les boissons,

Serena ne s'écarta pas de lui. Alors il continua de lui masser le dos tout en la berçant.

— Je pensais ce que je vous ai dit, lundi, Serena. Cela ne change rien, murmura-t-il quand ils furent seuls à nouveau.

— Ça change tout pourtant, répliqua-t-elle avec une tristesse qu'il ne lui connaissait pas. Je suis désolée, j'aurais tellement voulu que rien ne change. Mais c'est comme ça. Tout est ma faute.

Ils avaient vécu trop longtemps dans une sorte d'inertie — lui pas vraiment heureux avec Helen, et Serena avec Neil, pas plus heureuse que lui, apparemment. Et ils auraient pu continuer ainsi longtemps, si tout n'avait pas changé.

— Je ne vous décevrai pas, lui promit-il.

Il repensa à son enfance avec un serrement au cœur. Hardwick Beaumont n'était pas un tendre. Il attendait de lui la perfection et le décevoir, même dans l'au-delà, n'était pas une option. Mais pas question qu'il laisse tomber Serena.

Elle se redressa, sans tout à fait rompre le contact entre eux, mais assez pour pouvoir le regarder. Elle avait retrouvé des couleurs. Les cheveux un peu en désordre, elle cligna les yeux, comme si elle s'éveillait d'un long cauchemar... et voulait l'embrasser.

Il écarta une mèche sur son front, puis effleura sa joue, incapable de résister au besoin de toucher sa peau.

— Je ne vous décevrai pas, répéta-t-il.

— Je le sais, chuchota-t-elle, la voix tremblante, avant d'approcher sa main, comme pour l'attirer à elle et l'embrasser.

Oh ! comme il avait envie de ses lèvres sur les siennes.

— Toc, toc ! appela à ce moment Mario, derrière la porte. Tout le monde est visible, là derrière ?

— Et zut.

Serena eut un petit sourire crispé, mais un sourire quand même. Et à cet instant, il en eut la conviction, non, jamais il ne la décevrait.

5

— Inspirez, l'encouragea Mario quand elle ressortit de la cabine d'essayage, vêtue de la première robe.

Serena s'exécuta. Respirer était la seule chose dont elle soit capable, certes pas comme elle le voudrait, mais elle faisait de son mieux.

Elle avait presque embrassé Chadwick. Dans un moment de faiblesse, elle avait failli poser sa bouche sur la sienne. Non seulement elle avait perdu toute retenue face à son patron lorsque, prise de panique, elle s'était laissé réconforter. Mais en plus l'embrasser ?

Pourquoi cela lui semblait-il pire que de le laisser, lui, l'embrasser ? C'était comme ça. Mieux et pire en même temps.

— Expirez, mademoiselle Chase. Voilà, enchaîna Mario derrière elle en remontant la fermeture Eclair. Sublime !

Elle se regarda dans la robe en velours noir, qui faisait comme une seconde peau sur ses hanches.

— Comment avez-vous deviné ma taille ?

— Chère amie, répondit Mario en virevoltant autour d'elle, tirant ici, remontant là. Savoir deviner ce genre de choses fait partie de mon travail.

— Vous comprenez, reprit-elle, c'est une première

fois pour moi. Mais je suppose que vous l'avez deviné, ça aussi…

De fait, il ne s'était trompé ni sur la taille de sa robe, ni sur sa pointure, ni même sur la taille de son soutien-gorge bandeau, qui lui allait même mieux que le sien.

— Quoi donc ? Essayer des robes de créateur ou quitter le bureau en plein après-midi pour faire du shopping ?

— Les deux, soupira-t-elle, en comprenant qu'elle ne trompait personne. J'ai l'impression d'être une autre.

— Mais c'est précisément là toute la beauté de la mode, remarqua Mario. Chaque matin, en vous réveillant, vous pouvez décider d'être quelqu'un d'autre… Même moi, ajouta-t-il, d'une voix plus grave soudain, avec un net accent hispanique. Vous savez, je suis issu d'un milieu très défavorisé, mais aujourd'hui qui s'en douterait ? Voilà ce que j'aime, dans les vêtements. Peu importe ce que nous avons été. Ce qui compte, c'est ce que nous sommes aujourd'hui. Et aujourd'hui… Aujourd'hui, vous êtes royale, conclut-il avec un sourire radieux.

Elle le regarda avec attention. Plus observateur qu'il y paraissait, Mario avait senti combien elle se sentait mal à l'aise au milieu de tout ce luxe. Et par ses aveux, ses paroles d'encouragement, il lui avait donné confiance en elle.

— Vous savez quoi, Mario ? Vous êtes fabuleux.

— C'est ce que je ne cesse de répéter à mon mari, répondit-il avec un clin d'œil. Il finira bien par le croire. En tout cas, M. Beaumont a beaucoup de chance…

Pourquoi donc ? Mario semblait penser que Chadwick était le père de son enfant. Sauf qu'il ne l'était pas. Il n'était même pas son petit ami. Uniquement son patron. Soudain, elle sentit la panique revenir. Vite, elle devait penser à autre chose.

— Cela arrive souvent ? Que M. Beaumont vous amène une jeune femme à relooker ? précisa-t-elle, regrettant aussitôt après sa question.

En réalité, elle n'avait aucune envie de le savoir.

— Grands dieux non ! s'exclama Mario en prenant un air choqué tout en lui glissant un collier autour du cou, avec un diamant aussi gros qu'un petit pois. Son frère, Phillip Beaumont, oui. Mais pas M. Chadwick. Je ne pense même pas l'avoir jamais vu accompagner ici sa propre femme en plein après-midi. Je m'en souviendrais.

Comme par magie, elle respira mieux. Il n'y avait pourtant aucune raison pour qu'elle se sente le cœur plus léger. Elle n'avait pas d'intention particulière concernant Chadwick. Et puis, qu'il accompagne une femme dans son shopping ne signifiait pas forcément grand-chose. Peut-être même avait-il une maîtresse, qu'en savait-elle ?

Non, elle en doutait. Il travaillait trop pour cela, elle était bien placée pour le savoir, en gérant son emploi du temps.

— Et ce matin, reprit Mario en regardant son tailleur, accroché sur un cintre, vous vous êtes réveillée comment, en attachée commerciale ?

— Non, en assistante de direction.

Mario lui sourit à nouveau.

— Eh bien, à présent vous êtes une reine, répliqua-t-il en lui offrant son bras.

Sur quoi il ouvrit la porte et ils retrouvèrent Chadwick dans le salon privé, confortablement installé sur le canapé, une coupe de champagne à la main. Il avait desserré sa cravate, juste un peu, ce qui lui donnait un air plus détendu que la normale.

A cet instant, son regard se posa sur elle, puis il écarquilla les yeux et se redressa, manquant de renverser son champagne au passage.

— Serena… Bon sang…

— Et ce n'est qu'un début, exulta Mario en la menant, non pas devant Chadwick, mais face à des miroirs devant lesquels il la fit tournoyer.

Elle sourit à son reflet. Mario avait fait des miracles. Bon, elle était encore un peu pâle, mais elle avait même du mal à croire que cette femme si élégante et si glamour soit vraiment elle. Elle se sentait belle et, après cette journée, c'était un vrai don du ciel.

Elle se retourna et croisa le regard de Chadwick. Il s'était levé et elle crut qu'il allait la prendre dans ses bras.

— Bien, constata Mario. Cette robe serait parfaite pour samedi, mais tout le monde portera du noir et nous n'avons pas envie que Mlle Chase ressemble à tout le monde, n'est-ce pas ?

— Non, bien sûr, répondit Chadwick en la dévorant des yeux, comme s'il ne l'avait jamais vue. Non, c'est certain, ajouta-t-il.

— Et puis, cette robe est peut-être un peu trop stricte. Je crois que nous pourrions essayer quelque chose de plus fluide, de plus élégant. De plus…

— Sensuel, conclut Chadwick, avant de se rasseoir, jambes croisées, en promenant son regard sur elle. Montrez-moi ce que vous avez, Mario.

— Avec grand plaisir !

Elle tomba tout de suite amoureuse du deuxième modèle, une robe de bal avec jupon rose pastel.

— Un peu trop classique, peut-être, remarqua Mario.

— Oui, sans aucun doute, renchérit Chadwick et, craignant peut-être de la blesser, il s'empressa d'ajouter : Mais très belle quand même.

Ce fut ensuite une robe bleu ciel avec taille haute et jupe plissée, dont l'une des bretelles était incrustée d'argent.

— Pas de collier avec celle-ci, décréta Mario en lui tendant des boucles d'oreilles, serties de vrais saphirs. Dans cette robe, vous serez unique.

Lorsqu'elle sortit de la cabine d'essayage, Chadwick écarquilla les yeux.

— Vous êtes… divine, approuva-t-il avec ce même regard subjugué.

Elle sentit ses joues s'embraser. Elle n'avait pas l'habitude d'être divine. Elle était juste professionnelle. La robe noire qu'elle portait pour les grandes occasions était tout ce qu'elle avait jamais eu d'élégant ou d'un peu habillé. Et puis, comment être aussi divine, enceinte, avec de petites rondeurs ici ou là ? Mais cela ne semblait pas déranger Chadwick.

— La taille est élastique, expliqua Mario. Vous pourrez la porter plusieurs mois encore. Et la remettre plus tard sans problème, lui expliqua-t-il.

Ce détail dans la conception de la robe était sans doute censé en justifier le prix élevé.

— Je ne vois pas à quelle autre occasion je pourrais la porter, objecta-t-elle.

Chadwick ne releva pas, mais lui jeta un regard qui la fit tressaillir.

Il y eut d'autres robes encore, que personne ne trouva à son goût. Mario lui fit essayer différents modèles en noir, avant de réaliser que le noir n'allait pas à son teint. Elle essaya une robe jaune tournesol qui lui allait encore moins bien, au point que Mario refusa même de la montrer à Chadwick.

Elle eut le coup de foudre en revanche pour la suivante, une robe en satin de couleur vive, un pourpre profond avec un corsage en dentelle. Puis ce fut un modèle rose foncé dans lequel elle se fit penser à une gouvernante, puis une robe blanc et bleu, un peu kitsch peut-être, mais plutôt jolie.

— Le bleu vous va bien, constata Mario, et elle fut forcée d'en convenir.

Jamais elle n'aurait cru prendre autant de plaisir à tous ces essayages. Enfant, elle rêvait de princesses, mais savait qu'elle était une fillette pauvre. Oh ! elle avait parcouru du chemin depuis, mais aujourd'hui, aujourd'hui… C'était comme vivre dans un conte de fées. Elle était une princesse et se sentait belle.

Le temps s'écoula ainsi, magique, entre compliments et regards brûlants de la part de Chadwick. Elle passa presque quatre heures au total dans ce salon privé. Chadwick but la moitié de la bouteille de champagne et, à un moment, l'assistante de Mario apporta un plateau de petits fours. Ayant pitié d'elle, Mario lui proposa une pomme. Pas question qu'elle grignote autre chose durant les essayages.

Mais elle était fatiguée à présent et morte de faim. Chadwick de son côté avait l'air éteint et même Mario commençait à manquer d'énergie.

— Nous avons terminé ? soupira-t-elle dans une robe vert pâle cette fois.

— Oui, répondit Chadwick. Nous allons prendre la bleue, la pourpre, la bleu et blanc et… Y en a-t-il une autre que vous aimez, Serena ?

Elle le regarda, effarée.

— Mais combien de fois attendez-vous que je me change, pour ce gala ?

— Je tiens à ce que vous ayez le choix.

— Une robe me suffira amplement. La bleue…

Mario se tourna vers Chadwick, qui répéta :

— Les trois, merci. Avec tous les accessoires nécessaires. Faites livrer le tout chez Serena.

— Entendu, monsieur Beaumont, répondit Mario qui rassembla les tenues et s'éclipsa.

Toujours vêtue de la robe verte, elle retira ses talons aiguille et se planta devant Chadwick, avec son regard le plus intransigeant.

— J'ai dit : « une ». Si j'avais su, jamais je n'aurais accepté de venir. Je n'ai pas besoin de trois robes.

Il la fixa avec un regard impitoyable, un sourire de requin aux lèvres, comme il en avait quand il voulait faire savoir à un client que la négociation s'arrêtait là. Elle se rendit soudain compte qu'ils étaient seuls et qu'elle ne portait pas son éternel tailleur d'assistante.

— La plupart des femmes se réjouiraient d'avoir quelqu'un qui leur offre de jolies choses, Serena.

— Sans doute, rétorqua-t-elle, mais je ne suis pas la plupart des femmes.

— Je sais.

Puis il se leva et commença à venir vers elle au ralenti, les yeux rivés sur sa bouche. Elle retint son souffle, elle devait faire quelque chose, vite. Reculer à mesure qu'il avançait. S'enfuir dans la cabine d'essayage et s'y enfermer à double tour en attendant le retour de Mario.

Voilà comment elle devait réagir.

Sauf qu'elle avait envie de l'embrasser.

Il enroula un bras autour de sa taille et de sa main libre s'empara du bout de son menton.

— Vous ne ressemblez à aucune femme que j'ai connue, Serena. Je l'ai compris la première fois où je vous ai vue.

— Vraiment ? balbutia-t-elle, la gorge nouée. Vous vous souvenez de notre première rencontre ?

— Vous travailliez aux ressources humaines pour Sue Collar, répondit-il avec un large sourire. Elle vous a envoyée me porter une étude sur l'évolution de notre couverture maladie… Je me souviens de vous avoir demandé ce que vous en pensiez. Vous m'avez expliqué que Sue recommandait l'option la moins onéreuse, mais que l'autre était plus avantageuse pour les employés. Plus rassurante et motivante. Manifestement je vous rendais nerveuse, vous avez même rougi, mais…

Tout en parlant, il la serrait contre lui, au point qu'elle sentit son torse puissant à travers le tissu de sa robe.

— Vous avez choisi la formule que je préconisais.

Une formule de mutuelle dont elle avait besoin. Bon sang, elle n'en revenait pas qu'il se souvienne de ça.

Elle posa les mains à plat sur son dos sans le repousser. Impossible. Elle en avait trop envie. Depuis ce jour-là, en fait. Quand elle avait frappé à la porte de son bureau, il l'avait regardée avec ses yeux noisette puis il lui avait accordé toute son attention en lui demandant son avis. Ce qu'il n'était pas obligé de faire. Elle était au plus bas de l'échelle dans la compagnie, à peine plus qu'une simple stagiaire, mais face au futur P-DG elle avait eu le sentiment d'être l'employée la plus importante de l'entreprise.

Il l'avait regardée avec la même attention qu'aujourd'hui.

— Vous avez été franche avec moi. Et mieux que

ça, juste. Car comment espérer une quelconque loyauté de vos employés si de votre côté vous ne faites rien pour eux.

A partir de ce jour, elle lui avait été entièrement dévouée. Un an plus tard, le jour même où il avait été nommé P-DG, elle avait postulé pour devenir son assistante. Elle n'était pas la candidate la plus qualifiée, mais il lui avait donné sa chance.

Ce dont elle lui avait été très reconnaissante. Ce travail lui donnait enfin la possibilité de s'assumer. Et pas de compter sur Neil pour payer le loyer et les courses. Grâce à Chadwick, elle accédait enfin à l'indépendance financière.

Aujourd'hui encore, elle en éprouvait un profond sentiment de gratitude.

Il approcha doucement son visage du sien et ses lèvres effleurèrent les siennes pour un baiser ni vorace ni possessif, plutôt comme s'il attendait sa permission.

Elle laissa échapper un soupir et s'enivra de son odeur bois de santal. Incapable de résister, elle se pressa contre lui et fit courir le bout de sa langue sur ses lèvres.

Chadwick émit alors un son guttural, puis leur baiser gagna en intensité et, quand elle entrouvrit la bouche, il noua sa langue à la sienne. La chaleur qui la submergea fut telle qu'elle chancela, puis la tête se mit à lui tourner, mais au lieu de la panique qui l'avait paralysée un peu plus tôt elle ne ressentit qu'un désir brut et absolu. Ce baiser, elle en rêvait depuis si longtemps ! Depuis le jour où elle avait vu Chadwick Beaumont.

Quelque chose de dur, de chaud, se pressa contre sa robe, en phase avec le volcan qui bouillonnait entre ses cuisses et elle se colla à lui. Voilà ce qui lui manquait depuis des mois. Des années.

Chadwick avait envie d'elle. Et elle de lui. Envie d'oublier leurs positions de patron et d'employée, les réunions de cadres et sa grossesse, et tout ce qui ne tournait pas rond. Les bras de Chadwick, la bouche de Chadwick, tout était là et c'était tellement bon. Rien d'autre n'importait que cette chaleur, ce brasier.

Elle avait envie de le toucher, partout, de sentir son corps sous ses mains et elle s'apprêtait à le faire quand il s'arracha à ses lèvres et l'attira un peu plus fort contre lui. Elle sentit sa bouche frémir dans son cou, comme s'il souriait.

— Tu as toujours été spéciale, Serena, murmura-t-il en la tutoyant soudain. Je te demande donc de me laisser te montrer combien tu es spéciale pour moi. Je veux t'offrir ces trois robes. Ainsi, samedi, tu me feras la surprise. Vas-tu me refuser cette faveur ?

Elle soupira. Ces robes lui étaient complètement sorties de la tête, ainsi que leur prix d'ailleurs. Oui, c'était fou, mais l'espace d'un moment elle avait tout oublié. Qui elle était. Qui il était.

Elle devait absolument refuser, les robes, le dîner et la façon aussi qu'il avait de la regarder, comme s'il voulait la dévorer, la façon dont il l'étreignait. Elle n'avait aucun intérêt à laisser son attirance pour Chadwick Beaumont occulter ses facultés de penser. Elle était enceinte, et son travail en jeu. Et pour finir, elle n'avait pas et n'aurait jamais besoin de trois robes de soirée qui devaient valoir plus que ce qu'elle gagnait en une année.

A cet instant, il lui prit le visage entre ses mains.

— Je n'avais pas passé un aussi bon moment depuis… En fait, je ne me souviens plus. Ça fait du bien de sortir du bureau, ajouta-t-il avec un large sourire qui eut pour effet d'effacer des années de stress sur son visage.

Elle voulut alors répliquer que le champagne avait dû lui monter à la tête — même si cela n'excusait pas l'empressement avec lequel elle avait répondu à son baiser — quand il ajouta :

— Je suis heureux d'avoir passé ce moment avec toi. Merci, Serena.

Et elle se retrouva désarmée, incapable de le repousser, d'insister pour n'emporter qu'une seule robe et de lui expliquer qu'elle était parfaitement en mesure de s'acheter une robe elle-même.

Il était heureux. Oui, heureux de ces quelques heures en sa compagnie.

— Ces robes sont sublimes, Chadwick, merci.

— Tout le plaisir était pour moi, murmura-t-il en déposant un baiser sur sa joue. Permets-moi de t'inviter à dîner.

— Je...

Elle baissa les yeux sur sa robe verte, un peu froissée à présent.

— Je dois retourner travailler. Je dois redevenir ton assistante...

Ces mots eurent une résonance étrange. Cela faisait sept ans qu'elle n'était rien d'autre que son assistante. Pourquoi ce malaise en elle ?

Toutes ces heures d'essayages lui avaient obscurci la tête. Elle ne devait pas oublier qu'elle était seulement Serena Chase, une modeste employée. Et certainement pas le genre de femme que des hommes fortunés couvraient de cadeaux. Elle n'était pas la maîtresse de Chadwick.

Mon Dieu, elle s'était laissé embrasser. Et lui avait rendu son baiser.

Le visage de Chadwick se fit plus distant. Lui aussi parut réaliser. Ils avaient franchi une frontière et impossible maintenant de revenir en arrière. Elle sentit son cœur se serrer.

— Hmm, oui. Je présume que moi aussi je ferais mieux de retourner au travail…

Ils avaient beau s'être autorisé certaines choses, les suites de la réunion du conseil d'administration ne se feraient pas attendre. Investisseurs, analystes et journalistes, tous allaient vouloir avoir la primeur d'une déclaration de Chadwick Beaumont.

Et puis elle devait prendre d'urgence ses distances avec lui. Leur proximité était trop déstabilisante. Elle devait se reprendre et arrêter de fantasmer sur son patron, même si elle avait désormais de quoi alimenter son imagination avec des éléments bien concrets : le souvenir de sa bouche contre la sienne, de son corps contre le sien, qui sans aucun doute viendraient hanter son sommeil.

Elle avait accepté les robes, mais le dîner… Non, elle devait rétablir une frontière, enfin, des limites.

Sans quoi, jusqu'où irait-elle ?

6

Chadwick dormit peu. Et mal.

Il tenta bien d'attribuer cette nuit presque blanche à la réunion désastreuse du conseil d'administration, mais c'était bien de Serena et d'elle seule qu'il s'agissait.

Il n'aurait pas dû l'embrasser. Sa raison le lui soufflait. Il n'aurait pas hésité à renvoyer n'importe quel cadre de son équipe pour avoir osé déroger à cette règle. Les patrons successifs des Brasseries Beaumont avaient trop longtemps abusé des femmes qui travaillaient pour eux. Cela avait été l'une de ses toutes premières initiatives, après le décès de son père. Il avait joint au contrat de travail de Serena, comme à celui de toutes les femmes de la compagnie, un alinéa sur le harcèlement sexuel de façon à prévenir ce genre de situation.

Il avait toujours visé l'excellence, la justice, la loyauté, l'égalité. N'ayant rien de commun avec Hardwick Beaumont, il ne séduirait pas sa secrétaire. Son assistante en l'occurrence.

Sauf qu'il en prenait le chemin. Il tenait à arriver avec elle au gala. Il l'avait emmenée faire du shopping, lui avait acheté pour des dizaines de milliers de dollars de robes, bijoux et sacs à main.

Il l'avait embrassée. Il avait eu envie de bien davantage, aussi, de lui retirer cette robe, de se rasseoir sur le canapé et de l'attirer sur ses genoux. Envie de sentir ses seins sous ses doigts, son corps contre le sien.

Il avait même eu envie de la prendre là, dans cette cabine d'essayage. Bon sang, c'était exactement ce que Hardwick aurait fait.

Alors il s'était arrêté. Et grâce au ciel, elle aussi.

Elle n'avait pas voulu des robes. Elle s'était montrée intraitable à ce sujet. Son baiser en revanche…

Elle y avait répondu, faisant courir sa langue sur ses lèvres, le serrant contre lui, le subjuguant par le contact de ses seins contre son torse.

Ce matin, arrivé au bureau dès 7 h 30, il avait couru dix bons kilomètres sur son tapis de course, son ordinateur grand ouvert devant lui, les chiffres du marché international à l'écran. Mais l'esprit ailleurs.

Qu'allait-il faire concernant Serena ?

Elle était enceinte, et lumineuse dans ces robes. Bon, elle avait toujours été belle — toujours le sourire, toujours avenante, en aucun cas manipulatrice — mais hier… Hier, il en avait eu le souffle coupé, tant il était sous le charme. Dans son milieu, une femme ne refusait jamais une robe ou un bijou. Le but, c'était même d'en avoir davantage. Ces femmes-là étaient prêtes à tout pour parvenir à leurs fins, pleurnicher, supplier et séduire.

N'était-ce pas ce que sa mère avait toujours fait ? Il ne croyait pas qu'Eliza et Hardwick aient jamais été vraiment amoureux l'un de l'autre. Elle en voulait à son argent, il en voulait au prestige de sa famille. Chaque fois qu'Eliza prenait Hardwick en flagrant délit — autant dire, très souvent — elle le menaçait et pleurait, jusqu'à ce que Hardwick cède et lui offre un énorme diamant en guise de consolation.

Helen était comme ça, elle aussi. Elle ne le menaçait pas, non, mais faisait la tête jusqu'à ce qu'elle obtienne satisfaction. Voiture, vêtements, chirurgie esthétique. Et c'était bien plus simple de répondre à sa demande que de subir ses manœuvres à longueur de temps. La dernière année, avant qu'elle ne demande le divorce, elle ne couchait plus avec lui que quand il lui avait offert quelque chose. Non qu'il en ait réellement envie d'ailleurs, mais bon…

D'une certaine façon, il avait fini par se convaincre que cette situation lui convenait. Il n'avait pas besoin de passion. La passion désarmait un homme, l'exposait à la trahison. Car c'était bien la trahison qui faisait tourner ce monde, non ?

Sauf en ce qui concernait Serena. Elle était quelqu'un de bien, elle ne pleurait jamais, ne se montrait jamais maussade, ne l'avait jamais traité comme un pion ou un obstacle.

Il augmenta la vitesse du tapis, mais après trois minutes à ce rythme il le régla sur une allure plus raisonnable.

Il ne devait pas fantasmer sur son assistante, point final. S'il était dans cet état, c'était juste la faute de Helen qui avait déserté le lit conjugal près de deux ans plus tôt. Voilà où il en était. Deux années sans tenir une femme entre ses bras.

Et deux années, c'était long.

Sa frustration sur le plan sexuel s'était finalement trouvé un exutoire en la personne de son assistante. Il refusait pourtant de trahir ses vœux de mariage envers Helen, même en plein divorce. Certes, l'une de ses motivations était intéressée : si Helen découvrait qu'il avait une liaison, même après leur séparation, elle continuerait à exiger toujours plus de lui avant de consentir à signer un accord.

Mais en fait, c'était surtout qu'il refusait d'agir comme son père, qui aurait couvert sa secrétaire de cadeaux avant d'aller plus loin… Bon sang.

Il s'arrêta de courir, lessivé, et non avec le sentiment d'euphorie qu'il ressentait toujours après l'exercice physique. Au contraire, jamais il n'avait été aussi morose, ni aussi confus.

Il en était encore à essayer de savoir ce qu'il allait bien pouvoir faire avec Serena, quand il entendit l'intéressée arriver pour leur réunion du matin.

En fait, ce qu'il voulait, il le savait. Il avait envie de la coucher sur son bureau et d'aimer ce corps comme il le méritait. Il voulait la sentir contre lui, l'emmener au septième ciel et la prendre dans ses bras pour la bercer ensuite, jusqu'à ce qu'elle s'endorme.

Il n'avait pas juste envie de sexe. Il la voulait, elle, Serena.

Il était dans de beaux draps.

Une douche froide échoua à lui faire recouvrer ses esprits, mais réussit cependant à affaiblir son érection.

Oui, cela allait au-delà du désir. Il éprouvait le besoin de prendre soin d'elle et de ne pas la décevoir. C'était d'ailleurs la raison pour laquelle il lui avait acheté toutes ces choses. Pour la récompenser de sa loyauté.

Apparemment, son ex n'avait pas répondu à son mail. Or c'était là un point sur lequel il pouvait intervenir, en faisant en sorte d'amener ce salaud à se manifester et à reconnaître qu'il avait abandonné Serena dans une situation plus que délicate. Oui, il aimait cette idée. Obliger Neil Moore à assumer ses responsabilités était une manière parfaitement acceptable de veiller sur sa meilleure employée. L'embrasser en revanche n'entrait pas dans cette mission. Il doutait que Serena pousse Neil à remplir ses obligations, en le traînant devant un tribunal. Chadwick en revanche n'aurait aucun scrupule à le faire.

Il ferma le robinet, attrapa sa serviette. Il avait sûrement entré le numéro de Neil dans son smartphone. Où l'avait-il fourré, d'ailleurs, ce maudit téléphone ?

Il chercha dans les poches de son pantalon, avant de se rappeler l'avoir laissé sur son bureau. Il sortit donc de la salle de bains pour aller le chercher et tomba nez à nez avec Serena.

— Chadwick ! s'exclama-t-elle. Mais que… ?

— Serena ! s'écria-t-il, surpris, se souvenant à cet instant qu'il portait juste une petite serviette autour de la taille.

Il n'avait même pas pris le temps de se sécher.

Les lèvres de Serena formèrent un « oh », puis elle promena le regard sur son torse humide.

En un éclair, le désir le submergea. Tout ce qu'il avait à faire, c'était d'envoyer promener cette serviette, et elle verrait l'effet qu'elle lui faisait. Et encore, dans l'état où il était, il n'aurait peut-être même pas besoin de jeter sa serviette. Elle n'était pas aveugle et il aurait eu du mal à cacher son érection.

— Je… Je suis… désolée, bafouilla-t-elle. Je n'avais pas…

— Je voulais juste récupérer mon téléphone…

Et j'étais juste en train de penser à toi… Il jeta un coup d'œil à sa montre. Elle était en avance d'une heure au moins.

— Je voulais… A propos d'hier…

Elle faisait ce qu'elle pouvait pour retrouver son

sang-froid, mais ses yeux n'en finissaient pas de revenir sur le morceau d'éponge autour de sa taille. Ses joues s'embrasèrent, lui donnant un air innocent et sexy à la fois.

Il fit un pas vers elle, toutes ses bonnes intentions balayées par l'expression sur son visage : la même qu'hier, lorsqu'il l'avait embrassée. Elle avait envie de lui.

Et comme c'était bon.

— Oui, qu'avais-tu à me dire à propos d'hier ?

Elle détourna les yeux de son corps et les garda rivés sur le parquet.

— Cela n'aurait jamais dû se produire. Je n'aurais pas dû t'embrasser. Cela manquait de professionnalisme et je te prie de m'en excuser. Cela ne se reproduira plus.

Elle avait débité sa réplique sans respirer, comme si elle avait passé la moitié de la nuit à se la réciter.

Etait-elle en train de se reprocher ce qui s'était passé ? Mais ce n'était pas comme si elle l'avait plaqué contre le mur. C'était lui qui l'avait attirée dans ses bras et avait pris le bout de son menton entre ses doigts.

— Corrige-moi si je me trompe, mais je pensais que c'était moi qui t'avais embrassée.

— N'empêche, tout ça n'est pas du tout professionnel. Cela n'aurait jamais dû arriver pendant mes heures de travail.

Un instant, il crut le pire. Il aurait de la chance si elle ne le traînait pas devant un juge pour harcèlement sexuel.

Puis elle releva la tête, se mordilla la lèvre tout en regardant son torse nu. Il n'y avait aucune incertitude dans ses yeux, juste le même désir que celui qui rugissait dans ses propres veines.

Il comprit alors ce qu'elle venait de dire. « Pendant mes heures de travail. »

Et samedi soir ? Considérait-elle que le gala de bienfaisance entrait dans ses heures de travail ?

— Bien sûr, acquiesça-t-il.

Parce que, même si elle le dévorait du regard et qu'il était nu à l'exception de cette serviette, il n'était pas Hardwick, mais un homme responsable, rationnel. Pas une sorte de pervers incapable de se contrôler.

En principe.

— A quelle heure puis-je venir te chercher pour aller dîner, samedi ?

Elle garda un moment sa lèvre entre ses dents et il crut déceler l'amorce d'un sourire, sur ses lèvres. A peine.

— Le gala commence à 21 heures. Nous y arriverons vers 21 h 20, pas question d'être trop en retard.

Il l'emmènerait au Palace Arms, un endroit parfait pour ce genre d'occasion et pour Serena en robe de soirée.

— Serena, poursuivit-il avec sa voix la plus professionnelle possible, merci de nous réserver deux places au Palace Arms. Je passerai te prendre à 18 h 30.

Elle écarquilla les yeux, comme hier quand il avait voulu l'envoyer chez Neiman pour se trouver une robe. Comme lorsque, sur une impulsion, il avait pris les trois. Pourquoi semblait-elle si effrayée qu'il dépense son argent comme bon lui semblait ?

— Mais c'est…

— C'est ma décision, l'interrompit-il.

Puis, parce que ce fut plus fort que lui, il laissa la serviette glisser. Juste un peu, mais pas trop, afin de ne pas la choquer : juste assez pour qu'elle comprenne.

Bon, apparemment, elle détestait quand il étalait sa

richesse. Mais son corps, c'était différent. Un nouveau « oh » se dessina sur ses lèvres et elle humecta ses lèvres du bout de sa langue. Il serra les dents pour réprimer un gémissement.

— Bien, je m'occupe des réservations, lâcha-t-elle, le souffle court.

— Merci, marmonna-t-il, incapable de ravaler le sourire béat qu'il sentait se dessiner sur son visage.

Oui, il l'emmènerait dîner et elle porterait l'une de ces robes sublimes, puis il…

Il se contenterait d'apprécier sa compagnie. Il n'attendrait pas autre chose qu'une bonne soirée entre gens bien élevés, entre un patron conscient de ses devoirs et une employée modèle. Ils n'étaient pas dans un scénario où, en recevant de lui des vêtements de créateur, elle devait se jeter dans son lit. Il y avait autre chose que le sexe pour remercier.

A ce moment-là, elle lui tendit une petite enveloppe.

— Quelques mots, pour te remercier.

Il faillit éclater de rire, mais se retint, trop occupé à la regarder s'avancer jusqu'au bureau et déposer l'enveloppe dessus. Elle était tout près maintenant, il lui suffirait de tendre la main pour pouvoir l'attirer contre lui, comme hier.

Excepté qu'alors il devrait lâcher sa serviette.

C'était quand la dernière fois où il avait dû accomplir un tel effort sur lui ? Où maîtriser ses pulsions avait été si compliqué ?

A longtemps, avant les froides et interminables années d'un mariage sans amour. Mais Serena avait réveillé quelque chose en lui et, maintenant que cette chose était sortie de sa torpeur, il ignorait s'il arriverait à en contrôler l'énergie.

La tension dans la pièce était palpable.

— Merci, lâcha-t-il en se retranchant derrière les convenances comme il le faisait depuis des années.

En vain. Sur sa bouche, il pouvait presque sentir le goût de ses lèvres.

— Tu as rendez-vous avec Larry, déclara-t-elle sans battre en retraite et en le regardant à la dérobée. Dois-je le déprogrammer ou penses-tu être rhabillé d'ici là ?

Cette fois, il éclata de rire.

— Je suppose que je serai rhabillé. Fais-le entrer dès son arrivée.

Elle acquiesça puis, après un dernier regard à son torse, tourna les talons.

— Serena ?

Elle se figea à la porte, mais sans se retourner.

— Oui ?

— Je… J'ai hâte d'être à samedi.

Alors elle le regarda enfin et lui adressa même un sourire dans le genre de ceux qu'elle avait eus lorsqu'elle essayait les robes devant lui : un sourire chaud, nerveux et fébrile tout à la fois.

Puis elle le laissa seul dans son bureau. Ce qui était la chose la plus correcte à faire.

Samedi. Une éternité l'en séparait encore. Pourvu qu'il tienne jusque-là.

Serena se promit dorénavant de frapper avant d'entrer.

Non qu'elle regrette d'avoir pu admirer le torse nu de Chadwick, le duvet clair sur sa peau encore mouillée, ses cheveux en désordre dégoulinants…

Et certainement pas parce que l'espace de quelques secondes elle avait imaginé Chadwick l'entraînant avec lui sous la douche, la plaquant contre la paroi en céramique et l'embrassant comme à la boutique. Des baisers qui auraient fini par la faire défaillir de plaisir, avant qu'elle lui rende la politesse.

Stop. Désormais, elle n'entrerait plus dans son bureau sans avoir frappé deux coups bien distincts.

Le jeudi fut particulièrement trépidant entre les impératifs coutumiers, la nouvelle situation causée par le vote du conseil d'administration et l'imminence de la soirée de gala. Une fois Chadwick en tenue décente, ce fut à peine si elle se retrouva seule avec lui plus de deux minutes, les coups de téléphone succédant aux réunions et rendez-vous habituels.

Le vendredi se révéla tout aussi intense. Ils travaillèrent dans son bureau jusqu'à 19 heures, à tenter de rassurer les employés inquiets pour leur travail et les investisseurs, inquiets pour leurs dividendes.

Neil ne s'était toujours pas manifesté. Elle avait réussi à prendre rendez-vous chez le médecin, mais pas avant deux semaines. Si d'ici là elle n'avait pas reçu de ses nouvelles, elle devrait se résoudre à l'appeler.

Mais elle refusait de penser à ça, attendant fébrilement samedi soir.

Elle ne coucherait pas avec Chadwick. Au-delà du fait qu'il était encore à ce jour son patron, il y avait tout le reste. D'abord, elle était enceinte. Elle se remettait ensuite à peine d'une rupture, après une relation de neuf ans avec Neil. Et Chadwick n'était même pas divorcé. Quoi qu'il se passe entre eux, elle refusait l'idée que cela influe sur la situation actuelle.

Cela étant dit, peut-être pourrait-elle avoir l'audace de se rappeler à son bon souvenir dans un futur proche — un futur où elle ne serait plus enceinte, où Chadwick aurait enfin divorcé et où elle ne travaillerait plus pour lui puisque la compagnie aurait été vendue. Alors elle pourrait le séduire. Peut-être le suivre sous la douche. Voire dans son lit.

Mais pas avant. Point.

La soirée à venir resterait un événement professionnel. Certes, un moment particulier, mais rien de plus. Juste un gala comme elle en avait connu depuis qu'elle travaillait pour Chadwick. Rien n'avait changé.

Mais il y avait eu ce baiser, et la serviette autour de ses reins, des fantasmes qui venaient la torturer à toute heure du jour et de la nuit.

Bon sang, elle n'était pas au bout de ses peines.

7

Cheveux en queue-de-cheval, Serena emmitouflée dans son peignoir observait avec méfiance les robes sur leur cintre, sagement alignées dans son armoire.

L'étiquette était encore dessus.

Elle avait réussi à éviter de les regarder, l'autre jour, durant cette séance d'essayage. Et Mario s'était sans doute appliqué à les lui cacher.

Elle avait pour des dizaines de milliers de dollars de robes, chez elle. Dans son armoire. Sans compter les accessoires qui allaient avec.

Celle qu'elle prévoyait de porter — la bleue, avec de fabuleuses boucles d'oreilles assorties — valait bien le prix d'une voiture d'occasion. Sans parler des boucles d'oreilles elles-mêmes, des saphirs bien sûr.

Je ne peux pas. Tout ce luxe, ce n'était pas elle, elle n'appartenait pas à ce monde. La raison pour laquelle Chadwick avait insisté pour les lui acheter et se montrer à son bras la dépassait.

Non, elle allait renvoyer le lot à Mario et redevenir Serena Chase, modeste employée, assistante modèle. C'était la seule attitude raisonnable.

Son téléphone sonna. L'espace d'une seconde, elle frémit, terrifiée à l'idée que ce soit Neil qui ait repris ses esprits et veuille avoir une explication avec elle. Et pourquoi pas, la revoir.

Elle soupira. Elle faisait tout ce qui était en son pouvoir pour ne pas tomber folle amoureuse de Chadwick, mais ce n'était pas pour autant qu'elle avait envie de reprendre une relation avec Neil.

Elle attrapa son téléphone. Un texto de Chadwick.

J'arrive. J'ai hâte de te voir.

Elle sentit son cœur s'accélérer. Porterait-il le même genre de costume que d'habitude ? Serait-il distant, froid ou détendu ? La regarderait-il avec cette lueur dans les yeux — une lueur qui instantanément la faisait penser à des choses telles que des douches brûlantes et des baisers torrides.

Elle devait renvoyer tout ça à la boutique. Et vite !

Elle s'empara de la robe bleue, caressa un moment le tissu. En même temps, pour une soirée, une seule. N'avait-elle pas toujours rêvé de ces réceptions en robe de gala ? N'était-ce pas la raison pour laquelle elle n'avait jamais manqué aucune de ces soirées, depuis qu'elle travaillait pour Chadwick ? C'était l'occasion rêvée de faire partie de ce monde qui enflammait son imagination depuis toujours, un monde où l'on mangeait à sa faim, où l'on portait des vêtements de créateur, où l'on n'était pas obligé de fuir en pleine nuit à cause de loyers impayés.

Chadwick ne lui offrait-il pas tout ce à quoi elle aspirait ? Alors pourquoi bouderait-elle son plaisir, juste pour ce soir ?

D'accord. Une nuit. Une seule nuit où elle ne serait pas Serena Chase, employée consciencieuse et assidue. Oui, pour une soirée, elle serait Serena Chase, reine du bal. Avec pour cavalier un homme qui ne la quitterait pas des yeux. Un homme auprès duquel elle se sentait belle.

Si Mario était là, elle l'embrasserait.

Elle s'habilla avec soin, en prenant son temps, car elle redoutait de déchirer une robe de ce prix. Puis elle se maquilla, en soulignant ses yeux.

Elle venait juste de sortir le rouge à lèvres de son petit sac, choisi bien sûr par Mario, quand on frappa à la porte.

— Une minute ! cria-t-elle en attrapant les escarpins jaunes, livrés avec tout le reste.

Elle inspira, expira. Elle était contente du résultat. Se sentait bien dans sa robe, bien dans sa peau. Elle allait apprécier chaque seconde de cette soirée et demain, demain elle redeviendrait enceinte et employée modèle.

Mais ce soir, non. Cette soirée était la sienne. La sienne et celle de Chadwick.

Elle ouvrit la porte et resta bouche bée. Il avait choisi de porter un smoking et tenait à la main un bouquet de roses rouges.

— Oh…, parvint-elle à articuler.

Ce smoking exquis avait sans doute été fait sur mesure.

Il l'examina derrière les fleurs.

— J'espérais que tu choisirais celle-là. Tiens, c'est pour toi, dit-il en lui tendant le bouquet.

Serena nota alors une rose à sa boutonnière.

Il se pencha et chuchota à son oreille :

— Tu es divine.

Puis il lui déposa un baiser sur la joue, glissa une main dans son dos, juste dans le creux des reins.

— Tout simplement divine, répéta-t-il alors qu'elle sentait la chaleur de son corps irradier.

Ils n'étaient pas obligés de sortir. Elle pouvait très bien l'attirer à l'intérieur et ils passeraient la nuit à faire l'amour. Et cela ne poserait pas le moindre problème, car après tout ils n'étaient pas au bureau, mais en terrain neutre. Ils pouvaient faire ce qu'ils voulaient.

Or il était ce qu'elle voulait le plus.

Non, pas question, elle ne pouvait pas se laisser séduire. Du moins, pas aussi facilement. Il s'agissait d'une soirée professionnelle.

Puis il l'embrassa une nouvelle fois, juste derrière la boucle d'oreille, et elle sut alors qu'elle avait un problème. Elle devait réagir, sans tarder.

— Je suis enceinte, dit-elle.

Aussitôt après, elle sentit son visage s'embraser. Pas le genre de rougeur délicate, mais une grosse chaleur. Tant mieux. Voilà exactement ce dont elle avait besoin pour revenir sur terre. Les femmes enceintes n'étaient pas divines, non. Leur corps était le siège d'une véritable révolution, leurs hormones étaient en plein délire…

Grâce au ciel, Chadwick s'écarta, mais pas assez, malheureusement. Il posa son front contre le sien et murmura :

— Durant toutes ces années, Serena, jamais je ne t'ai vue aussi radieuse. Tu as toujours été jolie, mais aujourd'hui… Enceinte ou pas, tu es pour moi la plus belle femme du monde.

Elle voulut répliquer. Il disait n'importe quoi ! Elle n'était pas la plus belle femme du monde.

Soudain, il posa une main sur son ventre.

— Ceci, ajouta-t-il alors de sa voix la plus profonde, ne fait que te rendre plus belle encore. Je suis incapable de me contrôler face à toi.

Tout en prononçant ces mots, il descendit sa main

sur elle, franchit la ligne de démarcation de sa petite culotte.

La chaleur de son contact alluma un volcan au creux de son ventre. Et plus bas aussi. Entre ses cuisses, quelque chose de brûlant, de suppliant se mit à palpiter. Elle pria en silence pour qu'il ne s'arrête pas. Elle voulait qu'il continue à la caresser, que sa main explore son corps. Qu'il la fasse sienne.

Si elle ne l'avait pas connu, elle aurait pu penser qu'il s'amusait avec elle et lui racontait des histoires. Mais Chadwick n'était pas comme ça. Il ne jouait pas avec les gens. Il ne leur disait pas ce qu'ils avaient envie d'entendre. Il leur disait la vérité.

Il lui disait la vérité.

Ce qui posait une question : à présent qu'elle la connaissait, que devait-elle faire de cette vérité ?

S'il y avait un endroit où Chadwick n'avait aucune envie d'être, c'était bien ce restaurant. Sans parler du gala tout à l'heure. Il aurait donné n'importe quoi pour rentrer chez Serena. Certes, le restaurant faisait aussi hôtel et ce serait facile d'y avoir une chambre. Tout de suite, il lui retirerait sa robe, l'allongerait sur le lit et lui prouverait combien il avait du mal à se contrôler.

Mais au lieu de ça il était assis face à elle, dans l'un des hauts lieux de la gastronomie de la ville. Depuis qu'ils étaient partis de chez elle, Serena était restée silencieuse. Il pensait qu'elle protesterait à propos de ce dîner, comme elle l'avait fait avec cette robe qui lui allait au demeurant si bien, mais non. Ce qui n'était pas plus mal — elle était charmante, gracieuse, comme à son habitude — mais il ne savait pas de quoi lui parler. Même si ce repas était censé être professionnel, il n'avait pas envie de discuter de l'épée de Damoclès suspendue au-dessus de sa tête.

Étant donné sa réaction, lorsqu'il lui avait touché le ventre — un ventre tout doux, à peine arrondi sous sa robe —, il supposait que discuter de sa grossesse n'était pas non plus la meilleure option. Elle ne se sentait pas plus belle en étant enceinte, au moins de cela il était sûr. Et puis, s'il mettait le sujet sur la table, forcément ils en viendraient à parler de Neil. Or, il n'était pas d'humeur à penser à ce type. Pas ce soir.

Alors quoi, discuter de son divorce ? Hors de question. Parler des ex-conjoints lors d'un dîner en tête à tête, ça ne se faisait pas.

Et puis il avait été clair avec elle, il n'avait pas fait mystère des sensations qu'elle lui inspirait. Difficile d'aborder des sujets anodins, maintenant. Cela minimiserait ses aveux.

Or il ne le voulait surtout pas.

Bref, il ne savait comment engager la conversation. Pour une fois, il regretta que son frère Phillip ne soit pas là... Ou plutôt non, car Phillip se mettrait sans complexe à flirter avec Serena, non parce qu'elle le toucherait, mais simplement parce qu'elle était une femme.

Son frère, qui avait un vrai don pour combler les silences avec une foule d'histoires passionnantes à raconter, sur des célébrités rencontrées lors de fêtes ou dans les clubs, trouverait quoi dire à Serena. Mais lui n'était pas Phillip. Il se fichait de faire la une des magazines people. Il travaillait, se rendait au bureau tous les jours, y compris le week-end et s'arrangeait pour que l'entreprise reste parmi les plus compétitives sur le marché. Diriger la compagnie lui prenait l'essentiel de son temps.

Il n'en fallait pas moins lorsque l'on dirigeait un groupe comme les Brasseries Beaumont. Depuis toujours, il se pliait à ce que tout le monde attendait de lui. Une seule chose importait, la compagnie.

Il observa Serena. Silencieuse face à lui, mains sur les genoux, elle regardait la salle autour d'elle avec de grands yeux émerveillés. C'était décidément amusant de voir les choses à travers son regard.

Et c'était un plaisir d'être en sa compagnie. Elle lui donnait envie de penser à autre chose qu'au travail — ce dont, vu la situation, il lui était reconnaissant. Mais ce qu'il ressentait dépassait amplement le domaine de la gratitude.

Pour la première fois de sa vie d'adulte, il se trouvait face à quelqu'un qui signifiait plus pour lui que l'entreprise familiale.

Cette prise de conscience l'ébranla. Parce que qui était-il sinon Chadwick Beaumont, quatrième du nom, directeur des Brasseries Beaumont ?

Aujourd'hui, le contexte avait changé. Il ignorait combien de temps encore il resterait à la tête de la brasserie. Même s'ils repoussaient cette OPA, une autre suivrait. Avec la crise, la position de la compagnie s'était affaiblie.

Pourtant, étrangement, après cette semaine aux côtés de Serena, il se sentait plus fort. Confiant en l'avenir.

Bien. Il devait absolument trouver quelque chose à dire. Il ne l'avait pas invitée à dîner juste pour la regarder.

— Est-ce que tout va bien ?

— Très bien, répondit-elle, les yeux brillants. Cet

endroit est si incroyable ! Mais… j'ai peur de ne pas m'y retrouver parmi tous les couverts…

Il se détendit. Même habillée comme une reine avec une robe de plusieurs milliers de dollars sur elle, Serena restait Serena.

Sa Serena.

Non. A peine cette pensée éclose, il la chassa de son esprit. Elle n'était pas à lui. Elle était son assistante. Là s'arrêtaient ses droits sur elle.

— Tes parents ne t'ont jamais emmenée dîner dans un restaurant de ce genre ?

— Non, répondit-elle en rougissant.

— Vraiment ? Pas même pour fêter un événement particulier ?

Cela n'avait rien d'extraordinaire. Il lui était arrivé de se trouver dans un restaurant quatre étoiles, à l'image de celui-ci, et d'y croiser une famille avec enfants, visiblement peu habitués à ce type d'endroit, les garçons gigotant sur leur chaise, les filles habillées comme des poupées. Il en avait déduit que la classe moyenne devait s'autoriser ce genre de folie, de temps à autre.

Elle le dévisagea, une lueur de méfiance dans les yeux. Le même genre de lueur avec lequel elle avait refusé les robes. Il aimait ça, chez elle. Qu'elle ne soit pas toujours en train de sourire et de faire des courbettes, uniquement parce qu'il s'appelait Chadwick Beaumont.

— Tes parents ne t'ont-ils jamais habillé de guenilles et emmené dîner à la soupe populaire, juste pour le plaisir ?

— Pardon ?

— C'était notre façon à nous d'aller au restaurant. La soupe populaire… Pardon. Je ne sais pas pourquoi j'ai dit cela. Désolée.

Et aussi vite qu'elle était apparue, la méfiance se dissipa, laissant place à l'embarras. Elle contempla la série de couverts en argent devant elle.

Il la fixa, stupéfait. Ne venait-elle pas de parler de la soupe populaire ? Elle lui avait brièvement raconté les ennuis financiers de sa famille, mais…

— Tu as choisi la banque alimentaire comme association caritative de l'année…

— Oui, marmonna-t-elle, totalement fermée.

On était loin de la conversation fluide et amicale qu'il avait espérée. Et alors ? Il se fichait des mondanités, aspirait à quelque chose de plus essentiel avec Serena.

— Tu as envie d'en parler ?

— Il n'y a pas grand-chose à dire, répondit-elle, baissant un peu plus la tête. La pauvreté n'a rien de rose.

— Qu'est-il arrivé à tes parents ? demanda-t-il, non que ses propres parents l'aient particulièrement choyé — ou même aimé — mais il n'avait en revanche jamais manqué de rien. Et il imaginait mal que des parents pussent faire subir ça à leur enfant.

— Rien. C'est juste que Joe et Shelia Chase faisaient tout à l'excès. Aujourd'hui encore d'ailleurs : ils sont loyaux à l'excès, indulgents à l'excès, généreux à l'excès. Si vous avez besoin de vingt dollars, ils vous les donneront, même si c'est tout ce qui leur reste sur leur compte en banque, pour se retrouver ensuite sans argent pour le repas du soir ou même pour prendre le bus. Mon père est vigile.

A nouveau, elle rougit, mal à l'aise, mais poursuivit :

— C'est le genre d'homme à vous donner sans hésiter sa chemise. A s'arrêter pour secourir un inconnu arrêté sur le bord de la route avec un pneu crevé. La proie rêvée des escrocs et des menteurs. Maman est pareille.

Elle a été serveuse durant des décennies sans jamais essayer de trouver un emploi mieux rémunéré, sous prétexte de loyauté envers les propriétaires du snack. Elle avait quinze ans quand elle est entrée chez eux. Chaque fois que papa était licencié, on vivait grâce aux pourboires. Ce qui était un peu juste, pour une famille de trois personnes.

Il y avait tant de souffrance dans sa voix qu'il se surprit à en vouloir à ses parents, tout loyaux et gentils qu'ils soient.

— Ils avaient un travail… Pourquoi étiez-vous obligés d'aller à la soupe populaire ?

— Ne te méprends pas. Mes parents m'aiment. Et tous deux s'aiment. Mais ils se sont toujours comportés comme si l'argent était une force sur laquelle ils n'avaient aucune prise, comme la pluie. Parfois donc, il pleuvait. Et parfois, le plus souvent, il ne pleuvait pas. « L'argent, ça va, ça vient », telle était et continue d'être leur philosophie de la vie.

Il n'avait jamais accordé le moindre intérêt à l'argent, pour la simple et bonne raison qu'il en avait toujours eu, et beaucoup. Comment pouvait-on se demander jour après jour si on allait avoir quelque chose à manger le lendemain ? C'était là le genre de préoccupation que n'avaient jamais eue les Beaumont. Mais il travaillait dur pour préserver la fortune familiale.

— « Du moment que l'amour est là », disait maman, reprit Serena. Tout le monde a envie et besoin d'une voiture, d'une assurance santé digne de ce nom, d'un toit au-dessus de sa tête, mais pas eux. Ce n'était pas leur priorité. Mais c'est la mienne, conclut-elle en plongeant ses yeux dans les siens. Et j'aspire même à bien plus que cela.

Il resta bouche bée, sous le choc, avant de retrouver la parole.

— Je ne savais pas…

Elle soutint son regard, avant de répondre :

— Personne ne sait. Je ne parle jamais de ça. Je voulais… Je voudrais juste que tu me regardes telle que je suis, pas telle que j'étais. Je refuse que quiconque me regarde comme un cas social.

Il ne pouvait le lui reprocher. Si elle s'était présentée à l'entretien d'embauche en jouant sur la corde sensible, en insistant sur son passé misérable, il ne lui aurait pas donné le poste. Mais elle n'avait rien fait de tel. Jamais elle n'avait tenté de lui inspirer sympathie ou compassion, pas une fois.

— Neil est au courant ? demanda-t-il, à regret, tant ce type lui était antipathique.

— Oui. Si je me suis installée chez lui, c'est qu'il m'a proposé d'assumer la totalité du loyer, le temps que je puisse payer ma part. Je ne pense pas qu'il ait jamais oublié d'où je venais. Mais il était stable, alors je suis restée. J'apprécie les robes, ce dîner, vraiment, Chadwick, poursuivit-elle, soudain très lasse. Mais il y a quelques années, mes parents ne gagnaient pas le dixième de ce que tu paieras ce soir dans ce restaurant. Alors, tu sais, acheter des robes à ce prix-là…

Et en un éclair il la comprit mieux qu'il n'avait jamais compris n'importe qui d'autre. Une femme loyale, honnête et ambitieuse aussi, et soucieuse de s'assurer un avenir, un certain bien-être, ce qui était légitime après l'enfance qui avait été la sienne.

— Pourquoi avoir jeté ton dévolu sur la brasserie ?

Elle ne détourna pas le regard cette fois et, au contraire, se pencha vers lui avec une ardeur nouvelle.

— J'avais des offres de stage dans deux autres entreprises, mais j'ai étudié leur mode de fonctionnement, licenciements, chiffre d'affaires, initiatives en faveur du personnel. Je n'avais pas envie de devoir me mettre à chercher un emploi un an après mon embauche. D'autant que rien ne me garantissait que je pourrais en retrouver un autre. Qu'allais-je devenir si je ne pouvais plus subvenir à mes besoins ? La brasserie, elle, avait les mêmes employés depuis trente, voire quarante ans. Une carrière entière. Cette stabilité, c'était tout ce à quoi j'aspirais.

Mais aujourd'hui cette stabilité était menacée. Il ne se réjouissait certes pas à l'idée que la compagnie échappe aux mains de la famille, mais il avait une fortune personnelle et ne risquait donc pas de finir à la rue. Il s'inquiétait bien sûr pour ses employés, cependant Serena lui faisait toucher du doigt la réalité de ce que signifierait pour son personnel le fait de se retrouver sans emploi.

— Du moins, reprit-elle en le regardant derrière ses longs cils, jusqu'à aujourd'hui.

Le désir le frappa de plein fouet avec une intensité telle qu'il manqua de s'en étouffer. Parce qu'il comprit qu'à la différence de Helen ou de sa mère Serena ne parlait ni de robe ni de bijoux ou encore de dîner gastronomique.

Elle parlait de lui.

Il ne pouvait imaginer cette femme sublime et raffinée vêtue de guenilles et faisant la queue à la soupe populaire. Et il n'y était pas obligé. Il était riche, non ?

— Je ne te laisserai pas tomber, Serena, je t'en

fais le serment. Et j'ai pour habitude de tenir mes promesses…

Même s'il perdait la compagnie — et échouait ainsi dans la mission que lui avait confiée son père —, il ferait en sorte que Serena n'ait pas à vivre de la charité de ses semblables.

Elle s'écarta, baissa les yeux, comme si elle se rendait compte qu'elle était allée trop loin.

— Je sais, tenta-t-elle de se rattraper. Mais je ne suis pas sous ta responsabilité. Je ne suis que ton employée.

— Et quelle employée ! renchérit-il.

Il était sincère, un peu plus tôt, en reconnaissant que quelque chose chez elle l'avait touché. Quelque chose d'essentiel.

Elle était bien plus qu'une employée.

Il sourit presque malgré lui quand elle rougit. Elle était encore plus belle dans ces moments-là. Elle ouvrit la bouche, sur le point manifestement de répliquer quand le serveur apparut. Une fois l'importun reparti avec leur commande — filet mignon pour lui, langouste pour elle —, il murmura :

— Parle-moi de toi.

Elle le dévisagea, le regard suspicieux.

— Je t'en fais le serment, insista-t-il, la main sur le cœur. Cela n'aura aucune conséquence sur notre relation. Je continuerai à t'acheter de jolies robes, à t'inviter à dîner et à t'avoir à mon bras pour les soirées de gala.

Parce que c'est là qu'est ta place.

A son bras, dans son lit. Dans sa vie.

Elle ne répondit pas tout de suite. Aussi se pencha-t-il vers elle et ajouta-t-il à voix basse :

— Je te promets de ne jamais rien utiliser de tout cela contre toi, tu peux me faire confiance.

Elle se mordilla la lèvre, et ce geste lui parut absolument sexy.

— Prouve-le.

Elle le mettait donc au défi. Rien à voir néanmoins avec une partie de bras de fer. Il n'hésita pas.

— Mon père me frappait. Parfois à coups de ceinture, répliqua-t-il, à voix très basse, de façon que personne ne puisse entendre ces mots sortis de la région la plus vulnérable de son cœur.

Serena le fixa, livide soudain, et porta la main devant sa bouche. C'était trop douloureux de la regarder, aussi ferma-t-il les yeux.

Il n'aurait jamais dû. Car il revit alors son père debout devant lui, une ceinture en cuir italien à la main, en train de lui hurler dessus, parce qu'il avait eu un C à son contrôle de mathématiques. Il entendit le sifflement de la ceinture dans l'air, puis sentit la boucle lui cisailler le dos, puis le sang dégouliner quand son père assena le deuxième coup. Tout ça parce que Chadwick avait échoué au contrôle sur les fractions. Un futur P-DG se devait d'être excellent en maths, voilà ce que Hardwick lui répéta ce jour-là, coup après coup.

Chadwick n'avait jamais été que cela : le futur P-DG des Brasseries Beaumont. Il avait onze ans. Cette fois-là, son père y était allé tellement fort que Chadwick en avait gardé une cicatrice.

Mais c'était il y a longtemps. Comme s'il s'agissait d'une autre vie. Il pensait avoir enterré ce souvenir avec son père, mais manifestement c'était encore là. Et ça avait encore le pouvoir de le blesser.

Il avait passé son temps à essayer de répondre aux

exigences de son père. A essayer d'échapper à ses coups. Et qu'est-ce que cela lui avait valu ? Un mariage raté et une compagnie que des rapaces s'apprêtaient à lui ravir.

Au moins, Hardwick ne pourrait pas se venger sur lui de cet échec.

Il rouvrit les yeux et regarda Serena. Elle était blême, avec une expression d'horreur peinte sur le visage : heureusement, elle ne le regardait pas comme si elle ne voyait que le petit garçon ensanglanté.

Car lui-même voyait en elle une femme déterminée, bourrée de talents et en laquelle il avait entièrement confiance, et pas une fillette se nourrissant des restes rapportés à la maison par sa mère.

— A chaque fois que je décevais ses attentes, j'avais droit à une correction, poursuivit-il. Autant que je sache, il n'a jamais levé la main sur aucun autre de ses enfants. Juste sur moi. Il lui arrivait également de casser mes jouets, de chasser mes amis de la maison et de m'enfermer à double tour dans ma chambre, tout ça parce que je devais être irréprochable pour diriger sa compagnie.

— Comment peut-on faire une chose pareille ?

— En réalité, je n'ai jamais été son fils. Juste son employé, répondit-il, les mots lui laissant un goût amer dans la bouche, mais telle était la vérité. Personne ne le sait, pas même Helen. Je ne supporterais pas que l'on me regarde avec pitié.

Mais à elle il avait avoué son secret. Parce que, il en avait la conviction, jamais elle ne l'utiliserait contre lui. Helen, elle, n'aurait eu aucun scrupule à le faire. A chacune de leurs disputes, elle lui aurait renvoyé ça en pleine figure, se serait servie de son passé pour le manipuler.

Serena, elle, n'était pas une manipulatrice.

— Bien, dit-il en s'enfonçant dans son siège. A présent, je t'écoute.

Elle hocha doucement la tête.

— Que veux-tu savoir ?

— Tout.

8

Serena était accrochée au bras de Chadwick, et ce ne fut pas sans une certaine appréhension qu'elle monta les marches du musée des beaux-arts de Denver, recouvertes pour l'occasion d'un tapis rouge, dans lequel, à tout instant, elle craignait de se prendre les talons, d'autant qu'elle peinait à suivre la foulée ample et déterminée de Chadwick.

Mais il y avait d'autres raisons à son anxiété. Elle lui avait parlé de son enfance. Des trois jours que sa mère et elle avaient passés dans un foyer pour femmes, son père ne supportant pas qu'elles soient obligées de dormir dans la rue, surtout en plein hiver. Mais il avait tellement manqué à sa mère, qu'au beau milieu de la nuit celle-ci avait pris Serena par la main pour aller le retrouver sous un pont. Elle avait également raconté à Chadwick la fois où Mlle Gurgin s'était moquée d'elle devant toute la classe, à cause de ses vêtements. Et puis, les déménagements en catimini pour échapper à l'huissier à cause de loyers impayés. Des restes qui leur servaient de repas, le soir, des quelques miettes rapportées par sa mère du snack.

Jamais elle n'avait raconté ces souvenirs à qui que ce soit. Pas même à Neil.

De son côté, Chadwick lui avait expliqué comment

son père avait contrôlé toute sa vie, les punitions incessantes, souvent cruelles. Il avait évoqué ce passé d'une voix neutre, totalement dépassionnée, comme s'ils parlaient de la pluie et du beau temps et pas de maltraitance sur enfant. Mais elle n'était pas dupe, elle avait bien senti sa souffrance en filigrane. Il avait beau agir comme si tout était sous contrôle, elle sentait la faille, sous la surface.

Le luxe, l'argent, tout cela n'avait pas suffi à le protéger.

Elle posa une main sur son ventre. Personne ne devrait traiter un enfant de cette manière. Et elle ferait tout ce qui était en son pouvoir pour protéger son bébé du froid et de la faim, de l'angoisse du lendemain.

Ils pénétrèrent dans le musée. Elle tenta de se détendre en oubliant l'horreur que lui avait inspirée le récit de Chadwick sur son enfance martyrisée, ainsi que la gêne qu'elle avait éprouvée en lui racontant sa propre histoire.

Elle se trouvait en territoire plus familier à présent. C'était une tradition que d'investir le musée pour le gala de bienfaisance des Brasseries Beaumont. Elle connaissait les lieux depuis sept ans maintenant. Et pour cause, elle était en partie chargée de l'organisation de la soirée. Le buffet, avec petits fours et champagne… Non, pas de champagne pour elle, ce soir.

N'empêche, elle était parfaitement à son aise. Soit, elle portait une robe de plusieurs milliers de dollars, des talons aiguille de douze centimètres et une véritable fortune en bijoux et, pour arranger le tout, elle était enceinte, bras dessus bras dessous avec son patron et… Et alors ?

Dommage pour le champagne.

— N'oublie pas de respirer, lui chuchota soudain Chadwick à l'oreille, conscient à l'évidence de son stress.

— Promis, répondit-elle en souriant.

Il lui serra la main dans le creux de son bras, ce qui la réconforta et lui donna du courage.

— Tant mieux, je m'en réjouis, lâcha-t-il.

Il était près de 22 heures. De confidences en confidences, il leur avait été difficile de s'arrêter de parler, au restaurant. Elle était à la fois mortifiée d'avoir raconté sa vie à Chadwick et en même temps soulagée. Elle avait eu beau enfouir ces souvenirs au plus profond de son âme, ils n'étaient pas morts. Ils restaient au contraire très vivaces, à l'affût, prêts à la terroriser à la moindre occasion.

A un certain moment, au cours du dîner, elle s'était détendue. Le repas avait été fabuleux, et la compagnie de Chadwick plus délicieuse encore.

Aussi avaient-ils pris un peu de retard. Tout ce que Denver comptait de personnalités était déjà là. Le silence se fit quand ils entrèrent dans la salle de réception. Elle vit les regards converger vers eux, entendit les chuchotements sur leur passage.

Non, ce n'était pas une bonne idée.

Elle pensa avec regret à sa petite robe noire, si jolie et surtout si passe-partout — une horreur, pour Mario. Et maintenant, elle était là au milieu de tous ces gens, dans cette robe bleue, et tout le monde la regardait.

Une femme d'un roux flamboyant, vêtue d'une robe de soirée rouge à paillettes ultra-sexy, s'avança vers eux. Un instant, Serena faillit s'excuser auprès de Chadwick pour filer se réfugier aux toilettes. Mais non, une reine ne faisait pas ce genre de choses.

— Ah, te voilà enfin ! s'exclama la jeune femme en

embrassant Chadwick sur la joue. J'ai cru un moment que tu ne viendrais plus et que Matthew et moi serions seuls pour supporter Phillip.

Serena laissa échapper un soupir de soulagement. Elle aurait dû reconnaître Frances Beaumont, la demi-sœur de Chadwick. La jeune femme était très appréciée au sein des Brasseries Beaumont, et pour cause. Une fois par mois, elle venait en personne offrir des beignets aux employés. Une tradition à laquelle elle s'appliquait apparemment depuis son plus jeune âge. Serena avait entendu plusieurs membres du personnel se référer à elle en l'appelant affectueusement « notre Frannie ».

Frances était une sorte de star dans la compagnie. Toujours le mot pour rire, un esprit vif et des reparties parfois acérées, mais son caractère joyeux faisait l'unanimité.

A la différence de tout le monde dans l'entreprise, Chadwick n'avait pourtant jamais paru très à son aise en présence de sa demi-sœur. Il demeurait toujours crispé face à elle, comme au garde à vous.

— Nous avons été retenus, marmonna-t-il. Comment va Byron ?

Frances esquissa un haussement d'épaules et Serena se demanda qui pouvait bien être ce Byron.

— Encore en train de lécher ses plaies en Europe. En Espagne, je crois, soupira Frances, manifestement chagrinée, mais sans rien ajouter.

Chadwick hocha la tête et laissa tomber le sujet.

— Frannie, tu te souviens de Serena Chase, mon assistante ?

— Bien sûr, Chadwick, répondit-elle en regardant Serena de haut en bas. Quelle robe superbe, ma chère ! Où l'avez-vous dénichée ?

— Chez Neiman…

Inspire, expire.

Frances lui sourit avec chaleur.

— Je parie que c'est une trouvaille de Mario.

— Bien vu. Vous avez l'œil !

— Il le faut, ma chère, répondit Frances. C'est une nécessité pour une antiquaire.

— Votre robe est une merveille, la complimenta-t-elle à son tour, tout en s'interrogeant sur son prix.

Sans doute plusieurs milliers de dollars, mais surtout une création originale, voire excentrique. Le côté positif de la chose étant qu'à côté de Frances Beaumont au moins elle-même passait inaperçue.

Chadwick toussota et lorsqu'elle se tourna vers lui elle le trouva en train de lui sourire. Enfin, elle ne passait pas inaperçue pour tout le monde, visiblement.

Il reporta son attention sur sa demi-sœur.

— Alors comme ça, Phillip est déjà soûl ?

— Oh non, pas encore, répondit Frances. Mais je suppose qu'il aura vidé la moitié du bar d'ici la fin de la soirée, devant un parterre de ferventes admiratrices… Tu le connais, toujours à vouloir charmer son monde.

— Je le connais, oui, répondit Chadwick en levant les yeux au ciel.

Serena sourit, soulagée. Frances ne semblait pas gênée par sa présence pour parler de la famille.

— Dis-moi, Chadwick, tu as réfléchi à mon site de ventes aux enchères en ligne ? enchaîna Frances.

Chadwick marmonna quelque chose qui ressemblait à de la désapprobation, et aussitôt la bonne humeur de Frances s'estompa.

— Un site d'enchères en ligne ? demanda alors Serena, s'étonnant elle-même de son audace.

— Absolument, répondit Frances, tout sourire à nouveau. En tant qu'antiquaire, je travaille avec un certain nombre de personnes dans cette salle qui préféreraient s'épargner la commission prélevée par Christie à New York mais qui répugnent à acheter sur un site aussi « populaire » qu'eBay, expliqua-t-elle en insistant sur le mot « populaire ».

Aïe ! Serena était depuis longtemps une adepte de ce site.

— C'est pourquoi, enchaîna Frances, j'ai décidé de créer une nouvelle plate-forme appelée Beaumont Antiquités qui associera le cachet de la salle tradition-nelle de vente aux enchères et la puissance des réseaux sociaux. J'ai les partenaires compétents pour gérer les aspects techniques du site et, de mon côté, j'apporte le nom de la famille et mes nombreux contacts sur le marché. Ce sera un succès, ajouta-t-elle en se tournant vers Chadwick. Et pour toi, une chance de t'imposer dans la nouvelle économie. Nous pourrions nous réclamer du label qualité Chadwick Beaumont pour solliciter des fonds. Réfléchis. Une entreprise Beaumont qui n'a rien à voir avec la bière…

— Mais j'aime beaucoup la bière, se défendit Chadwick sur un ton qui se voulait léger, mais où Serena devina une réelle douleur.

— Tu vois bien ce que je veux dire.

— C'est une manie, chez toi, Frannie. Toujours enthousiaste, à vouloir investir dans une idée du futur sans prendre la peine d'analyser le contexte. Et ce genre de site, dans une économie qui se relève à peine de la débâcle, non, ce n'est pas raisonnable. Si j'étais toi, j'arrêterais l'aventure tout de suite avant de tout perdre. Encore une fois.

— Tu exagères, rétorqua Frances, visiblement piquée au vif. Je n'ai pas tout perdu.

Chadwick regarda sa sœur avec un certain scepticisme.

— Pourtant, combien de fois ai-je dû renflouer tes comptes ? insista-t-il. Je suis désolé. Peut-être que ça va marcher cette fois. En tout cas, je te souhaite bonne chance.

— Je sais. Tu es gentil, répondit Frances, de nouveau souriante, même si Serena nota une lueur de déception dans ses yeux. Tous les Beaumont ne se ressemblent pas. Tu es le plus raisonnable de nous tous, avec Matthew peut-être… Respectable, responsable, tandis que nous autres, bons à rien, ne faisons que dépenser l'argent que tu gagnes en travaillant comme un forçat… En parlant de panier percé, ajouta-t-elle dans un éclat de rire, voilà Phillip !

Avant même de pouvoir se retourner, Serena sentit une main courir sur son bras nu, puis Phillip Beaumont apparut devant elle, ses doigts s'attardant sur sa peau. Légèrement plus petit que son frère, vêtu d'un smoking, mais sans nœud papillon. Un peu débraillé, un air rebelle… Ce qu'il était, d'après la rumeur. Plus blond que Chadwick, Phillip était le beau gosse par excellence, né pour attirer les regards.

Il prit sa main et s'inclina devant elle avec un « mademoiselle » enjôleur, puis sa bouche lui effleura le dos de la main.

Un frémissement irrépressible la parcourut. Elle n'aimait pas particulièrement Phillip — source de tracasseries sans fin pour Chadwick — mais Frances avait raison à deux cents pour cent, c'était un charmeur.

Il plongea ses yeux dans les siens et sourit, pleinement conscient de l'effet qu'il produisait sur elle.

— Que me vaut le plaisir de cette apparition, chère sirène ? Et surtout, que faites-vous à son bras ?

Une sirène ? Le compliment était inédit et prouvait, s'il était besoin, tout le savoir-faire de Mario. Phillip passait régulièrement au bureau pour des réunions avec Chadwick et Matthew, en sa qualité de responsable de la promotion au sein de la compagnie. Elle avait eu l'occasion de lui parler des dizaines, peut-être même des centaines de fois.

Chadwick émit un drôle de son, entre toussotement et soupir excédé.

— Phillip, tu te souviens de Serena Chase, mon assistante ?

Si l'intéressé éprouva une quelconque gêne à ne pas l'avoir reconnue, il n'en laissa rien paraître. Sans détacher ses yeux des siens, il continua de la gratifier de ce sourire qui devait faire fondre les femmes. D'ailleurs, elle-même ressentit un certain trouble face à un tel magnétisme.

— Comment oublier Mlle Chase, reprit-il, avant d'ajouter en se penchant vers elle. Vous êtes inoubliable.

Sidérée, elle se tourna vers Frances qui haussa les épaules, l'air blasé.

— Bon, ça suffit, s'interposa Chadwick sur un ton autoritaire, presque menaçant.

Si Chadwick s'était adressé à n'importe qui sur ce ton-là, la personne aurait aussitôt battu en retraite. Mais pas Phillip. Incroyable, mais il ne cilla même pas. Il lui envoya un petit clin d'œil, avant de se courber pour un nouveau baisemain dans les règles de l'art. Elle sentit Chadwick se crisper et craignit même que la situation dégénère.

Mais Phillip daigna enfin lui lâcher la main et

fit face à son frère. Elle laissa échapper un soupir de soulagement. Phillip méritait bien sa réputation d'homme à femmes.

— Tu connais la nouvelle ? enchaîna-t-il sur un ton un peu moins suave. J'ai acheté un nouveau cheval !

— Encore ? s'exclamèrent Chadwick et Frances à l'unisson.

— C'est une plaisanterie ? marmonna Chadwick, avec un regard assassin. Et je suppose qu'il y en a pour quelques milliers de dollars, une fois de plus ?

— Chad... Ecoute-moi... C'est un akhal-teke.

Chadwick avait grimacé à l'usage tronqué de son prénom. Serena n'avait jamais entendu personne l'appeler ainsi, hormis Phillip.

— A tes souhaits, ironisa Frances.

— Un quoi ? grommela Chadwick en enfonçant ses ongles dans le bras de Serena. Et combien ?

— C'est une race turkmène extrêmement rare, poursuivit Phillip. On ne recense que cinq mille spécimens à travers le monde.

Elle avait l'impression d'assister à un match de tennis, tournant la tête à droite et à gauche entre les deux frères.

— Oui, le Turkménistan se trouve en Asie, tout près de l'Afghanistan, intervint-elle. C'est bien ça ?

Phillip lui décocha un nouveau regard brûlant, assorti d'un sourire ravageur.

— Belle et cultivée avec ça ! Chadwick, tu es un petit veinard.

— Retenez-moi, je vais le..., gronda Chadwick entre ses dents.

— Pas devant tout le monde, s'interposa Frances qui se tourna vers Serena, avant d'éclater de rire, comme si tout ça n'était qu'une plaisanterie.

Elle s'esclaffa à son tour. Elle avait déjà assisté à des disputes entre Chadwick et Phillip, mais cela se passait généralement derrière la porte du bureau directorial. Jamais devant elle. Ou devant quelqu'un d'autre d'ailleurs.

Pour une fois, Phillip parut conscient de la menace. Il recula d'un pas et leva les mains en signe de capitulation.

— Donc, je disais, c'est un akhal-teke. On n'en dénombre que cinq cents dans notre pays, la plupart issus d'élevages russes. Mais Golden Sun n'est pas un akhal-teke russe.

— A tes souhaits, chuchota Frances une nouvelle fois en regardant Serena avec un air à ce point désespéré que toutes deux éclatèrent à nouveau de rire.

— Golden Sun vient directement du Turkménistan. C'est un cheval magnifique, indispensable dans toute écurie digne de ce nom.

Chadwick se massa doucement le front.

— Combien ?

— Pas plus de sept, répondit Phillip avec entrain, comme s'il était fier de ce chiffre.

Chadwick se renfrogna.

— Sept quoi ? Sept mille ou sept cent mille ?

Serena réprima un cri. Sept mille dollars pour un cheval, c'était déjà une somme. Mais sept cent mille ?

Phillip garda le silence, recula encore d'un pas, sourire toujours aux lèvres, un peu de travers néanmoins.

— Sept quoi ? insista Chadwick.

— Tu sais, pour avoir un akhal-teke, il faut débourser aux alentours de cinquante millions. Attention, des dollars valeur 1986. Ce qui en fait le cheval le plus cher de tous les temps. Le Golden Sun de Kandar...

116

Il n'alla pas plus loin, Chadwick lui coupa vertement la parole.

— Pendant que je me bats pour sauver la compagnie de la voracité des loups, toi, tu dépenses sept millions de dollars pour un cheval ?

Le monde se figea autour d'eux. Musique, conversations, mouvement des serveurs avec leur plateau chargé de coupes de champagne.

Quelqu'un se précipita dans leur direction. Matthew Beaumont.

— Messieurs, dit-il entre ses dents, nous sommes dans un gala de bienfaisance, pas sur un ring.

Serena serra discrètement le bras de Chadwick.

— Toujours le mot pour rire, Phillip, lança-t-elle d'une voix assez forte pour être entendue, puis elle enchaîna : Chadwick, je voudrais vous présenter la responsable de la banque alimentaire, Miriam Young.

Elle n'avait pas la moindre idée de l'endroit où celle-ci pouvait se trouver, mais une chose était sûre, Miriam Young saisirait l'occasion d'avoir un entretien avec Chadwick. A moins que cette dame ait changé d'avis après avoir vu son bienfaiteur prêt à égorger son demi-frère.

— Phillip, puis-je te présenter à mon amie Candy ? enchaîna Frances en le prenant par le bras pour l'entraîner dans la direction opposée. Elle meurt d'envie de te rencontrer.

Les deux frères continuèrent de se fixer encore un moment, Chadwick avec son regard le plus noir, Phillip narquois, le mettant au défi de le frapper devant un parterre rassemblant les personnes les plus en vue de Denver.

Puis ils se tournèrent enfin le dos, mais Serena

craignait à tout instant que Chadwick ne se ravise et bondisse sur son frère pour lui flanquer une correction.

— Merci de votre aide, Serena, dit alors Matthew en leur emboîtant le pas. La soirée se passe bien pour l'instant et j'apprécierais que deux vulgaires voyous ne viennent pas la gâcher.

— Oh ! ça va, marmonna Chadwick. Je suis calme.

— Ce n'est pas l'impression que j'ai, répliqua Matthew en les entraînant dans une galerie à l'écart de la salle, rassemblant des bronzes de Remington. Et si j'allais te chercher un verre ? Attendez-moi là. Et ne bougez pas, d'accord ? ajouta-t-il en s'adressant à Serena.

— Je m'occupe de lui, acquiesça-t-elle.

Du moins ferait-elle de son mieux.

9

En homme pragmatique, Chadwick avait toujours su garder son sang-froid. La colère était une faiblesse. Et pourtant, face à Phillip, il avait senti ses joues s'embraser et littéralement vu rouge.

— Comment ose-t-il ? s'entendit-il grommeler. Comme ose-t-il acheter un cheval à ce prix, sans même réfléchir aux conséquences de son acte ?

— Tout simplement parce que ton frère n'est pas toi, répondit une voix douce et féminine à côté de lui.

Cette voix agit sur lui comme un baume. Il sentit son visage retrouver une température normale et le monde ses couleurs. Pour la première fois de la soirée, il regarda autour de lui les sculptures de Remington exposées dans ce cadre prestigieux qu'était le musée de Denver.

Serena avait raison. De toute façon, il n'en attendait pas moins de Phillip. Incontrôlable. Excentrique.

Car il fallait avoir perdu la tête pour acheter pour sept millions de dollars un cheval d'une race dont personne n'avait jamais entendu parler !

— Non, mais à quoi ça sert que je me tue au travail si monsieur dilapide la fortune familiale en chevaux et en femmes ? Et Frances qui veut maintenant que j'investisse dans un autre de ses projets loufoques ! Je ne suis donc bon qu'à financer les caprices des uns et des autres ?

Une main délicate se noua à la sienne et la serra très fort.

— Peut-être ne devrais-tu pas te tuer au travail, suggéra Serena sur un ton neutre.

Il se tourna vers elle, en train d'observer une statue, comme hypnotisée.

Déjà, enfant, Phillip n'en faisait qu'à sa tête. Leur père ne se mettait jamais en colère contre lui en dépit de son cursus scolaire médiocre, d'un cercle d'amis peu fréquentables, d'un nombre incalculable de voitures de luxe jetées dans les fossés. Trop concentré sur Chadwick, Hardwick s'en moquait.

— Je... C'est-à-dire que... Je ne vois pas d'autre moyen de diriger cette compagnie, bredouilla-t-il, avec l'impression que ces mots lui pesaient plus que ses confidences du dîner. C'est comme ça que j'ai été élevé.

Elle inclina la tête sur le côté, visiblement très intéressée par ce bronze.

— Le travail a fini par tuer ton père, n'est-ce pas ?

— En effet.

Hardwick avait fait un malaise lors d'une réunion du conseil d'administration. Mort d'un infarctus avant même l'arrivée de l'ambulance. Ce qui valait mieux, avait toujours considéré Chadwick, que de rendre l'âme dans les bras de l'une de ses maîtresses.

Serena pencha la tête de l'autre côté, toujours sans le regarder, mais sa main tenant encore la sienne.

— Eh bien moi, je te préfère vivant.

— Vraiment ?

— Oui, répondit-elle après quelques secondes, comme si elle devait peser le pour et le contre. Vraiment, renchérit-elle en faisant courir son pouce dans le creux de sa main.

Les derniers vestiges de sa colère se dissipèrent et il ne vit plus que cette femme.

— Il y a quelques jours, reprit-elle gravement, tu m'as dit avoir envie de faire quelque chose pour toi-même. Pas pour la famille, ni pour la compagnie. Puis tu as dépensé des mille et des cents pour acheter entre autres cette robe que je porte ce soir…

Il vit un léger sourire se dessiner sur ses lèvres.

— Je n'ai pas besoin de dépenser de l'argent pour m'épanouir, si c'est ce que tu sous-entends…

— Dans ce cas, pourquoi des robes aussi chères ?

— Parce que…

Il n'avait pas fait cela pour se faire plaisir, mais pour la voir sourire dans une robe qui lui plaisait, dans laquelle elle se sentait belle. Pour savoir s'il était encore capable de faire sourire une femme.

Il avait envie de la voir heureuse. Ce qui suffisait à son bonheur.

Elle lui lança à la dérobée un regard mêlé d'agacement et de reproche, comme si elle n'attendait pas une autre réponse de sa part.

— Tu es un entêté, Chadwick Beaumont.

— C'est ce qu'on dit, oui…

— Bon sang, mais que veux-tu à la fin ?

Elle.

Il la voulait, elle, et depuis des années. Mais n'étant pas Hardwick Beaumont, il n'avait jamais rien tenté, rien osé.

Aujourd'hui, les choses étaient différentes. Il marchait tel un funambule sur un fil, entre éthique et immoralité. Or, ce qu'il voulait par-dessus tout, c'était perdre l'équilibre et tomber dans ses bras.

Elle l'observa derrière ses longs cils, attendant manifestement une réponse. Et quand elle comprit qu'il ne la lui donnerait pas, elle soupira.

— Les Beaumont sont intelligents. Ils s'en sortiront toujours. Tu n'es pas obligé de les protéger ou de travailler pour eux. Ils ne sont même pas conscients de ce que tu fais pour maintenir leur niveau de vie, répondre à leurs attentes, satisfaire leurs exigences… Travaille pour toi. Pour une fois dans ta vie, fais ce dont tu as envie. Quelque chose qui te rende heureux.

Se rendait-elle compte de ce qu'elle était en train de lui demander ? Serena resserra sa main autour de la sienne, posant l'autre sur sa joue, et plongea ses yeux dans les siens.

Ce dont il avait envie, c'était de partir d'ici, de la ramener chez lui et de lui faire l'amour jusqu'au petit matin. Elle devait le savoir d'ailleurs. Et tant pis s'il n'était même pas encore divorcé, si elle était enceinte et si elle était son employée.

Comment devait-il entendre ses paroles ? Etait-elle en train de lui donner une sorte de feu vert ? Car il n'imaginait pas profiter de sa position pour amener son assistante à coucher avec lui. Cela ne lui ressemblait pas.

Pour aller plus loin, il avait besoin de sa permission.

— Serena…

— Nous voici !

Matthew réapparut dans la galerie avec Miriam Young, la responsable de la banque alimentaire des Rocheuses et, dans leur sillage, un serveur avec des coupes de champagne sur un plateau. L'espace de quelques secondes, Matthew regarda Serena avec insistance, avant de retrouver son sourire de directeur des relations publiques des Brasseries Beaumont.

— Tout va bien ? s'enquit-il.

Elle s'empressa de retirer sa main de la joue de Chadwick.

— Très bien, répondit-elle avec son plus beau sourire.

Matthew fit les présentations et Serena déclina poliment le champagne. A peine si Chadwick, perdu dans ses pensées, salua Miriam.

« Ne travaille pas pour eux. Travaille pour toi.

Fais quelque chose qui te rende heureux. »

Elle avait raison. Il était grand temps qu'il fasse ce qu'il voulait.

Grand temps de séduire son assistante.

Rester debout deux heures d'affilée sur des talons de douze centimètres se révéla plus difficile que prévu. Serena procéda discrètement à quelques flexions, prenant appui sur le bras de Chadwick, tout en bavardant avec les uns et les autres, vieilles fortunes, nouveaux riches, gouverneurs et sénateurs, responsables de fondations diverses et variées. La plupart des hommes étaient en smoking, comme Chadwick, la plupart des femmes en robe longue. Comme elle.

Chadwick semblait totalement remis de l'incident avec Phillip. Et elle aimait à penser que leur petite conversation dans la galerie n'y était peut-être pas pour rien. Quand elle l'avait exhorté à vivre enfin pour lui. Il avait eu un drôle de regard alors. Comme si la seule chose dont il avait envie, c'était elle.

Elle en était consciente. La raison, la sagesse auraient voulu qu'elle ne le laisse pas approcher davantage. Mais elle en avait assez de la raison, assez de ces choses qu'elle ne pouvait ou ne devrait pas faire.

Elle soupira et regarda les magnifiques escarpins qu'elle portait. Une torture.

Chaussures mises à part, la soirée avait été des plus agréables. Chadwick l'avait présentée comme son assistante, mais une main posée en permanence dans le creux de ses reins. Elle avait eu droit à quelques regards soupçonneux, mais personne ne s'était avisé de faire le moindre commentaire. Après tout, si le père était connu pour ses frasques, Chadwick jouissait d'une réputation sans tache.

Bref, même privée de champagne, elle avait trouvé le courage de participer aux conversations sans trop paniquer.

En fait, elle avait passé jusque-là un bien meilleur moment que lorsqu'elle venait avec Neil. A cette époque, elle restait à l'écart, avec une coupe de champagne à la main, n'osant pas se mêler à la foule. Neil, lui, allait d'un groupe à l'autre, parlait avec les uns et les autres, toujours en quête d'un nouveau sponsor pour le soutenir dans sa carrière de golfeur — pour le moins médiocre cependant.

Avec Chadwick, elle s'était sentie à son aise, comme faisant partie de la fête. Bien sûr, elle n'avait rien de commun avec ces gens, éminents représentants de la haute société de Denver, mais n'empêche, à aucun moment elle n'avait eu le sentiment d'être une intruse. Ce qui était un énorme progrès.

La réception tirait sur sa fin, les invités quittaient le musée les uns après les autres. Elle n'avait pas revu Phillip, peut-être était-il déjà parti ? Frances quant à elle s'était éclipsée une heure plus tôt. Seul autre Beaumont encore présent, Matthew était en ce moment même en pleine discussion avec le traiteur.

Chadwick salua le directeur de l'hôpital de Denver et se tourna vers elle.

— Tu as mal aux pieds ?

Elle ne voulait surtout pas passer pour une ingrate avec ces escarpins qui valaient de l'or, mais elle avait en effet les orteils en bouillie.

— Oh ! juste un peu.

Il la regarda avec un sourire plein de chaleur, mais pas aguicheur, comme celui de son frère. Toute la soirée, Chadwick n'avait eu ce sourire que pour une seule femme.

Elle.

Il glissa un bras autour de sa taille et ils se dirigèrent vers la sortie.

— Je te raccompagne chez toi.

— Ne t'inquiète pas, répondit-elle. Je ne comptais pas faire du stop.

— Tant mieux.

Le voiturier avança la Porsche, mais Chadwick insista pour lui ouvrir lui-même la portière. Puis il se mit au volant et ils roulèrent à travers la ville endormie avant de prendre l'autoroute où il accéléra, comme s'il était pressé d'arriver.

Chez elle ?

Le trajet fut bref, mais silencieux. Et maintenant, qu'allait-il se passer ? Plus important, de quoi avait-elle envie ? Et plus important encore, jusqu'où était-elle prête à aller ?

Elle ne voyait qu'une conclusion à cette soirée en tout point parfaite. Elle avait envie d'une nuit avec lui. De toucher ce corps qu'elle avait entrevu, de se sentir belle et désirable entre ses bras. Elle refusait de penser à sa grossesse, à leurs ex et au travail. On était samedi soir et elle était habillée comme une reine. Lundi, les choses reprendraient leur cours habituel. Vêtue de son petit tailleur strict, elle respecterait les règles en s'efforçant de ne pas penser au trouble que Chadwick éveillait en elle.

Très vite, il se gara devant sa résidence. Sa Porsche détonnait sur le parking rempli de minivans et de petites citadines. Elle s'apprêtait à ouvrir la portière quand il l'en empêcha.

— Laisse-moi faire.

Et il descendit de voiture, lui ouvrit la portière et lui tendit la main. Main qu'elle prit du bout des doigts avant de sortir à son tour du véhicule.

Ils restèrent un moment face à face.

Puis il l'attira contre lui. Elle plongea ses yeux dans les siens, avec une sensation d'ivresse, même si elle n'avait pas bu une goutte de champagne. Toute la soirée, il n'avait eu d'yeux que pour elle, mais ils étaient entourés de centaines de personnes.

A présent, ils étaient seuls, dans l'obscurité.

Il approcha la main de son visage et caressa sa joue, si doucement qu'elle dut prendre sur elle pour ne pas gémir.

— Je te raccompagne jusqu'à ta porte, chuchota-t-il, d'une voix chaude et profonde, tout en continuant à lui effleurer le visage, comme il l'avait fait lundi.

Sauf que ce soir c'était différent. Tout était différent.

Le moment était venu. La décision n'appartenait qu'à elle. Elle ne voulait pas que le sexe avec Chadwick arrive juste « comme ça », comme sa grossesse. Elle avait sa vie sous contrôle. C'était elle qui faisait ses choix.

Elle pouvait le remercier pour cette soirée délicieuse et prendre congé, en lui donnant rendez-vous lundi matin au bureau, pour une nouvelle semaine de travail. Elle pouvait aussi plaisanter à propos de l'autre jour, quand elle l'avait surpris, une serviette autour des reins. Puis elle rentrerait chez elle, refermerait la porte et…

Mais peut-être qu'une telle chance d'être avec lui, vraiment avec lui, ne se représenterait plus.

Alors elle prit sa décision, pour n'avoir pas de regrets, ni de remords.

Elle rouvrit donc les yeux. Chadwick se tenait à quelques centimètres à peine, mais il n'irait pas plus loin. Il l'attendait.

Alors elle ne tergiversa plus.

— Veux-tu entrer un moment ?

Il approcha son visage du sien.

— Uniquement si je peux rester.

Sans rien répondre, elle l'embrassa, se hissant sur la pointe des pieds, dans ses magnifiques chaussures, et pressant ses lèvres contre les siennes. Fini d'hésiter en espérant qu'il effectuerait le premier pas.

Cela allait arriver parce qu'elle en avait envie depuis des années. Et elle en avait assez de se refréner, de se contraindre derrière les tabous, les interdits et la raison.

— Je l'espère.

En une fraction de seconde, il la souleva de terre et l'emporta dans ses bras. Et lorsqu'elle le regarda, un peu ébahie, il lui sourit, l'air penaud.

— Je sais que tes pieds te font souffrir.

— En effet.

Elle noua les bras autour de son cou et s'accrocha à lui quand il s'engagea dans l'escalier, la portant comme si elle ne pesait pas davantage qu'une plume.

Elle se blottit contre son torse en réprimant un frisson. Puis tout se précipita. A son contact, elle sentit le bout de ses seins se dresser et un poids se mettre à peser entre ses cuisses. Elle avait le besoin irrésistible de sentir son corps contre le sien.

Comme elle avait envie de lui ! Mais ce désir-là n'avait rien de commun avec celui qu'elle éprouvait pour Neil. Avec Chadwick, c'était mille fois plus intense, plus urgent.

Plusieurs mois s'étaient écoulés, depuis la dernière fois où elle avait fait l'amour. Trois exactement. Soit la durée de sa grossesse. Mais elle n'avait jamais été la proie d'un tel désir. S'imaginer faisant l'amour avec Neil ne l'avait jamais excitée autant. Peut-être était-ce à cause de ses hormones. A moins que le responsable de son émoi ne soit Chadwick. Et il n'était pas impossible qu'il ait toujours eu ce pouvoir sur elle. Mais en employée modèle elle s'était obligée à ignorer cette attirance. Tomber amoureuse de son patron n'était pas convenable.

Il la déposa devant sa porte, de manière qu'elle puisse sortir sa clé, mais il ne la lâcha pas pour autant. Il la prit par les hanches et se colla contre elle. Ils n'échangèrent pas un mot. Le renflement qui se pressa contre ses fesses disait tout ce qu'il y avait à dire.

Elle réussit tant bien que mal à ouvrir la porte. Dès qu'ils furent à l'intérieur, elle retira ses chaussures, se sentant soudain minuscule devant Chadwick. Il l'attira avec une détermination à la fois tendre et possessive et elle lui sourit. Elle se sentait belle avec lui. Il donnait l'impression de la vouloir tout entière, comme si c'était plus fort que lui.

Et ce dont elle avait justement besoin, c'était d'être

désirée comme ça. Il approcha son visage du sien et murmura :

— J'ai envie de toi depuis des années, Serena.

Il la fit se retourner et se pressa contre elle. En effet, il n'exagérait pas.

— Moi aussi, haleta-t-elle en glissant la main derrière elle pour le toucher. C'est pour moi, tout ça ?

— Oui, soupira-t-il contre sa nuque en glissant une main sur sa poitrine, trouvant malgré la robe le bout de ses seins avec lequel il commença à jouer. Je voudrais te caresser, prendre mon temps, mais tu me rends fou de désir.

Et comme pour prouver ses dires, il fit courir ses dents sur son cou. Pas trop fort, mais juste assez pour que le désir la submerge. Ses genoux se mirent à trembler.

— Je ne veux pas prendre mon temps, répliqua-t-elle en se frottant contre lui.

Soudain, il s'écarta et elle faillit même tomber à la renverse, puis elle sentit des mains fébriles s'affairer sur la fermeture Eclair dans son dos. La robe glissa sur ses épaules avant d'aller s'échouer à ses pieds avec un doux bruissement de soie.

Elle se réjouit d'avoir choisi de mettre un string assorti à son soutien-gorge. Et Chadwick était en train d'admirer le spectacle. Elle hésita : allait-elle rester dans cette position ou lui faire face pour cacher ses fesses ?

Elle fit un pas en avant, enjambant la robe sur le tapis.

— Serena, gémit-il en promenant les mains sur son dos. Tu es sublime…

Il couvrit ses épaules de baisers.

Ne te retourne pas. Au diable les complexes, quand il venait de lui dire qu'il la trouvait sublime. Elle s'échappa de ses bras et s'avança dans le salon.

— Par ici, ordonna-t-elle en se dirigeant vers la chambre avec son plus beau déhanchement.

Chadwick lui emboîta le pas avec un grognement.

Elle se dirigea droit vers le lit, mais il la rattrapa et la saisit de nouveau par les hanches.

— Tu es encore plus belle que ce que j'imaginais, constata-t-il en glissant les doigts sous son string, avant de le faire doucement descendre sur ses hanches. J'ai rêvé de toi, comme ça, des milliers de fois.

— De moi comment ?

D'un geste expert, il dégrafa son soutien-gorge qui atterrit au pied du lit. Et elle se retrouva nue, entièrement, devant lui, qui ne l'était pas.

Il la fit alors s'avancer non vers le lit, mais en direction de l'armoire, dont l'une des portes arborait un miroir.

Elle retint son souffle en voyant son reflet. Elle, nue. Lui, toujours en smoking, si grand derrière elle.

— Comme ça, répondit-il avant de l'embrasser dans le creux des épaules. Est-ce que ça va ? chuchota-t-il à son oreille.

— Oui, répondit-elle, fascinée, incapable de détacher les yeux de leur reflet, sa peau pâle tranchant sur le noir du smoking, les bras puissants qu'il passait autour de son corps, les mains sur ses seins, ses baisers. Oh oui, répéta-t-elle, en passant une main derrière elle pour l'enfouir dans ses cheveux.

— Serena…

Les mains de Chatwick lui titillaient le bout des seins, dressés par le plaisir.

Elle gémit, laissa retomber sa tête en arrière.

— C'est si bon, Chadwick.

A ce moment, il lui glissa son autre main sur le ventre, mais pas pour s'y arrêter cette fois. Elle sentit ses doigts descendre et encore descendre, avant de plonger entre ses cuisses.

— Oui, oui, haleta-t-elle quand il entama des caresses concentriques sur son clitoris, tandis que son autre main lui pinçait un sein.

Tout en lui mordillant le lobe de l'oreille, il se pressa contre son corps.

Elle se sentit vaciller, mais il la retint et continua à stimuler l'endroit le plus brûlant de son corps.

— Pose tes mains sur l'armoire, lui intima-t-il d'une voix tremblante. Et ne ferme pas les yeux.

S'il la troublait, elle le troublait visiblement tout autant.

— Certainement pas, répondit-elle. J'ai trop envie de voir ce que tu vas me faire.

— Oh que oui, lâcha-t-il entre ses dents, les yeux brillants de désir. Tu es à moi…

Il glissa un doigt en elle, puis deux. Pas mal, mais elle avait besoin, envie de plus.

Puis elle le sentit s'écarter pour ouvrir sa braguette.

— La prochaine fois, je tiens à le faire moi-même, murmura-t-elle, le cœur battant.

— Quand tu veux, répondit-il. Il te suffit de demander, ajouta-t-il en retirant ses doigts. Ne bouge pas, d'accord ?

Elle le regarda sortir un préservatif de la poche de sa veste. Difficile de tomber enceinte plus qu'elle ne l'était déjà, mais elle apprécia qu'il veuille la protéger.

Une fois le préservatif en place, il se pressa de nouveau contre elle, puis il la fit se pencher en avant et se positionna, avant de la pénétrer.

Elle étouffa un cri quand il la remplit, plongeant tout entier en elle. Dans le miroir, il capta son regard pour ne plus le lâcher.

— Chadwick, gémit-elle. Oh… Que c'est bon !

L'orgasme fut si subit, si inattendu, si intense qu'elle chancela, mais il agrippa ses hanches et la retint.

— Comme tu es belle, Serena. Si belle, grogna-t-il avant de se retirer, pour mieux replonger en elle. Est-ce que… Est-ce que ça va ? demanda-t-il.

— Mieux que ça, répondit-elle en bougeant contre lui, avant de se rendre compte de ce qu'elle faisait.

Etait-elle vraiment en train de faire l'amour avec Chadwick Beaumont, là debout devant ce miroir, son armoire ? Oui, oh oui. Et c'était la chose la plus sexy qu'elle ait jamais faite.

— Méchante fille, lâcha-t-il avec un sourire, avant d'attaquer les choses sérieuses.

Difficile de voir le point de jonction de leurs corps, hormis les mains de Chatwick en pleine action, l'une sur ses seins, l'autre entre ses cuisses. Ce qu'elle vit en revanche très nettement, c'était le brasier qui enflammait son regard. Elle s'accrocha à l'armoire comme si sa vie en dépendait, quand Chadwick se mit à aller et venir de plus en plus fort en elle.

— J'ai tellement envie de toi, rugit-il en cognant ses hanches aux siennes. Toujours, j'ai toujours eu envie de toi.

— Oui, comme ça, haleta-t-elle en venant à sa rencontre à chacun de ses assauts.

Elle ne se rappelait pas avoir ressenti un tel désir, un tel besoin de se donner, de s'abandonner.

— Je vais… Je…

Sous l'effet d'un nouvel orgasme ravageur, elle s'interrompit dans un cri de plaisir.

Mais sans fermer les yeux, pour se regarder jouir, la

bouche ouverte, les yeux brillant de fièvre. Tellement excitée par cette vision de Chadwick et d'elle ensemble.

Un râle s'échappa soudain de la gorge de Chadwick quand il s'enfonça en elle et se figea, le plaisir frappant de plein fouet son visage. Puis il s'effondra sur elle.

— Tu es à moi, Serena, soupira-t-il, à bout de souffle.

— Tu es à moi, Chadwick, répondit-elle en écho, du plus profond de son cœur, de son corps.

Oui, elle était à lui désormais. Et il était à elle.

Sauf que non. Il ne pouvait pas l'être. Il était encore marié. Il était encore son patron. Et ce n'était pas une étreinte, fût-elle explosive, qui changerait la réalité des choses.

Mais pour ce soir, cette nuit, oui, il était à elle.

Demain ? Eh bien, demain, on affronterait le problème.

10

Allongé sur le lit de Serena, Chadwick, les yeux grands ouverts et le corps repu, sourit.

Serena. Depuis combien de temps en rêvait-il ? De la prendre, sur un coin de son bureau ? Des années. Mais devant un miroir ? Avec elle le regardant lui faire l'amour ?

Même dans ses fantasmes les plus torrides…

Elle réapparut, referma la porte derrière elle, les cheveux dénoués retombant en vagues sur ses épaules. Il ne se souvenait pas de l'avoir vue ainsi. Elle portait toujours un petit chignon ou une queue-de-cheval.

Dans la pénombre, à la lumière de la lune filtrant à travers les rideaux, il regarda sa silhouette dénudée approcher. Ce corps éveillait en lui un tas de trucs complètement fous, des sensations qu'il n'imaginait même pas. Cela faisait si longtemps…

— Tu veux quelque chose ? demanda-t-elle, d'une voix à peine audible.

— Toi… Viens ici.

Elle se glissa dans le lit et se blottit contre lui.

— C'était… merveilleux.

Il sourit et l'embrassa. Mais le baiser se prolongea, c'était plus fort que lui, il devait la toucher, la sentir sous ses mains, contre son corps. Elle était si belle, tellement femme. Il avait emporté trois préservatifs, juste au cas où. Les deux derniers attendaient sagement là, sur le chevet.

Il s'arracha à ses lèvres.

— Chadwick ? gémit-elle.

— Oui ?

Elle ne répondit pas tout de suite, dessina de petits cercles concentriques sur son torse.

— Je suis enceinte.

— Je sais.

— Cela ne t'ennuie pas ? Mon corps est en plein bouleversement… Bientôt, je ressemblerai à une baleine.

Il fit glisser une main dans son dos et caressa le galbe délicieux de ses fesses.

— Tu es d'une beauté à couper le souffle. Et ta grossesse te rend plus voluptueuse, plus féminine…

Elle garda le silence un moment.

— Pourquoi n'as-tu pas eu d'enfants, avec Helen ?

Il soupira. Il n'avait pas envie que son ex-femme s'immisce dans cette pièce, mais Serena avait le droit de savoir. S'ils avaient longtemps évité les discussions autour de leur vie privée, les choses étaient différentes aujourd'hui.

— Tu as dû la rencontrer ?

— Oui, pour le gala de bienfaisance annuel. Mais elle n'est jamais venue au bureau.

— Non, c'est juste. Elle détestait la bière et mon travail. Elle aimait juste l'argent que cela me rapportait…

Et une partie de la situation était sa faute. S'il l'avait fait passer avant son travail, peut-être n'en seraient-ils pas là, aujourd'hui. Ou peut-être que si. Peut-être que leur couple aurait quand même fait naufrage.

— C'est une très belle femme.

— Très refaite, surtout. Autrefois, oui, elle était jolie, mais au fil des opérations de chirurgie esthétique elle a fini par devenir une autre. Alors pour elle, pas question d'avoir un bébé. Elle ne supportait pas l'idée d'être enceinte. La vérité… C'est qu'elle ne m'aimait pas moi, mais plutôt ma position de P-DG des Brasseries Beaumont.

La vérité n'avait pas été facile à admettre. Il s'était longtemps voilé la face. Bien sûr qu'Helen l'aimait. Et lui tout autant. Il n'aspirait qu'à une chose, passer le restant de ses jours avec elle. Car oui, son mariage serait différent de ceux de son père. Voilà pourquoi il avait tenu à faire rayer de leur contrat de mariage cette clause de pension alimentaire suggérée par ses avocats. Grave erreur. Au moins, contrairement à Hardwick pour lequel le mariage avait toujours été une vaste hypocrisie, lui avait-il respecté ses vœux de fidélité envers une femme qui, de son côté pourtant, n'avait pas montré autant de délicatesse à son égard.

— Elle a quitté le lit conjugal il y a deux ans environ. Six mois plus tard, elle demandait le divorce.

— Deux ans ? C'est long, constata Serena, manifestement choquée. Maïs toi, tu voulais avoir des enfants ?

Il s'était posé plusieurs fois la question par le passé. Mais son enfance, les réticences de Helen… Tout ça était compliqué. Douloureux.

— Tu as déjà croisé ma mère ?

— Non.

— Tu ne perds rien, répliqua-t-il avec un haussement d'épaules. En fait, rétrospectivement, je me rends compte que Helen et elle se ressemblent beaucoup. Ma mère n'a jamais été… maternelle. J'étais le fils élu par mon père, aussi me traitait-elle avec autant de rancœur que dans ses rapports avec Hardwick. Pour elle, si elle avait perdu sa taille mannequin, son pouvoir de séduction, c'était moi le coupable, même si elle s'est dépêchée de faire une liposuccion abdominale après m'avoir mis au monde. Par la suite, je lui rappelais en permanence qu'elle était mariée à un homme qu'elle détestait. Elle me criait toujours dessus.

— Helen aussi ? Elle te criait dessus ?

— Non, mais son silence était… assourdissant. Alors je n'avais pas envie de mêler un enfant à tout ça. Je ne voulais pas qu'un enfant grandisse au milieu de cette tension. Je ne voulais pas être père dans ces conditions.

Il ne put s'en empêcher, il conduisit la main de Serena sur sa hanche, à l'endroit où sa peau était boursouflée.

Elle effleura la cicatrice. Il n'y avait pas de quoi non plus en faire un drame. Voilà ce qu'il s'était répété pendant des années. Juste quelques centimètres de peau un peu froissée.

Helen l'avait vue, bien sûr, et l'avait interrogé à ce sujet. Mais il n'avait pas trouvé la force de lui avouer la vérité. Il avait coupé court en évoquant un accident de ski.

— Chadwick, soupira Serena, la voix tremblante, comme au bord des larmes.

Il ne voulait inspirer de pitié à personne. Il n'avait aucune raison d'être plaint. Il était riche, plutôt pas mal de sa personne et bientôt à nouveau disponible. Mais Serena, elle, voyait autre chose en lui que l'image qu'il s'efforçait de donner de lui.

N'empêche, il ne voulait pas qu'elle ait de la peine pour lui. Aussi, alors qu'elle continuait de caresser sa cicatrice, il reprit :

— Sais-tu combien j'ai de demi-frères et sœurs ?

— Hmm, Frances et Matthew, c'est ça ?

— Frances a un frère jumeau, Byron. Et ça, ce n'est qu'avec Jeannie. Mon père a eu une troisième épouse et deux enfants avec elle, Lucy et David. Johnny, Toni et Mark avec la quatrième. Nous savons qu'il existe au moins deux autres enfants qu'il aurait eus avec une nounou et un autre avec…

Il hésita.

— Sa secrétaire ?

— Oui, répondit-il en grimaçant. Sans doute y en a-t-il d'autres encore… Tout ça, tout ce que mon père était, c'est tout ce que je déteste, ajouta-t-il en soupirant. Je ne voulais pas être lui. Alors, quand Helen m'a dit préférer attendre avant d'avoir des enfants, je n'ai rien trouvé à redire. C'est très facile d'avoir des enfants. Encore faut-il savoir les aimer.

— Je comprends tes raisons, chuchota Serena en délaissant sa cicatrice pour lui caresser le torse. Les miennes sont plus égoïstes. Je n'ai pas éprouvé le besoin d'épouser Neil. Mes parents étaient mariés, cela ne les a pas empêchés de vivre comme des SDF. Mais j'étais sûre qu'un jour nous aurions des enfants. Je voulais juste attendre d'avoir une situation financière stable. J'ai placé presque toutes les primes que tu m'as versées, de manière à me constituer un petit capital. Parfois, j'aurais bien aimé m'autoriser des vacances, un voyage, mais la peur du lendemain… Bref. J'ai continué à économiser, jusqu'à commettre la bêtise de ma vie.

Il se rétracta, interpellé par ses paroles.

— Une bêtise ? Tu veux dire en étant avec moi ?

— Pour être honnête, oui. Etre célibataire, enceinte et coucher avec son patron, cela va à l'encontre de la politique de la compagnie… J'ai passé ma vie d'adulte à essayer de m'assurer une vie stable. J'ai vécu avec un homme que j'étais loin d'aimer à la folie, juste par besoin de sécurité. J'ai cohabité avec Neil pendant neuf ans, parce que le loyer était garanti. Je conduis la même voiture depuis six ans. Et aujourd'hui, mon emploi est menacé. Alors j'ai peur. J'ai peur d'être là avec toi.

Depuis des années, elle ne vivait que pour fuir une enfance misérable. Un comportement pas si différent du sien, somme toute. Lui n'en finissait pas de courir pour fuir son père et ses infamies.

Et pourtant il était là, ce soir, dans le lit de son assistante. Et Serena était là, elle aussi, à prendre tous les risques en se jetant entre ses bras.

Non. Le passé ne se répéterait pas. Il ne la laisserait pas tomber. Et puis, à l'inverse de son père, ce n'était pas lui qui avait mis son assistante enceinte.

— Je veux être avec toi, même si cela complique les choses, reprit-il d'une voix grave, presque solennelle. Tu m'amènes à ressentir des choses dont je ne soupçonnais même pas l'existence. Cette façon que tu as de me regarder… Je n'ai jamais été dans le fond ni un fils au sens où on l'entend, ni même un mari. Juste la marionnette de mon père. Et un compte en banque pour ma femme. Mais avec toi, je me sens…

Il se tut, la gorge serrée. Elle le serra très fort entre ses bras et chuchota :

— Tu ne m'as jamais traitée comme ta propriété sous prétexte que tu étais mon patron. Tu as toujours manifesté du respect à mon égard. Avec toi, j'ai pris confiance en moi, grâce à toi, j'ai su tourner la page sur mon enfance et croire en l'avenir.

Emu, il lui prit le visage entre ses mains.

— Je ne te décevrai pas, Serena. J'en ai conscience,

ce qui nous arrive risque de compliquer la donne, mais je t'en fais le serment, je serai toujours à tes côtés.

Elle le regarda, les yeux brillants de larmes.

— Je sais, Chadwick. Et c'est tout ce qui m'importe. Moi non plus, je ne te décevrai pas.

Puis elle l'embrassa avec une douceur qu'il n'avait jamais reçue.

Et le baiser suivant se révéla aussi tendre, avec un petit quelque chose en plus.

— Serena, soupira-t-il quand elle noua ses jambes aux siennes. J'ai besoin de toi.

— J'ai besoin de toi, moi aussi, chuchota-t-elle avant de rouler sur le dos. Je t'en prie, cette fois, je ne veux pas te voir dans un miroir, Chadwick. Je veux te regarder dans les yeux.

Il attrapa l'un des préservatifs sur le chevet, puis une fois prêt, se positionna sur elle et la pénétra.

Elle gémit et s'ouvrit un peu plus à lui.

— Oui, comme ça, lâcha-t-il tout en caressant le bout de ses seins.

Elle était chaude, réactive à ses caresses. Si vraie. Tout en elle était vrai, son corps, ses émotions, sa personnalité.

Serena riva ses yeux aux siens tout en lui faisant courir ses ongles sur le dos, l'excitant un peu plus. Il plongea en elle, encore et encore, ivre de sensations et d'émotions.

Il se sentait tellement lui, avec elle. Jamais peut-être n'avait-il été autant lui-même qu'avec Serena. La seule fois où il s'était senti en phase avec lui-même, c'était en travaillant avec les hommes qui fabriquaient la bière, pendant son adolescence. Les maîtres brasseurs l'avaient accueilli avec bienveillance, mais sans obséquiosité,

Pas comme le fils du patron, mais comme un garçon normal.

Serena travaillait dur pour lui, mais elle ne s'était jamais comportée en courtisane, n'avait jamais cherché à le manipuler.

Et l'amour qu'ils faisaient, en ce moment, était vrai lui aussi. Son abandon, son plaisir, ses gémissements, elle les lui donnait sans retenue ni fausse pudeur, et lui… Lui n'imaginait même pas la laisser partir.

Sans fermer les yeux, sans interrompre le contact ni leur fusion visuelle, elle laissa échapper un cri, se cambra. Il accéléra alors le rythme et le plaisir se déversa dans ses veines tel un torrent de feu avant que lui-même pousse un cri qui couvrit celui de Serena.

Elle était à lui. Il était à elle.

Il ne voulait qu'elle, n'avait jamais voulu qu'elle, en fait.

— Serena…

Il faillit lui murmurer qu'il l'aimait, mais était-il certain de l'aimer vraiment ? Ce qu'il ressentait pour elle était plus fort que ce qu'il avait jamais ressenti pour aucune femme. Mais était-ce de l'amour ?

Alors, il ne dit rien et se blottit entre ses bras, le visage enfoui dans ses cheveux.

— Reste avec moi, soupira-t-elle. Cette nuit, dans mon lit.

— Oui, consentit-il.

L'amour. Serena entre ses bras, il ferma les yeux et se laissa aller au sommeil avec cette pensée en tête. Serena et lui. Amoureux.

Puis une idée surgit dans son esprit et il sursauta, paniqué : et s'il ne s'agissait que d'un trouble passager, de sentiments vrais mais superficiels, de quelque chose qui s'évaporerait au contact de la réalité ? Il pouvait ignorer la réalité cette nuit, mais il lui faudrait bien l'affronter, lundi matin.

Il avait fait l'amour avec son assistante, avant même que son divorce ne soit prononcé.

Exactement comme son père l'aurait fait.

11

L'odeur du bacon grillé l'arracha à son sommeil.

Chadwick se retourna dans le lit. Il était seul entre les draps. Il se pencha pour regarder le réveil : 6 h 30. Il n'avait pas dormi aussi tard depuis des années.

Il s'assit et la première chose qu'il vit fut le miroir devant lequel il avait fait l'amour avec son assistante.

Serena.

Au souvenir de leurs ébats de la nuit, son sang se mit à rugir dans ses veines. Il avait donc franchi la ligne rouge, celle-là même qu'il s'était fait le serment de ne jamais franchir ? S'il devait en croire les courbatures et le désir encore à fleur de peau qui le tenaillait en pensant à elle, la réponse était oui.

Il se prit la tête entre les mains. Qu'avait-il fait ?

Puis il l'entendit. L'écho délicat d'une voix féminine en train de fredonner un air léger et plein de gaieté.

Il se leva et enfila son pantalon. D'abord le petit déjeuner. Une fois le ventre plein, il aviserait. Il s'engagea dans le couloir en grimaçant. S'il supportait bien les exercices de musculation quotidiens, la nuit dernière avait mis son corps à rude épreuve.

Il regarda autour de lui. L'appartement de Serena était minuscule. Après une halte dans la salle de bains, entre la chambre et une autre pièce, complètement vide, il déboucha dans le salon, meublé d'un canapé qui n'était plus de la première jeunesse et d'une commode pour la télévision apparemment, mais sans appareil. Une table séparait l'espace salon de la cuisine. Un peu usée elle aussi, comme les chaises, mais recouverte d'une nappe bleu ciel parfaitement repassée, sur laquelle trônait un vase ébréché contenant les roses qu'il lui avait offertes.

Une cuisine version bric-à-brac, mais très gaie, qu'il trouvait agréable et où l'on se sentait bien. Un nid douillet plein de couleurs, de vie, de rires et de joie. Oui, une maison comme il en avait toujours rêvé, pas une propriété, certes immense et luxueuse, mais totalement dénuée de chaleur.

Il regarda Serena devant la gazinière, enveloppée d'un peignoir en coton bleu marine, les cheveux défaits. Il sentit sa gorge se serrer. Etait-elle nue sous ce peignoir ? Elle retourna une tranche de bacon dans la poêle. Quel parfum délicieux !

Il avait un cuisinier à domicile, bien sûr. Même s'il ne mangeait que rarement chez lui. George avait pour mission de nourrir l'ensemble du personnel. En cas de besoin, George était parfaitement capable de confectionner un repas digne d'un restaurant multi-étoilé. Mais le plus souvent Chadwick mangeait la même chose que ses employés.

Sur le pas de la porte, il observa Serena en train de cuisiner pour lui, mais à la différence de George elle n'était pas payée.

Elle se tourna vers une deuxième poêle sur le feu voisin. Des œufs au plat ?

Il fouilla dans sa mémoire. En vain. Jamais personne hormis le cuisinier employé par les Beaumont ne lui avait préparé un petit déjeuner.

144

Etait-ce ainsi que les gens dits normaux procédaient ? En prenant un petit déjeuner ensemble, le dimanche matin ?

Il s'avança dans la cuisine et l'enlaça.

— Hello, murmura-t-elle en lui souriant.

Il déposa un baiser sur sa bouche.

— Déjà au travail ?

— En temps normal, je me lève avant 6 heures, mais je me suis réveillée un peu plus tard, ce matin, répondit-elle, en rougissant.

— C'est tôt, rectifia-t-il, alors que lui-même s'astreignait depuis toujours à ces horaires.

— J'ai un patron très exigeant, répondit-elle tout en retournant une autre tranche de bacon, avec un sourire espiègle. Qui a des horaires inhumains…

— Un vrai salaud, s'esclaffa-t-il.

Elle se laissa aller contre lui.

— Non, bien au contraire. C'est un homme étonnant…

A nouveau, il l'embrassa, cette fois en promenant ses mains sur elle. Mais elle se tortilla entre ses bras et le repoussa.

— Tu ne veux quand même pas manger ton bacon brûlé ? Le café est prêt.

Les tasses étaient déjà sorties, alignées devant la cafetière. Laquelle aussi datait un peu, peut-être d'une dizaine d'années.

Visiblement, elle n'exagérait pas quand elle prétendait avoir mis ses primes de côté.

Dans son monde à lui, on avait pour habitude de dépenser sans compter. Personne ne mettait jamais d'argent de côté, pour la simple raison qu'il y en avait toujours et toujours plus. Quand Phillip voyait un cheval à son goût par exemple, il l'achetait sans se poser plus de questions. Peu importait le prix et s'il était déjà à la tête de l'une des écuries les mieux loties du pays. Helen se comportait comme lui, mais pour les vêtements et la chirurgie esthétique. Chaque saison, elle renouvelait sa garde-robe, et pas dans les friperies de Denver.

Et bon sang, lui-même n'agissait pas autrement. Il possédait plus de voitures qu'il ne pouvait en conduire et une maison trop grande pour lui seul, avec un chef et trois domestiques à son service. La seule différence avec son frère, c'était qu'il travaillait trop pour penser à collectionner les chevaux. Ou les maîtresses, comme son père. Pour eux, le monde était un vaste centre commercial, conçu pour leur seul plaisir. Les chevaux, les gens, tout s'achetait, se consommait. Puis se jetait.

Serena était différente. Elle ne jugeait manifestement pas utile de changer sa cafetière. Et pourquoi le ferait-elle ? L'appareil marchait apparemment très bien.

Il remplit sa tasse, marquée du logo de la banque locale, et s'assit à la table tout en l'observant. Elle s'affairait avec grâce et aisance dans sa cuisine. A peine si lui-même savait où elle se trouvait, la cuisine, dans la demeure familiale ?

— Tu prépares souvent le petit déjeuner ?

Elle glissa une tranche de pain dans un grille-pain datant de Mathusalem.

— Je m'efforce de faire un maximum de choses moi-même, en cuisine comme pour tout. C'est plus économique, expliqua-t-elle en déposant les assiettes avec œufs et bacon sur la table, avant de repartir chercher les toasts et un pot de confiture. Je suis fan des coupons de réduction, des ventes aux enchères. Manger dehors coûte trop cher. En fait, je crois qu'hier soir c'est la première fois que j'allais au restaurant depuis… trois mois… Oui, c'est ça, trois mois.

Chadwick hocha la tête. Trois mois, oui, quand Neil et elle étaient convenus d'un commun accord de mettre un terme à leur relation.

— En tout cas, merci pour ce petit déjeuner. C'est la première fois que quelqu'un en prépare un pour moi. Je veux dire, quelqu'un qui ne soit pas payé pour.

— Merci pour le restaurant, répliqua-t-elle. Et les robes. Jamais personne n'a dépensé autant d'argent pour moi.

— Tu as toujours été élégante, très glamour. Je ne voudrais pas que tu croies… Je suis désolé si je t'ai froissée.

Il avait commis une erreur. Mais Serena était comme un poisson dans l'eau, au bureau, toujours très à l'aise avec les grandes fortunes du pays, les patrons du Dow Jones. Il en avait conclu qu'elle était familière de ce monde ou en tout cas avait l'habitude d'évoluer dans les hautes sphères de Denver.

Mais ce n'était pas le cas. Maintenant qu'il connaissait son appartement, petit, bien entretenu mais un peu bobo, plus bohème d'ailleurs que bourgeois, il comprenait combien il s'était trompé sur elle.

Elle lui adressa un sourire tendre et mutin.

— C'était drôle. Mais la prochaine fois je choisirai une autre paire de chaussures.

« La prochaine fois ». Les mots les plus doux qu'il ait entendus depuis bien longtemps.

Ils prirent leur petit déjeuner en vitesse, par habitude et aussi parce que Chadwick était mort de faim.

— Tu veux partir à quelle heure ?

Il se figea. Si cela ne tenait qu'à lui, il pourrait

rester la journée entière, l'éternité avec elle, ici. Mais il avait un tas de choses à faire, même un dimanche, à commencer par cette interview pour le *Nikkei Magazine*, une revue économique japonaise, à 14 heures. Difficile de se projeter face à un journaliste lui posant des questions sur l'avenir de la brasserie, alors qu'il était là, avec Serena, dans son petit nid douillet, après une nuit d'amour. Deux mondes si différents…

A la seconde où cette pensée lui traversa l'esprit, ce fut comme une claque. Ces mondes semblaient a priori incompatibles. Sa compagnie était en train de prendre l'eau, son divorce menaçait de le laisser sur la paille et Serena pour couronner le tout était enceinte. Serena, son assistante.

Il l'avait attendue si longtemps. Comme toujours, elle avait été irréprochable hier soir au restaurant, tout comme au gala. Mais se sentirait-elle à son aise longtemps dans la vie de privilèges et de mondanités qui était son quotidien ?

Il pensa à la matinée qui s'annonçait, comme à un moment précieux, entre parenthèses, et se promit de jouir de chaque minute.

Il se leva pour l'aider à débarrasser et prit l'initiative de remplir le lave-vaisselle, manquant de casser verres et assiettes.

— J'ai l'impression que tu n'as pas fait ça très souvent, remarqua-t-elle en riant.

— Ça se voit donc tant que ça ? marmonna-t-il, un peu vexé.

— Merci d'essayer en tout cas, répliqua-t-elle en refermant la machine. Ne t'en fais pas, tu excelles dans bien d'autres choses.

Elle noua les bras autour de son cou et l'embrassa. Non, il ne pouvait pas partir maintenant.

Il fit glisser le peignoir de ses épaules. Elle était nue en dessous, et lui offrit son corps sublime et voluptueux. A la lueur de l'aube perçant à travers les rideaux, il regarda ce corps qu'il avait aimé la nuit dernière.

Sa poitrine était ferme, généreuse. Il approcha le visage et caressa la pointe de ses seins avec la langue. Serena laissa échapper une plainte et enfouit les mains dans ses cheveux. Ultra-réactive. Parfait.

— La… chambre, gémit-elle.

— A vos ordres, madame, répondit-il en lui souriant avant de l'emporter dans ses bras.

Il la déposa sur le lit, se débarrassa de son pantalon et se jeta sur elle, couvrant son corps du sien, tandis que Serena promenait sur lui des mains avides et fiévreuses.

Voilà tout ce qu'il voulait. Au diable la compagnie, au diable Helen, les galas et les banquets, ses frères et ses sœurs, eux qui prenaient toujours sans jamais donner.

Il voulait Serena. Il voulait ce mode de vie, l'aider à faire la cuisine, remplir le lave-vaisselle, toutes ces choses dont il n'avait même pas conscience, ces tâches du quotidien dont son personnel s'occupait. Il voulait une vie où il prendrait son petit déjeuner avec elle, où il retournerait se coucher, au lieu de se hâter pour une réunion ou une interview.

Il voulait une vie en dehors des Brasseries Beaumont. Et cette vie, il la voulait avec Serena.

Mais il ignorait comment s'y prendre.

Tout en plongeant en elle, dans son corps chaud et tremblant, il sourit. Oui, il voulait tout ça, la sentir tressaillir et s'envoler avec elle, bien plus haut qu'il ne s'était jamais envolé.

Il devait bien exister un moyen.

Une heure plus tard, il réussit non sans difficulté à se raisonner et à s'arracher du lit de Serena. Il enfila le pantalon de son smoking, sa chemise, puis, après une séance de longs baisers, il sortit enfin de chez elle. Elle était ravissante sur le pas de la porte dans son petit peignoir, une tasse de café à la main, en train de lui dire au revoir. Un peu… Un peu comme une femme à son mari partant au travail.

Il était d'humeur un peu trop romantique. D'abord, Serena ne supporterait pas d'être femme au foyer. Elle aurait l'impression de ne pas participer activement à la vie du couple sur le plan financier. C'était un sujet sensible, chez elle. Mais ils ne pourraient pas continuer comme ça, au travail. Les gens au bureau finiraient par se douter de quelque chose. Et la rumeur aurait vite fait de s'emballer. Or, il refusait que Serena fît l'objet de rumeurs.

Il devait bien y avoir un moyen pourtant. Tout en roulant, il envisagea diverses options. La compagnie était sur le point de lui échapper. Serena travaillait pour lui. Toute relation entre des membres de l'entreprise était bannie. Mais s'il perdait la compagnie…

Oui, s'il la perdait, il ne serait plus son patron. Bon, évidemment, elle se retrouverait sans travail aussi, mais au moins ne violeraient-ils plus la règle d'or en vigueur dans les Brasseries Beaumont.

Et après ? Que voulait-il ? Faire ce qu'il avait envie de faire, non ? N'était-ce pas ce à quoi Serena l'avait engagé ? Faire ce que lui avait envie de faire.

Et quoi, au juste ?

Fabriquer de la bière, travailler comme maître brasseur. Il gardait un souvenir ému de cette époque, quand il avait passé toute une année les mains dans le houblon. Il adorait la bière et connaissait parfaitement le processus de fabrication. Il avait même joué un grand rôle dans la conception de la Percheron, cette ligne de bières artisanales aromatisées. Et si…

Et s'il vendait la brasserie, mais gardait pour lui la Percheron justement ? Il pourrait monter une petite entreprise, spécialisée dans les bières aromatisées. Beaumont n'existerait plus, certes, mais il pourrait surfer au début sur la renommée du nom. Il serait libre enfin et dirigerait sa compagnie comme il l'entendait. Sa compagnie, pas celle de Hardwick.

Il pourrait embaucher Serena. Elle avait tellement l'habitude de travailler pour lui. Et puis, il rédigerait de nouvelles règles, sans clause particulière interdisant les relations au sein de l'entreprise.

Et s'il obtenait effectivement soixante-cinq dollars pour les actions des Brasseries Beaumont, il pourrait offrir aux avocats de Helen une somme impossible à refuser. Tout le monde avait un prix. Ainsi parlait Matthew et son frère avait raison. Chatwick procéda à un rapide calcul mental.

En liquidant certains biens superflus — voitures, jet privé, villa, chevaux —, il pourrait offrir cent millions de dollars à Helen. Elle ne refuserait pas une telle somme, et lui garderait suffisamment pour se consacrer à la ligne Percheron.

Sauf qu'il devrait faire en sorte de couper d'abord tout lien financier avec sa famille. Pas question de continuer à travailler pour satisfaire les caprices des uns et des autres. S'il se lançait dans l'aventure, il le ferait seul, en dissociant à terme la ligne Percheron des Brasseries Beaumont.

Et pourquoi pas ? Il fabriquerait la bière qu'il voulait, dirigerait son entreprise comme il l'entendait. Bien sûr, ce serait une compagnie plus modeste que les Brasseries Beaumont. Et ses revenus forcément s'en ressentiraient. Fini les villas de luxe et les belles voitures, mais où était le problème ? Serena n'avait jamais roulé sur l'or et elle semblait parfaitement heureuse. Bon, il y avait bien cette grossesse mais…

Une chose était sûre, elle n'était pas à l'aise avec le luxe. S'il lui donnait un travail dans sa nouvelle entreprise, la payait un bon salaire et s'assurait qu'elle touche régulièrement une prime… Pour elle, cela valait toutes les plus belles robes, les plus beaux bijoux du monde. Ce qu'elle cherchait par-dessus tout, c'était la stabilité.

Oui, ça pourrait marcher. Une fois à la maison, il appellerait ses avocats afin de leur faire part de son idée. Voilà ce qu'il voulait. Et il ferait en sorte d'y arriver.

Une fois la luxueuse limousine de Chadwick partie, Serena pensa à ses voisins. A ce qui se chuchoterait dans le quartier à propos de telle voiture arrivée tard la veille, repartie tard ce matin.

Et alors ? Elle n'avait rien fait de mal, non ? Excepté de passer l'une des nuits les plus romantiques de son existence. Un dîner gastronomique, un gala de bienfaisance… et des sensations exquises en guise de dessert. Un peu comme dans un conte de fées, où la petite fille pauvre se métamorphosait en reine le temps d'un bal.

Depuis quand n'avait-elle eu une nuit de sexe aussi intense, aussi étourdissante ? Avec Neil, les sensations avaient fini par s'éroder et ils ne couchaient plus vraiment ensemble depuis un bon moment.

Mais avec Chadwick c'était tellement différent, tellement intense. Il n'avait pas juste pris son plaisir avec elle. Il lui en avait donné tout autant. Voire davantage.

A quoi devait ressembler la vie auprès d'un homme qui vous faisait l'amour aussi passionnément ? Quelqu'un qui ne pouvait pas s'empêcher de vous toucher, vous trouvait sexy, alors même que votre corps s'épanouissait ?

Le rêve !

Et oui, se sermonna-t-elle, c'était bien de ça dont il s'agissait : d'un rêve incompatible avec la réalité. Elle ne se voyait pas évoluer dans le monde de Chadwick, où tout n'était que luxe. Elle sourit en le revoyant, torse nu à la porte de sa cuisine ce matin, vêtu seulement de son pantalon de smoking. Mignon à croquer. Mais elle l'imaginait mal être heureux dans son petit appartement, à classer des coupons de réduction, à courir les soldes.

Bon sang, il lui manquait déjà ! Elle l'avait attendu, espéré pendant des années, sans véritablement en avoir conscience. Et aujourd'hui elle voyait mal comment faire abstraction de l'abîme entre eux.

Désappointée, elle se lança dans le ménage, qu'elle avait déjà fait à fond la veille, pour le cas où Chadwick viendrait chez elle.

Il restait néanmoins une lessive à mettre en route, un peu de vaisselle à ranger et un lit à faire, bref assez pour l'occuper, mais pas assez pour effacer Chadwick de son esprit.

Elle enfila son pantalon de jogging, son vieux T-shirt délavé… Comment les choses se passeraient-elles, lundi ? Ce serait une torture de ne pouvoir l'embrasser, le toucher. Mais ce genre de choses étaient proscrites au sein de la compagnie. Cela faisait l'objet d'une clause dans le contrat de chaque employé.

Et si elle démissionnait ?

Non. Elle ne pouvait se le permettre. Même si la compagnie était vendue, elle ne courrait pas le risque de se priver de tous les avantages qu'elle en tirait. Car l'opération prendrait des mois, au cours desquels elle aurait besoin de soins prénataux et le temps de réfléchir à l'avenir. Et si la vente capotait ? Bêtise.

Bien, qu'allait-elle faire, vis-à-vis de Chadwick ? Elle n'imaginait pas attendre des mois avant de l'embrasser à nouveau, de le tenir entre ses bras. Elle serait forcée de jouer la comédie, comme si elle n'avait pas de sentiments pour lui. Si les choses devaient rester en l'état…

Non, c'était une certitude, les choses ne resteraient pas en l'état. Elle avait fait l'amour avec lui — et pas qu'une fois — et elle était enceinte. Ces deux faits suffisaient à tout changer radicalement.

Elle transférait les draps du lave-linge dans le sèche-linge, quand elle entendit frapper à la porte. Sa première pensée fut que Chadwick avait changé d'avis et décidé de passer la journée avec elle.

Mais comme elle se précipitait dans l'entrée, la porte s'ouvrit. Chadwick n'avait pas la clé ! Une petite seconde plus tard, elle découvrait Neil Moore dans son entrée.

— Hello, bébé.

— Neil ? Que fais-tu ici ?

Le voir ainsi entrer chez elle comme si de rien n'était la mettait hors d'elle.

— J'ai eu ton mail, répondit-il en posant ses clés sur la console. Tu as l'air en forme, constata-t-il, un petit sourire aux lèvres. Tu n'as pas pris un peu de poids, dis-moi ?

— Bon sang, Neil, répliqua-t-elle, agacée par sa remarque. Je t'ai envoyé un mail, oui. Jamais je ne t'ai demandé de venir chez moi, et encore moins sans prévenir.

Elle sentit soudain son cœur se serrer. Et si Neil était arrivé deux heures plus tôt, quand elle se trouvait avec Chadwick ? Réprimant son émotion, elle s'efforça d'avoir l'air fâché. Ce qui ne fut pas très difficile.

— Tu ne vis plus ici, je te rappelle. Tu as déménagé.

Il hocha doucement la tête, puis soupira.

— Tu m'as manqué.

Rien dans son attitude ou son expression ne pouvait laisser croire que ce soit le cas. Le pas traînant, il se dirigea vers le canapé et s'y avachit, comme à son habitude. Mais qu'avait-elle donc trouvé à cet homme, hormis la stabilité qu'il lui offrait ?

— Vraiment ? rétorqua-t-elle, narquoise. Mais ça fait trois mois sans un coup de fil ni un texto de ta part. Ce n'est pas vraiment ainsi que l'on agit, lorsque quelqu'un vous manque…

— C'est pourtant la vérité, protesta-t-il. Je constate que rien n'a changé, ici. Même canapé pourri, même vieux… Bien, de quoi voulais-tu me parler, plutôt ?

Elle le fusilla du regard. Dommage finalement que Chadwick ne soit pas encore là. Neil aurait alors pu constater que plus rien n'était pareil — à commencer par elle. Adieu la petite assistante de direction qu'il avait plaquée, elle était désormais une femme qui s'habillait dans les plus luxueuses boutiques, qui parlait avec les plus prestigieux capitaines d'industrie et évoluait dans les plus hautes sphères. Une femme qui recevait son patron chez elle. Et dans son lit. Et elle était enceinte.

Neil ne parut pas noter son regard courroucé. Il regarda droit devant lui l'endroit où trônait la télé avant qu'il ne l'emportât avec lui.

— Tu n'as pas encore remplacé ta télé ? Bon sang, Serena. Je ne pensais pas que tu vivrais si mal mon départ.

— Je me fiche de la télé, je ne la regarde pas, répliqua-t-elle, surprise qu'en neuf ans de vie commune il ne l'ait même pas remarqué. Bien. Tu es venu juste pour critiquer ? Parce que j'ai une foule de choses plus intéressantes à faire qu'à t'écouter, un dimanche matin.

Neil haussa les épaules et s'assit droit comme un *i*.

— Eh bien, j'ai réfléchi. Nous avons vécu neuf années fantastiques, ensemble. Pourquoi vouloir à tout prix tourner la page ?

Elle en resta un instant bouche bée.

— Corrige-moi si je me trompe, mais si quelqu'un a jugé bon de tourner la page, il me semble que c'est toi, quand tu as commencé à coucher avec tes fans, au country club, non ?

— C'était une erreur, convint-il avec bien plus d'empressement qu'il n'en avait eu quand elle avait découvert les textos compromettants. J'ai changé, bébé. Je m'en veux pour ce que j'ai fait. Laisse-moi me faire pardonner.

Etait-ce donc ainsi que le « nouveau » Neil envisageait de se faire pardonner ? En les critiquant, elle et son appartement ?

— Je ferais n'importe quoi pour toi, tu ne le regretteras pas, poursuivit-il, avec toute l'apparence de la sincérité pendant l'espace d'une seconde. Hmm, ajouta-t-il, j'ai entendu dire que la brasserie où tu travailles risquait d'être vendue. Tu vas forcément toucher des indemnités et… On pourrait acheter quelque chose de plus grand, de plus agréable, et repartir sur de nouvelles bases. Qu'en dis-tu, mon bébé ?

Tout s'expliquait donc. Il avait eu vent de l'OPA d'AllBev et espérait un gros chèque.

— Que s'est-il passé, Neil ? Ta maîtresse est retournée vivre avec son mari ?

La façon dont le visage de Neil vira à l'écarlate répondit à sa question, même s'il s'en abstint et détourna les yeux avec un air buté. Plus les minutes passaient, plus elle se demandait en quoi cet homme avait pu lui plaire.

En trois mois, elle avait eu le temps de comprendre qu'elle s'était éteinte, au contact de Neil. La passion entre eux avait vite laissé place à la lassitude, elle trouvant à s'épanouir au travail, Neil ballotté d'une frustration à l'autre, devenant rapidement acerbe et mesquin avec elle.

Chadwick ne s'était jamais comporté de la sorte. Même avant que leur relation ne prenne un tour plus passionné, il lui avait toujours fait savoir qu'il appréciait son travail.

Elle secoua la tête. Le fait de ne plus vouloir de Neil ne signifiait pas que sa seule option était Chadwick. Et même si son histoire avec ce dernier s'arrêtait là, cela ne signifiait pas qu'elle avait envie de se jeter au cou de Neil. Elle n'était plus la petite étudiante pauvre, complexée et inquiète de tout. Elle était une adulte, capable de prendre soin d'elle-même.

— Je suis enceinte. Tu es le père.

Voilà, ce n'était pas plus compliqué que ça.

Pendant de longues secondes, Neil la regarda, visiblement sous le choc.

— Tu es…

— Enceinte, oui. De trois mois.

— Et tu es sûre que je suis le père ?

Excédée, elle prit une profonde inspiration.

— Bien sûr, espèce d'idiot. Contrairement à toi, je t'ai toujours été fidèle. Ce qui manifestement ne t'a pas suffi. Mais aujourd'hui, c'est toi qui ne me suffis plus.

— Je… Je…, bafouilla-t-il, ne sachant que dire.

Evidemment, elle était enceinte, mais ceci ne l'obligeait en rien à vivre le restant de ses jours avec lui.

— J'ai pensé que je devais te mettre au courant.

— Je ne… Et tu ne peux pas… avorter ?

— Dehors ! s'exclama-t-elle. Sors d'ici, tout de suite !

— Mais…

— C'est mon enfant. Je n'attends rien de toi. Surtout pas. Ne t'inquiète pas, je ne te traînerai pas au tribunal pour une pension. Ce que je veux, c'est ne plus jamais te revoir.

Elle n'avait pas eu ces mots, quand il l'avait quittée. Peut-être parce qu'elle espérait quand même le voir revenir. Plus aujourd'hui.

Neil reprit quelques couleurs et retrouva la parole.

— Tu ne veux pas d'argent ? Bon sang, mais comment est-ce possible ? Beaumont doit te payer une fortune. Combien, au juste ?

Elle soupira, n'en croyant pas ses oreilles. L'argent, voilà donc tout ce qui l'intéressait, alors même qu'elle venait de lui apprendre qu'il serait bientôt père.

— Si tu es encore là dans une minute, j'appelle la police. Adieu, Neil.

Il se leva, un peu chancelant, comme K-O.

— Et laisse la clé ici ! ajouta-t-elle. Pas question que tu me fasses d'autres visites surprise.

Il détacha la clé de l'appartement de son trousseau, puis ouvrit la porte et sortit. Et ce fut tout.

Elle regarda autour d'elle, avec une impression étrange. Elle n'était pas chez elle, ici. Cet appartement n'avait jamais été le sien, mais le leur. Celui du couple qu'elle formait avec Neil. Et elle avait tenu à y rester parce qu'elle s'y sentait en sécurité.

Mais Neil y avait vécu avant qu'elle n'emménage avec lui. Or, elle ne voulait pas d'un appartement respirant le mensonge, la trahison et le désamour pour élever son enfant.

Elle devait prendre un nouveau départ et cette perspective la terrifiait.

12

— Mademoiselle Chase, vous voulez bien venir dans mon bureau ?

Serena réprima un sourire tout en attrapant sa tablette. Chadwick la convoquait avec quarante minutes d'avance sur l'horaire habituel de leur réunion.

Que de changements, en une petite semaine seulement. Sept jours plus tôt, elle broyait du noir, sous le choc après avoir découvert qu'elle était enceinte. Et aujourd'hui, elle était la maîtresse de son patron. Plus qu'une maîtresse peut-être.

Non, interdiction de fantasmer, surtout ne pas se laisser aller sur cette pente, glissante et incertaine.

Elle ouvrit la porte du bureau et la referma, une fois à l'intérieur. Chose qu'elle faisait tous les jours, mais qui aujourd'hui se doublait d'une connotation particulière.

Chadwick était à son poste de travail, l'air tout à fait normal. Hmm, pas si normal que cela, à la réflexion. Il leva les yeux sur elle et lui offrit un large et lumineux sourire. Oh ! comme il était beau ! Et apparemment très heureux de la voir.

Il n'ouvrit pas la bouche tandis qu'elle rejoignait son fauteuil attitré, mais il se leva et se précipita vers elle pour lui donner un baiser qui la fit fondre de partout. Il la serra ensuite entre ses bras et chuchota :

— Tu m'as manqué.

Elle se blottit contre lui, s'enivra de son odeur, tressaillit au contact de son corps. Quelle différence avec Neil, ce beau parleur mais tellement vain. S'il maniait la langue avec art — au propre comme au figuré —, Chadwick était également un homme d'action.

— Toi aussi, répondit-elle en passant les mains sur son dos, sous sa veste. Jamais je n'ai attendu un lundi avec autant d'impatience.

Il l'embrassa à nouveau, avant de la regarder.

— Quand puis-je te revoir ?

— Il me semble que nous nous voyons, là, non ? soupira-t-elle, en lui prenant le visage entre ses mains.

Il lui sourit, l'air penaud.

— Tu vois bien ce que je veux dire.

Elle voyait très bien, même. Quand passeraient-ils une autre nuit ensemble ? Tel était le sens de sa question. Elle avait envie de répondre : « Ce soir. Tout de suite. » Ils pourraient s'esquiver discrètement et revenir plus tard, beaucoup plus tard.

Non. Impossible.

— Qu'allons-nous faire ? Je déteste contrevenir aux règles.

— C'est en partie toi qui les as édictées, ces règles.

— Cela ne fait que rendre les choses plus difficiles.

Il lui sourit alors, mais avec un sourire espiègle.

— Ecoute, je sais que c'est un problème. Mais je travaille à le résoudre. Laisse-moi faire, murmura-t-il en la serrant contre lui. Fais-moi confiance.

Elle plongea ses yeux dans les siens, repensant avec nostalgie à leur nuit de plaisir, puis à dimanche matin, devant le petit déjeuner préparé par ses soins. Aujourd'hui, la réalité avait repris ses droits.

— Entendu, consentit-elle. Si tu as besoin d'aide, n'hésite pas.

— D'accord. Dis-moi, quel jour est ton rendez-vous, chez le médecin ?

— Vendredi, la semaine prochaine, répondit-elle en lui caressant la joue.

— Tu veux que je t'accompagne ?

L'Amour, avec un grand « A ». Le mot dériva doucement à la surface de sa conscience. Tabou, même s'il s'agissait bien de ça, d'un amour qui l'envahissait tout entière.

Elle sentit sa gorge se serrer, au bord des larmes soudain. Mon Dieu, elle était amoureuse de Chadwick Beaumont. C'était à la fois la meilleure chose qui lui soit jamais arrivée et un sacré problème.

Il glissa un index sous son menton, comme il l'avait fait une semaine auparavant et lui sourit à nouveau.

— Tu veux bien ?

— Oui. Mais… ça ne t'ennuie pas ?

— Récemment, j'ai découvert que sortir du bureau de temps en temps me faisait un bien fou. J'aimerais beaucoup t'accompagner.

Elle tenta de ravaler la boule logée en travers de sa gorge.

— Dis-moi, tu es sûre que ça va ?

Elle posa la tête sur son épaule, si solide, si réconfortante.

— J'espère que tu arriveras très vite à la solution que tu cherches.

— Tu peux compter sur moi, Serena, murmura-t-il. Mais dans l'immédiat j'aimerais pouvoir dîner avec mon assistante, ce soir. Afin de pouvoir discuter de mon emploi du temps un peu plus en détail ?

Comment refuser ? Surtout pour une réunion de travail, après tout.

— Pourquoi pas ?

— Bien, dit-il en l'entraînant vers le canapé. Parle-moi de ton week-end.

— J'ai eu une petite visite, répondit-elle en s'asseyant contre lui, avant de lui raconter son entrevue avec Neil.

— Tu veux que je m'en occupe ? demanda-t-il quand elle en eut terminé.

Elle sourit à la façon dont il prononça ces paroles — menaçant, comme lorsqu'il avait failli en venir aux mains avec son frère, pendant le gala. Une réaction très macho peut-être, mais elle se sentit en sécurité.

— Non, je crois qu'il a compris le message. Il n'obtiendra rien de moi ni de la compagnie.

Elle expliqua ensuite à Chadwick le besoin qu'elle éprouvait de déménager, afin de rompre avec le passé.

Il l'écouta avec intérêt, acquiesça d'un signe de tête, puis lui prit le visage entre ses mains pour lui donner un baiser plus doux, plus tendre.

— Tu dois croire en moi, Serena, conclut-il ensuite, en plongeant ses yeux dans les siens.

Elle croyait en lui et en ses promesses.

Il les tiendrait comme il le faisait toujours. Mais à quel prix ?

— Monsieur Beaumont ?

Dans l'interphone, la voix de Serena résonna d'une manière étrange. Comme étranglée.

— Oui ?

Il regarda Bob Larsen assis face à lui, qui s'interrompit au beau milieu de sa phrase. Serena devait avoir une sacrée bonne raison pour l'appeler en pleine réunion.

Un silence pesant s'ensuivit dans l'interphone.

— Mme Beaumont souhaite vous voir.

Une violente panique s'empara de lui. Comme il y avait plusieurs options, il opta pour la moins affreuse.

— Ma mère ?

— Mme Helen Beaumont.

Aïe.

Il fixa Bob. Tous deux travaillaient ensemble depuis longtemps et, si son divorce tapait sur les nerfs de Chadwick, il s'était appliqué à ce que sa vie privée n'interfère pas avec les affaires et reste confidentielle.

Jusqu'à aujourd'hui.

— Un moment, répondit-il, avant de couper l'interphone. Bob…

— Oui, on reprendra plus tard, comprit Bob en rassemblant à la hâte ses dossiers. Hmm… Bonne chance ?

— Merci, marmonna Chadwick en le regardant s'éclipser.

Il lui faudrait un peu plus que de la chance.

Mais que venait donc faire Helen au bureau ? Elle n'y avait jamais mis les pieds, même pas au début de leur mariage, lorsque tout allait bien. Il ne lui avait pas adressé la parole depuis plus d'un an, hormis en présence de ses avocats. Elle n'envisageait tout de même pas une réconciliation ? Mais dans ce cas, que venait-elle faire ici ?

Une chose était sûre, il devrait la jouer serré et ne rien laisser filtrer qu'elle pourrait utiliser contre lui. Il inspira, expira, redressa son nœud de cravate, puis alla ouvrir la porte.

Helen Beaumont ne s'était pas assise sur l'un des fauteuils destinés aux visiteurs, face au bureau de

Serena, elle se tenait devant l'une des fenêtres, occupée apparemment à regarder les infrastructures de la brasserie. Ou peut-être rien.

Elle était très mince, presque maigre en réalité. Plus une ombre qu'une femme. Elle portait une jupe droite classique et un chemisier de soie sous une étole en fourrure. Des diamants — qu'il lui avait offerts dans une autre vie — aux doigts et aux oreilles. Si différente de la femme qu'il avait épousée huit ans plus tôt.

Chadwick regarda Serena, livide, qui secoua la tête, l'air désemparé, sans lui fournir la moindre indication sur les raisons de la venue de sa femme.

— Helen, l'appela-t-il, tu veux bien me suivre dans mon bureau ?

Elle pivota sur ses talons et le fusilla du regard.

— Chadwick, répliqua-t-elle en toisant Serena du regard, je me fiche totalement que le personnel entende ce que j'ai à te dire.

Il serra les dents.

— Bien, dans ce cas, je t'écoute. Que me vaut l'honneur de ta visite ?

— Ne sois pas sarcastique, Chadwick, cela ne te va pas. Mon avocat affirme que tu te prépares à faire une nouvelle offre. Le genre d'offre que tu m'as refusé l'année dernière.

Bon sang. Ses propres avocats verraient d'un très mauvais œil qu'il vende la mèche. Faire durer le plaisir, poursuivre les négociations, tel était le but du jeu. Par ailleurs, il n'avait même pas encore pris contact avec AllBev pour discuter de son projet. Tant que la compagnie ne serait pas vendue, il ne pourrait faire aucune offre.

Impossible de diriger sa vie comme il l'entendait

— créer sa propre compagnie, vivre comme il en rêvait — avant d'avoir signé avec AllBev. Ce qui prendrait du temps. Les négociations pouvaient durer plusieurs mois.

Mais surtout il n'avait encore rien dit à Serena de son projet : la vente de Beaumont tout en conservant la ligne Percheron. Il voulait garder le secret, le temps de tout régler pour pouvoir lui faire la surprise.

— Il y a une différence entre « refuser » et « ne pas être en mesure de »…

— Vraiment ? A quoi joues-tu, Chadwick ? répliqua Helen, les bras croisés, en faisant la moue.

— Je ne joue à rien, je m'efforce juste de conclure ce divorce au plus vite. Depuis que tu en as fait la demande, tu as refusé d'aller chez le conseiller matrimonial, tu as campé sur tes positions. Tu ne voulais plus de moi. Et aujourd'hui, près de quatorze mois plus tard, tu n'en finis pas de faire traîner la procédure…

Elle inclina la tête sur le côté, battit des cils.

— Je ne fais rien traîner du tout. Je veux… Je veux juste que tu fasses attention à moi.

— Quoi ? Me faire un procès n'est pas le meilleur moyen d'y parvenir, il me semble.

Quelque chose dans son regard changea. L'espace d'un instant, il revit presque la femme qui se tenait à ses côtés devant l'autel, lui promettant amour et fidélité.

— Tu n'as jamais prêté la moindre attention à moi. Notre lune de miel n'a duré que six jours. Tu devais absolument rentrer pour une réunion. Tous les matins, je me réveillais seule, puisque tu te levais à 6 heures pour aller au bureau, dont tu ne rentrais jamais avant 10 ou 11 heures. Je suppose que j'aurais pu l'accepter, si je t'avais eu à moi le week-end, mais tu travaillais aussi le samedi et le dimanche, tu recevais sans cesse des coups de fil ou tu devais donner une interview. C'était comme… être mariée à un fantôme.

Pour la première fois depuis des années, il ressentit de la sympathie pour Helen. Elle avait raison. Combien de fois l'avait-il laissée seule dans cette grande maison, sans rien d'autre à faire qu'à dépenser de l'argent.

— Mais tu connaissais ma façon de travailler, quand tu m'as épousé.

— Je…

Sa voix se brisa. Allait-elle éclater en sanglots, là ? Elle pleurait parfois, quand ils se disputaient à propos… eh bien justement, de son travail, de l'argent qu'elle jetait par les fenêtres. Mais ce n'était de sa part que des larmes pour le faire céder, le manipuler. Pourtant, aujourd'hui… Devait-il croire en son émotion ou rester sur ses gardes ? Mijotait-elle quelque chose ?

— Je croyais pouvoir faire en sorte que tu m'aimes plus que cette compagnie. Mais je me trompais. Tu n'as jamais eu l'intention de m'aimer. Toutes ces années perdues, à cause de cette maudite brasserie… Alors finalement, je ne demande que ce qui m'est dû, conclut-elle en relevant fièrement la tête, redevenant la femme intransigeante qui le narguait depuis des mois.

— Nous avons été mariés moins de dix ans, Helen. Qu'est-ce qui t'est dû, selon toi ?

Elle lui sourit, et à cet instant, il comprit. *Tout.* Elle voulait la seule chose qui avait vraiment compté pour lui. La compagnie. Et elle ne lâcherait rien tant qu'elle ne serait pas arrivée à ses fins.

Tant qu'elle ne l'aurait pas ruiné.

Le téléphone de Serena sonna, le faisant sursauter. Elle répondit de sa voix la plus normale.

— Désolée, mais M. Beaumont est en réunion. Oui, je peux vous donner cette information. Une minute, je vous prie…

— Dans mon bureau, siffla-t-il entre ses dents. Inutile de poursuivre cette conversation devant Mlle Chase.

Helen le regarda avec des yeux de vipère.

— Oh ! mais pourquoi faire tant de secrets devant cette chère Mlle Chase ? Quelque chose te met mal à l'aise ?

Non. Au contraire, pour la première fois de son existence, il avait fait ce dont il avait envie — sortir avec Serena, passer une nuit entre ses bras — et Helen allait le faire payer pour ça. Bon sang, pourquoi n'avait-il pas réfléchi avant ?

Parce qu'il voulait Serena. Parce qu'elle le voulait, lui.

Tout semblait tellement simple, si évident, encore deux jours plus tôt. Mais aujourd'hui ?

— Je vous demande pardon ? demanda alors Serena, sur un ton indigné, tout en raccrochant.

— C'est un peu tard pour ça, répliqua Helen avec mépris. Coucher avec le mari d'une autre n'a jamais été un bon plan de carrière, pour une secrétaire.

— Je ne vous permets pas, répliqua Serena, manifestement plus choquée que furieuse.

Helen continua de la fixer, pleinement consciente d'avoir l'avantage.

— Comment as-tu pu faire une chose pareille, Chadwick ? Offrir des robes de luxe à cette petite secrétaire et parader à son bras, comme si elle était la reine mère ? Il paraît que c'était un spectacle désopilant et que tu étais pitoyable…

Et flûte ! Il avait oublié Therese Hunt, la meilleure amie de Helen. Le visage de Serena s'empourpra et elle chancela un moment sur son siège, comme si elle allait s'évanouir.

Si Helen voulait son attention, à présent elle l'avait. Il faillit bondir pour se placer entre les deux femmes et protéger Serena du venin de Helen. Il s'en abstint, mais fit un pas, puis deux en direction de la vipère.

— Je te conseille de faire attention à ce que tu dis, sinon mon service de sécurité t'expulsera manu militari de ces locaux. Et si tu t'avises d'y remettre les pieds, je n'hésiterai pas à porter plainte. Si tu ne veux pas te retrouver derrière les barreaux et finalement déchue de tout droit à une pension alimentaire, quelle qu'elle soit, je t'engage à quitter les lieux. Tout de suite.

— Après ce que tu m'as fait subir, tu n'as pas le droit ! cracha Helen, hors d'elle maintenant.

Il soupira. Garder son calme lui demandait un effort surhumain.

— Je t'ai déjà fait plusieurs offres. C'est toi qui refuses de mettre un terme à cette histoire. Car de mon côté, Helen, j'aimerais bien pouvoir vivre ma vie. N'est-ce pas ce que font les gens en général quand ils divorcent ? Ils s'en vont vivre leur vie, séparément.

— Tu couches avec elle, c'est ça ! s'écria Helen d'une voix stridente qui résonna dans tout le couloir.

Des portes s'ouvrirent et des têtes apparurent.

La situation dérapait dangereusement.

— Helen…

— Depuis quand ? Des années bien sûr. Tu couchais déjà avec elle quand nous étions mariés ! Dis-moi la vérité !

Autrefois, Helen était une femme douce et souriante. A des années-lumière de la harpie qui lui faisait face aujourd'hui.

— Je t'ai toujours été fidèle, Helen, répondit-il pourtant d'une voix calme. Même quand tu as déserté le lit conjugal. Mais tu n'es plus ma femme. Et je n'ai pas à me justifier devant toi de ce que je fais ni de la personne que j'aime.

— Détrompe-toi, je suis encore ta femme ! Je n'ai signé aucun accord que je sache !

— Tu n'es plus ma femme, siffla-t-il entre ses dents, la colère enflant en lui. Tu ne peux plus te retrancher derrière ce statut, Helen. J'ai tourné la page. S'il te plaît, tourne-la à ton tour. Nos avocats se chargeront de tout.

— Espèce de sale menteur ! Comporte-toi comme un homme, pour une fois, un peu de courage !

— Je n'ai rien à te prouver, Helen. Mademoiselle Chase, si vous voulez bien me suivre…

Serena attrapa sa tablette et courut dans le bureau.

— Tu ne peux pas me tourner le dos comme ça, tu entends ? Tu me le paieras cher, Chadwick !

Il se positionna de façon stratégique devant la porte du bureau.

— Je suis désolé, Helen, de ne pas avoir été l'homme que tu espérais. Je suis désolé que tu n'aies pas été non plus la femme dont je rêvais. Nous avons toi et moi commis des erreurs. Mais il est temps de passer à autre chose. Accepte mon offre. Recommence à sortir. Trouve l'homme qui saura prendre soin de toi. Car de toute évidence, ce n'est pas moi. Adieu, Helen.

Puis il ferma la porte, sourd aux cris hystériques et aux insultes qui montaient de l'autre côté.

Serena s'était recroquevillée sur son fauteuil habituel.

Chadwick saisit le téléphone sur le bureau et composa le numéro de la sécurité.

— Len ? J'ai un problème. Je voudrais que tu fasses

sortir mon ex-femme de nos locaux le plus discrètement possible et sans la malmener, bien sûr. Merci.

Puis il reporta son attention sur Serena, toujours aussi pâle.

— Respire, trésor.

Rien. Il s'accroupit devant elle et lui prit le visage entre ses mains, de manière à voir ses yeux. Aïe.

— Respire, répéta-t-il.

Et soudain, il l'embrassa, un peu comme pour produire un électrochoc, lui donnant un baiser intense et passionné. Lorsqu'il arracha sa bouche à la sienne, elle inspira profondément, comme quelqu'un qui sort de l'eau et reprend son souffle.

— C'est bien, chérie, murmura-t-il en lui frictionnant le dos. Comme ça.

Serena laissa échapper un petit cri, puis elle toussa entre ses bras. Quelle histoire ! Il s'en voulait, car tout ça était sa faute.

Derrière la porte, le tumulte cessa. Ni Serena ni lui n'esquissèrent un geste, jusqu'à ce que son téléphone sonne. Il s'empressa de décrocher.

— Oui ?

— Elle est dans sa voiture, en pleurs. Que voulez-vous que je fasse ?

— Ne la quittez pas des yeux. Si elle ressort de sa voiture, appelez la police. Sinon, laissez-la tranquille.

— Chadwick, chuchota alors Serena, d'une voix à peine perceptible.

— Oui ?

— Ce qu'elle a dit…

— Ne pense plus à ce qu'elle a dit. Elle est furieuse, parce que je me suis présenté au gala avec toi, expliqua-

171

t-il. Helen était surtout vexée que je lui fasse des infidélités avec une « vulgaire » secrétaire.

— Non, répondit Serena en le regardant dans les yeux. Je parle de ce qu'elle a dit à propos de sa solitude, quand vous étiez en couple. Parce que tu travaillais sans arrêt.

— C'est juste.

Et la vérité, c'était qu'il continuait à travailler tout autant.

— Oui, et ça n'a pas changé, soupira Serena en lui caressant la joue. Je connais ton emploi du temps. Et dimanche, tu es parti de chez moi parce que tu avais une interview, comme lorsque tu vivais avec Helen.

Tous ses projets — qui lui semblaient si beaux, vingt-quatre heures plus tôt — parurent sur le point de se désintégrer.

— Tout va changer, lui promit-il. Je fais tout pour ça. Et je ne compte pas continuer à vivre en travaillant une centaine d'heures par semaine. Parce que Helen a raison sur une chose, aussi : j'aimais plus la compagnie que je ne l'aimais, elle. Mais c'est différent aujourd'hui. Je suis différent, grâce à toi.

Deux larmes coulèrent sur les joues de Serena.

— Tu ne comprends donc pas dans quelle situation inextricable nous sommes ? Il m'est impossible d'être avec toi, tant que je travaille pour toi. Mais si je ne travaille plus pour toi, j'ai peur de ne jamais te voir…

Il laissa échapper un soupir et secoua la tête.

— Non, Serena, je ferai en sorte que rien ne nous empêche d'être ensemble. De nous voir.

Elle lui adressa un sourire triste comme il ne lui en avait jamais vu.

— Je ne fais que te compliquer la vie.

— Non, c'est Helen qui me complique l'existence. Toi, tu as fait de ma vie un paradis. Tu illumines mes jours et mes nuits.

Sans cesser de pleurer, elle continua de lui caresser la joue.

— Tout a changé, désormais. S'il n'y avait que toi et moi, ça irait, mais ce n'est plus le cas. Je vais avoir un bébé. Je dois penser à lui. Je ne peux pas vivre dans la peur que Helen ou Neil frappent à ma porte pour faire un scandale.

Il sentit une boule se loger en travers de sa gorge.

— Je compte vendre la compagnie, mais cela prendra des mois. Tu pourras conserver tous les avantages liés à ton contrat sans doute jusqu'à la naissance du bébé. D'ici là, Serena, les choses n'ont pas besoin de changer. Nous pouvons rester ensemble et…

— Non, je ne peux pas, l'interrompit-elle, en larmes. Est-ce que tu comprends ? Je refuse d'être ton assistante et ta maîtresse. Je ne veux pas vivre ainsi. Et je ne veux pas élever mon enfant comme ça. Je n'appartiens pas à ton monde, pas plus que toi au mien. Cela ne marchera pas…

— Bien sûr que si, ça marchera, insista-t-il.

— Et cette compagnie, reprit-elle, tu as été élevé pour la diriger. Je ne peux pas te demander d'y renoncer.

— Je t'en prie, la supplia-t-il, la gorge nouée. Je saurai prendre soin de toi, je t'en fais le serment.

Helen l'avait quitté, bien sûr. Mais quelque part au fond de lui cela avait été un soulagement, cela signifiait plus de disputes, plus de douleur. Il pouvait se consacrer entièrement à la compagnie, sans craindre les foudres de sa femme parce qu'il rentrait trop tard du travail, ou partait le week-end pour une conférence quelconque.

Mais ne plus voir Serena ? Ne plus pouvoir lui voler un baiser ? Ne pas se réveiller entre ses bras ? Ne plus l'entendre aussi l'encourager à sortir de ce maudit bureau, à vivre pour lui et non plus pour sa famille ?

La perte de Helen n'avait pas été un traumatisme. Mais celle de Serena ? Il tressaillit.

— Je ne peux pas imaginer ma vie sans toi, s'obstina-t-il, lui ouvrant son cœur comme il ne l'avait jamais fait pour personne. Ne me quitte pas.

Elle approcha son visage du sien et pressa les lèvres contre sa joue.

— Mais si, tu y arriveras. Il le faut. Je dois prendre soin de moi. C'est la seule solution… Je vais de ce pas présenter ma démission en tant qu'assistante, avec effet immédiat.

Puis, après un dernier regard qui lui déchira le cœur, elle lui tourna le dos et sortit du bureau.

Il la suivit des yeux, anéanti.

- 13 -

Le carillon retentit quand Serena poussa la porte du snack. La frénésie de ces derniers jours avait été telle qu'elle en avait oublié d'informer ses parents de sa grossesse. Et aussi qu'elle avait démissionné de son poste d'assistante, parce qu'elle était tombée amoureuse de son patron.

Ses parents avaient bien un téléphone, d'un modèle préhistorique, mais pas de répondeur. Et la plupart du temps, quand elle essayait de les joindre, un message préenregistré lui répondait : « Ce numéro n'est plus en service », la ligne ayant été coupée pour cause, bien sûr, de facture impayée. Si elle voulait contacter ses parents, mieux valait encore qu'elle retrouve sa mère sur son lieu de travail, chez Lou.

Il y avait plusieurs jours déjà qu'elle remettait cette visite. Voir ses parents la mettait toujours mal à l'aise. Pendant des années, elle avait essayé de leur venir en aide — en payant la caution de leur appartement, en réglant de temps à autre une mensualité du crédit auto de son père. En vain. Car, au lieu de la prévenir à temps quand un problème se présentait, ils gardaient le silence et retombaient toujours dans les dettes.

Elle n'était pas dupe. En réalité, ils refusaient de « vivre aux crochets de leur fille », comme ils disaient.

Maudite fierté. Alors qu'elle ne voyait pas du tout les choses sous cet angle. Elle n'aspirait qu'à améliorer un peu leur quotidien.

Oh ! elle aimait sincèrement ses parents, qui le lui rendaient bien. Mais ils n'étaient pas sur la même longueur d'onde. Elle avait de l'ambition, ils en étaient totalement dénués. Elle ne supportait pas l'idée de travailler pour un salaire de misère le restant de ses jours, parce que prendre sa retraite était réservé aux riches. Et surtout, elle voulait mieux pour son bébé.

Tout ça ne l'empêcha pas de sourire, assaillie par les souvenirs, en pénétrant dans le snack. Shelia Chase travaillait ici depuis une trentaine d'années. Lou était décédé et l'endroit avait changé plusieurs fois de propriétaires, mais sa mère avait toujours réussi à garder sa place. Une chance, car Serena doutait qu'elle sache faire autre chose.

En tout cas, sa mère ne s'y était jamais essayée.

Serena soupira. Neuf jours qu'elle avait quitté le bureau de Chadwick. Neuf journées interminables et oppressantes qu'elle avait tenté de passer sans trop pleurer, en s'appliquant à planifier sa nouvelle vie.

Elle avait donné son préavis à son propriétaire. Dans deux semaines, elle déménagerait pour un autre appartement, à Aurora, soit à une bonne quarantaine de minutes de l'entreprise. Un appartement très différent, avec deux chambres — parce qu'elle ne tarderait pas à avoir besoin d'espace, avec le bébé — sans trace de Neil. Ou de Chadwick. Le loyer s'élevait presque au double de celui qu'elle payait actuellement mais, en achetant les affaires de bébé au rabais et en continuant de traquer les coupons de réduction, elle devrait pouvoir tenir une année, peut-être plus.

Elle avait postulé pour une dizaine de postes, depuis responsable administratif dans une compagnie d'assurances, jusqu'à comptable dans un hôpital. Elle avait même envoyé son CV à la banque alimentaire. La directrice avait été satisfaite de son travail et la banque venait de toucher une grosse somme de Beaumont. Ils auraient les moyens de lui offrir un salaire décent, mais en ce qui concernait l'assurance santé… Elle avait pris une mutuelle en attendant, quelque chose de bon marché, car elle ne pouvait décemment pas s'en passer.

Elle n'avait pas encore reçu de réponse pour un entretien, mais c'était un peu prématuré. Du moins était-ce ce dont elle s'efforçait de se convaincre. Le moment aurait été mal choisi pour céder à la panique.

Mais lorsqu'elle se glissa dans un box plus vieux qu'elle, dont le plastique crissa sous son poids, la vieille peur de se voir obligée de faire la queue à la soupe populaire refit surface.

« Respire. » Elle sourit, entendant Chadwick lui murmurer ce conseil à l'oreille. Et aussitôt, elle se sentit réconfortée.

Flo, la deuxième serveuse historique des lieux, l'accosta.

— Rena, ma chérie, tu as l'air en pleine forme, lança-t-elle de sa voix grave tout en lui déposant un café. Shelia sert un groupe, là-bas. Elle viendra te dire bonjour juste après.

Le seul fait de se retrouver dans ce snack qui avait tant de fois permis à sa famille d'avoir quelque chose à manger eut étrangement un effet apaisant sur elle. Si au cours des dernières semaines son monde avait basculé, certaines choses au moins ne changeaient pas. Elle sourit à Flo.

— Merci. Comment vont tes petits-enfants ?

— Ils sont adorables, répondit Flo avec un sourire radieux. Ma fille a trouvé un bon job à l'hypermarché, comme responsable du réassort. Je garde les petits après mon travail, le soir. Ils dorment comme des anges.

Lorsque Flo la laissa pour continuer son service, Serena fut prise d'une nouvelle vague de panique. C'était un bon job, de remplir les rayons d'un supermarché ? De devoir demander à sa mère de surveiller les enfants, la nuit ?

Enfin, un travail valait toujours mieux que pas de travail du tout.

Elle pensait ne jamais pouvoir s'intégrer au monde de Chadwick et réciproquement. Ils étaient trop différents. Mais aujourd'hui, assise dans ce box, à regarder sa mère porter un plateau chargé de nourriture à une table de dix, elle se rendit compte de son changement. Autrefois, elle aurait été folle de joie de décrocher un travail, même de nuit, même pour réapprovisionner des rayons. Cela aurait payé le loyer et les courses et elle n'en demandait pas plus, à l'époque.

Mais aujourd'hui ? Aujourd'hui, elle aspirait à autre chose. Non, elle n'avait aucun besoin de robes à cinq mille dollars, mais devoir se résoudre à un travail de nuit, pour un salaire de misère ? Non, elle ne le concevait pas.

Une image de Chadwick lui revint en mémoire, non pas l'homme qu'elle voyait au quotidien, dans son bureau, les yeux rivés sur son ordinateur, mais celui du musée des Beaux-Arts, le soir du gala. S'efforçant de maintenir le cap, terrifié à l'idée de ce qui arriverait s'il lâchait la barre.

A ce moment, il n'avait pas été juste un patron irrésistible et réfléchi, mais un homme, avec ses angoisses, sa vulnérabilité. Un homme qu'elle comprenait et qui la comprenait. Deux êtres humains, épris des mêmes valeurs, aspirant finalement aux mêmes rêves.

Sauf que Helen Beaumont était venue mettre son grain de sel dans tout ça, en lui rappelant combien Chadwick était différent d'elle.

Au fond, elle le savait. Tant qu'elle travaillerait pour Chadwick, elle ne pourrait pas continuer comme ça. Avoir une aventure avec son patron, fût-elle torride et passionnée, cela ne lui ressemblait pas. Et puis elle avait entendu les reproches de Helen, la façon dont il avait négligé sa femme durant leur mariage, préférant se consacrer à la compagnie.

Cela lui avait fait l'effet d'un coup de poignard dans le dos. Depuis des années, elle passait tellement de temps avec Chadwick. Leur histoire était-elle inévitable ?

S'étaient-ils simplement rapprochés en raison de leur disponibilité ? Faute de mieux, parce que c'était plus facile ainsi, plus pratique.

Non. Choisir la facilité et n'aspirer qu'à la stabilité menait forcément à une impasse. Toute sa vie, sa mère était restée enchaînée à ce snack par facilité. Un travail assuré. Un salaire acquis. Lâcher la proie pour l'ombre ? A quoi bon !

Serena secoua la tête. Elle ne regrettait pas d'avoir démissionné de son poste. Et tant pis si elle nageait aujourd'hui dans l'incertitude la plus complète concernant son avenir. Et quant aux sentiments de Chadwick à son égard, à supposer qu'il en ait eu, elle n'en savait rien. Il n'avait pas appelé une seule fois. Pas même envoyé un texto.

Elle ne s'attendait pas vraiment à ce qu'il essaie de

la joindre, mais elle était déçue. Dévastée, en fait. Il lui avait dit tant de belles choses, des mots qui l'avaient bouleversée. mais les actes étaient plus parlants encore, or il n'avait pas cherché à la retenir.

Elle était amoureuse de lui, c'était une certitude. Mais elle refusait de se sentir manipulée, comme s'il avait toutes les cartes de leur relation en main. Elle refusait de se sentir redevable de tout. Comme si c'était lui qui contrôlait sa sécurité financière.

Voilà pourquoi, si douloureux que ce soit, elle avait choisi de partir, de le libérer de sa promesse et de veiller sur elle. Oui, plus que tout, elle avait besoin de savoir que l'homme qu'elle aimait serait toujours là pour elle et qu'elle ne retomberait pas dans la pauvreté.

C'était elle et elle seule qui dirigeait sa vie, son destin. Elle qui déciderait seule de son avenir.

Elle ne dépendait de personne.

Elle sentit son cœur se serrer. L'analyse était un peu déprimante et, inévitablement, lui donna envie de pleurer. Des larmes qu'elle s'empressa de ravaler quand sa mère apparut.

— Ma puce, ça n'a pas l'air d'aller. Que se passe-t-il ?

Serena sourit du mieux qu'elle put. Du plus loin qu'elle se souvenait, sa mère l'avait toujours appelée ainsi.

— Coucou, maman. J'avais envie de te voir, de parler un peu avec toi…

— Pour l'instant, je suis occupée, mais si tu veux bien attendre un peu. Oh ! je sais, je vais demander à Willy de te préparer quelques nuggets de poulet, des chips et pour finir un milk-shake au chocolat, ton préféré !

— Oui, super, répondit Serena sans grand enthousiasme. Papa vient te chercher, ce soir ?

C'était leur habitude depuis toujours. A condition

bien sûr que son père ait encore une voiture en état de marche.

— Naturellement, répondit sa mère en lui tapotant la main. Il a eu une promotion, tu sais. Il est responsable de l'équipe de vigiles, maintenant. Si tu peux rester, il ne devrait pas tarder.

— Pas de problème, répondit Serena en s'installant confortablement pour se faire chouchouter par sa mère.

Elle sortit son téléphone de son sac et vérifia sa boîte mail.

Un message de la part de Miriam Young.

Mademoiselle Chase, désolée d'apprendre que vous ne faites plus partie des Brasseries Beaumont. La banque alimentaire des Rocheuses serait ravie d'avoir à son bord quelqu'un avec vos compétences. Appelez-moi rapidement pour convenir d'un rendez-vous.

Serena laissa échapper un long soupir de soulagement. Elle n'avait plus à avoir peur de demain.

Sa mère réapparut avec les nuggets et les chips.

— On dirait que ça va mieux, ma petite puce.

— Oui, je crois, maman.

Elle mangea, prenant son temps. Rien ni personne ne l'attendaient, après tout. Oui, tout s'arrangerait. Avec un travail elle pourrait offrir toute la stabilité nécessaire à son enfant. Son bébé. Demain, lors de son premier rendez-vous chez la gynécologue, elle pourrait entendre les battements de son cœur.

Chadwick avait proposé de l'accompagner… Oh ! mais elle n'avait besoin de personne. Elle n'avait eu aucun mal à rayer Neil de son existence, par exemple. Quel soulagement de ne plus l'avoir dans les pattes !

Chadwick, en revanche… Ils n'avaient passé qu'une

nuit ensemble, mais cette nuit-là avait tout changé. Sa tendresse, toutes les choses qu'il lui avait faites. Elle se sentit rougir. Entre ses bras, elle se sentait si belle, si désirable et voulait tellement plus encore. Des choses auxquelles elle ne croyait plus et qu'elle devait oublier.

Bon sang, après avoir goûté à un tel bonheur, elle devrait tourner la page ? Quelle injustice !

Tout en mangeant, elle s'efforça de penser de manière positive. Si elle retrouvait un travail, si la banque alimentaire l'embauchait, alors elle pourrait peut-être envisager d'avoir une relation d'égal à égal avec Chadwick.

— Oh ! mais regardez qui est là ! Mon bébé !

Arrachée à ses pensées par les cris de joie de son père, elle sourit quand il se précipita pour l'embrasser.

Sa mère s'empressa d'apporter une tasse de café à son époux, puis elle se glissa sur la banquette, tout contre lui.

— Comment vas-tu, ma belle ? demanda son père avant d'embrasser son épouse.

Serena baissa les yeux sur sa tablette. Ses parents n'avaient jamais eu le moindre dollar d'économie, en revanche ils avaient toujours été là l'un pour l'autre. Un amour, une complicité que Serena leur avait toujours enviés, peut-être même davantage aujourd'hui, après les furtifs moments de bonheur qu'elle avait vécus auprès de Chadwick.

— Bien, dit son père en reportant son attention sur Serena. Alors, comment ça va, le travail ?

Il glissa un bras autour des épaules de sa femme qui sourit, comme si toute la fatigue de cette journée venait de se dissiper. Serena toussota. Elle avait le même travail et vivait dans le même appartement depuis si longtemps. Elle ignorait quelle serait la réaction de ses parents.

— Eh bien…

Elle leur expliqua le plus en détail possible comment elle avait décidé de démissionner, de déménager.

— La compagnie va probablement être vendue, expliqua-t-elle à ses parents éberlués. J'ai préféré partir avant d'être licenciée.

Ils échangèrent un regard.

— Ça n'a rien à voir avec ce type-là, ton patron, n'est-ce pas ? demanda son père de sa voix bourrue. Il n'a pas eu de gestes déplacés, j'espère ?

— Non, non, papa, répondit-elle, manifestement sans convaincre ses parents qui échangèrent un nouveau regard perplexe.

— Je ne suis plus tenu de travailler le week-end, déclara son père. Je pourrais demander l'aide de quelques copains et nous t'aiderions à déménager.

— Oui, ce serait super ! Je me charge de la bière et des pizzas.

— Non, non, je dois avoir quelques billets dans un fond de poche. Je m'occupe du repas.

Les économies de son père ne devaient pas excéder vingt malheureux dollars.

— Ma petite puce, je ne comprends pas bien, remarqua alors sa mère. Je croyais que tu adorais ton travail, ton appartement. Et je sais comme tu as mal vécu nos déménagements incessants. Alors pourquoi ce choix, aujourd'hui ?

Elle inspira profondément, hésita, puis se jeta à l'eau.

— Je suis enceinte de trois mois.

Sa mère manqua de s'étouffer.

— Tu es quoi ? s'écria son père.

— Et qui… ? commença sa mère.

— … est le père ? finit son père. Ton patron, c'est ça ? Si ce salaud a osé te…

— Non, non, c'est Neil. Chadwick n'a rien à voir là-dedans, s'empressa-t-elle de répondre. J'ai déjà discuté de tout ça avec Neil. Il n'a aucune envie d'être père. J'ai donc décidé d'élever ce bébé toute seule.

Ses parents froncèrent les sourcils.

— Tu t'en sens vraiment le courage ? demanda son père.

— Mais nous l'aiderons, voyons ! s'exclama sa mère, visiblement enchantée à cette idée. Joe, tu te rends compte : un bébé ! Flo ! lança-t-elle à sa vieille complice à l'autre bout de la salle. Je vais être grand-mère !

Le snack devint alors le cadre d'une grande fête improvisée. Flo se joignit à eux, avec Willy, le cuisinier, et les commis. Son père insista pour offrir une tournée générale de glaces et leva son verre à la santé de Serena.

L'ambiance amicale et joyeuse lui fit chaud au cœur. Si ses parents n'avaient pas su lui assurer une stabilité matérielle, elle n'avait en revanche jamais manqué d'amour.

Il était 21 heures quand Serena retrouva son petit appartement encombré de cartons.

A ce spectacle, elle sentit le découragement l'envahir. Oui, voir ses parents lui avait fait du bien. Son père avait promis de s'occuper de tout. Sa mère parlait déjà de layettes et de berceau. Serena avait dû lui faire promettre de ne pas contracter un énième crédit pour acheter les affaires du bébé.

Jamais elle n'avait vu ses parents aussi heureux. Sa

démission, le fait qu'elle déménage, tout ça ne les avait même pas fait ciller.

Mais cette journée l'avait épuisée. Trop lasse pour mettre de l'ordre dans son salon, elle se rendit directement dans sa chambre. Grossière erreur, car accrochés à la porte de son armoire se trouvaient des cintres, et sur ces cintres, les robes offertes par Chadwick. Oh ! ces robes ! A peine si elle pouvait les regarder sans rougir, sans frémir, sans pleurer. Ils avaient fait l'amour dans cette pièce, contre cette armoire et toute la nuit qui s'en était suivie. Il lui avait murmuré des mots d'amour, des promesses.

Or il ne les tiendrait pas. Comme celle par exemple de l'accompagner demain, chez le médecin.

Des mots, rien que des mots.

- 14 -

Le lendemain matin, Serena se leva et fit aussitôt en sorte de se préparer pour son rendez-vous chez la gynécologue, un peu comme un automate, l'esprit vide, tant et si bien qu'elle se retrouva prête dès 8 heures, alors que le médecin ne l'attendait pas avant 10 h 30. Soit avec devant elle plusieurs heures d'avance, propices au cafard.

Elle se prépara un café qu'elle dégusta du bout des lèvres en essayant d'y voir un peu plus clair. Mais l'on frappa à sa porte juste à ce moment-là.

Neil ? Non, il n'aurait quand même pas le culot de revenir l'importuner. Elle l'avait pour ainsi dire jeté dehors, lors de sa dernière visite.

Sa mère, peut-être. Tout excitée à la perspective d'être grand-mère, elle était passée lui dire bonjour, avant de se rendre au snack. Mais lorsque deux coups supplémentaires retentirent à sa porte, elle sut qu'il ne s'agissait pas de sa mère.

Elle s'avança sur la pointe des pieds jusque dans l'entrée et regarda par le judas, retenant un cri quand elle reconnut Chadwick Beaumont.

— Serena ? Il faut que je te parle, déclara-t-il en fixant le judas.

Mince ! Il avait dû entrevoir son ombre. Difficile

maintenant de faire comme si elle n'était pas là. Elle laissa échapper un soupir, indécise.

— C'est bien aujourd'hui, ton rendez-vous ? insista-t-il.

Il n'avait donc pas oublié. Soulagée, elle ouvrit doucement la porte.

Chadwick portait un pantalon à pinces en toile et un polo. Pas de veste ni de cravate. Une tenue décontractée qui lui allait très bien. Et il affichait un drôle de sourire. Un sourire, comment dire… ? Un sourire bizarre.

— Je ne pensais pas que tu viendrais.

Il s'immobilisa, l'air surpris, tout en promenant son regard sur elle.

— Je t'ai dit que je t'accompagnerais, me voilà donc. Tu as des entretiens en vue, pour le travail ? demanda-t-il après une hésitation.

— Oui, j'en ai un de prévu, répondit-elle, nerveuse. Et j'espérais une lettre de recommandation de ta part.

Le sourire de Chadwick s'élargit. Il semblait… détendu, certes, mais plus que ça encore. Comme rajeuni. Libéré.

— J'aurais dû me douter que tu te mettrais tout de suite en quête d'un nouvel emploi. Mais tu peux annuler cet entretien d'embauche. Je t'ai trouvé un superposte.

— Pardon ?

— Puis-je entrer ?

Elle le dévisagea. Il lui avait trouvé un travail ? Il était venu pour l'accompagner chez le médecin, comme promis ? Cela faisait beaucoup d'informations en très peu de temps pour une femme enceinte, déprimée et dont le cœur était en lambeaux. Une femme qui espérait depuis dix jours maintenant un signe de cet homme.

— Je pensais… N'ayant reçu aucune nouvelle, je…

Il entra et lui prit le visage entre ses mains. Elle frissonna à son contact, surprise elle-même par l'intensité de sa réaction.

— J'ai été très occupé, murmura-t-il.

— Bien sûr. Tu as une compagnie à diriger et tu es un P-DG très consciencieux.

C'était d'ailleurs pour cela qu'elle avait démissionné. Elle avait besoin de savoir s'il aurait encore quelques sentiments pour elle, en ne la voyant plus chaque jour au bureau. Loin des yeux, loin du…

— Serena, murmura-t-il, le regard espiègle, puis-je au moins essayer de t'expliquer ?

— Mais c'est inutile, Chadwick, je comprends parfaitement, répliqua-t-elle, au bord des larmes. Merci de t'être rappelé ce rendez-vous, mais je préfère m'y rendre seule.

Il fronça un sourcil, un peu déstabilisé.

— Dix minutes, Serena. C'est tout ce que je te demande. Si après cela tu juges qu'il est encore trop tôt pour nous revoir, je partirai. Mais attention, je ne renoncerai pas à toi. Je veux bien t'accorder un peu de temps pour réfléchir et tenter d'y voir plus clair, mais je refuse catégoriquement l'idée de vivre sans toi. Sans cette chose, entre nous…

Et il prononça ces paroles en caressant sa joue, avec une tendresse infinie. Elle faillit céder à l'envie de se jeter entre ses bras, de l'embrasser, mais son vieil instinct de conservation l'en dissuada.

— Quelle chose ?

Le sourire de Chadwick à cet instant la fit presque vaciller. Il approcha son visage du sien, frotta sa joue à la sienne et chuchota à son oreille :

— Cette chaleur, cette envie, tout…

Puis il lui glissa un bras autour de la taille, l'attira

contre lui et l'embrassa dans le cou, l'envoyant aussitôt dans les étoiles et même au-delà.

Comme il lui avait manqué ! Quelle folie de croire qu'elle pourrait le quitter, l'oublier et tourner la page.

— Dix minutes, s'entendit-elle néanmoins soupirer.

Après quoi elle le repoussa avec douceur, mais fermeté, car si elle ne prenait pas ses distances, elle craignait de ne pouvoir se raisonner.

Chadwick regarda autour de lui.

— Tu déménages déjà ?

— Oui, répondit-elle. J'ai vécu avec Neil, ici. J'ai besoin de faire table rase du passé, de prendre un nouveau départ, expliqua-t-elle.

Puis elle attendit une remarque de sa part, quelque chose, mais il ne dit rien. En revanche, il la regarda intensément, avec des étincelles dans les yeux. Comme s'il s'apprêtait à lui faire une blague.

A cet instant précis, elle remarqua la tablette qu'il tenait dans sa main droite.

— Je voulais peaufiner mon plan, mais… Helen m'a un peu forcé la main. Alors, au lieu de faire ça en deux mois, j'ai travaillé jour et nuit, ces dix derniers jours.

Il commença à pianoter sur la tablette et trouva ce qu'il cherchait, car il la lui tendit avec un grand sourire.

— Il faut encore que l'opération soit validée et que les avocats règlent les derniers détails, mais… J'ai vendu la compagnie.

— Quoi ? s'écria-t-elle en lui arrachant la tablette des mains.

Moi, Chadwick Beaumont, déclare accepter l'offre de AllBev concernant la vente des Brasseries Beaumont au tarif de soixante-deux dollars l'action, à l'exception de la ligne Percheron qui deviendra ma propriété pleine et entière…

S'ensuivait tout un charabia juridique que Serena ne prit pas la peine d'essayer de déchiffrer.

— Tu veux garder la Percheron ?

— En effet, acquiesça-t-il en reprenant la tablette. Après qu'une certaine personne m'a conseillé de vivre pour moi, je me suis souvenu que j'aimais vraiment faire de la bière. J'ai donc décidé de fonder ma propre entreprise et de me spécialiser dans les bières aromatisées.

Et à nouveau, il lui tendit la tablette, dont elle s'empara pour lire le document affiché, émanant d'un avocat, cette fois.

Mme Helen Beaumont consent au divorce et accepte l'offre de M. Chadwick Beaumont, soit une somme de cent millions de dollars, concédée par M. Beaumont six mois après la date de ce courrier…

Elle écarquilla les yeux. L'image à l'écran se troubla, la pièce autour d'elle se mit à tournoyer.

— Je… Je ne comprends pas.

— Eh bien, j'ai vendu la brasserie et je me suis servi d'une partie des fonds pour faire à mon ex-femme une offre impossible à refuser. Voilà, c'est simple.

— Simple ?

Il haussa les épaules, comme si tout ça n'était rien. Juste la cession d'une multinationale pour plusieurs milliards de dollars. Juste un dédommagement pour son ex-femme à hauteur de cent millions de dollars. Une broutille.

— Respire, Serena, murmura-t-il en l'attirant dans ses bras. Respire, mon ange.

— Mais, Chadwick, qu'est-ce que tu as fait ? gémit-elle en se laissant aller contre lui pour s'imprégner de sa chaleur.

— J'ai fait ce que j'aurais dû faire depuis des années. J'ai arrêté de travailler pour Hardwick Beaumont… Je me suis affranchi de lui, Serena. Je suis libre à présent. Je ne suis plus obligé de vivre ma vie en fonction de ce que lui voulait ou de faire des choix uniquement parce qu'ils sont à l'opposé de ce que lui-même aurait fait. Je peux faire ce que je veux. Et ce que je veux, c'est passer mes journées à fabriquer de la bière et le soir, retrouver une femme qui ne cesse de m'encourager. Une femme qui, j'en suis sûr, fera une merveilleuse mère. Une femme qui ne m'aime pas parce que je suis un Beaumont, mais malgré ça.

Elle le regarda, sans même essayer de retenir ses larmes.

— Et tu as fait tout ça en dix jours ?

— Si j'avais pu, j'aurais même finalisé la vente, répondit-il en essuyant ses joues. Cela prendra encore un moment. Mais Harper se réjouit trop de toucher son argent et d'en finir avec les Beaumont. Les choses ne devraient pas trop traîner.

— Et Helen ? Le divorce ?

— Mes avocats ont demandé une audience, la semaine prochaine, répondit-il avant d'ajouter : J'ai mis un peu de pression sur Helen, en disant que cette offre ne serait plus valable au-delà de quinze jours.

— Et… Tu as parlé d'un emploi pour moi ?

Il la serra contre lui, comme s'il craignait qu'elle veuille s'enfuir. Alors qu'elle n'avait nulle envie de quitter l'enceinte de ses bras.

— Eh bien, dans cette nouvelle aventure, je vais avoir besoin de quelqu'un qui m'assiste sur le plan administratif et logistique, quelqu'un qui connaisse ma façon de procéder, qui n'ait pas peur de retrousser ses manches quand c'est nécessaire, qui sache sélectionner la meilleure mutuelle pour mes employés, organiser une réception…

Tout en parlant, il lui caressait le dos, la berçait.

— Et il se trouve que je connais cette perle rare, reprit-il. Elle m'a été chaudement recommandée…

— Mais je ne peux pas avoir une relation avec toi et travailler en même temps pour toi. Cela va à l'encontre de toutes les politiques d'entreprise dignes de ce nom.

A ces mots, il éclata de rire.

— Pour commencer, à nouvelle compagnie, nouvelles règles. Secundo, je ne compte pas t'employer à un poste subalterne. Ce que je te demande, c'est d'être mon associée dans cette affaire… Ce que je te demande, c'est d'être ma femme, précisa-t-il en toussotant.

— Pardon ?

— Tu as bien entendu.

Et sur ce, il s'agenouilla devant elle.

— Serena Chase, voulez-vous m'épouser ?

Elle retint son souffle, posa une main sur son ventre.

— Le bébé…

Il se pencha et embrassa son ventre.

— Ce bébé, je veux l'adopter dès que ton ex aura renoncé à ses droits parentaux.

— Et s'il refuse ? demanda-t-elle.

Car, si Neil n'avait aucune envie d'être père, elle n'était pas naïve au point de croire que l'amour pouvait tout résoudre. Même si cela semblait en prendre la tournure. Chadwick la dévisagea, le regard grave.

— Ne t'inquiète pas. Je sais me montrer très persuasif. Epouse-moi, Serena. Fondons une famille tous les deux.

Pouvaient-ils y croire ? Pourrait-elle travailler avec

lui et non pour lui ? Pourraient-ils être associés et mari et femme ? Parents ?

Pouvait-elle lui faire confiance ?

Il dut sentir son inquiétude, car à cet instant il murmura :

— Tu m'as dit un jour de faire quelque chose qui saurait me rendre heureux… Mais c'est toi, Serena, qui me rends heureux.

— Où vivrons-nous ? objecta-t-elle encore. Je n'imagine pas m'installer chez toi, dans cette immense propriété. Le domaine des Beaumont est hanté par trop de fantômes.

— Nous vivrons où tu en auras envie, se contenta-t-il de répondre en souriant.

— J'ai déjà versé la caution pour l'appartement à Aurora.

— Si tu y tiens. Tu peux aussi annuler le bail. J'ai assez d'argent devant moi pour que nous n'ayons pas à nous inquiéter de l'avenir. Et je te promets de ne pas tout gaspiller en robes et en bijoux. Excepté celui-ci.

Il sortit alors de sa poche un écrin de velours bleu qu'il ouvrit.

— Veux-tu m'épouser, Serena, et faire de moi l'homme le plus heureux de cette Terre ? Je ne te décevrai pas, je t'en fais le serment.

Elle regarda la bague dans son écrin : un anneau en argent serti d'un diamant de taille conséquente, sans être ostentatoire.

Elle prit l'écrin entre ses doigts et chuchota :

— Eh bien, à vrai dire, je n'ai rien contre une robe de temps en temps.

Chadwick éclata de rire et l'attira entre ses bras.

— Dois-je considérer que c'est un « oui » ?

Il était tout ce à quoi elle avait toujours aspiré, dont elle n'avait jamais osé rêver, la passion, l'amour et la stabilité.

— Oui.

Il lui donna alors un baiser plein de tendresse, de promesses et, très vite, de quelque chose de plus impatient.

— A quelle heure… ton rendez-vous ? soupira-t-il contre ses lèvres.

— Nous avons encore un peu de temps devant nous…

Si vous avez aimé *Son irrésistible patron*,
ne manquez pas la suite
de la série « L'empire des Beaumont »,
disponible dès le mois prochain !

MARIE FERRARELLA

Des vœux si précieux

Passions

HARLEQUIN

Titre original : DO YOU TAKE THIS MAVERICK ?

Traduction française de ANDREE JARDAT

Prologue

— Je ne comprends pas ce qui te rend aussi furieuse.

Levi Wyatt fixa sur sa femme un regard perplexe.

A la seconde où il avait ouvert la porte et pénétré dans leur chambre, Claire avait déclenché les hostilités.

D'accord, le jour venait de poindre à l'horizon, mais c'était bien la première fois qu'il rentrait aussi tard chez lui.

Travailleur et ambitieux, il ne prenait jamais, ou très rarement, de temps pour lui. Car toutes ses journées il les passait au magasin de meubles dont il venait d'être nommé directeur. Il ne ménageait pas sa peine, allant même jusqu'à travailler le week-end.

S'il avait fait exception ce 4 juillet, jour de la fête de l'Indépendance, c'était parce que sa femme l'avait pressé de l'accompagner à ce mariage, à Rust Creek Falls. Si cela n'avait tenu qu'à lui, il s'en serait bien passé, mais c'était important pour elle qu'il soit à ses côtés.

La cérémonie s'était déroulée dans le parc de la ville et ils y avaient passé un moment très agréable, jusqu'à ce qu'un groupe d'hommes propose à la ronde une partie de poker.

Sans trop savoir pourquoi — il n'était pas joueur —, il avait accepté de se joindre à eux.

Il s'était octroyé ce petit plaisir, le cœur léger.

Claire et Bekka, leur bébé de sept mois, seraient chez les grands-parents de Claire où ils avaient projeté de passer le week-end.

Gene et Melba Strickland dirigeaient une pension de famille qui se trouvait tout près du lieu de la cérémonie, ce qui leur évitait un retour fastidieux.

Il pensait être rentré une heure plus tard, mais le temps avait filé sans qu'il s'en rende compte.

Pourtant, il ne comprenait toujours pas pourquoi cette escapade qu'il jugeait insignifiante mettait sa femme dans un état pareil.

— Tu ne vois pas ! fulmina-t-elle. Vraiment ?

Jusque-là, elle était parvenue à contenir tant bien que mal la colère qui la submergeait.

D'un naturel plutôt anxieux, Claire avait pris l'habitude de ne jamais laisser filtrer ses émotions. Depuis toujours, il lui tenait à cœur de maintenir l'illusion de la perfection.

Mais ce soir, et bien qu'elle ait à peine goûté au punch servi tout au long de la soirée, elle se montrait d'humeur belliqueuse.

— Non, répondit-il calmement, ne comprenant pas la réaction démesurée de sa femme. Je ne vois pas. Je travaille comme un forcené toute la semaine et je t'ai accompagnée à ce mariage pour te faire plaisir. Pourquoi ne pouvais-je pas penser un peu à moi, pour une fois ?

— Pour une fois ? s'exclama-t-elle, furibonde. Une fois de plus, tu veux dire ! Tu n'as pas hésité une seconde à me planter là et à me laisser seule.

— Comment cela, une fois de plus ? répéta-t-il, perplexe.

— Dois-je te rappeler que tu n'es jamais là, Levi ? Tu passes tout ton temps hors de la maison, entre des réunions et des séminaires. C'est bien simple, je ne te vois plus.

Il sentit la colère monter. Si, habituellement, il conservait son flegme en toutes circonstances, il ne pouvait laisser passer cette mauvaise foi flagrante.

— Tu me vois, là, objecta-t-il.

— Tu te moques de moi, Levi ? Tu sais très bien ce que je veux dire.

— Eh bien, non, justement. Je ne vois pas ce que tu veux dire. Si je vais de réunions en séminaires, c'est parce que j'y suis obligé. Pour mon travail, tu comprends ? Je le fais pour toi, et pour notre fille.

Il s'interrompit net, à court d'arguments, se sentant soudain impuissant.

— Tu es fatiguée, conclut-il. Tu ne sais pas ce que tu racontes.

Elle écarquilla les yeux, à la fois surprise et offensée.

— Eh bien, voilà que je suis folle, maintenant.

— Ce n'est pas ce que j'ai dit, protesta-t-il.

Bon sang, elle mélangeait tout.

Il inspira longuement, dans le but de chasser la désagréable impression d'être pris dans des sables mouvants dont il ne pouvait pas s'extraire.

— Tu ne l'as peut-être pas formulé clairement mais c'est bien ce que tu as insinué. Et même si tu avais raison, ajouta-t-elle après une brève pause, ça ne change rien. Le seul être humain à qui je peux parler est un bébé de sept mois. Comprends-moi bien, Levi, s'empressa-t-elle de préciser, j'adore notre fille, mais je suis seule à l'élever. Tu n'es jamais là.

— C'est faux. Je rentre tous les soirs.

— Encore heureux ! railla-t-elle d'un ton mauvais. Mais dans quel état ! Tu rentres épuisé, pour aller te coucher et t'endormir aussitôt que tu as posé la tête sur l'oreiller.

— J'ai de longues journées, Claire. Et c'est vrai que je rentre fatigué.

— Parce que moi, tu crois que je ne suis pas fatiguée ?

Elle avait parlé d'un ton accusateur et fixait sur lui des yeux qui lançaient des éclairs. Il ressentit une profonde frustration. Pourquoi n'arrivait-il pas à lui faire entendre raison ?

Certes, il s'était attardé plus que prévu et avait perdu un peu d'argent, mais cette petite entorse valait-elle une scène pareille ?

— Ecoute, dit-il d'une voix douce pour tenter de la calmer, je suis désolé. D'accord ?

— Je me fiche de tes excuses et crois-moi, tu ne t'en sortiras pas aussi facilement, le menaça-t-elle. En plus, tu es loin d'être aussi désolé que tu l'affirmes. En tout cas, pas tant que moi. Parce que oui, je suis désolée de t'avoir rencontré et de t'avoir épousé.

La violence des mots le cloua sur place en même temps qu'elle le rendait muet de surprise.

— Tu ne penses pas ce que tu viens de dire, murmura-t-il lorsqu'il eut retrouvé l'usage de la parole.

Portée par une colère grandissante, elle persista.

— Non seulement je le pense mais, en plus, je vais te le prouver. Je veux divorcer.

En arriver à une telle extrémité parce qu'il avait accepté une partie de poker qui s'était un peu trop prolongée ?

Cela ne pouvait pas être vrai.

Il avait mal compris.

— Claire…

— Fiche le camp ! cria-t-elle, écumante de rage.

Puis, sans qu'il s'y attende, elle le poussa vers la porte.

— Fiche le camp, tout de suite !

— Mais… Claire… ne put-il que balbutier, sonné.

— Tout de suite ! répéta-t-elle d'un ton tranchant qui n'entendait pas être discuté.

Il venait de franchir le seuil lorsqu'elle retira son alliance et la lança dans sa direction.

— Tiens, tu peux la reprendre ! glapit-elle. Je n'en ai plus besoin.

Elle claqua violemment la porte derrière lui et la verrouilla.

Puis plus rien ; juste un silence assourdissant.

Il resta là, sur le seuil, assommé par la violence et la brusquerie de la scène qu'il venait de vivre. C'était un cauchemar. Il allait se réveiller.

Que s'était-il passé ? Il n'en avait pas la moindre idée.

Au moment où il s'éloignait de la porte, perdu dans ses pensées moroses, les cris plaintifs de leur petite Bekka lui parvinrent.

— Nous sommes dans la même galère, toi et moi, ma chérie, murmura-t-il. Dans la même galère.

Un mois s'était écoulé depuis cette nuit désastreuse et Levi ne comprenait toujours pas ce qui lui était arrivé. Cependant, il n'avait qu'une idée en tête, tenace : reconquérir sa femme.

Elle et Bekka lui manquaient tant !

Son statut d'époux lui manquait aussi, au-delà même de ce qu'il aurait pu imaginer. D'un seul coup, sa vie bien ordonnée avait basculé dans une sorte de chaos cauchemardesque. Il se sentait perdu, privé de tous ses repères.

Tous les matins, il se rendait au magasin comme un automate, sans l'énergie ni l'enthousiasme qui le caractérisaient en temps ordinaire. Sans Claire, il était incapable d'avancer dans une vie qui lui paraissait vide de sens.

Au volant de sa voiture, ce soir-là, après que Claire l'avait mis à la porte, il s'était senti envahi d'une colère égale à la sienne. Pourquoi éprouvait-elle un tel ressentiment à son égard ? Pourquoi l'avoir chassé de sa vie, de la vie de leur fille, sous un prétexte aussi futile ?

Il ne l'avait pas trompée, tout de même !

Pourtant, Dieu sait qu'il en connaissait des hommes infidèles qui, sous prétexte que le mariage les étouffait et qu'ils avaient besoin d'aller voir ailleurs, trompaient allégrement leur femme.

Il n'était pas comme eux. Pour lui, les liens du mariage avaient une vraie valeur. Ils étaient sacrés.

Il se rappela avec émotion le moment où il avait rencontré Claire. A la seconde où leurs regards s'étaient croisés, il était tombé éperdument amoureux.

Il la revoyait nettement dans sa jolie robe d'été alors qu'elle contemplait la vitrine du magasin. Sous le charme, il avait pris l'initiative d'aller la trouver pour lui annoncer que le service de table qui semblait l'intéresser était en promotion.

Il avait menti, bien sûr, juste dans le but de pouvoir entamer la discussion. Il avait même prévu de rembourser la différence si elle se décidait à en faire l'acquisition. A ses yeux, et sans même la connaître, il avait estimé qu'elle valait largement le sacrifice.

Depuis ce jour, Claire Strickland avait été la seule, l'unique femme dans sa vie.

Il l'aimait tant qu'il avait patienté jusqu'à la fin des études universitaires de Claire pour la demander en mariage. Mieux même, c'était lui qui avait insisté pour que les choses se fassent dans l'ordre. D'abord les diplômes, ensuite, le mariage. Parce que c'était mieux pour elle et parce qu'il ne voulait pas qu'elle puisse un jour lui reprocher d'avoir laissé tomber ses études pour lui.

Aussi, en la perdant, il perdait sa raison de vivre et sans vraiment comprendre pourquoi.

Son visage dévasté de colère alors qu'elle le poussait vers la sortie le hantait jour et nuit.

Il ne méritait pas d'être traité ainsi. Quel aurait été

son sort s'il s'était vraiment mal comporté ? S'il avait commis l'irréparable ?

De nature optimiste, il s'était imaginé qu'une fois de retour chez eux Claire reviendrait à de meilleurs sentiments.

Malheureusement, lorsqu'il était arrivé seul de son côté — Claire s'était fait ramener par sa grand-mère, Bekka sous le bras —, il avait trouvé porte close et ses valises sur le palier.

Le message était on ne peut plus clair : leur histoire était terminée.

Désespéré, pensant qu'elle avait besoin d'un peu de temps, il avait gardé ses distances. Il passait ses journées au magasin et ses nuits dans la réserve où il s'était ménagé un espace pour dormir.

Chaque jour, il espérait que Claire allait l'appeler pour lui demander de rentrer. Or non seulement elle ne l'appelait pas, mais en plus elle ignorait les messages qu'il laissait inlassablement sur sa boîte vocale.

Elle agissait comme s'il n'existait plus.

Poussé par la souffrance et le manque qui le taraudait, il décida de se rendre chez eux et de l'affronter une bonne fois pour toutes.

Lorsqu'il arriva, il vit que toutes les lumières étaient éteintes. Il tourna sa clé dans la serrure, en proie à un affreux pressentiment.

Il pénétra dans l'entrée, le cœur battant.

— Claire ? appela-t-il. Claire, c'est moi.

Le silence lui répondit.

— Claire, où es-tu ? appela-t-il encore sans grand espoir.

De nouveau, il n'eut pour toute réponse que l'écho de sa propre voix.

Il alla de pièce en pièce, à la recherche de sa femme et de son enfant. Il ne trouva personne. L'appartement était déserté.

— Allons, Claire, murmura-t-il pour se rassurer. Montre-toi, ce n'est pas drôle.

En proie à une nervosité croissante, il sortit son téléphone portable de la poche de son jean, prêt à appeler les parents de Claire. Eux devaient savoir où elle se trouvait.

Il s'apprêtait à faire défiler la liste de ses correspondants lorsqu'il immobilisa sa main sur le clavier.

Peter et Donna Strickland ne le portaient pas vraiment dans leur cœur. Ils n'avaient pas apprécié que leur benjamine ait choisi un homme plus âgé qu'elle et qui, de surcroît, n'avait pas fait d'études.

Et si, au fil du temps, ils avaient fait contre mauvaise fortune bon cœur, il était certain que les problèmes conjugaux de leur fille les conforteraient dans leur idée première : Levi n'était pas l'homme qu'il fallait à Claire et il ne serait jamais assez bien pour elle.

Où pouvait-elle bien être ?

Chez l'une de ses sœurs, Hadley ou Tessa, qui elles aussi vivaient à Bozeman ? Impossible. Il régnait entre les trois jeunes femmes une espèce de rivalité qui, si Claire allait les trouver, laisserait à penser qu'elle avait échoué dans sa course au bonheur.

Pourtant, elle avait bien dû aller trouver refuge quelque part. Elle ne pouvait pas faire autrement avec Bekka.

La réponse jaillit soudain comme une évidence.

Elle avait dû aller chercher la tendresse et le réconfort dont elle avait besoin auprès de ses grands-parents, dans la pension de famille qu'ils dirigeaient.

C'était là qu'ils avaient décidé de dormir, la fameuse

nuit où leur mariage avait volé en éclats. Sa grand-mère, Melba, était une femme dynamique qui avait élevé quatre enfants tout en menant ses affaires d'une main de maître. Claire lui vouait une admiration sans bornes, de même qu'à Gene qui était totalement gâteux avec son arrière-petite-fille.

Il balaya la chambre du regard.

Le placard où Claire rangeait ses affaires était vide et il ne faisait aucun doute que celui de Bekka l'était aussi.

Certes, il pourrait se réinstaller chez lui. Ce serait toujours plus confortable que le canapé sur lequel il passait ses nuits. Cependant, rester ici ne l'aiderait pas à reconquérir sa femme.

Compte tenu de la distance qu'il aurait à effectuer tous les soirs, ce serait un sacrifice, mais il ne voyait pas d'autre moyen que de se rapprocher d'elle s'il voulait arriver à la faire changer d'avis.

Porté par cette bonne résolution, il décida d'aller trouver Melba et Gene, même si, à l'instar de ses beaux-parents, ces derniers avaient désapprouvé leur union. A cette période de l'année, il devait bien leur rester une chambre vacante.

Il s'attarda encore un peu, espérant de tout son cœur qu'il ne voyait pas cette maison pour la dernière fois.

Comment, en si peu de temps, était-elle passée du statut de princesse à celui de servante ?

Claire l'ignorait toujours.

Elle s'était posé la question des dizaines de fois depuis qu'elle était venue demander l'hospitalité à ses grands-parents.

Elle pouvait sentir encore le regard désapprobateur que Melba avait posé sur elle lorsqu'elle avait débarqué sans crier gare. Sa grand-mère n'était pas à proprement parler une âme tendre mais elle possédait un sens de la famille hors du commun qui, pour l'heure, lui suffirait largement.

Contre toute attente, c'était son grand-père qui avait attaqué le premier en lui demandant :

— Tu n'es pas bien dans ton appartement ?

La sollicitude qui avait pointé dans sa voix avait eu raison de ses faux-semblants.

— Je n'ai plus d'appartement, grand-père, avait-elle répondu. J'ai quitté Levi.

— Tu as quitté Levi ? répéta Gene en lui prenant des bras Bekka qui hurlait à pleins poumons. Tu veux dire que vous vous êtes chamaillés ?

Elle secoua la tête, incapable de parler.

En guise de réponse, elle montra son annulaire dépourvu d'alliance.

— Non, grand-père, finit-elle par lâcher. C'est plus grave qu'une simple dispute d'amoureux. Levi et moi sommes séparés et sur le point de divorcer.

Alors qu'elle les prononçait, ces paroles lui avaient fait l'effet d'un coup de poignard en plein cœur.

— Allons, allons, ma chérie, dit Gene pour la rassurer. Comme tu y vas ! Un divorce ! Sais-tu un peu ce que cela implique ?

— Evidemment qu'elle sait, le rabroua Melba avant de lui demander : Que s'est-il passé, ma petite fille ?

Le visage de Melba se rembrunit alors qu'elle envisageait le pire.

— Il n'a pas levé la main sur toi au moins ? Parce que, si c'est le cas, ton grand-père et moi, nous nous chargerons d'aller lui remettre les idées en place. Tu peux me croire !

209

Claire refoula ses larmes à grand-peine.

— Non, ce n'est pas ça.

— C'est quoi, alors ? Pourquoi veux-tu divorcer ?

Submergée de nouveau par une émotion qui l'empêchait d'articuler le moindre mot, elle balaya la question d'un revers de la main.

— Peu importent les raisons, ajouta-t-elle lorsqu'elle fut en mesure de parler. Notre mariage est fini. Levi et moi divorçons.

L'espace d'un bref instant, elle craignit d'éclater en sanglots mais, à son grand soulagement, elle parvint à reprendre le contrôle d'elle-même.

Elle vit Melba lancer à son mari un regard éloquent qui signifiait clairement : « Je te l'avais bien dit. »

— Je savais que tu étais trop jeune pour te marier, énonça Melba sans triomphalisme. Après tes études, tu ne connaissais encore rien de la vie. Tu aurais dû t'amuser un peu, voyager avant de t'installer et de fonder un foyer. Tu n'étais pas prête, conclut-elle d'un ton ferme.

— Melba…, gronda Gene.

Comme toujours, sa grand-mère n'entendait pas se laisser impressionner. Poings sur les hanches, elle se tourna vers son mari.

— Il n'y a pas de Melba qui tienne, riposta-t-elle. Claire n'était pas prête, un point c'est tout.

Puis, regrettant le ton tranchant sur lequel elle s'était exprimée, elle enlaça sa petite-fille, dans une étreinte un peu maladroite mais tendre et affectueuse.

— Ma chérie, dit-elle d'un ton radouci. Le mariage n'est pas toujours un conte de fées. C'est même une bataille de tous les jours.

— Je dirais, intervint Gene avec une pointe de

malice, que les cent premières années sont les plus difficiles. Ensuite, c'est du gâteau. Alors, tu vois, tu n'as plus qu'à prendre ton mal en patience.

Claire renifla un peu et prit encore une fois sur elle pour ne pas fondre en larmes.

— C'est trop tard, annonça-t-elle d'une voix chevrotante. J'ai mis Levi à la porte.

Melba haussa les sourcils, perplexe.

— Si tu as mis Levi à la porte, que fais-tu ici, ma petite fille ?

— L'appartement est à lui. Et puis, je ne peux plus y rester. Où que je pose les yeux, je vois son visage. C'est trop dur.

Gene chercha le regard de sa femme. Elle allait probablement vouloir se faire la voix de la raison, comme à son habitude mais, malheureusement, ce n'était pas ce dont Claire avait besoin à ce tournant de sa vie.

— Clairette, dit son grand-père, reprenant le surnom affectueux qu'il lui avait donné à sa naissance, tu peux rester ici autant de temps que tu voudras. Nous avons encore deux chambres libres, et puis cela fait bien longtemps que ta grand-mère et moi n'avons pas entendu la cavalcade de petits pieds courant partout. Cela mettra un peu d'animation dans cette grande maison.

— Grand-père, répliqua-t-elle en souriant, Bekka n'a pas l'âge de marcher et encore moins de courir.

En revanche, elle sait hurler.

Elle avait pleinement conscience du fait qu'elle focalisait parfois sur son mari le mécontentement qu'elle éprouvait face au caractère difficile de sa fille. Si Levi avait été plus présent dans l'éducation de Bekka, sans doute ne serait-elle pas aussi épuisée, physiquement et psychologiquement.

— Cela viendra plus vite que nous ne pensons, objecta Gene. Et lorsqu'elle fera ses premiers pas, ta grand-mère et moi serons là pour veiller à ce qu'elle ne chute pas malencontreusement. N'est-ce pas, Mel ?

— Bien sûr, ironisa cette dernière. Et la pension tournera toute seule, ajouta-t-elle d'un ton sarcastique.

— Ne fais pas attention, Clairette, reprit son grand-père. Tu sais bien qu'elle ne voit que le côté négatif des choses. Contrairement à moi, ajouta-t-il en adressant un clin d'œil complice à sa petite-fille. D'ailleurs, ce sont ces différences qui font tenir notre mariage depuis si longtemps.

— Ton grand-père a toujours fait preuve d'un optimisme à tous crins, souligna Melba.

Pour le bien de tous, Gene ignora le commentaire de sa femme et reprit, comme s'il n'avait pas entendu :

— Comme je te l'ai dit, tu peux rester ici aussi longtemps que tu voudras.

Il pivota vers l'escalier, après avoir pris Bekka dans ses bras.

— Allez, viens. Je vais vous installer, ta petite princesse et toi.

Elle se tourna alors vers Melba.

— Je paierai pour la chambre, grand-mère, affirma-t-elle.

— Certainement pas, décréta Gene. Il n'est pas question qu'un membre de la famille, quel qu'il soit, nous paie un loyer.

— En revanche, ils peuvent donner un coup de main, rétorqua fermement Melba. Nous trouverons bien quelque chose à te faire faire.

— Tout ce que tu voudras, grand-mère.

— J'aurais besoin de toi en cuisine pour donner

un coup de main à Gina. Moi-même, je suis souvent débordée et je ne suis pas toujours disponible.

— Tu ne préférerais pas que je fasse les chambres, plutôt ? avança-t-elle, piteuse. J'ai bien peur que mes capacités culinaires soient extrêmement limitées.

— Je te rappelle que nous dirigeons une pension de famille, ma petite fille. Pas des chambres d'hôtes. Ici, les pensionnaires font leur lit eux-mêmes.

— Ne t'inquiète pas, intervint son grand-père en lui entourant l'épaule de son bras libre. Nous verrons cela plus tard.

Elle posa la tête contre sa poitrine, comme elle le faisait depuis toujours lorsqu'elle était en quête de réconfort.

— Merci, grand-père, murmura-t-elle d'une voix faussement enjouée. Merci beaucoup.

2

Gene avait beau feindre d'ignorer ce qui le dérangeait, après toutes ces années de mariage, il n'y parvenait toujours pas. Aussi n'essaya-t-il pas de faire fi du visage fermé et des sourcils froncés de sa femme.

Il leva la tête du cahier de comptabilité qu'il était en train de mettre à jour et fixa Mel qui se trouvait à l'autre bout du bureau en chêne qu'ils se partageaient.

— Vas-y, Mel, attaqua-t-il sans préambule. Vide ton sac une bonne fois, veux-tu ?

Elle darda sur lui un regard noir qui en disait long sur sa contrariété.

— Comme si tu ne le savais pas, marmonna-t-elle.

— Non, je ne sais pas. Sinon, je pense avoir assez de bon sens pour ne pas te poser la question.

Elle se mordit les lèvres tout en soutenant sans ciller le regard accusateur de son mari.

— Tu la couves trop, lança-t-elle.

— Qui ça ? demanda-t-il d'un ton faussement innocent.

— N'essaie pas de jouer au plus malin avec moi, Gene Strickland ! Tu sais très bien de qui je parle.

Il reposa le stylo qu'il avait à la main et secoua la tête. Il soupçonnait Melba de s'en vouloir de n'avoir pas réussi à dissuader Claire de se marier. Ou du moins, à la faire patienter une année ou deux de plus.

Mais n'étaient-ils pas bien placés, ceux de l'ancienne génération, pour savoir que les jeunes n'en faisaient qu'à leur tête et ne suivaient que rarement, voire jamais, les conseils de leurs aînés ?

Il devait faire accepter ce mariage à sa femme. En commençant par avoir avec elle une discussion dont il aurait bien aimé se passer.

Mais il n'avait pas le choix. Si Melba apprenait par elle-même ce qu'il s'apprêtait à lui révéler, il n'y aurait pas que le couple de Claire à se retrouver en danger !

— Claire traverse une période difficile, commença-t-il.

— Tu crois que je ne le sais pas ? le rabroua Melba. Elle a besoin de s'endurcir un peu et ce n'est pas en la traitant comme une petite chose fragile que nous parviendrons à l'aider. Si cela n'avait tenu qu'à moi, je ne l'aurais jamais laissée se marier si jeune !

— Je te rappelle qu'elle était majeure, souligna-t-il. Elle n'avait besoin de la permission de personne pour agir comme elle l'entendait.

— Eh bien, regarde un peu où cela l'a menée !

Face à l'attitude de sa femme, il repensa au pensionnaire qu'il avait accepté à son insu.

Les choses n'allaient pas être faciles mais il était temps qu'il prépare le terrain.

— Je suis certain que leur histoire n'est pas terminée. Je ne sais pas pourquoi mais je le sens. Et puis, tu sais, tout le monde n'a pas ta vision carrée des choses, conclut-il en adressant un sourire attendri à la femme qui partageait sa vie depuis cinquante ans.

— N'essaie pas de m'embobiner, Gene, marmonna-t-elle pour la forme.

— Loin de moi une idée pareille ! ironisa-t-il gentiment. Tu sais que ton caractère bien trempé n'est pas pour me déplaire ; tout comme ton sens des affaires d'ailleurs, ajouta-t-il pour la mener là où il voulait.

Comme prévu, Melba mordit à l'hameçon.

— Qu'essaies-tu de me dire ? demanda-t-elle d'un air soupçonneux.

— Que tu es une femme d'affaires avisée. Je me trompe ?

— J'aime à le croire, en tout cas, répondit-elle, toujours sur ses gardes. Mais vas-y, Gene, dis-moi où tu veux en venir au juste.

Impossible de faire machine arrière.

— Etre une bonne femme d'affaires signifie que tu aimes faire rentrer de l'argent dans les caisses, n'est-ce pas ? se lança-t-il avec prudence.

— Cela me paraît évident, approuva-t-elle d'un ton impatient.

Elle n'aimait en effet rien tant que de se lancer des défis qu'elle avait à cœur de relever. Notamment celui qui consistait à gérer en même temps une douzaine de visiteurs !

— Va droit au but, Gene.

Il ne se laissa pas impressionner. Il fallait approcher le cœur de la discussion avec précaution sous peine de se retrouver face à une fin de non-recevoir.

— Un bon chef d'entreprise ne laisserait pas de simples préjugés prendre le pas sur l'opportunité de faire une bonne affaire, n'est-ce pas ?

Gene avait eu beau insister, Levi n'avait rien voulu savoir. Non seulement il avait tenu à payer ses nuitées comme n'importe quel client mais, en plus, il avait insisté pour payer un tarif supérieur à celui qui était habituellement appliqué.

Finalement, Gene avait vu là l'argument imparable qui ne manquerait pas d'atténuer la colère de Melba lorsqu'elle apprendrait la présence de Levi sous son toit.

— Une bonne affaire, répéta-t-elle, méfiante. Que veux-tu dire ?

— Louer la dernière chambre vacante à un prix supérieur à celui que nous pratiquons d'ordinaire, annonça-t-il d'une voix faussement triomphaliste.

— Pourrais-tu développer, je te prie ? Je ne comprends pas. Et dis-moi un peu à qui tu as loué cette chambre ?

Mais elle ne lui laissa pas le temps de répondre. La réponse lui vint, évidente.

Elle fixa sur lui un regard indigné.

— Ne me dis pas que…

— Si, répondit-il, bien décidé à ne plus louvoyer. C'est Levi. C'est à lui que j'ai loué la chambre.

— Mais enfin, Gene ! Tu as perdu la tête ?

— Pas que je sache, répondit-il.

— Dans ce cas, peux-tu me dire pourquoi tu ne t'en sers pas ?

— Parce que j'ai préféré écouter mon cœur, répondit-il.

— Je te rappelle que si Claire est venue ici, c'est parce qu'elle voulait le fuir, justement ! objecta Melba. Aurais-tu oublié ce petit détail ?

— Non, je n'ai pas oublié, rétorqua-t-il calmement. Mais dis-moi, Mel, depuis quand cautionnes-tu la lâcheté ?

Il la vit se raidir aussitôt sous l'accusation.

— Je ne vois pas de quoi tu parles.

— Du fait que tu laisses ta petite-fille fuir le premier obstacle venu au lieu de l'inciter à le surmonter.

Une ride profonde lui creusa le front, signe qu'elle allait passer à l'offensive.

— Toi et moi savons qu'elle s'est mariée trop jeune, déclara-t-elle fermement.

— Si j'ai bonne mémoire, elle avait le même âge que toi lorsque tu m'as épousé, rétorqua-t-il du tac au tac. Mais cela a l'air de t'échapper.

— Ce n'est pas comparable. J'étais beaucoup plus mûre que Claire.

C'était indéniable même si, parfois, à de rares occasions, Melba laissait s'exprimer son âme d'enfant.

— Levi est un chic type, Melba, et il adore sa femme, plaida-t-il.

Pour lui, il ne faisait aucun doute que, la crise une fois passée, le couple repartirait sur des bases plus solides et renouerait avec la magie de l'amour que tous deux se portaient.

— L'amour en soi n'a jamais rien résolu, rétorqua-t-elle, implacable.

Gene lui coula un regard de biais avant de lancer :

— Peut-être pas. Mais il faut admettre qu'il nous tient chaud au cours des longs mois d'hiver, non ?

Il la vit se mordre la lèvre et rougir légèrement à cette évocation intime.

— Gene Strickland, veux-tu bien ne pas raconter de sornettes ! le rabroua-t-elle, faussement indignée.

Il haussa les épaules, amusé.

— Tu sais bien que j'ai raison.

Il accompagna ses paroles d'un regard complice qui gomma les années et les transporta en ces temps bénis où ils bravaient l'interdiction de leurs parents respectifs pour se retrouver à la moindre occasion.

Il repoussa sa chaise et se leva pour prendre sa femme dans ses bras rassurants.

Depuis le jour de leur rencontre, elle était toute sa vie et il entendait bien faire en sorte que perdure la magie.

— Donne-lui une chance, Mel, murmura-t-il à son oreille. Donne-*leur* une chance.

— Et si ce n'est pas ce que souhaite Claire ? objecta-t-elle.

— Je suis prêt à parier que si. Ils ont une adorable petite fille et déjà quatre années de vie commune derrière eux. Je pense qu'ils traversent une zone de turbulences comme en connaissent tous les couples. Abandonner le navire ne serait pas la solution. Ils risqueraient même de ne pas se le pardonner.

Melba se tourna vers son mari et le considéra comme si elle le voyait pour la première fois.

— Depuis quand as-tu une âme aussi romantique ? s'enquit-elle.

— Depuis que j'ai épousé la plus belle femme au monde.

Elle gloussa bêtement, à la fois surprise et charmée par une telle déclaration d'amour.

— Très bien, tu as gagné, capitula-t-elle d'un ton faussement détaché. Levi peut rester. Mais il n'est pas question qu'il paie plus que les autres.

— Impossible, rétorqua-t-il. Levi a bien insisté là-dessus.

Contre toute attente, au lieu de l'amadouer, cette décision parut la contrarier au plus haut point.

— Au moindre faux pas, il fait ses valises, menaça-t-elle d'un ton catégorique.

— Compris, approuva-t-il, marquant une brève pause

avant de demander d'un ton malicieux : Pourrais-tu me définir ce qui pour toi représenterait un faux pas ?

— Tu t'en rendras compte par toi-même, éluda-t-elle. Là-dessus, je te laisse. Il faut que j'aille voir si Gina a bien lancé le dîner.

D'un geste abrupt, elle se dégagea de son étreinte et se dirigea vers la porte.

— Au moindre faux pas, répéta-t-elle par-dessus son épaule.

Il attendit d'entendre son pas décroître dans le couloir pour dire, à l'intention de Levi, tapi à l'autre bout de la pièce :

— Difficile de croire qu'il y a un cœur qui bat sous des dehors aussi bourrus. Et pourtant…

Levi s'avança, le regard fixé sur le seuil que venait de franchir Melba.

— Elle ne m'aime pas beaucoup, n'est-ce pas ? s'enquit-il.

— Ce n'est pas toi qu'elle n'aime pas, corrigea-t-il. C'est la situation. En tout cas, maintenant, te voilà prévenu.

Levi opina, un sourire amusé aux lèvres.

— En effet. Sachez que j'apprécie beaucoup que vous ayez pris mon parti, ajouta-t-il d'une voix pleine de reconnaissance.

— Je ne prends pas ton parti, Levi. Je souhaite juste te faciliter les choses. Je sais que Claire t'aime. Le problème, c'est qu'elle est dépassée par des événements qu'elle ne sait pas gérer. Les gens s'imaginent que se marier, fonder une famille est à la portée de n'importe qui, reprit-il après une brève pause. C'est faux. C'est même tout le contraire. Etre heureux en couple demande pas mal d'ajustements, de part et d'autre. Ce sont des sacrifices à consentir et un travail à fournir tous les jours. Lorsqu'on s'aime, on passe forcément par ces phases de doute et de découragement et c'est dans ces moments-là qu'il faut se battre. Ce sont d'ailleurs ces difficultés qui rendent le mariage aussi précieux.

— Je suis prêt à me battre jusqu'à mon dernier souffle pour garder la femme que j'aime, assura Levi avec flamme.

— Nous n'en sommes pas encore là, jeune homme, rétorqua Gene en souriant. Et maintenant, viens avec moi. J'ai besoin que tu me donnes un coup de main pour remonter de la cave un meuble que je veux placer dans la cuisine.

— Avec plaisir, répondit Levi, trop heureux de pouvoir être utile à l'homme qui lui donnait une chance de reconquérir la femme qu'il aimait éperdument.

Il ne se passait pas un jour sans que Claire ne regrette les mots durs qu'elle avait jetés à la face de Levi, cette nuit-là. Plus que tout, elle regrettait de l'avoir mis à la porte sans sommation.

La seule excuse qu'elle s'était trouvée, c'était cette partie de poker qui s'était éternisée. Le fait qu'il n'ait pas donné la priorité à un moment qu'ils auraient pu passer ensemble l'avait aveuglée d'une colère qu'elle ne s'expliquait toujours pas. Et comme si cela ne suffisait pas, elle s'était ensuite murée dans un silence obstiné, refusant de répondre à ses nombreux appels.

Après quoi, il s'était lassé.

Il n'avait plus appelé, ce qui lui donnait à penser qu'il avait baissé les bras.

Comment devait-elle prendre ce renoncement ? Cela signifiait-il qu'il avait déjà tourné la page et ne se souciait plus d'elle ni de leur fille ? S'il l'aimait encore, s'il l'aimait vraiment, il serait parti à sa recherche pour les retrouver. Il aurait remué ciel et terre afin de la convaincre de rentrer chez eux.

Mais il n'avait rien fait de tout cela et force était de constater qu'il se fichait de l'avoir perdue. Cette pensée lui brisait le cœur en même temps qu'elle la confortait dans l'idée qu'il ne méritait pas qu'elle se laisse aller de la sorte.

Tout ce qui lui restait à faire, c'était tenter de l'oublier pour aller de l'avant, seule avec sa fille. Mais comment l'oublier quand, à chaque seconde, ses pensées dérivaient vers lui ? Chaque fois qu'elle regardait sa fille, elle voyait en filigrane le visage de Levi.

Aujourd'hui est le premier jour du reste de ta vie et tu vas cesser de penser à lui, s'ordonna-t-elle fermement. *Tu vas prendre ton adorable petite fille, sortir de cette chambre et tu vas te jeter dans la vie. Une vie désormais sans Levi.*

En effet, elle n'allait pas passer ses journées enfermée dans cette pièce, à contempler son reflet dans le miroir, parce qu'elle avait trop peur d'affronter le monde extérieur sans son mari.

— Tu es parfaitement capable de te débrouiller seule, affirma-t-elle à son image.

Forte de cette bonne résolution, elle prit son bébé dans ses bras, le cala contre sa hanche et franchit le seuil d'un pas décidé.

Malheureusement, sitôt dans le couloir, elle se heurta à la seule personne qu'elle souhaitait éviter : Levi.

- 3 -

Sous l'effet de la surprise, Claire laissa échapper un cri strident.

Elle sentit le sang pulser à ses tempes tandis que son cœur s'affolait comme un oiseau en cage. Elle cligna des yeux plusieurs fois, s'attendant à voir la silhouette de Levi se dissiper aussi vite qu'elle lui était apparue.

Mais non. Elle ne rêvait pas.

Levi se tenait bien devant elle, ses grandes mains sur ses épaules pour l'empêcher de perdre l'équilibre.

Ce contact, somme toute assez anodin, sembla électriser Levi.

De son côté, elle faisait son possible pour réprimer le tremblement qui s'était emparé de son corps. Elle avait beau avoir jeté son mari dehors, elle vibrait encore pour lui de toute son âme. Ses nuits et ses jours étaient peuplés du souvenir de Levi, de son sourire, de sa gentillesse, de l'amour qu'il lui portait.

Depuis qu'elle s'était installée à Strickland House elle mettait un point d'honneur à cacher sa peine et sa souffrance derrière un masque d'impassibilité, ne s'autorisant à donner libre cours à ses émotions qu'une fois seule dans sa chambre.

Aussi, se heurter ainsi inopinément à Levi, là où elle n'aurait jamais pensé tomber sur lui, suscita en elle une bouffée de bonheur qui l'aurait jetée à son cou si elle n'avait pas été aussi embarrassée par Bekka qu'elle avait toujours dans les bras.

Malgré le flot d'émotions contradictoires qui l'agitaient, elle préféra donc offrir à son mari un visage impassible. Pour quelqu'un qui se disait follement épris d'elle, il ne s'était pas beaucoup battu pour la retenir après tout.

Pourtant, elle n'avait pas ménagé sa peine pour apparaître toujours soignée et désirable dès le matin. Elle se levait toujours la première, de façon à être parfaite quand il poserait les yeux sur elle. Cette résolution, elle l'avait prise bien avant de prononcer ses vœux et, depuis, elle n'avait jamais dérogé à cette règle.

Cette volonté de toujours vouloir rester la plus belle et la plus désirable pour son mari s'était même renforcée depuis qu'elle était mère. Il était hors de question qu'à l'instar de nombreuses femmes mariées elle se laisse aller aussitôt passée la bague au doigt.

Tous ces efforts pour quoi ? se demanda-t-elle, submergée de rancune. Pour être abandonnée à la première occasion où ils auraient pu passer enfin une soirée tranquille ensemble, ce qui ne leur était pas arrivé depuis la naissance de Bekka.

Non, décidément, la lune de miel était bien terminée. De même que leur mariage, décida-t-elle fermement.

Mais cette perspective lui était si douloureuse qu'elle se mordit les lèvres pour ne pas pleurer. Si au moins elle n'aimait pas autant Levi !

— Que fais-tu ici ? finit-elle par lui demander d'une voix qu'elle voulait neutre.

Levi ne parut pas déstabilisé par son manque de chaleur. Il laissa ses bras retomber le long de son corps et adressa à sa fille un clin d'œil plein de tendresse.

Dans un geste puéril, elle cala Bekka contre son épaule, de façon à ce qu'elle tourne le dos à son père.

Levi sembla sur le point de protester, mais renonça visiblement à déclencher les hostilités. Au comportement belliqueux de sa femme, il préférait de toute évidence opposer une attitude détachée.

— Je me suis installé ici pour quelque temps, répondit-il évasivement.

Elle écarquilla les yeux, doutant de ce qu'elle venait d'entendre. Fallait-il qu'il vienne la torturer jusque dans cette maison où elle était venue chercher sinon l'oubli, du moins un semblant de paix ?

— Je ne te crois pas.

— C'est pourtant vrai. J'ai réussi à convaincre ton grand-père de me louer une chambre.

Elle eut l'impression que ses jambes se dérobaient sous elle. Son grand-père ne pouvait pas l'avoir trahie ainsi ! C'était impossible !

Pourtant, elle vit à l'air confiant qu'affichait Levi qu'il ne lui mentait pas.

— Pourquoi mon grand-père aurait-il fait une chose pareille ? s'enquit-elle, méfiante.

Il parut sur le point de la prendre dans ses bras rassurants et de lui murmurer à l'oreille des mots destinés à la radoucir. Mais il se ravisa.

— Peut-être parce qu'il a compris à quel point toi et Bekka vous comptez pour moi.

Mensonges, se répéta-t-elle. *Ce ne sont que des mensonges.*

— Et c'est sans doute parce que nous comptons pour toi que tu n'es jamais à la maison ! lâcha-t-elle d'un ton sarcastique. Et c'est aussi pour cela que tu préfères aller jouer au poker plutôt que de passer avec moi notre première soirée libre depuis des mois. Je te rappelle que je suis restée seule avec Bekka pendant que tu jouais aux cartes jusqu'à l'aube.

— Tu es injuste, Claire. J'étais avec vous jusqu'à ce que je parte, en début de soirée.

En proie à une nervosité croissante, elle se mit à tapoter machinalement le dos de Bekka qui, sentant croître la tension, commença à s'agiter.

— Pour une fois que nous étions libres et que mes grands-parents étaient d'accord pour garder Bekka ! fulmina-t-elle. Nous aurions pu passer une soirée romantique tous les deux.

— Comment aurais-je pu le savoir ? demanda-t-il. Tu ne m'avais rien dit.

Elle le fixa, sidérée par tant de désinvolture.

— Je n'avais pas à te le dire, il me semble. Tu aurais pu désirer la même chose que moi sans que je te le demande.

Levi eut soudain l'impression d'être pris dans une toile d'araignée dont il ne pourrait s'échapper qu'en présentant des excuses à Claire.

— Ecoute, si j'ai tout gâché…

— « Si » ? le coupa-t-elle brutalement. Mais tu as tout gâché, Levi !

Il compta mentalement jusqu'à dix, cherchant dans ce bref moment de répit le moyen de rester calme.

— Claire, finit-il par lâcher lorsqu'il se sentit capable de parler posément. Je suis en train de te présenter des excuses.

En guise de réponse, elle darda sur lui un regard lourd de reproches.

— Tu fais bien de le préciser parce que je n'avais

rien remarqué, figure-toi, lança-t-elle avec une mauvaise foi évidente.

— Il faut dire que tu ne fais pas beaucoup d'efforts, lui retourna-t-il, contenant sa colère.

— N'essaie pas d'inverser les rôles, répliqua-t-elle en haussant le ton. Parce que tout ceci ne nous mènera nulle part. Des excuses se doivent d'être sincères, mais chaque parole qui sort de ta bouche n'est que mensonge.

— De quoi parles-tu ? rétorqua-t-il, en pleine confusion. Quand t'ai-je menti ?

Elle secoua la tête, visiblement perplexe.

— Quand tu m'as dit que tu m'aimais, lança-t-elle d'un ton mauvais.

— En quoi est-ce un mensonge, Claire ? Bien sûr que je t'aime.

— C'est faux ! cria-t-elle. Si tu m'aimais vraiment, tu rentrerais plus tôt à la maison et surtout, surtout, tu n'aurais pas fait passer cette fichue partie de poker avant moi !

Il ferma les yeux et laissa passer quelques secondes avant de répliquer.

— Je n'ai pas fait passer quoi que ce soit avant toi, Claire. Tu dramatises.

— Bien sûr ! railla-t-elle. Tu es allé jouer au poker sous la menace d'une arme, peut-être ?

— Je n'ai pas choisi entre le poker et toi, voyons, tenta-t-il de la raisonner.

Elle le transperça d'un regard glacial, refoulant visiblement avec peine les propos amers qui lui venaient à la bouche.

— Avec toi, je n'aurai jamais le dernier mot, n'est-ce pas ? constata-t-il en désespoir de cause.

— En effet. Et sais-tu pourquoi ? Parce que je vois clair dans ton jeu.

Subissant le stress de Claire, Bekka commença à pleurer, l'empêchant de développer.

— Voilà ! râla-t-elle, excédée. Tu es content de toi ?

— Je n'ai rien fait, protesta-t-il. C'est toi qui cries depuis tout à l'heure, pas moi.

— Si je crie, c'est parce que tu m'y obliges. C'est pour essayer de me faire entendre.

Il écarta les mains en signe d'impuissance et secoua la tête, dépité.

— Tu es impossible.

— Je te retourne le compliment, s'entêta-t-elle.

Il lui tourna le dos, préférant ne rien dire qu'il risquerait de regretter par la suite.

— C'est ça ! Va-t'en ! hurla-t-elle. De toute façon, c'est tout ce que tu sais faire, fuir. C'est tellement plus simple que d'affronter la réalité !

Ne lui réponds pas, s'ordonna-t-il avec force. *Surtout, ne lui réponds pas.*

Une chose était certaine, Claire avait le don de le pousser à bout. Aussi mieux valait-il rester sourd à ses provocations et feindre l'indifférence même s'il n'était pas question de capituler.

Oui, il devait se battre. Non seulement pour son couple, mais également pour Bekka qui avait besoin de grandir dans une ambiance faite d'amour et de douceur.

Certes, Claire et lui se trouvaient dans une impasse, mais l'un ou l'autre lâcherait du lest et leur vie reprendrait son cours paisible. Visiblement, c'était à lui qu'allait incomber cette lourde tâche. Mais comment s'y prendre alors que sa fierté était en jeu ?

Tout à ses pensées, il jeta un coup d'œil par-dessus

son épaule, en direction de sa femme et de sa fille. Il les aimait tant toutes les deux ! Comme sa vie était vide sans elles !

La tentation de retourner vers elles était forte, mais le regard empli de reproche et d'amertume que Claire dardait toujours sur lui l'en dissuada. Comment pouvait-elle lui en vouloir autant pour une chose aussi insignifiante ?

Sa colère devait trouver son origine ailleurs, ce n'était pas possible autrement. Car ses accusations ne tenaient pas la route. Ne serait-ce pas plutôt une manière détournée de lui faire comprendre qu'elle prenait ses distances parce qu'elle était déçue ? Cherchait-elle à lui signifier qu'elle regrettait d'avoir épousé l'homme qu'il était devenu ?

Un homme qui ne lui offrait pas la vie dont elle avait rêvé ?

Il avait dû faillir quelque part, ce qui avait conforté Claire dans l'idée qu'il n'était pas assez bien pour elle et ne lui assurerait pas le confort auquel ses parents l'avaient habituée. Pourtant il faisait tout son possible pour gravir les échelons et gagner plus d'argent ! Or voilà qu'il se voyait reprocher de consacrer trop de temps à son travail.

Impossible de s'y retrouver !

Ce moment d'abattement ne dura que l'espace de quelques secondes. Il n'allait pas perdre de vue ses priorités. Sinon, il risquait de perdre Claire, et cette fois, pour de bon. Il devait bien exister un moyen de résoudre leur problème. Et ce moyen, il se faisait fort de le trouver.

*
* *

— Grand-père, demanda Claire depuis le seuil du bureau où se trouvait Gene, puis-je te parler un instant ?

Gene se leva aussitôt pour l'accueillir, un grand sourire aux lèvres.

— Comment vont mes princesses, ce matin ?

— Cela pourrait aller mieux, attaqua-t-elle d'emblée. En fait, je me sens complètement perdue.

Les sourcils de son grand-père se joignirent en une épaisse ligne broussailleuse, signe chez lui d'un mélange d'inquiétude et d'incompréhension.

— Toi aussi, tu te sens perdue ? demanda-t-il à l'intention de Bekka.

En guise de réponse, la petite émit un gloussement aigu qui le fit rire.

— Grand-père, je te rappelle qu'elle ne parle pas, crut bon de préciser Claire.

— Ce n'est pas parce que tu ne la comprends pas qu'elle ne parle pas, rectifia-t-il gaiement. Regarde-la, tu vois bien qu'elle essaie de communiquer.

— Moi aussi, grand-père, rétorqua-t-elle, un brin exaspérée.

— Vas-y, Clairette, je t'écoute.

— Il paraît que Levi va séjourner ici.

— C'est exact.

Elle le considéra en silence, stupéfaite, incapable de croire à une trahison pareille.

— Il prétend que tu lui as loué une chambre, ajouta-t-elle en l'épinglant d'un regard sévère.

— En effet, acquiesça son grand-père en soutenant son regard sans ciller.

— Pourquoi ? s'enquit-elle.

— Parce que je ne pouvais pas faire autrement, répliqua-t-il. Cela aurait pu nous être préjudiciable.

Elle écarquilla les yeux, sidérée par ce qu'elle venait d'entendre.

— Ne me dis pas que tu craignais que Levi aille porter plainte ?

Les grandes épaules de Gene se soulevèrent en un geste désinvolte.

— Sait-on jamais ? répliqua-t-il comme pour lui-même.

— Grand-père, c'est de Levi dont nous parlons. Il t'aime trop pour te faire une chose pareille.

— Toi aussi, il t'aime. Enormément. Et tout ce qu'il veut, c'est une chance de te le prouver.

— Tu prends son parti, maintenant ! s'écria-t-elle, effarée.

— Comme je l'ai dit à ta grand-mère, je ne prends le parti de personne. Je veille simplement à ce que chacune des personnes concernées puisse se faire entendre.

— Je n'ai pas besoin d'entendre ce que Levi a à dire. D'ailleurs, n'est-ce pas toi qui m'as enseigné que les actes valaient mieux que les paroles ?

— C'est exact. Mais je professe aussi que tout le monde mérite une seconde chance.

— En ce qui concerne Levi, je lui ai déjà donné une seconde chance. S'il n'a pas su la saisir, tant pis pour lui.

— Ma petite fille, je te trouve bien sévère avec ce pauvre Levi. Mais dis-moi un peu : lui arrive-t-il de te laisser fréquemment seule à la maison pour passer ses nuits à jouer au poker ? lança-t-il d'un ton innocent.

— Non, admit-elle à contrecœur.

— Dans ce cas, de quoi parlons-nous ?

Elle aurait voulu évoquer les séminaires, les réunions incessantes qui le retenaient tard au bureau, les soirs où il rentrait tellement épuisé qu'il s'endormait sur le canapé avant même qu'elle ait fait réchauffer son repas.

Mais il n'était pas question qu'elle entre dans ce genre de polémique avec son grand-père quand elle pressentait qu'il ne manquerait pas de lui faire la morale.

— Je n'ai pas envie d'avoir cette discussion avec toi, conclut-elle d'un ton cassant.

Sans un mot de plus, Bekka dans les bras, elle lui tourna le dos et quitta précipitamment les lieux pour aller retrouver sa grand-mère.

Elle au moins saurait la comprendre.

En tout cas l'espérait-elle.

4

Bekka gigotant dans ses bras, Claire partit à la recherche de sa grand-mère. Entre la trahison de son grand-père et les cris de sa fille, elle se sentait les nerfs à fleur de peau.

— Je t'en prie, Bekka, sois sage, supplia-t-elle.

En réponse, la fille se mit à pleurer de plus belle.

Lorsqu'elle la trouva enfin, Melba était dans la cuisine, occupée à donner ses directives à Gina, la cuisinière. Aussitôt qu'elle l'aperçut, sa grand-mère s'interrompit pour aller la rejoindre.

— C'est vrai ? s'enquit Claire sans préambule.

— Quoi donc ? demanda Melba par-dessus ses lunettes. Bonjour, ma princesse, ajouta-t-elle en adressant à Bekka un sourire tout attendri.

— Je viens d'apprendre que grand-père avait loué la dernière chambre vacante à Levi.

— C'est exact, répondit Melba sans même chercher à éluder.

Etant venue chercher un peu de compassion auprès de sa grand-mère, Claire resta sans voix en apprenant que cette dernière était au courant de l'installation de Levi dans les lieux et qu'elle n'avait pas daigné l'en informer.

— Tu savais ? s'indigna-t-elle lorsqu'elle fut en

mesure de parler de nouveau. Tu savais et tu ne m'as rien dit ?

Elle ne chercha pas à cacher la blessure profonde que ce qu'elle considérait comme une nouvelle trahison lui infligeait.

Ce n'était pas tant l'ambivalence de ses sentiments à l'égard de son mari qui la dérangeait que le fait que ses deux grands-parents, censés pourtant l'appuyer et la protéger, se soient donné le mot pour manigancer dans son dos.

Levi l'avait blessée et elle n'avait pas l'intention de le laisser minimiser sa peine. Pas plus qu'elle ne le laisserait s'imaginer qu'il lui suffisait de réapparaître et de lui présenter de plates excuses pour qu'elle lui pardonne.

La vérité, c'était qu'elle ne savait plus où elle en était et qu'elle se sentait en proie à un flot incessant d'émotions contradictoires.

Comment ses grands-parents, à qui elle avait avoué avoir quitté Levi parce qu'il la négligeait, avaient-ils pu se désolidariser ainsi d'elle ?

Ils auraient dû, au contraire, se montrer solidaires. Quant à l'avoir autorisé à séjourner sous le même toit qu'elle, c'était tout simplement incroyable !

Mais où avaient-ils donc la tête ?

— Je n'y suis pour rien, répliqua calmement Melba. Ton grand-père a pris cette décision sans me consulter au préalable.

L'occasion était trop belle et Claire s'en saisit.

— Dans ce cas, tu peux toujours t'y opposer, suggéra-t-elle.

Savoir Levi sous le même toit qu'elle l'empêcherait de prendre la distance nécessaire pour essayer d'y voir plus clair. Sans compter que se heurter sans arrêt à lui ne pourrait que la confronter au désir intense qu'il suscitait toujours en elle.

Il était urgent qu'il parte, sans quoi, elle serait bien capable de se trahir elle-même.

— Tu pourrais lui dire qu'il n'est pas le bienvenu ici, insista-t-elle.

Melba lui adressa un regard réprobateur.

— Tu sais bien que c'est impossible, Claire. D'autant qu'il a payé deux mois d'avance.

— Eh bien, rendez-lui son argent et demandez-lui de partir, s'entêta-t-elle.

Melba la scruta pensivement.

— Ton grand-père a jugé que ton mari méritait une seconde chance, finit-elle par lâcher. Et comme il fait souvent preuve de bon sens, il se pourrait bien qu'il ait raison.

— Mon ex-mari, tu veux dire, la corrigea-t-elle, exaspérée.

Ainsi, tout le monde se liguait contre elle ?

— As-tu divorcé, ma petite fille ?

Flairant le piège, Claire sentit le rouge lui monter aux joues.

— Non, mais…

Sans dire un mot, Melba lui prit Bekka des bras et lui caressa le dos tout en lui murmurant des paroles apaisantes. Comme par magie, sa fille se calma.

— Dans ce cas, reprit-elle, suivant sa logique implacable, tu es toujours mariée. Et Levi demeure ton mari.

A court d'arguments, Claire poussa un profond soupir.

— Si tu veux, concéda-t-elle à contrecœur.

Melba la regarda d'un air pensif. Sa grand-mère

à trouver bien différente de ses deux sœurs, et
up plus difficile à cerner que ses aînées.

— De quoi as-tu peur, Claire ? demanda soudain
Melba.

— De quoi j'ai peur ? répéta-t-elle, sur la défensive.
Mais de rien !

Melba avait pourtant vu juste. Non seulement Claire
redoutait quelque chose mais, de façon plus ou moins
confuse, elle savait de quoi il s'agissait.

— Et moi, je te dis que tu as peur, insista sa grand-
mère. Et je vais même me montrer plus précise. Tu
crains, en côtoyant Levi, de voir s'écrouler les barrières
défensives que tu as érigées pour te protéger de lui. Tu
crains de le voir entrer de nouveau dans ta vie.

Claire haussa les épaules et balaya les propos de
sa grand-mère d'un geste de la main qui se voulait
désinvolte.

— Tu as vraiment beaucoup d'imagination, grand-
mère.

— Vraiment ? Dans ce cas, en quoi cela te dérange-
t-il que Levi s'installe ici ?

Tous les muscles de son corps se tendirent.

— Je ne veux pas le voir ici, c'est tout.

— Pourquoi ? insista Melba.

Cette persévérance à laquelle Claire n'était pas
habituée la mit mal à l'aise, en même temps qu'elle la
laissait démunie.

— Parce que, rétorqua-t-elle à la manière d'une
enfant capricieuse.

Le regard pénétrant que lui adressa sa grand-mère
accentua son embarras.

— Ce n'est pas une réponse, répliqua cette dernière,
imperturbable.

— C'est la mienne, maintint Claire.

— Pour conclure cette discussion, et malheureusement pour toi, c'est ton grand-père et moi qui dirigeons cet établissement. Aussi, je te donnerai un dernier conseil : soit tu t'accommodes au mieux de la situation, soit tu te débrouilles pour éviter de tomber sur Levi. Et comme ton grand-père a décidé de mettre sa présence à profit, tu n'as pas fini de le voir déambuler dans cette maison après ses heures de travail.

La nouvelle tomba comme un coup de massue et lui fit entrevoir plus précisément les difficultés auxquelles elle allait être confrontée. Car, après une journée passée à se morfondre, elle aurait autant de résistance qu'une poupée de chiffon.

— Moi qui pensais que, toi au moins, tu serais de mon côté, se lamenta-t-elle d'un ton amer.

— Je suis de ton côté, déclara Melba du ton imperturbable qui la caractérisait si bien.

— Eh bien, on ne le dirait pas.

Melba laissa échapper un petit soupir.

— Un jour, tu verras, tu repenseras à cette conversation et tu te rendras compte que j'avais raison.

Sceptique, Claire fronça les sourcils.

— Si tu le dis, lança-t-elle sans grand enthousiasme.

Melba l'épingla d'un regard acéré.

— En t'obstinant comme tu le fais, tu vas finir par me donner raison, lança-t-elle.

— A quel sujet ?

— Tu étais trop jeune pour te marier.

Elle avait beau être habituée au ton mordant de sa grand-mère, ces derniers mots lui firent monter les larmes aux yeux.

Pourquoi n'était-ce pas Levi que l'on incriminait ?

Levi, qui n'avait aucune idée de la façon dont il devait traiter sa femme pour la rendre heureuse. Elle plissa les paupières, cherchant à masquer son désarroi. Ayant laissé passer quelques secondes sans rien dire, elle se sentit capable de parler d'une voix assurée. Alors elle releva fièrement le menton et affronta sans ciller le regard de Melba.

— Tu avais le même âge que moi lorsque tu as épousé grand-père.

Puis, comme pour prouver à son aïeule qu'elle n'avait de leçons à recevoir de personne, elle lui reprit Bekka qui, aussitôt, se remit à gigoter en gémissant.

Le cœur de Claire se serra. Et si elle était une mauvaise mère ?

Melba, elle, arborait le même visage impassible, laissant à penser qu'elle n'était pas le moins du monde affectée par l'agressivité de sa petite-fille.

— En effet, mais…

— Mais… ? la coupa Claire.

— Mais j'étais beaucoup plus responsable que tu ne l'es. J'avais beau être très jeune, j'avais la maturité nécessaire pour devenir mère et élever quatre enfants.

Cet argument n'eut pas l'effet escompté.

Au lieu de piquer la fierté de Claire, il ne fit que la conforter dans l'idée que, en étant responsable justement, elle n'aurait sans doute pas d'autre enfant que Bekka.

Depuis l'arrivée de sa fille dans sa vie, elle n'avait pas une minute à elle. Tout son temps lui était consacré. Elle avait la désagréable impression d'être réduite au seul statut de mère, prisonnière d'un bébé de huit mois qui faisait régner sa loi.

Comme pour lui donner raison, Bekka se mit à hurler à pleins poumons.

— Excuse-moi, dit-elle à sa grand-mère, je crois qu'elle a faim.

— Et si tu me laissais faire ? proposa gentiment Melba en lui enlevant l'enfant des bras. Tu pourrais en profiter pour aller prendre l'air.

Elle fixa sa grand-mère, interloquée.

— Tu veux dire que tu veux la nourrir ?

— C'est exactement ce que je veux dire.

Le premier moment de surprise passé, elle fut rattrapée par la réalité.

— C'est gentil de ta part, mais sans vouloir t'offenser, je ne vois pas comment tu pourrais le faire à ma place, objecta-t-elle. Je te rappelle que je l'allaite encore.

Sans dire un mot, Melba cala Bekka sur sa hanche et alla chercher un biberon dans le réfrigérateur.

— Voilà, il ne reste plus qu'à le faire réchauffer, annonça-t-elle.

— Du lait maternisé ? s'indigna Claire. Je croyais que nous étions d'accord sur le fait que Bekka était encore trop petite pour être nourrie au lait en poudre.

— Tu étais d'accord, corrigea Melba. Crois-moi, ton bébé a largement l'âge de passer au biberon. Tu ne comptes tout de même pas la nourrir jusqu'à son entrée à l'université ?

— Bien sûr que non, rétorqua-t-elle, insensible au trait d'humour de sa grand-mère. Mais…

— Il n'y a pas de « mais » qui tienne, répliqua fermement Melba. Comme je te l'ai rappelé tout à l'heure, j'ai élevé quatre enfants et tous ont été sevrés à quatre mois, alors cesse d'utiliser ton enfant comme prétexte.

— Que veux-tu dire par là ?

— Je sais ce que tu penses, ma chérie. Tu t'imagines que tu ne peux pas t'échapper de l'emprise de ta fille parce qu'elle a besoin de toi vingt-quatre heures sur vingt-quatre. Mais tu te trompes. Tu peux t'accorder un peu de temps rien qu'à toi. S'il est vrai que l'arrivée d'un bébé est synonyme de gros chambardements, il n'en reste pas moins que des pans de ta vie te demeurent exclusivement réservés et qu'ils doivent le rester. Alors maintenant, file ! J'ai une arrière-petite-fille à nourrir.

Claire hésita à franchir le seuil de la porte.

A l'exception des quelques heures que Levi et elle s'étaient accordées pour assister à ce mariage, Bekka n'avait quasiment pas quitté ses bras depuis le jour de sa naissance.

Son berceau était toujours installé dans leur chambre à coucher et elle emmenait sa fille partout avec elle.

Aussi, se retrouver délestée de ce poids permanent lui fit ressentir de façon très aiguë cette liberté retrouvée.

Le cœur et le corps soudain légers, elle finit par faire ce que sa grand-mère lui avait suggéré.

Elle sortit de la maison et commença à effectuer quelques pas, sans trop s'éloigner pour le cas où l'on aurait besoin d'elle. Les vieilles habitudes étaient tenaces.

C'était une belle matinée d'août, chaude et humide, bien différente de celle où elle avait rencontré Levi. *Non*, s'ordonna-t-elle. *Ne pars pas sur ce terrain. Cela ne te mènera nulle part.*

Elle redressa les épaules et inspira profondément dans le but de dissiper la confusion qui s'était emparée d'elle.

Alors qu'une partie d'elle-même trouvait légitime la façon dont elle avait réagi face aux absences répétées de son mari, l'autre lui soufflait qu'elle était allée trop loin. Elle avait beau chercher à se convaincre de son bon droit, le doute, insidieux, s'immisçait peu à peu en elle. Et si Levi décidait qu'il avait mieux à faire que de rester marié à une mégère qui le houspillait sans cesse au lieu de le féliciter pour son ambition ?

Et si Levi ne l'aimait déjà plus ?

Leur histoire avait peu de chances de connaître la fin heureuse qu'elle espérait en secret. Comment Levi pourrait-il lui pardonner la façon brutale dont elle l'avait mis à la porte ?

S'il avait tenu à venir s'installer là, sous le même toit qu'elle, c'était vraisemblablement pour lui faire regretter son attitude. Sans doute aussi pour lui faire prendre conscience de ce qu'elle perdait en se passant de lui.

Si elle allait jusqu'au bout du raisonnement, il devait même être là pour se venger.

Elle sentit les prémices d'une violente migraine lui comprimer les tempes. Toutes ces pensées contradictoires lui donnaient l'impression d'être une balle de ping-pong rebondissant sans cesse d'un côté à l'autre.

Mieux valait rentrer et délivrer sa grand-mère de Bekka.

Cette enfant n'était pas une poupée que l'on pouvait se passer indifféremment de l'un à l'autre. Elle avait besoin de sa mère et, même si Bekka était souvent d'humeur chagrine, il n'en restait pas moins que c'était elle, Claire, qui en était responsable, et non ses grands-parents.

Confortée dans cette idée, elle pressa le pas en direction de la maison. Mais lorsqu'elle pénétra dans la cuisine, où elle s'attendait à retrouver Melba et sa fille, elle ne vit personne.

Suivant son instinct, elle se dirigea vers l'arrière de la maison et poussa la porte qui donnait sur le porche.

Les voix de Melba et de Levi lui parvinrent alors.

Sa première pensée fut d'aller récupérer sa fille mais,

lorsqu'elle la vit entre les bras de son père, en train de mâchouiller sa tétine tout en babillant, elle s'arrêta net.

Cela faisait des mois maintenant qu'elle ne l'avait pas vue aussi paisible. A croire que Levi avait un don qui lui faisait cruellement défaut.

Lorsqu'il la vit s'approcher, il n'esquissa pas le moindre geste pour interrompre sa tâche ni lui tendre leur enfant.

— Ils s'entendent bien, n'est-ce pas ? observa Melba qui se tenait immobile près de lui.

Claire serra discrètement les poings, s'exhortant au calme.

— Je croyais que c'était toi qui devais donner son biberon à Bekka, lâcha-t-elle d'une voix qu'elle voulait neutre.

— C'est en effet ce que je faisais jusqu'à ce que Levi arrive et demande s'il pouvait me remplacer. J'ai estimé que je n'avais pas à lui interdire ce petit plaisir. Cela te pose-t-il un problème, ma chérie ?

— Pas du tout, mentit-elle.

— Parfait, parce que le contraire aurait été déplacé.

Melba observa quelques secondes de silence durant lesquelles son regard acéré passa de Claire à sa petite-fille et à Levi.

— Bien, trancha-t-elle. Maintenant que vous voilà réunis, je vais laisser mon arrière-petite-fille entre vos mains de parents responsables. Essayez de ne pas vous chamailler car si elle est trop jeune pour parler, en revanche, elle n'est pas trop jeune pour comprendre et ressentir les tensions.

Sur ces mots, elle leur tourna le dos et quitta les lieux de son pas décidé.

5

Levi suivit Melba des yeux sans cesser de donner son biberon à sa fille.

— Quelle femme ! lâcha-t-il avec une pointe d'admiration.

— En effet, approuva Claire d'un air pincé.

Mais très vite il reporta toute son attention sur le précieux petit fardeau dont il avait été séparé durant un long mois.

Son cœur débordait d'un amour inconditionnel pour ce petit être issu de son sang. Il ne laisserait plus personne, fût-ce la femme qu'il aimait, le priver du bonheur d'être père.

— Je n'en reviens pas de voir comme elle a grandi ! s'extasia-t-il. Elle est si jolie ! Elle va en briser des cœurs, lorsqu'elle sera en âge de séduire.

Il se tut un bref instant avant de reprendre, toujours sous le charme :

— Tu m'as tellement manqué, mon petit cœur. Et moi, est-ce que je t'ai manqué ?

Plus que tout au monde, répondit Claire en son for intérieur. *Plus même que tu ne saurais l'imaginer.*

Mais cette déclaration d'amour, elle se faisait fort

de ne pas la prononcer tout haut. L'avouer à Levi serait lui permettre de réintégrer le domicile conjugal et de s'imaginer que la vie allait reprendre comme avant.

Serait-ce si pénible ?, s'interrogea-t-elle.

Oui.

Car elle ne souhaitait plus passer ses journées à s'occuper de leur fille pendant que son mari se trouvait loin d'elles sous prétexte de veiller à ce qu'elles ne manquent de rien.

Pour ne pas flancher, elle n'avait qu'à garder en mémoire ces journées entières, seule avec leur enfant ; ainsi que les soirées où Levi lui donnait l'impression qu'elle lui était acquise et qu'il n'était pas nécessaire qu'il fasse d'efforts.

Mais comment garder sa colère intacte dès lors qu'en sa présence elle brûlait pour lui d'un désir intense ?

Elle interrompit le fil de ses pensées pour l'observer en silence, le cœur serré d'un sentiment qu'elle osait à peine s'avouer. Pourtant, il s'insinuait en elle, aussi insidieux qu'un poison.

Elle était jalouse.

Jalouse de la facilité avec laquelle Bekka acceptait d'être dans les bras de son père alors qu'elle la rejetait presque, elle, sa mère qui l'avait portée neuf longs mois et lui avait donné la vie.

Melba devait avoir raison.

Elle communiquait à Bekka le stress qui était devenu son lot quotidien. Mais alors pourquoi Levi n'éprouvait-il pas cette même anxiété ? Pourquoi semblait-il ne pas être affecté par cette séparation ?

La réponse lui parvint, évidente : parce qu'il ne l'aimait plus. Il ne lui restait plus qu'à ravaler sa fierté et à feindre l'indifférence.

Elle afficha donc un visage impassible et continua à regarder Levi qui reposait le biberon vide sur la table basse puis calait sa fille contre son épaule robuste pour lui faire faire son rot.

— Tu devrais mettre un linge sur ton épaule, lui conseilla-t-elle. Il lui arrive souvent de régurgiter.

— Ce n'est pas grave, répondit-il. Ma chemise ne craint rien.

Le cœur de Levi se gonfla d'un amour incommensurable pour sa fille. Elle était si minuscule ! Si dépendante de lui ! Si précieuse.

A sa naissance, il n'aurait jamais imaginé pouvoir l'aimer autant. Avec elle, il se sentait l'âme d'un guerrier invincible, d'un protecteur qui mettrait tout en œuvre pour veiller à la sécurité et au bonheur de son enfant.

Non, il ne passerait plus un jour loin d'elle et encore moins un autre mois.

Il devait bien y avoir un moyen de ramener Claire à de meilleurs sentiments et il se faisait fort de le trouver.

Alors que, porté par sa détermination, il cherchait la meilleure façon de l'amadouer, il vit passer sur son visage une expression qu'il eut du mal à déchiffrer.

— Quoi ? s'enquit-il, dérouté.

— Rien, éluda-t-elle. Je voudrais juste récupérer ma fille.

— « Notre » fille, corrigea-t-il. Bekka est « notre » fille.

— Parce qu'elle est ta fille, maintenant ? railla-t-elle.

Il garda le silence, s'exhortant au calme.

Pourquoi s'acharnait-elle ainsi à chercher le conflit quand lui ne visait qu'à arrondir les angles ?

— De quoi parles-tu ? finit-il par répliquer d'un ton qu'il voulait posé.

Elle tendit les bras en direction de Bekka mais il feignit de ne pas les voir.

Hors de question qu'il la laisse lui dicter sa loi.

— Du fait que tu n'étais jamais là pour m'aider quand j'avais besoin de toi, précisa-t-elle, visiblement agacée.

— Tu exagères, Claire.

— Vraiment ? Dans ce cas, comment expliques-tu que j'étais toujours toute seule ?

— Peut-être par le fait que je travaille, non ? rétorqua-t-il d'un ton cassant. Et si je travaille autant, comme tu me le reproches sans cesse, c'est pour que Bekka et toi vous ne manquiez de rien.

Pour ne pas mettre d'huile sur le feu, il relâcha son emprise et, à contrecœur, la laissa lui reprendre leur fille.

Dans un geste possessif, presque rageur, elle positionna Bekka contre son épaule et lui tapota doucement le dos.

— Saint Levi est de retour ! persifla-t-elle. Saint Levi qui travaille de longues heures pour ramener de l'argent à la maison. Et peux-tu m'expliquer comment font les autres pères pour avoir des horaires réguliers alors que toi, tu pars de chez toi à l'aube pour ne rentrer qu'à une heure avancée de la soirée ? Et encore ! Lorsque tu daignes rentrer, bien sûr !

— C'est faux et tu le sais bien, riposta-t-il, luttant pour ne pas hausser le ton.

Bekka. Il fallait penser à Bekka et aux paroles sages de Melba.

— Je viens à peine d'être promu, enchaîna-t-il, et je me dois de mériter la confiance que mes supérieurs ont placée en moi. Ils attendent que je fasse mes preuves et au moindre faux pas ils n'hésiteront pas à me remplacer.

Et puis, dis-moi un peu : que dirais-tu si je ne gagnais plus de quoi nous payer un toit ?

Elle le fixa d'un œil mauvais avant de lancer d'un ton qui trahissait toute sa rancœur :

— Eh bien, au moins, ta fille saurait qu'elle a un père !

— Allons, Claire, tu es injuste.

— Injuste ? répéta-t-elle d'une voix sourde. Alors, je vais te dire, moi, ce qui serait juste ! Ce qui serait juste, ce serait que tu fasses les cent pas pendant des heures pour tenter de calmer un bébé qui hurle ; ce serait de te voir changer ses couches et lui donner son bain. Ce qui serait juste, vois-tu, ce serait d'avoir quelqu'un à qui parler et qui ne serait pas un bébé de huit mois.

— Pourquoi n'appelles-tu pas tes sœurs lorsque tu as besoin de parler ? suggéra-t-il. Ou ta mère ?

Mais la réponse, il la connaissait. Claire ne voudrait jamais admettre que la maternité se révélait beaucoup plus difficile qu'elle ne l'avait cru. Elle préférerait mourir plutôt que d'avouer à sa mère que celle-ci avait eu raison lorsqu'elle l'avait mise en garde.

— Et si c'est à mon mari que j'ai envie de parler ? contra-t-elle, toujours aussi agressive. J'adore mes sœurs, tu le sais. Mais tu sais aussi que, mis à part le sang qui coule dans nos veines, nous n'avons pas grand-chose en commun. Elles ne comprennent toujours pas pourquoi j'ai tenu à me marier, tout comme moi je ne comprends pas qu'elles tiennent tant à rester célibataires. Enfin... jusqu'à ce que notre mariage tourne à l'échec.

— Notre mariage ne tourne pas à l'échec, corrigea-t-il d'une voix forte.

— Ah oui ? Et comment appelles-tu ce que nous sommes en train de vivre ?

— A l'instar de nombreux couples, nous traversons une épreuve que nous n'allons pas manquer de surmonter.

— Ce n'est pas une simple épreuve, Levi. C'est une crise. Une crise extrêmement grave qui va nous conduire tout droit au divorce.

Ce mot terrible le fit frémir en même temps qu'il alarmait la petite Bekka, pourtant tranquille jusque-là.

— Baisse un peu la voix, intima-t-il doucement. Tu vas la faire pleurer.

— Pourquoi serais-je la seule fautive ? riposta-t-elle vivement. Pourquoi ne serait-ce pas toi qui la ferais pleurer, pour une fois ?

Il prit une profonde inspiration dans le but manifeste de ne pas céder, lui aussi, à la colère.

— Je suis désolé, finit-il par dire. Excuse-moi si je t'ai blessée.

— T'excuser ? demanda-t-elle, incrédule. Eh bien, laisse-moi te dire que ce sont les excuses les plus déplorables que j'aie jamais entendues.

Sur ces derniers mots, elle tourna les talons et prit la direction de sa chambre.

Une fois là et après avoir pris la précaution de verrouiller sa porte, Claire déposa Bekka dans le berceau que son grand-père avait rapporté du grenier.

Ce ne fut qu'une fois son bébé confortablement allongé qu'elle se laissa tomber sur son lit et qu'elle s'autorisa à sangloter.

Elle haïssait cette situation ; elle détestait se confronter ainsi au seul homme qu'elle aimait et qu'elle aimerait jamais ; et enfin, elle ne supportait pas l'idée que rien ni personne ne pourraient sauver son mariage.

Elle se trouvait en proie à un désespoir si profond que ses larmes redoublèrent.

— J'ai l'impression que les choses ne vont pas comme tu voudrais, commenta Gene qui avait attendu le départ de Claire pour faire son apparition.

Levi se tourna vers le vieil homme, heureux de cette présence réconfortante.

— C'est le moins qu'on puisse dire, répondit-il d'une voix sombre.

— Les femmes de cette famille ne sont pas faciles, je dois bien le reconnaître. Mais s'il est vrai que ce sont de fortes têtes, elles sont également loyales et aimantes. Alors, si je peux me permettre de te donner un conseil, c'est de ne pas baisser les bras, mon garçon.

— Ce n'est pas mon intention de toute façon. Seulement, à mon avis, Claire pense que je ne suis pas assez bien pour elle.

Gene ne répondit pas directement.

— Qui t'a mis des idées pareilles en tête, mon garçon ? demanda-t-il.

— Les parents de Claire. Ils ne l'ont pas vraiment exprimé mais je les soupçonne de me mépriser parce que je n'ai pas les diplômes universitaires de leur fille.

— Des diplômes universitaires, répéta Gene, dubitatif. Tout ça, ce ne sont que des bouts de papier. En revanche, c'est ce que tu as là — il pointa du doigt le torse de Levi — dans le coffre, qui compte. Crois-moi, l'école de la vie est plus enrichissante et porteuse que tous ces diplômes obtenus dans des universités bourrées d'étudiants snobinards. Et pour en revenir aux parents de Claire, détrompe-toi. S'ils n'étaient pas d'accord pour que Claire se marie aussi jeune, ils sont loin de te mépriser. Je suis même prêt à parier que s'ils étaient au courant de la situation dans laquelle vous vous trouvez ils ne manqueraient pas d'essayer de ramener leur fille à la raison.

Levi considéra le vieil homme en silence.

— Les parents de Claire ne sont pas au courant ? demanda-t-il, sceptique. Ce sont bien les seuls ! En ville, je ne peux pas faire un pas sans que quelqu'un m'arrête pour y aller de son petit conseil et me dire si Claire et moi devons nous réconcilier ou pas.

Gene haussa ses larges épaules, en signe d'un profond dédain.

— C'est normal, Levi. Nous vivons dans une petite ville où il ne se passe pas grand-chose. Tout se sait. Ajoute à cela que les gens s'ennuient et ils vont faire feu de tout bois. J'ai même vu des gars parier sur la quantité de neige qui allait recouvrir le seuil du magasin général en un temps donné. Alors, tu vois...

— Dans ce cas, j'imagine qu'ils vont parier sur la pérennité de mon mariage, souligna-t-il d'un ton sarcastique.

— Cela ne m'étonnerait pas, admit Gene en balayant pourtant cette hypothèse d'un geste de la main. Quoi qu'il en soit, ne leur prête pas attention. Ce qui compte, c'est ce que Claire et toi comptez faire.

— J'avoue que je n'en sais rien.

Il observa un bref instant de silence avant de reprendre la parole :

— Que puis-je faire pour la faire revenir à de meilleurs sentiments, monsieur Strickland ?

— S'il te plaît, appelle-moi Gene. Et pour répondre à ta question, je crois que la meilleure chose à faire est de t'armer de patience, mon garçon. Mais surtout,

250

reste tel que tu es et montre-lui que tu l'aimes. C'est tellement important pour une femme !

— Et si cela ne suffit pas ?

— Fais-moi confiance, cela suffira. Lorsqu'elle fréquentait l'université, Claire tombait amoureuse toutes les cinq minutes.

— Est-ce censé me rassurer ? s'enquit-il d'un ton morose.

— Evidemment. Car, lorsqu'elle est venue nous trouver, sa grand-mère et moi, pour nous parler de toi, elle avait des étoiles dans les yeux. J'ai alors compris que tu serais le bon. Et je ne me suis pas trompé.

— Jusqu'à ce qu'elle me plaque, observa-t-il avec sarcasme.

— Allons, allons, pas de découragement. Connais-tu la fable du Lièvre et de la Tortue ?

— Oui, répondit Levi qui ne voyait vraiment pas où Gene voulait en venir.

— Alors tu dois savoir que ce présomptueux de lièvre, sûr d'emporter la victoire, s'est fait battre par la tortue qui, en allant son bonhomme de chemin, a fini par franchir la ligne d'arrivée la première. Ce que je veux dire par là, mon garçon, c'est que même si la victoire te paraît peu probable il ne faut pas désespérer. Continue à te battre jusqu'à l'emporter, cette victoire, même si tu mets du temps. En attendant, j'ai besoin que tu m'aides à remonter des meubles de la cave. Tu es partant ?

Levi opina.

Comment pourrait-il refuser un service à cet homme si sage, si affable et surtout si attentif à ses problèmes ?

— Alors, allons-y, mon garçon, reprit Gene en le gratifiant d'une tape amicale dans le dos.

Cette marque d'affection rasséréna Levi. Ne devait-il pas y voir le signe que Gene le comprenait et lui donnait raison ? Il ne lui restait plus qu'à convaincre Claire.

Ce soir-là, Claire prit son repas dans sa chambre. Elle craignait trop, si elle la quittait, de tomber sur Levi.

A vrai dire, elle redoutait surtout de voir sa propre détermination faiblir un peu plus. Elle se sentait si vulnérable qu'il en faudrait peu pour qu'elle renonce à ses bonnes résolutions et réintègre le domicile conjugal, réduisant ainsi à néant les quatre semaines éprouvantes qu'elle venait de traverser.

De quoi aurait-elle l'air si elle renonçait aussi facilement à sa volonté farouche de changer la donne ?

Même sa grand-mère semblait respecter sa décision. Pourtant Claire sentait bien qu'elle ne l'approuvait pas. Après lui avoir fait la leçon, elle semblait néanmoins en avoir pris son parti et, depuis, la laissait gérer ses émotions comme elle l'entendait.

Curieusement, alors qu'elle en était là de ses réflexions, Melba fit irruption dans sa chambre sans crier gare alors qu'il n'était guère plus de 8 heures.

— Grand-mère ! s'écria-t-elle, une main sur son cœur affolé. Tu m'as fait peur !

— Je ne suis pas épouvantable à ce point, tout de même, rétorqua la vieille femme avec humeur.

— Ce n'est pas ce que j'ai voulu dire, s'empressa-t-elle de la rassurer. Je ne m'attendais pas à te voir arriver comme cela, à l'improviste. Je te croyais avec Levi.

— Levi est parti, répondit platement Melba.

Elle fixa sur sa grand-mère un regard abasourdi.

— Il est parti ?

Cette pensée lui donnait la nausée en même temps

qu'elle la terrassait. Ainsi donc, elle avait vu juste : Levi avait cessé de l'aimer. Il ne s'était pas beaucoup battu pour tenter de la reconquérir.

— Quelle importance ? demanda Melba en scrutant attentivement son visage. Cela te contrarie ?

Pour dissimuler le trouble qui l'animait, Claire vérifia la couche de sa fille et décida de la changer sur-le-champ.

— Oui… non, balbutia-t-elle. Je m'étais imaginé que, tant qu'à être là, il tenterait de recoller les morceaux. Il faut croire qu'il a jugé que je n'en valais pas la peine.

— Je ne sais pas ce que pense Levi, répliqua Melba. Je sais juste qu'il est parti travailler.

Son cœur se mit à battre la chamade. Ainsi donc, il ne l'avait pas abandonnée ! Elle ressentit un profond soulagement qu'elle se garda bien de laisser deviner.

— Tu veux dire qu'il est parti pour la journée et qu'il va rentrer ce soir ? C'est bien cela ?

Elle-même entendit la note d'espoir qui avait pointé dans sa voix.

— Si cela n'était pas le cas, il serait vite à court de vêtements. Sa valise est toujours dans sa chambre, répondit Melba, l'air de rien.

Paradoxalement, alors qu'elle était rassurée, Claire fut de nouveau en proie à la plus grande confusion.

— Ce qui veut dire, ajouta imperturbablement Melba, que tu peux enfin sortir de ta cachette.

— Je ne me cache pas ! protesta-t-elle trop vivement.

D'autorité, Melba lui prit Bekka des bras.

— Tu entends ça, mon trésor ? roucoula-t-elle à l'oreille de la petite. Maman ne se cachait pas ! A d'autres, ma petite fille ! Mais dis-moi, tu es maquillée ?

— Oui.

— Rassure-moi. Tu ne t'es tout de même pas couchée avec tout ce fard sur le visage ?

— Non, bien sûr que non, mentit-elle, soucieuse de dissimuler à sa grand-mère qu'elle dormait toujours apprêtée, de façon à se montrer sous son meilleur jour, même au saut du lit.

Cette habitude, elle l'avait gardée par réflexe, alors même que Levi et elle étaient séparés.

— Je me suis maquillée juste avant que tu n'arrives, se justifia-t-elle.

Melba lui lança un regard aussi critique que soupçonneux.

— Et pour qui te maquilles-tu de la sorte si ce n'est pas pour un mari éperdument amoureux de toi ?

— Pour personne, mentit-elle encore. Tu crois vraiment qu'il est éperdument amoureux de moi ? ajouta-t-elle après un temps d'hésitation.

— Je crois bien que c'est le pire cas que j'aie jamais vu.

Malgré ces paroles plus que rassurantes, Claire n'arrivait toujours pas à le croire.

— Je pense que tu te trompes, lâcha-t-elle, morose.

Melba haussa les épaules, tentant sans doute de lui signifier que c'était le cadet de ses soucis.

— Tu es libre de penser ce que tu veux, ma petite fille ; même si tu te trompes, ajouta-t-elle avec conviction.

— S'il m'aimait autant que tu le prétends, pourquoi m'a-t-il délaissée ce soir-là, pour passer la nuit à jouer au poker ? insista-t-elle.

Melba fronça les sourcils, peu encline à aborder de nouveau ce sujet brûlant.

— Je te suggère d'y réfléchir toi-même. Et lorsque tu auras enfin la réponse aux questions que tu te poses, tu pourras te considérer comme une véritable épouse. Et maintenant, allons-y. Il est temps de t'alimenter correctement afin que je puisse te mettre au travail, toi aussi. N'est-ce pas, mon ange ? ajouta-t-elle à l'intention de Bekka.

En réponse, cette dernière émit un petit gloussement joyeux.

— Tu as bien raison, murmura Melba comme pour elle-même.

- 6 -

Claire considéra la pièce avec des yeux ronds.

— C'est la cuisine, constata-t-elle tout haut d'un ton sceptique.

Cela n'avait aucun sens. Elle venait de prendre son petit déjeuner dans la salle à manger. Pourquoi sa grand-mère l'avait-elle conduite ici ?

Devant l'étonnement affiché de sa petite-fille, Melba se mit à rire tout bas.

— En effet, nous sommes dans la cuisine, appuya-t-elle d'une voix moqueuse. Quelle perspicacité !

Claire ne se formalisa pas de la remarque sarcastique de sa grand-mère. Elle y avait été habituée dès son plus jeune âge.

Néanmoins, une question persistait.

— Tu avais dit qu'après le petit déjeuner tu me trouverais un travail à faire, insista-t-elle.

Elle en était heureuse, d'ailleurs. Enfin, elle allait pouvoir prouver à sa grand-mère qu'elle était capable de faire autre chose que de s'occuper de sa fille. Elle avait tellement à cœur de lui montrer qu'elle était une adulte responsable et pas une enfant capricieuse, comme Melba semblait le penser.

— C'est bien ce que j'ai dit, et c'est la raison pour laquelle nous sommes ici, rétorqua sa grand-mère.

D'autorité, elle lui prit Bekka des bras, à qui elle chuchota à l'oreille :

— Toi, ma princesse, tu vas tenir compagnie à ton arrière-grand-père et être bien sage pendant que maman travaille.

Ainsi chargée de son précieux petit fardeau, Melba prit la direction de la porte mais s'arrêta sur le seuil pour lancer par-dessus son épaule :

— Toi, Claire, tu restes ici. Je reviens tout de suite. Pendant ce temps, tu peux faire la conversation à Gina.

Puis elle s'éloigna tout en continuant à gazouiller avec Bekka, comme si cette dernière pouvait comprendre ce qu'elle lui disait.

Un peu gênée, ne sachant trop quelle attitude adopter, Claire balaya la pièce du regard et offrit un petit sourire timide à Gina. Cette dernière, une femme énergique, petite et replète, était occupée à laver la vaisselle du petit déjeuner.

Sans attendre, Claire prit l'un des torchons qui se trouvaient là et commença à essuyer ce que Gina avait fini de laver. Pas plus le bruit de l'eau qui coulait que celui des assiettes qui s'entrechoquaient ne suffisaient à couvrir le silence embarrassant qui planait entre elles deux.

La première, Claire décida de se lancer dans une discussion courtoise.

— Cela fait-il longtemps que vous travaillez pour ma grand-mère ? s'enquit-elle poliment.

A l'instant même où elle posait la question, elle se rendit compte, trop tard, qu'elle avait oublié son grand-père.

La raison en était toute simple.

Dans le couple qu'elle formait avec son mari, Melba

était celle qui s'imposait quand Gene était l'incarnation de la force tranquille. Tout semblait glisser sur lui sans même qu'il s'en aperçoive.

— Environ deux mois, maintenant, répondit Gina, en haussant la voix pour mieux se faire entendre.

Maintenant que la discussion était amorcée, Claire n'éprouvait aucune difficulté à la poursuivre et elle y trouvait même un certain plaisir.

— Grand-mère peut parfois se montrer abrupte, confia-t-elle, mais elle a le cœur sur la main.

Gina, qui avait l'air d'apprécier cette complicité naissante, jeta un coup d'œil furtif par-dessus son épaule pour s'assurer qu'elles étaient bien seules, puis elle lança :

— Disons que c'est une femme de tête qui sait ce qu'elle veut.

Claire sourit intérieurement tant cette description sommaire collait à la personnalité de Melba.

Elle opina d'un signe de tête.

— Et qui ne craint pas d'aller droit au but, ajouta-t-elle pour encourager Gina à poursuivre.

— Avoir peur est une perte de temps, commenta Melba qui venait de surgir derrière elles. Et il y a bien longtemps que j'ai rayé ces mots de mon vocabulaire.

Claire, qui ne s'attendait pas à ce que sa grand-mère revienne aussi vite, sursauta violemment. Pour une femme de sa corpulence, Melba se déplaçait bien discrètement.

Elle lui envoya un petit sourire embarrassé.

— Je vois que Bekka n'est plus avec toi, dit-elle. Tu l'as laissée à grand-père ?

— Pas du tout, rétorqua Melba d'un ton ironique. Je l'ai laissée toute seule dans le salon.

Elle avait répondu de manière si spontanée que, l'espace d'un bref instant, Claire crut que sa grand-mère parlait sérieusement.

— Evidemment, tu plaisantes. Un moment, j'ai cru que tu disais vrai.

Melba fixa sa petite-fille d'un regard pénétrant puis secoua la tête.

— Qu'est-ce qui peut bien te passer par la tête ? demanda-t-elle tout haut, comme pour elle-même.

Mais alors que Claire s'apprêtait à lui expliquer le cheminement de sa pensée, Melba l'arrêta d'un geste péremptoire.

— Ne m'explique rien, répliqua-t-elle. Je préfère ne pas savoir. En tout cas, si cela peut te rassurer, sache que ta fille est en sécurité avec ton grand-père. Et n'aie aucune crainte car, quels que soient ses défauts, c'est un excellent baby-sitter. Mais revenons à nos moutons. Lorsque tu auras fini d'essuyer la vaisselle, Gina va t'apprendre quelques rudiments de cuisine, de sorte que tu puisses la seconder.

Claire considéra sa grand-mère un long moment, stupéfaite. Melba n'avait-elle pas compris qu'elle était nulle en cuisine ?

— Grand-mère, tu sais bien que je ne sais pas cuisiner, protesta-t-elle avec véhémence. A la maison, Levi et moi ne consommions que des produits surgelés ou des plats à emporter.

A la seconde où elle se tut, elle comprit ce que ces mots pouvaient avoir d'incongru pour sa grand-mère.

En effet, au moment où elle quittait la pièce, Melba se retourna et fixa sur elle un regard réprobateur.

— Tu ne « sais » pas ou tu ne « veux » pas ?

— Je ne sais pas, confirma Claire d'une voix d'enfant prise en défaut.

Mais elle vit à son expression que sa grand-mère n'en croyait pas un mot.

— Quand on perd une jambe, on ne peut pas la récupérer. Mais lorsqu'on n'est pas fichu de faire cuire un œuf, comme tu le prétends, cela peut s'apprendre. Et crois-moi, tu vas apprendre. Tu as juste besoin de quelqu'un pour te guider et pour cela, Gina est là. Je lui fais confiance, il n'y en a pas deux comme elle.

L'intéressée sourit, rougissant sous le compliment. Ce n'était pas si fréquent que la maîtresse des lieux daigne la féliciter.

— Je vous remercie, madame Strickland. Mais vous savez, je ne suis pas un très bon professeur.

— Eh bien, faites comme ma petite-fille, rétorqua Melba d'un ton qui n'entendait pas être discuté. Apprenez.

Sur ces mots, elle quitta les lieux, ne doutant pas une seconde que ses ordres allaient être respectés.

Claire avait beau ne pas apprécier la situation, quel autre choix avait-elle que de se résigner et d'obéir aux ordres de sa grand-mère ?

— C'est vrai ? Vous ne savez même pas faire cuire un œuf ? s'enquit Gina, sceptique.

Cette réalité lui apparut soudain si saugrenue qu'elle sentit ses joues virer au pourpre.

Incapable de soutenir le regard dubitatif de Gina, elle fixa le bout de ses chaussures.

Elle n'était pas fière d'elle mais qu'y pouvait-elle ? Qui pourrait la comprendre, de toute façon ?

Elle opina en silence, renonçant à se justifier quand bien même elle aurait pu avancer, par exemple, que personne ne lui avait enseigné l'art culinaire.

A dire vrai, et si elle voulait rester honnête avec elle-même, elle n'avait jamais eu envie d'apprendre. Se nourrir n'était pas un plaisir, pour elle, mais une nécessité. Elle mangeait de façon presque machinale, sans y penser.

Lorsqu'elle était étudiante, elle avait pris l'habitude d'acheter des plats à emporter ou de la cuisine industrielle qu'elle faisait réchauffer dans un four à micro-ondes.

Au début de son mariage, elle avait fait quelques tentatives, mais ses échecs répétés l'avaient très vite poussée à renouer avec ses anciennes habitudes.

Parfois, Levi se mettait au fourneau ou bien il l'invitait à dîner au restaurant. Du moins, avant la naissance de Bekka, car depuis tout avait changé. Et bien changé !

Levi consacrant tout son temps à son travail, elle n'avait plus fait le moindre effort. Il lui arrivait même fréquemment de se nourrir de sandwichs.

— Je ne peux pas croire que vous ne sachiez rien faire, insista gentiment Gina pour qui une telle lacune semblait inimaginable.

— C'est pourtant la vérité, répondit Claire.

Gina observa quelques secondes de silence, semblant ne pas trop savoir par quel bout prendre le problème.

— Eh bien, voyons le bon côté des choses, finit-elle par lâcher d'un ton enjoué. En ne sachant rien, vous n'aurez pas à vous défaire de mauvaises habitudes ! Sans compter que ce sera plus facile pour moi de commencer par le commencement.

Claire lui lança un regard reconnaissant.

Elle s'était attendue à ce que Gina cherche à la rabaisser, ou encore qu'elle lui reproche de ne pas avoir cherché à apprendre à cuisiner alors qu'elle était âgée de vingt-quatre ans et qu'elle était responsable d'un mari et d'une petite fille.

Soulagée, elle exhala un long soupir.

— Très bien, reprit Gina. Voilà ce que nous allons faire. Je vais commencer par vous apprendre les rudiments puis, lorsque vous vous sentirez plus à l'aise, nous rajouterons quelques difficultés. Savez-vous comment se fait une purée de pommes de terre ?

Claire pinça les lèvres. Elle était bien consciente de donner d'elle l'image d'une incapable, mais à quoi bon mentir ?

— Non, répondit-elle.

— Eh bien, ce soir, vous saurez ! déclara Gina d'un ton si optimiste que Claire décida d'y croire.

Comme les jours précédents, Levi avait eu une rude journée.

Depuis qu'il séjournait à Strickland House — mais aussi dans l'espoir de ne pas avoir à dépasser les heures de fermeture du magasin —, il mettait les bouchées doubles, ne s'autorisant que quelques rares pauses.

Aussi était-il épuisé, au point d'envisager de passer la nuit dans son appartement de Bozeman.

Mais très vite il chassa cette perspective de son esprit.

Se retrouver seul dans ce qui avait été son foyer avec la femme qu'il aimait et leur petite Bekka lui aurait été trop insupportable. Il aurait eu l'impression de vivre avec les fantômes d'une vie qui avait été heureuse et à laquelle, malgré lui, il devait renoncer.

Aussi, et même si cela lui coûtait, prit-il la direction de Rust Creek Falls, comme il le faisait tous les soirs.

Au moins aurait-il la satisfaction de dormir sous

le même toit que sa femme et sa fille. Pas à pas, il atteindrait son but, il s'en fit la promesse.

Il effectua le trajet sans encombre, perdu dans ses pensées. Lorsque, enfin, il parvint sur le parking des Strickland, il prit la première place vacante et se hâta vers la maison.

Peut-être n'était-il pas trop tard pour aller embrasser sa fille. A condition toutefois que Claire accepte de lui ouvrir la porte de sa chambre, ce qui n'était pas gagné.

Il n'avait pas encore atteint l'escalier qu'il entendit Gene l'appeler et lui demander de le rejoindre dans le salon. Il eut la surprise et la joie de le voir en compagnie de sa fille.

— J'ai pensé que tu aimerais lui dire bonsoir, déclara Gene, un sourire cordial aux lèvres. Allons, Bekka, fais risette à ton papa.

Comme à chaque fois en sa présence, Levi se sentit fondre d'amour et de tendresse. Elle était son rayon de soleil.

— Comment va la plus jolie petite fille du monde ? demanda-t-il en approchant son visage des petites joues rebondies de son enfant.

Il la sortit de son baby relax et la serra contre son cœur, débordant d'amour.

Bekka émit aussitôt un chapelet de gazouillis qu'il interpréta comme autant de signes de joie. Il sourit à la vue des petites bulles de lait qui se formaient au coin de sa bouche en cœur.

Sortant un mouchoir de sa poche, il essuya douce-ment les traces blanches que le lait avait laissées sur son menton.

— Je vois que ton arrière-grand-père s'occupe bien de toi, trésor. Mais est-ce que ton papa t'a manqué ?

Il avait posé la question aussi sérieusement que s'il s'était adressé à une enfant de dix ans.

— Je déteste devoir te laisser toute la journée, ma chérie, reprit-il sur le même mode, mais papa doit travailler pour t'acheter tout le lait dont tu as besoin.

Eperdu d'amour, il resserra un peu plus son étreinte et colla son visage à celui de sa fille qui continuait à produire des sons qu'il jugeait enchanteurs.

Un son en particulier l'interpella, qui le figea net.

Il se tourna vers Gene dans l'espoir que lui aussi ait entendu et lui assure que, non, il n'avait pas rêvé, son imagination ne lui avait pas joué un mauvais tour.

— Vous avez entendu ? demanda-t-il à voix basse, de peur de rompre la magie du moment.

— J'ai entendu, confirma le vieil homme, visiblement ravi de la tournure que prenaient les événements.

Il sourit à Levi qui se sentit rayonner d'une immense fierté.

— Elle a dit « papa » ! s'écria-t-il, au comble de l'excitation. Elle l'a bien dit, n'est-ce pas ? Je veux dire… vous aussi, vous l'avez entendu ? Je ne suis pas le seul ?

— Non tu n'es pas le seul, le rassura-t-il en riant. Moi aussi, je l'ai entendue dire « papa ».

Une pensée soudaine vint frapper Levi.

— C'est normal ? interrogea-t-il. Est-ce normal qu'un bébé de son âge se mette à parler ?

Après tout, sa fille était peut-être une enfant précoce.

— Ta fille n'en est pas encore au stade où elle peut soutenir une conversation, commenta Gene avec malice. En revanche, certains bébés ont de l'avance sur d'autres et peuvent en effet prononcer des sons qui ressemblent à des mots. Or cette petite princesse a nettement prononcé « papa ». Tu peux être fier, Levi.

Ce jour est à marquer d'une pierre blanche. Bekka a dit son premier mot.

La réalité frappa Levi d'un coup. L'euphorie qui l'avait porté jusque-là se dissipa d'un coup pour céder la place à une profonde inquiétude.

— Il ne faut pas le dire à Claire, décida-t-il.

— Pourquoi ? s'étonna Gene. Tu veux être le premier à lui annoncer la nouvelle ?

Levi secoua la tête.

— Non, non. Je ne vais pas lui dire. Ni moi, ni personne. Je ne veux pas qu'elle le sache.

Gene fronça ses sourcils broussailleux et plissa le front.

— Pourquoi ? répéta-t-il. Je ne comprends pas.

— Lorsque nous vivions ensemble, expliqua Levi, Claire passait tout son temps avec Bekka pendant que moi je me trouvais au magasin. Toute sa vie tournait autour de notre fille, vous voyez un peu le tableau. C'est bien simple, elle s'en occupait vingt-quatre heures sur vingt-quatre, sept jours sur sept. Aussi, vous imaginez un peu sa déception si elle apprenait que le premier mot prononcé par Bekka est « papa » au lieu de « maman ».

Gene marqua un certain temps avant de rétorquer :

— Je crois que c'est sous-estimer Claire que de la croire capable d'une telle jalousie.

— Je ne la sous-estime pas mais je crois pouvoir dire que je la connais bien. Et parfois, ce qu'elle ressent peut la faire réagir de façon, disons… inattendue. Comprenez-moi. Je ne voudrais pas être à l'origine d'un nouveau conflit entre nous.

— Je comprends bien, mais que se passera-t-il si Bekka répète ce mot en sa présence ? objecta Gene.

— Je prends le risque. D'ici là, Bekka aura peut-être appris à dire « maman ».

— Tu es bien certain de vouloir lui cacher une chose aussi importante ? insista-t-il. Le premier mot d'un enfant, c'est tout de même un sacré événement pour des parents !

— Oui. C'est mieux si elle ne le sait pas.

— Qu'est ce qui serait mieux que j'ignore ? s'enquit Claire qui venait de choisir ce moment pour faire son apparition.

Après cinq heures passées dans la cuisine en compagnie de Gina, elle avait décidé de retourner auprès de sa fille.

Auparavant, elle était passée par la salle de bains pour rectifier son maquillage et se recoiffer, afin de gommer la fatigue que laissaient deviner ses traits tirés.

Et pour le cas où elle tomberait sur Levi.

Elle trouvait dans la recherche perpétuelle de la perfection physique le moyen de regagner une assurance mise à mal par la situation actuelle.

Son regard alla de son mari à son grand-père tandis qu'elle attendait une réponse qui tardait à venir.

— Je pensais qu'il valait mieux que tu ne saches pas que j'ai écopé d'une amende pour excès de vitesse, répondit Levi. Mais j'étais tellement pressé de vous retrouver, Bekka et toi !

— Tu aurais dû te montrer plus prudent, le réprimanda-t-elle doucement. Les amendes sont si chères !

Puis un sourire heureux vint fleurir sur ses lèvres.

— Mais je comprends tes raisons, concéda-t-elle secrètement ravie.

7

Quelques jours plus tard, Claire promenait Bekka dans la poussette que Levi et elle avaient achetée bien avant sa naissance. Elle flânait dans les rues pittoresques de la ville, toute à ses pensées.

Elle s'était peut-être trop précipitée en chassant Levi de leur maison et de leur vie.

Un souvenir lui revint en mémoire, très précis.

Ce jour-là, elle avait presque supplié Levi de la laisser quitter son lit pour une de ces sorties exceptionnelles que lui avait autorisées son médecin. Ses derniers mois de grossesse avaient été si difficiles que celui-ci avait exigé d'elle un repos total.

Au début, entourée d'une montagne de livres et de ses magazines préférés, elle avait trouvé ce repos forcé plutôt agréable. Mais après deux mois de ce régime, avec pour tout horizon les quatre murs de sa chambre, elle avait commencé à s'impatienter et s'était sentie devenir folle.

Aussi, dès eut repris des forces et qu'avaient cessé les fortes nausées qui l'empêchaient de vivre, elle avait supplié Levi de l'emmener faire un tour dehors. N'importe où, pourvu qu'elle sorte de leur appartement.

Bien qu'à contrecœur et un peu inquiet, Levi avait fini par se laisser fléchir. Mais, pour ne pas contrevenir complètement aux ordres du médecin, il avait eu la bonne idée de l'installer sur la couchette de l'une des camionnettes de livraison.

Ensuite, ils avaient effectué le trajet jusqu'à une destination qu'il avait réussi à tenir secrète malgré sa curiosité croissante.

En fait, la sachant à la fois impatiente et frustrée, il l'avait emmenée dans un magasin spécialisé dans les articles pour bébés où il savait trouver le petit lit qu'elle avait sélectionné dans un catalogue. Il connaissait bien le gérant, un homme répondant au nom de Jamie Piercc qu'il avait rencontré au cours d'un séminaire et avec qui il avait noué une relation amicale.

Ils étaient ressortis du magasin un long moment plus tard, avec le lit qu'elle convoitait et que Jamie leur avait laissé à un bon prix.

Elle gardait un souvenir ému de cette journée où Levi s'était montré tendre, délicat et prévenant à son égard.

Lorsqu'ils étaient revenus chez eux, Levi avait transporté dans leur chambre le carton qui contenait les différentes pièces du lit, afin qu'elle puisse assister au montage et l'éclairer de ses conseils avisés. Il y avait passé une bonne partie de la nuit.

Elle se souvenait parfaitement de s'être endormie alors qu'il n'avait pas encore terminé. A son réveil le lendemain matin, Levi était déjà parti travailler.

Un rapide calcul lui avait permis d'en conclure qu'il n'avait pas dormi plus de trois heures cette nuit-là.

Avec le recul, elle comprenait à quel point Levi était attentionné. Elle connaissait bien d'autres hommes qui, dans le même cas, auraient laissé leur femme enceinte clouée au lit. Et non seulement il était un bon mari, mais il était également un bon père.

À présent, sa réaction lui paraissait démesurée. Elle avait laissé ses émotions prendre le pas sur la raison et, aujourd'hui, elle le regrettait amèrement. Au lieu d'agir sur un coup de tête, comme elle l'avait fait, elle aurait dû prendre le temps de réfléchir car les hommes comme Levi, travailleurs, aimants, généreux, étaient rares.

Le rejeter brutalement n'avait été que pure folie de sa part. Une folie qu'elle ne parvenait pas à s'expliquer. Que lui était-il donc arrivé ce 4 juillet pour qu'elle en arrive à une pareille extrémité ?

Elle baissa les yeux sur sa fille qui dormait paisiblement, sa petite tête inclinée sur le côté.

— Il est temps de rentrer, mon bébé, dit-elle tout haut.

Alors qu'elle rebroussait chemin, elle passa devant un groupe de personnes âgées qui avait la réputation de cancaner sur tout ce que Rust Creek Falls comptait d'habitants. Le genre qui se mêlait de la vie des gens et se croyait obligé de donner un avis qu'on ne lui demandait pas.

Ce jour-là, ils ne firent pas exception à la règle.

Blanche Curtis, la plus âgée de tous, était assise au bout du banc qui faisait face à l'unique épicerie du coin, rebaptisée pompeusement Grand Magasin Général.

Avec ses cheveux gris en broussaille et son visage marqué de taches brunes — conséquence de trop fréquentes expositions au soleil —, elle aurait pu tenir le rôle de la sorcière dans *Le Magicien d'Oz*.

S'improvisant porte-parole du groupe, Blanche attaqua la première :

— Il paraît que tu as mis ton mari à la porte, lança-t-elle de sa voix rocailleuse. Tu as bien fait ! Cela lui apprendra à croire que tu faisais partie des meubles. Ces hommes, ajouta-t-elle en coulant un regard de biais à ses compagnons, ils te font croire qu'ils décrocheraient la lune pour toi et, quand tu te retrouves enceinte, ils te montrent que tu ne les intéresses plus.

Elle s'interrompit pour afficher un air dégoûté.

— Ce qui les intéresse, c'est d'épingler le plus de conquêtes sur leur tableau de chasse. Après… pfft ! Il est grand temps de changer la donne, professa-t-elle en guise de conclusion.

La main de la vieille femme étant agrippée à l'un des côtés de la poussette pour l'empêcher de fuir, Claire se résigna à l'écouter parler sans broncher.

— Excusez-moi, finit-elle par dire, est-ce que je vous connais ?

Blanche lui offrit un sourire partiellement édenté en même temps qu'elle lui tendait une main noueuse.

— Non, répondit-elle, mais moi en revanche je vous connais. Je m'appelle Blanche Curtis. Je suis une amie de votre grand-mère, ajouta-t-elle comme si cela pouvait expliquait son intrusion dans la vie privée de Claire.

— Si Melba est ton amie, intervint l'homme qui était assis à sa gauche, pourquoi te mêles-tu des affaires de sa famille ? Et puis cesse de prodiguer des conseils à cette petite, elle s'en moque éperdument.

Vexée, Blanche redressa ses épaules voûtées, semblant vouloir faire de son corps un rempart aux critiques de son ami.

— Pardon, rétorqua-t-elle avec aigreur.

— Ce n'est pas à moi qu'il faut présenter des excuses, mais à elle, précisa l'homme en désignant Claire du menton.

S'appuyant de ses deux mains parcheminées sur le pommeau sculpté de sa canne noire et lisse, il se pencha très légèrement en avant et dit à Claire, comme s'il lui confiait là le plus grand des secrets :

— Ne faites pas attention. Blanche est aigrie depuis l'époque où, à l'école primaire, Michaels Funnigan lui a préféré Rachel White pour jouer dans la cour. Quant à vous, jeune fille, ne laissez pas le fossé se creuser entre votre mari et vous. Un enfant mérite de grandir entouré de son papa et de sa maman.

— Billy Joe Ryan, te voilà devenu bien philosophe, vieux sénile ! lui assena Blanche d'un ton mauvais.

— Bill a raison, Blanche, intervint un troisième larron. Laisse donc cette petite tranquille. Tu ne vois pas qu'elle est perdue ? Qu'elle ne sait plus où elle en est ?

Il se tut quelques secondes avant d'ajouter d'un ton docte :

— Tout le monde mérite une deuxième chance, même un mari. Vous verrez, vous ne pourrez que vous féliciter de retourner auprès de lui. La solitude, ça n'est bon pour personne.

Claire regarda l'homme, dont le visage lui paraissait familier. Elle se rappela soudain l'avoir vu à la cérémonie de mariage.

Ils ne se connaissaient pas. Pourquoi, dans ce cas, semblait-il avoir à cœur qu'elle pardonne à Levi ?

Qu'est-ce que cela peut bien lui faire ?, se demanda-t-elle, intriguée.

Mais elle en avait assez que des inconnus se permettent de disséquer ainsi sa vie privée. N'avaient-ils donc rien de mieux à faire que de rester assis là, sur ce banc, à l'abreuver de conseils dont elle n'avait cure ?

— Mieux vaut vivre seul que mal accompagné, renchérit un quatrième vieillard qui semblait du même âge que Blanche.

Claire accueillit ce dernier commentaire avec horreur.

Chacun dans cette ville se devait donc d'avoir une opinion sur sa façon de gérer sa vie privée avec Levi ?

Ces indiscrétions lui donnaient envie de fuir à toutes jambes mais, soucieuse de leur clouer le bec, elle leur fit face, prête à en découdre.

— Mon mariage vous intéresse donc à ce point-là ? Vous n'avez pas d'autres sujets de conversation plus palpitants ?

— A vrai dire, ils n'en ont que deux : le temps qu'il fait et vos problèmes de couple, s'éleva une voix grave, dans son dos.

Focalisée comme elle l'était sur les quatre personnes qui commentaient sa vie privée sur la place publique, elle n'avait pas entendu l'homme s'approcher.

Elle se retourna brutalement, heurtant les jambes de l'inconnu avec la poussette de Bekka.

— Je suis vraiment confuse, s'excusa-t-elle avant d'ajouter pour sa défense : Mais vous m'avez surprise.

— Ce n'était pas mon intention. Je m'appelle Russ Campbell, se présenta l'homme. Je suis inspecteur de police.

Aussitôt, au comble de la curiosité, les quatre occupants du banc se penchèrent en avant dans un bel ensemble, bien décidés à ne pas perdre une miette de ce qui allait se dire.

— Verriez-vous un inconvénient à ce que nous nous éloignions un peu ? demanda Russ. J'aimerais vous poser quelques questions.

Pour quelle raison un officier de police souhaiterait-il lui parler ? Il ne pouvait s'agir que de Levi puisqu'elle savait n'avoir commis aucun acte répréhensible.

— Quel genre de questions ? s'enquit-elle.

Du coin de l'œil, elle vit les quatre curieux se pencher encore un peu plus, au risque de tomber, face contre terre.

— Du genre que les personnes ici présentes n'ont pas à entendre, répliqua-t-il avec sagesse.

— Oh vous savez, apparemment, ils savent déjà tout de moi, ironisa-t-elle.

— Je ne crois pas, non, rétorqua Russ. Et puis, ce que j'ai à vous dire doit rester strictement confidentiel.

Cet homme faisait bien des mystères.

— Dans ce cas, allons-y. J'espère que vous n'en avez pas pour trop longtemps parce que je suis pressée. En fait, je séjourne à Strickland Boarding House, la pension de famille que dirigent mes grands-parents, et je suis attendue pour préparer le repas.

Russ Campbell esquissa un petit sourire qui ne manquait pas de charme.

— Je sais que vous vivez là-bas, répliqua-t-il. C'est là que je m'apprêtais à me rendre lorsque je vous ai vue aux prises avec ces pipelettes.

— Si je comprends bien, vous n'étiez pas là par hasard.

— Non, en effet.

Elle tourna le dos au petit groupe qui se tenait toujours penché en avant, l'oreille aux aguets.

— Vous pourriez me raccompagner jusque chez moi, proposa-t-elle en baissant la voix. Ainsi, nous parlerions en chemin.

Russ s'assura que les quatre indiscrets n'allaient pas les suivre avant d'acquiescer :

— C'est parfait.

Sans même daigner saluer les quatre vieillards, elle

se mit en marche, poussant son landau devant elle et suivie du policier.

— En quoi puis-je vous aider ? s'enquit-elle, une fois à l'abri des oreilles indiscrètes.

— Au cours de la réception du mariage auquel vous-même et votre mari avez assisté le 4 juillet, auriez-vous remarqué quelque chose d'anormal ?

Voilà bien une question à laquelle elle ne s'attendait pas.

— Quelque chose d'anormal, répéta-t-elle en fouillant sa mémoire.

Que pouvait-il bien se passer d'anormal au cours d'une banale réception de mariage ?

Rien, si l'on exceptait l'habituelle ivresse liée à ce genre de soirée. Ce soir-là, les invités fêtaient non seulement un mariage mais aussi le 4 Juillet, jour de la fête de l'Indépendance, ce qui avait donné à certains une bonne raison de lâcher prise.

— Oui, insista Russ. Rien, dans le comportement de certaines personnes ne vous a paru suspect ?

Elle eut beau chercher, elle ne trouva rien.

— Non, je ne crois pas.

— Alors, je vais me montrer plus précis. Vous n'auriez pas surpris quelqu'un en train de verser quelque chose dans les verres ou carrément dans le bol de punch ?

Si elle avait remarqué ce genre de comportement, elle aurait averti Levi ou, plus tard, son grand-père. Mais non, elle n'avait rien vu de tel.

— Non, répondit-elle, catégorique.

Cet homme n'allait tout de même pas s'imaginer qu'elle lui cacherait quelque chose d'aussi énorme ?

— J'en aurais parlé si j'avais été témoin d'une scène pareille, se défendit-elle. Mais pourquoi une telle question ? Vous soupçonnez quelqu'un d'avoir mis de la drogue dans les boissons ?

Les mots pénétrèrent son esprit en même temps qu'elle les prononçait.

Qu'un inconnu veuille droguer des gens à leur insu, c'était impensable mais également inquiétant pour une petite ville comme Rust Creek Falls.

Russ lui répondit par une autre interrogation.

— Repensez un peu à cette nuit-là. Pensez-vous que quelqu'un aurait pu avoir une raison de glisser de la drogue dans votre verre ?

Elle cligna plusieurs fois des yeux, complètement perdue.

— Dans mon verre ? Pour quelle raison quelqu'un aurait bien pu vouloir me droguer ?

Il n'y avait en effet aucune raison à cela. Elle ne représentait une menace pour personne et ne se connaissait aucun ennemi.

— Tout ce que je peux vous dire, c'est que mon mari et moi avions prévu de passer la nuit chez mes grands-parents, aussitôt la réception terminée.

— Pourtant, pointa Ross, ce n'est pas ainsi que les choses se sont passées.

— Non, c'est exact, répondit-elle en s'efforçant de garder un ton neutre. Levi a décidé de rejoindre un groupe de joueurs de poker.

— Sa conduite vous a-t-elle étonnée ? la pressa encore Russ.

— Etonnée ? répéta-t-elle, ne sachant trop ce que cet homme cherchait à lui faire dire.

Faisant montre d'une patience à toute épreuve, Russ reformula sa question.

— Est-ce dans les habitudes de votre mari de jouer au poker ?

— En fait, non, c'était la première fois.

En prononçant ces mots, elle prit conscience du fait qu'il n'était en effet pas dans les habitudes de Levi de l'abandonner toute une nuit, comme il l'avait fait. Quelque chose clochait dans ce comportement, qui aurait dû l'alerter au lieu de la mettre en colère.

— Pensez-vous que quelqu'un ait pu le droguer à son insu ?

— Et vous ? lui retourna-t-il.

— A vrai dire, je ne sais pas quoi penser, répondit-elle en toute franchise. Levi avait un comportement tout à fait normal. Je veux dire par là qu'il ne titubait pas ou qu'il n'avait pas l'attitude d'un homme ivre ou sous l'emprise d'une drogue quelconque. Pour quelle raison quelqu'un aurait-il voulu glisser de la drogue dans son verre ?

Russ observa quelques secondes de silence. Lui-même essayait de clarifier une situation qui, pour l'heure, demeurait une énigme.

— Je ne pense pas que votre mari ait été spécialement visé, finit-il par répondre. Je crois plutôt que notre inconnu visait pas mal de monde.

— Mais pour quelle raison ? s'enquit-elle. Tout ceci est insensé !

— C'est ce que je cherche à comprendre, répondit-il. Essayez de vous souvenir. Le moindre détail qui, à vos yeux, semblerait insignifiant, pourrait se révéler d'une importance capitale.

Elle réfléchit un bref instant.

— Maintenant que j'y pense... Ce soir-là, à un certain moment, je ne me suis pas sentie dans mon assiette. Sans tenir vraiment l'alcool, je suis quand même capable de boire un ou deux verres sans qu'ils me montent à la tête.

Visiblement, ce détail interpella Russ qui s'arrêta de marcher pour se tourner vers elle.

— Cela a été le cas ? demanda-t-il. Tout d'un coup, vous avez eu l'impression de subir les effets de l'ivresse ?

— Oui, admit-elle alors qu'elle revivait cette sensation très désagréable. Qu'est-ce que cela signifie ? Pourquoi quelqu'un aurait-il cherché à droguer certains invités ? Dans quel but ?

Russ secoua la tête.

— Je n'ai pas encore les réponses à ces questions, admit-il. Mais je trouverai, ajouta-t-il comme pour lui-même.

Ce soir-là, Claire brûlait d'impatience de voir Levi rentrer.

Alors qu'elle aidait Gina à préparer le repas, elle se repassa en boucle la soirée du mariage, à la recherche d'un indice qui pourrait les mettre, Russ Campbell et elle, sur la voie.

En vain.

Si l'on exceptait son malaise passager, elle s'était comportée normalement, tout comme Levi, d'ailleurs.

Ce dernier l'avait délaissée pour aller rejoindre un groupe de joueurs de poker, et alors ? La belle affaire ! Il avait agi sans réfléchir, sur une impulsion. Il n'y avait vraiment pas de quoi fouetter un chat.

Vraiment ? lui souffla une petite voix intérieure. *Tu en es sûre ? Allons, cesse donc de lui trouver des excuses.*

Mais si, justement, Levi avait des excuses ? S'il avait été drogué à son insu ?

Cela signifierait qu'il n'était pas lui-même ce soir-là et qu'elle ne pourrait pas le tenir pour responsable d'un comportement auquel il ne l'avait pas habituée. Cela signifierait aussi qu'elle ne pourrait pas le blâmer et que, même, elle lui devrait des excuses.

D'accord.

Mais restaient toutes les autres soirées. Celles qu'elle passait seule à la maison parce que son mari était un bourreau de travail. Et puis, qui pouvait lui assurer qu'elle pouvait lui faire confiance ? Qu'il assistait bien à des séminaires ou à des réunions professionnelles, comme il le lui affirmait ?

La seule idée qu'il la trompe, qu'il puisse s'être lassé d'elle commença à faire son chemin, la poussant à élaborer d'horribles scénarios.

Lorsque Levi franchit le seuil de Strickland Boarding House ce soir-là, il était déjà tard. Pourtant, il décida de tenter sa chance et de passer par la chambre de Claire pour aller embrasser sa fille.

Il frappa deux coups discrets sans obtenir aucune réponse. Il insista. Toujours rien.

Claire ne se trouvait ni dans le salon ni dans la cuisine. Il y avait jeté un coup d'œil avant de monter à l'étage. Dans ce cas, où pouvait-elle bien être ?

L'espace d'un bref instant, il caressa le fol espoir qu'elle soit rentrée chez eux, dans leur appartement de Bozeman.

Espoir qui réapparut lorsque la porte demeura résolument close après qu'il eut frappé une troisième fois.

Inutile de s'obstiner. Il allait trouver Gene. Le vieil homme saurait lui dire où se trouvaient Claire et Bekka.

Mais alors qu'il s'apprêtait à partir, il entendit le bruit d'une clé que l'on tournait dans la serrure puis vit la porte s'ouvrir sur une Claire au visage fermé.

Elle afficha clairement sa désapprobation en lui faisant un barrage de son corps, ce qui ne laissait à Levi d'autre choix que de la pousser s'il voulait pénétrer à l'intérieur. Geste brutal dont il était bien incapable.

— Un inspecteur du nom de Campbell veut te parler, annonça-t-elle d'un ton cassant.

Elle n'avait pas esquissé le moindre geste, confirmant ce que le langage de son corps lui avait déjà clairement laissé comprendre : il n'était pas le bienvenu sur ce territoire privé.

— Campbell, dis-tu ? Ce nom ne me dit rien. De quoi veut-il me parler ?

Il la vit se redresser sans doute pour renforcer la barrière qu'elle avait déjà érigée entre elle et lui.

— De la soirée de réception du mariage.

— Et qu'attend-il de moi ? insista-t-il.

Elle le fixa un bref instant en silence, semblant hésiter à poursuivre.

— Il veut savoir si tu as été drogué au cours de la soirée, finit-elle par répondre.

— Drogué ! s'exclama-t-il. Tu veux dire qu'il pense que je me drogue ? Tu sais bien que ce n'est pas le cas.

Mais la confirmation qu'il attendait tardait à venir. Pourquoi ne confirmait-elle donc pas qu'elle savait qu'il n'avait jamais pris et ne prendrait jamais de substances illicites ?

Qu'il était bien trop responsable pour s'adonner à pareil vice ?

Face au mutisme obstiné de Claire, il se crut obligé de se défendre avec ces mots puérils :

— Que je meure sur-le-champ si je mens ! Moi qui ne dépasse jamais la quantité recommandée d'aspirine, tu me vois un peu prendre de la drogue ?

Elle le considéra un long moment en silence, semblant peser les mots qu'elle s'apprêtait à dire.

— Non, bien sûr que non, finit-elle par répondre. Mais en revanche, il n'est pas exclu que quelqu'un t'ait drogué sans que tu t'en rendes compte.

Elle inclina la tête sur le côté, comme si un angle différent pouvait lui donner une meilleure perspective.

— Pour le moment, personne ne sait rien, ajouta-t-elle d'un ton radouci. Ni qui a été drogué ni par qui. Essaie de te souvenir, le pressa-t-elle en reprenant les mots de Russ Campbell. Comment te sentais-tu, ce soir-là, lorsque tu as quitté la réception ?

Il fouilla dans sa mémoire, cherchant sans doute à se replonger dans l'ambiance de cette soirée.

— A bien y réfléchir, au moment de partir, je me sentais à la fois nerveux et très excité.

Cela pouvait paraître dérisoire mais c'était tout ce dont il se souvenait.

— Ce que je peux dire avec certitude, en revanche, ajouta-t-il, c'est que j'étais très impatient d'aller jouer au poker.

Claire plissa les yeux.

— Eh bien voilà, tu l'as dit, lui reprocha-t-elle d'un ton accusateur. Tu étais impatient d'aller jouer au poker mais pas de te retrouver seul avec moi.

Bon sang, elle recommençait avec ces salades !

— Je n'ai jamais dit une chose pareille, se défendit-il.

— C'est *exactement* ce que tu viens de dire.

Sur ces mots, elle le repoussa violemment et lui claqua la porte au nez.

— Bonne nuit ! l'entendit-il crier.

8

Elle avait recommencé, songeait Levi, abattu au plus haut point. Encore une fois, Claire l'avait mis à la porte.

Alors qu'il les pensait, elle et lui, en train d'avancer doucement vers une réconciliation ! Malheureusement, en l'espace de quelques minutes à peine, elle avait réduit à néant tout espoir de pacification.

La scène avait eu lieu deux jours plus tôt et, à son grand désespoir, il ne savait toujours pas quelle attitude adopter pour tenter de reprendre au point où ils en étaient avant qu'elle ne se ferme de nouveau à toute forme de communication.

Naïvement, il avait cru qu'avec le temps elle allait comprendre que les raisons qu'elle avait eues de lui en vouloir ne tenaient pas vraiment la route. Qu'ils parviendraient à retrouver l'équilibre qui les unissait avant le fiasco de cette maudite soirée.

Par malheur, il ne pouvait que constater que son optimisme l'avait trompé.

Désormais, il n'était pas sûr que, même en se traînant à ses pieds, elle accepterait de lui pardonner. Lui pardonner quoi, d'ailleurs ? Une faute qu'il n'avait pas commise.

Il était si désespéré qu'il aurait donné n'importe quoi pour les retrouver, elle et Bekka. Mais comment l'approcher pour tenter de la ramener à la raison quand elle se murait derrière des barrières aussi solides ?

Elle lui manquait tant !

Tout comme lui manquaient leur vie de famille et le réconfort que lui procurait leur routine quotidienne.

Mais au fil de ces deux jours et malgré ses efforts incessants la situation, loin de s'améliorer, ne faisait qu'empirer.

Chaque fois qu'il croisait Claire, elle détournait la tête, lui donnant à penser que sa simple vue suscitait en elle une souffrance qu'elle n'était pas en mesure de supporter.

Il devait pourtant bien y avoir quelque chose à faire pour sortir de cette impasse dans laquelle ils étaient embourbés depuis si longtemps maintenant.

Mais quoi ?

Depuis le matin, et alors qu'il accueillait ses clients, un sourire de bienvenue plaqué aux lèvres, il se posait la question.

Jusque-là, il n'avait pas trouvé de réponse.

Il lui était très difficile de se concentrer sur son travail quand ses pensées dérivaient sans cesse vers Claire. Pourtant, il n'avait pas le choix. Il lui fallait continuer à sourire, à faire semblant. D'ailleurs, cette discipline qu'il s'imposait l'aidait à tenir le coup et à ne pas s'effondrer.

En outre, il n'avait pas vraiment le choix. Fraîchement promu, il ne pouvait faillir dans la mission qu'on lui avait confiée sans prendre le risque de se voir, là aussi, mettre à la porte.

Il s'était donné sans compter pour arriver là où il en était, n'épargnant ni son temps ni son énergie. Aussi était-il hors de question que quiconque lui ravisse son poste.

Sans compter que c'était sa seule source de revenus et que, si par malheur il se retrouvait au chômage, il n'aurait plus aucune chance de récupérer sa femme et sa fille.

Allons, ressaisis-toi, s'intima-t-il en souriant de plus belle. *Ce n'est pas le moment de flancher.*

Son regard erra sur les quelques clients qui flânaient entre les allées, lorgnant les meubles qu'il avait pris soin de mettre en scène de manière à attirer le regard.

Il les laissait tranquilles, sachant que rien n'était pire pour un client que de se sentir persécuté par un vendeur zélé qui se permettrait des commentaires incessants qu'on ne lui demandait pas.

Au cours de la formation qu'il avait suivie plusieurs années auparavant, on lui avait enseigné, entre autres, différentes techniques de vente. S'il y en avait une qu'il avait bien retenue, c'était que les clients appréciaient d'avoir le champ libre et de pouvoir passer d'un îlot à un autre à leur guise, sans être importunés.

Ses années d'expérience lui avaient donné raison : lorsqu'un visiteur avait besoin d'être renseigné, il n'hésitait pas à se mettre lui-même en quête du vendeur susceptible de l'aider.

Aussi Levi devait-il surtout se tenir à leur disposition.

Si seulement il pouvait en aller de même avec Claire ! Mais celle-ci était beaucoup plus complexe que les gens venus là pour une raison précise.

Imprévisible, elle pouvait à tout moment surgir là où on ne l'attendait pas. Après quatre années passées avec elle, il ne savait toujours pas ce qu'elle pouvait bien penser ou ce qu'elle était capable de faire.

Sa seule certitude, c'était qu'il devait la faire revenir sur sa décision pour qu'ils reprennent leur vie là où elle l'avait interrompue.

Par quel moyen ?

Il n'en savait encore rien, mais il se faisait fort de trouver.

La sonnerie de son téléphone portable mit brusquement fin aux pensées dans lesquelles il était plongé.

Il sortit l'appareil de sa poche et lut le nom qui s'était inscrit sur l'écran.

— Comment vas-tu ? lui demanda une voix féminine.

L'espace d'un bref instant, il trouva la voix familière de sa mère réconfortante. Dommage qu'il ne soit plus le petit garçon que sa maman pouvait rassurer d'un mot !

— Pas terrible, admit-il honnêtement. J'ai bien peur que ça ne soit fini entre Claire et moi.

Une longue pause accueillit cette annonce, durant laquelle sa mère mûrissait probablement la réponse à donner.

— Cela ne tient qu'à toi qu'il en aille autrement, finit-elle par déclarer d'un ton tranchant.

A quoi bon tenter de lui faire comprendre qu'il ne l'avait pas attendue pour remuer ciel et terre mais que, malheureusement, ses tentatives restaient vaines ?

— Ce n'est pas si simple, maman, éluda-t-il.

— Ce n'est pas non plus si compliqué, rétorqua Lucy Wyatt avec le bon sens qui la caractérisait. Ce qui est essentiel, mon garçon, c'est que tu t'autorises un peu à être heureux. Et être heureux, ce n'est pas passer tout son temps à travailler. C'est aussi profiter de ce que la vie nous offre.

Il ne s'étonna pas du discours de sa mère. Depuis

des années, elle s'inquiétait de le voir consacrer autant de temps à sa carrière professionnelle.

— Je ne passe pas tout mon temps à travailler, protesta-t-il sans grande conviction.

— Je te connais assez pour savoir que, malheureusement, j'ai raison. Cependant, j'ai bien conscience d'avoir ma part de responsabilité là-dedans. J'aurais dû refuser que tu arrêtes le lycée pour travailler. Tu as sacrifié des études auxquelles tu avais droit pour nous aider, tes frères et moi.

Elle s'interrompit, poussant un long soupir plein de regrets.

— Tu es un bon garçon, Levi, reprit-elle. Tes intentions étaient nobles mais, en tant que mère, je n'aurais jamais dû accepter l'argent que tu me versais tous les mois. J'ai bradé ton enfance pour privilégier ma sécurité et, aujourd'hui, je le regrette. Comment une mère peut-elle consentir à de tels sacrifices de la part de son enfant ?

— Tu étais, et tu es, toujours une maman digne de ce nom, la rassura-t-il. Quant à moi, de toute façon, je ne me sentais pas l'âme d'un enfant.

— Parce que la vie s'est chargée de te faire grandir trop vite, répliqua-t-elle d'une voix étranglée d'émotion. Mais comme je viens de te le dire, tout cela était ma faute. Lorsque ton père m'a abandonnée en me laissant seule avec mes trois enfants, je t'ai autorisé, de façon tacite, à m'aider financièrement. J'ai fermé les yeux sur ce que cela impliquait : de longues heures enchaîné à ton poste quand tes amis passaient une grande partie de leur temps à s'amuser et à profiter des plaisirs de la vie. Toi, tu n'as pas eu cette chance alors que c'était ton droit de t'amuser au lieu d'aller trimer pour nourrir ta mère.

Ebranlé par cette confession, il resta quelques secondes silencieux.

— Mon tour viendra bien assez vite, finit-il par dire d'un ton qu'il voulait léger.

— Comment cela ? Je ne comprends pas.

— Tu connais l'expression « retomber en enfance ». Eh bien, lorsque je serai un vieux monsieur honorable, je me conduirai comme l'enfant que je n'ai pas été. Ne t'inquiète donc pas pour ça.

— Alors, où en es-tu avec Claire ? Toujours aussi susceptible ?

— Maman ! gronda-t-il d'une voix sourde.

Il ne voulait pas laisser sa mère médire sur la femme qu'il aimait.

— Désolée, s'empressa-t-elle de s'excuser, soucieuse de ne pas le froisser. Où en es-tu avec Claire ?

Il s'assura de ne pouvoir être entendu de ses clients avant de répondre d'une voix teintée de déception :

— Disons que je n'ai pas beaucoup avancé.

— Veux-tu que j'aille lui parler ? offrit-elle.

Cette perspective, même si elle partait d'un bon sentiment, ne l'enthousiasmait guère.

— Surtout pas ! rétorqua-t-il plus vivement qu'il n'aurait voulu. Excuse-moi, maman mais, sans vouloir t'offenser, je ne te sens pas très objective.

— Tu te trompes, Levi. Je saurais me montrer parfaitement impartiale car tout ce qui m'importe, c'est que tu sois heureux. Tu es une belle personne et, mieux que quiconque, tu mérites le meilleur. Ne va surtout pas croire que j'en veux à Claire. Mais comme le serait toute mère qui aime ses enfants, je suis bouleversée qu'elle ne te traite pas à ta juste valeur, ainsi que tu mérites de l'être.

Sa mère avait toujours tendance à le placer sur un piédestal et à l'idéaliser. Ce qui l'embarrassait plus que ça ne le flattait.

— Maman, protesta-t-il, je suis loin d'être parfait.

— Sans doute, mais elle non plus n'est pas parfaite. Et puis, il ne faut pas oublier qu'il en va du bonheur d'un bébé. Bekka a besoin de deux parents qui s'aiment et qui l'aiment pour être heureuse.

Elle s'interrompit, visiblement trop émue pour poursuivre.

— Je ne voudrais pas que Claire te donne le mauvais rôle dans cette histoire, voilà tout, précisa-t-elle d'une voix mal assurée lorsqu'elle fut de nouveau en mesure de parler.

— Ce n'est pas le cas, maman, je t'assure. Aussi, je te demanderais de rester à l'écart et de ne pas chercher à te mêler de nos affaires. Cela ne pourrait qu'envenimer la situation.

A la comprencre ainsi touchée, il regretta amèrement de l'avoir tenue informée des changements qui étaient survenus dans sa vie. Il s'était confié à elle, quelques jours plus tôt, dans un moment de faiblesse où il s'était senti particulièrement vulnérable.

Mais il avait eu tort.

— Et si j'allais trouver les parents de Claire pour leur parler ? suggéra-t-elle encore. Je pourrais peut-être les convaincre de faire entendre raison à leur fille.

Cette proposition, pas plus que la première, n'emporta l'adhésion de Levi qui n'imaginait que trop bien une scène dont la seule pensée le faisait frémir.

— Maman, si tu tiens vraiment à m'aider, je voudrais

que tu me promettes de ne pas interférer dans cette histoire.

— Je te le promets, acquiesça-t-elle, si tu me promets de ton côté de faire tout ton possible pour que Claire revienne à de meilleurs sentiments. Il faut absolument que tu lui parles. Je ne veux pas que ma petite-fille grandisse sans son père. Ni sans sa grand-mère paternelle, d'ailleurs.

— Nous sommes bien d'accord, maman. Et je te garantis que ce ne sera pas le cas. Maintenant, j'aimerais que tu cesses de te faire du souci.

— Comment veux-tu ? répliqua-t-elle. Je suis ta mère, et une mère s'inquiète pour ses enfants. Aussi, promets-moi de m'appeler à la seconde où les choses se seront arrangées entre Claire et toi.

— Tu peux compter sur moi, maman. Mais maintenant, je dois raccrocher. Je suis au magasin et un client se dirige justement vers moi. Il doit avoir besoin de mon aide.

— Je te laisse, mon petit, je te laisse. Je ne voudrais pas te faire rater une vente, commenta-t-elle avec une pointe de fierté. J'espère que ton patron a conscience de ta valeur, au moins.

Il leva les yeux au ciel en même temps qu'il esquissait un petit sourire indulgent. S'il la laissait faire, sa mère serait bien capable de chanter ses louanges pendant des heures.

— Oui, maman, il sait. C'est bien pour cette raison qu'il m'a accordé une promotion. Je dois vraiment raccrocher maintenant, maman. Au revoir.

Puis, sans lui laisser le temps de répliquer, il mit fin à l'appel.

Il avait menti dans le but de couper court à une discussion qu'il jugeait inutile.

En effet, rien n'indiquait dans le regard ou le comportement de ses visiteurs qu'ils étaient sur le point d'acheter quelque chose, ou de lui demander un quelconque renseignement.

Sa mère avait eu beau lui affirmer le contraire, il restait sur la désagréable impression qu'elle ne pourrait s'empêcher de se mêler de ses affaires.

En croyant sans doute bien faire, mais cela n'empêchait pas qu'elle ne ferait qu'aggraver une situation déjà bien compliquée. Et que dire de Claire, qui verrait d'un très mauvais œil sa belle-mère prendre fait et cause pour son fils ? Aucune belle-fille n'accepterait jamais une telle intrusion dans sa vie privée.

Tandis qu'il continuait à suivre des yeux les allées et venues des visiteurs, il songea que la seule chose à faire était de se rendre disponible, autant qu'il le pouvait, pour Claire et Bekka.

Ce soir-là, il regagna la pension de famille aussi épuisé que les soirs précédents. Chaque jour, le trajet jusqu'à Rust Creek Falls lui paraissait un peu plus long et fastidieux.

Pourtant, lorsqu'il arriva, il ne dérogea pas à la règle : il alla tout droit frapper à la porte de Claire dans l'espoir qu'elle l'autoriserait enfin à voir leur fille et à l'embrasser. Dans un élan optimiste, il avait même poussé le zèle jusqu'à acheter un bouquet de fleurs.

A sa grande surprise mais aussi à sa grande joie, Claire lui ouvrit aussitôt qu'il eut frappé. Quel bonheur de ne pas se retrouver face à une porte désespérément close ! Pris de court, il ne songea même pas à lui tendre les fleurs qu'il maintint fermement serrées entre ses doigts crispés.

Ce soir-là, elle portait un débardeur assez court pour laisser voir son nombril, ainsi qu'un short frangé qui dévoilait largement ses longues jambes fuselées, le tout ne laissant rien ignorer de ses courbes aussi harmonieuses que sexy.

Elle était si belle, si attirante, qu'il en eut le souffle coupé et resta béat devant elle, incapable de proférer le moindre son.

Mais lorsque son regard remonta jusqu'à son visage fermé, il comprit que la partie était loin d'être gagnée.

— Ta mère a appelé, lui annonça-t-elle sur un ton qui ne présageait rien de bon.

Ces quatre petits mots, pourtant bien anodins, prirent une dimension démesurée. Il eut l'impression que le monde s'écroulait autour de lui.

— Bon sang, grommela-t-il, anticipant déjà les ravages de cette intervention. Je suis désolé, Claire. Je lui avais pourtant demandé de ne pas se mêler de nos affaires, mais tu la connais. Elle n'en fait toujours qu'à sa tête.

— C'est sans doute la qualité que je préfère chez ta mère, commenta-t-elle, à son grand étonnement.

Elle observa un bref instant de silence puis reprit :

— Elle m'a dit deux ou trois petites choses…

— J'imagine ça d'ici, marmonna-t-il tout en redoutant le pire. Ecoute, quoi qu'elle t'ait dit, j'en suis vraiment désolé. A vrai dire, lorsque je l'ai eue au téléphone ce matin, je lui ai formellement interdit de t'ennuyer avec ça. Mais elle est tellement têtue ! Elle n'écoute jamais ce qu'on lui dit. Et encore moins ce qu'elle n'a pas envie d'entendre.

— Pourquoi ne m'as-tu jamais dit que tu n'étais pas allé à l'université parce que tu te sentais obligé de les aider, elle et tes deux jeunes frères ? demanda-t-elle sans ambages.

Il haussa les épaules, en même temps qu'il maudissait intérieurement sa mère. Quel besoin avait-elle eu de ressortir cette vieille histoire ?

A tous les coups, Claire allait penser que sa belle-mère avait tenté de l'apitoyer en le faisant passer pour un martyr, un pauvre adolescent qu'on avait sacrifié pour une mauvaise cause.

— Parce que je n'en ai jamais eu l'occasion, éluda-t-il.

Elle garda le silence, semblant méditer cette remarque.

— Pourtant, les occasions d'aborder le sujet ne nous ont pas manqué, objecta-t-elle. Nous aurions pu en parler à chaque fois que je rentrais de cours et que je te racontais mes journées passées sur le campus.

Il haussa les épaules, dans un geste qui se voulait désinvolte mais qui était surtout destiné à cacher son embarras.

— Je pensais que cela n'avait aucun intérêt, avança-t-il.

La vérité, c'était qu'il aurait détesté voir de la pitié dans le regard de la femme qu'il aimait. Or l'histoire d'un jeune homme forcé de renoncer à ses études pour aider la famille qu'un irresponsable avait laissée sur le carreau n'aurait pas manqué d'en susciter.

Comment aurait-il pu lui faire comprendre que renoncer avait été pour lui la plus naturelle des choses ? Ce renoncement, c'était quelque chose qu'il leur devait.

D'ailleurs, il ne s'était même pas posé la question : pour lui, prendre la place de ce chef de famille défaillant et tenter de rendre la vie plus facile à sa mère et ses frères avaient été une évidence.

Tout comme, en travaillant d'arrache-pied ainsi qu'il le faisait, il voulait rendre la vie plus facile à sa femme et à sa fille.

— Claire, je sais bien qu'il est tard, reprit-il, soucieux de changer de sujet, mais j'espérais pouvoir passer un petit moment avec Bekka. Je ne la réveillerai pas, je te le promets. Je voudrais juste la voir un peu.

Il s'attendait à une fin de non-recevoir mais, à sa grande surprise, elle se mit à rire tout bas.

— Tu as de la chance, dit-elle. Elle a les yeux grands ouverts et ne semble pas avoir sommeil.

Elle s'interrompit pour le regarder droit dans les yeux.

— A croire qu'elle attendait la venue de son papa, ajouta-t-elle d'une voix infiniment douce.

Plutôt habitué à ses sarcasmes, il n'en revint pas. L'espoir, enfoui au plus profond de lui, se mit à renaître avec force.

— C'est vrai ? Cela ne te dérange pas ?

— Pas du tout, répondit-elle d'une voix enfin apaisée. Vas-y. Comme elle ne voulait pas dormir, je l'ai installée dans son parc. C'est une bonne chose que notre fille passe un peu de temps avec son papa, dit-elle après une pause.

— Merci, murmura-t-il, au comble de l'émotion.

Pourtant, il resta immobile et scruta son visage, cherchant à comprendre les raisons d'un tel revirement.

— Et si tu restais avec nous ? proposa-t-il, le cœur empli d'espoir.

Elle hésita avant de lancer :

— Si j'étais toi, je ne brûlerais pas les étapes.

— Message reçu, s'empressa-t-il de répliquer. Fais comme si je n'avais rien dit. Je n'insisterai pas. Promis. J'attendrai que ce soit toi qui viennes à moi.

Là aussi, le message était clair.

— Tu t'avances un peu, Levi, rétorqua-t-elle, de toute évidence soucieuse de sauver la face.

— Nous verrons bien, dit-il dans un souffle. Nous verrons bien.

Si elle feignit de n'avoir pas entendu, il fut certain que ces mots lui allèrent droit au cœur.

9

— Il semblerait bien que tu sois obligée d'assurer seule en cuisine, aujourd'hui.

Ce fut par ces mots que Gene salua Claire lorsqu'elle lui ouvrit la porte ce matin-là.

Tout naturellement, il était devenu la nounou officielle de Bekka, remplaçant sa petite-fille lorsqu'elle s'affairait en cuisine pour aider Gina à préparer les repas des pensionnaires.

« C'est parfait, avait assuré Melba. Ainsi, nous faisons d'une pierre deux coups. Toi, tu te rends utile en apprenant à cuisiner et ton grand-père fait quelque chose de ses journées en s'occupant de son arrière-petite-fille. »

— Ah, voilà ma princesse ! s'exclama-t-il en se dirigeant tout droit vers le berceau de Bekka.

Sans plus attendre, il prit le bébé qui, ravie, se blottit contre lui et se mit à gazouiller.

Claire s'émerveilla, comme elle le faisait toujours, de voir son aïeul devenir gâteux aussitôt qu'il se retrouvait en présence de Bekka. D'un naturel plutôt réservé, il devenait alors le plus expansif des hommes.

Mais d'un coup la réalité la rattrapa. Que venait-il de lui annoncer ?

— Que veux-tu dire par « assurer seule », grand-père ? s'enquit-elle avec une pointe d'anxiété.

— Gina a appelé ce matin pour dire qu'elle était malade et qu'elle ne viendrait pas. Tu vas devoir te débrouiller toute seule, expliqua-t-il, les yeux rivés sur Bekka qui semblait lui tenir une grande discussion.

— Et qui est la plus jolie des princesses ? bêtifia-t-il.

— Gina est malade ? répéta Claire dont l'angoisse grimpa d'un cran. Comment cela ?

Il fixa sur elle un regard perplexe.

— Comme quelqu'un qui est malade, répondit-il. Je ne vois pas ce que je pourrais ajouter. Elle a dit qu'elle ne viendrait pas et qu'elle te chargeait de préparer le petit déjeuner, le déjeuner et le dîner, comme vous l'avez fait jusque-là ensemble. Voilà. Tu comprends mieux maintenant ?

Claire, qui sentait ses jambes se dérober sous elle, n'eut que le temps de se laisser tomber sur le lit.

— Oh ! mon Dieu, murmura-t-elle.

— Eh ! Ce n'est pas si grave, tout de même, répliqua Gene, soucieux de dédramatiser la situation. D'ailleurs, ta grand-mère affirme que tu fais du très bon boulot.

Toujours tremblante, elle leva sur son aïeul un regard sceptique.

— Grand-mère ne dit jamais « boulot », rectifia-t-elle dans le but manifeste de lui faire comprendre qu'elle n'était pas dupe.

— D'accord. Il se peut qu'elle n'ait pas employé exactement ce mot. Mais quelle importance ? Le principal, c'est qu'elle est contente de toi et qu'elle sait que tu peux y arriver. Tu la connais, quand elle a quelque chose sur le cœur, elle ne prend pas de gants pour le dire.

Mais ces paroles qui se voulaient rassurantes n'eurent aucun effet sur Claire qui persistait à douter d'elle et de ses capacités.

Même si les pensionnaires n'étaient pas si nombreux, comment allait-elle faire face, livrée à elle-même et privée des directives de Gina ?

— Je ne sais même pas par quoi commencer, se lamenta-t-elle.

— Que dirais-tu de commencer par te rendre dans la cuisine ? la taquina-t-il. Je pense que ce serait un bon début.

Puis, voyant sa mine déconfite, il jugea bon d'ajouter :

— Allez, viens. Princesse Bekka et moi allons t'accompagner.

Elle exhala un long soupir avant de se décider à quitter l'abri rassurant de sa chambre en compagnie de son grand-père et de sa fille.

— J'ai l'impression de me rendre à l'échafaud, marmonna-t-elle alors qu'elle fermait la porte à clé derrière elle.

— Allons, il faut que tu reprennes un peu confiance en toi, l'encouragea-t-il.

— Je sais bien, mais j'ai beau essayer, je n'y arrive pas.

Alors qu'ils longeaient le couloir menant à l'escalier, ils tombèrent sur Levi sortant de sa chambre. Celui-ci portait un costume gris clair et une chemise bleue qui laissaient penser qu'il se rendait à son bureau.

Il remarqua aussitôt l'angoisse qui devait être inscrite sur son visage.

— Quelque chose ne va pas ? s'enquit-il d'un ton plein de sollicitude.

Elle fut tentée de nier. Puis elle se rappela qu'avant

d'avoir été mari et femme ils avaient été les meilleurs amis du monde.

Dans ce cas, pourquoi ne pas se confier à lui comme elle le faisait à cette époque-là ?

— Grand-père vient de m'annoncer que Gina est malade et que je devrais préparer seule les trois repas pour tous les pensionnaires, lâcha-t-elle d'un trait.

— Tu commences à avoir l'habitude, maintenant, répliqua-t-il. Il n'y a pas de quoi t'inquiéter.

— Mais d'habitude je travaille avec Gina. Je n'ai jamais travaillé seule.

— Gina est malade, insista Gene.

Levi la dévisagea, à la recherche d'un indice qu'il ne trouva manifestement pas.

— Je comprends, dit-il. Mais cela fait bien deux semaines maintenant que tu travailles en cuisine, n'est-ce pas ?

Certes, mais il y avait un monde entre travailler sous le regard bienveillant de quelqu'un qui avait de l'expérience et se lancer seule dans l'arène sans y avoir été préparée au préalable.

— Oui, mais…

— Gina est-elle satisfaite de ton aide ? la coupa-t-il.

En guise de réponse, elle haussa les épaules pour lui signifier qu'elle n'en savait trop rien.

— Je suppose…

— A-t-elle servi les plats que tu avais cuisinés ? demanda Levi.

— Oui, répondit-elle avec une pointe de fierté.

Levi lui posa sur l'épaule une main qui se voulait réconfortante, trop heureux de pouvoir reprendre son rôle de mari attentif.

— Alors, tu n'as pas à t'inquiéter, affirma-t-il d'un ton catégorique.

Malgré ces paroles réconfortantes, elle restait en proie à la plus grande incertitude.

— Je ne sais pas…

— Si tu veux, je peux rester avec toi et t'aider à lancer le petit déjeuner, proposa-t-il.

— C'est impossible, souligna-t-elle. Il est servi de 7 h 30 à 9 h 30 et je ne te parle même pas du temps nécessaire à la préparation.

— Je sais, rétorqua-t-il.

Elle en resta médusée.

— Cela te mettrait trop en retard, insista-t-elle. N'en as-tu pas conscience ?

— J'en ai parfaitement conscience, répondit-il.

Cet homme n'était pas son mari, c'était impossible. Levi, qui était marié à son travail plutôt qu'à sa femme, n'aurait jamais pu lui faire une proposition pareille !

— Tu parles sérieusement ? s'enquit-elle, dubitative. Tu accepterais d'être en retard, juste pour me donner un coup de main ?

Levi n'était pas idiot.

Il avait pleinement conscience de ce qu'il risquait s'il n'était pas présent à l'ouverture du magasin.

— Tu comptes plus que mon travail, Claire, répliqua-t-il dans un élan de sincérité qui ne trompait pas.

Il passa tendrement un bras autour de ses épaules et ajouta d'un ton enjoué :

— Allons-y. Il est temps de nous mettre aux fourneaux.

Ainsi soutenue par la personne qui comptait le plus à ses yeux, elle se sentit plus forte. La perspective de se retrouver seule en cuisine ne lui parut soudain plus aussi insurmontable.

— Ça va aller, décida-t-elle fermement. Je n'ai pas besoin de toi. Va vite, tu as une longue route à faire.

Levi hésita.

Il resta en haut des marches, immobile.

— Tu en es sûre ?

Elle opina, un sourire aux lèvres.

— Tout à fait. D'ailleurs, si j'avais encore le moindre doute, grand-mère se chargerait très vite de me faire changer d'avis. Et puis, grand-père et toi avez raison. Elle n'est pas du genre à m'avoir confié quelque chose qui ne serait pas à ma portée.

— Comme tu voudras. Peut-être à ce soir, alors.

— Peut-être, répondit-elle.

Il allait franchir le seuil lorsqu'elle l'interpella :

— Levi ?

Une main sur la poignée, il se retourna lentement et la regarda droit dans les yeux.

— Oui ?

— Merci.

Elle vit alors fleurir sur ses lèvres un sourire qu'elle trouva irrésistible et qui lui rappela les premiers jours de leur rencontre, quand Levi ne pouvait s'empêcher de mettre les mains sur elle à tout bout de champ et qu'elle trouvait cela délicieusement excitant.

— De rien, fit-il.

Puis il adressa un signe de tête à Gene et quitta la maison.

Son grand-père qui, jusque-là, s'était retenu d'intervenir dans l'échange, ne put s'empêcher plus longtemps de parler.

— Tu veux mon avis, Clairette ? dit-il. Ton mari est un gars bien.

— C'est vrai que parfois il me surprend encore, renchérit-elle, pensive.

— Sans compter qu'il est fou de toi, souligna-t-il.

Si elle comprenait bien où son grand-père voulait en venir, elle jugea cependant que le moment n'était pas opportun d'entamer une discussion.

Ce n'était ni l'heure, ni le lieu d'essayer d'analyser les raisons les ayant conduits, Levi et elle, au bord du divorce.

Pour l'heure, ce qui comptait, c'était de réussir la mission qu'on lui avait confiée et de satisfaire les clients de l'établissement, comme l'aurait fait Gina.

Elle inspira un grand coup et redressa les épaules, puis elle entra dans la cuisine, bien déterminée à se montrer à la hauteur, malgré son appréhension.

— Merci, grand-père. Je vous retrouve après le service, Bekka et toi. Enfin… si j'arrive à m'en sortir.

Gene s'approcha et l'embrassa tendrement.

— Et souviens-toi : comme l'a souligné ton mari à juste titre, tu vas très bien t'en sortir. Ce n'est rien d'autre qu'un petit déjeuner à préparer.

— J'essaierai de m'en souvenir, murmura-t-elle comme pour elle-même, l'esprit déjà ailleurs.

Gene et Levi avaient raison.

Depuis que Melba l'avait chargée d'aider en cuisine, elle avait préparé des dizaines de petits déjeuners, elle avait appris à confectionner du pain perdu, des pancakes à la confiture de framboises et des gaufres à la crème fouettée.

Quant aux différentes cuissons des œufs, elles n'avaient plus aucun secret pour elle.

Cela devrait largement suffire pour débuter, songea-t-elle afin de se donner du courage.

Dans un geste plein d'énergie, elle retroussa ses manches et enfila son tablier.

« Tu vas y arriver, s'intima-t-elle à voix haute. Jusque-là, tu n'as empoisonné personne, n'est-ce pas ? »

Elle noua les liens de son tablier, puis commença à casser des œufs dans un saladier.

A la seconde où le magasin ferma ses portes, Levi se rua vers sa voiture.

Entre le moment où il vérifia que le système d'alarme était bien enclenché et celui où il se glissa derrière son volant, cinq minutes à peine s'étaient écoulées. Il plaça à côté de lui, sur le siège passager, le bouquet de fleurs qu'il avait acheté un peu plus tôt dans l'après-midi.

A l'exception de cette brève escapade, il avait travaillé sans relâche, négligeant même de prendre sa pause, de façon à ne pas empiéter sur l'heure de fermeture, ce qui l'aurait retardé pour regagner Rush Creek Falls.

Ces fleurs, il les avait achetées pour célébrer les débuts prometteurs de Claire ou bien, dans l'hypothèse où les choses se seraient révélées catastrophiques, pour la consoler. Ce serait selon.

Il avait pris soin de choisir ses fleurs préférées. Des œillets roses et blancs. Une brassée d'œillets roses et blancs qui, il l'espérait, ramènerait le sourire sur son joli visage.

Cette attention délicate avait également pour but de montrer à Claire que non seulement il était de son côté maïs qu'elle occupait toujours ses pensées.

Cette séparation lui pesait trop.

Trop longue, trop douloureuse, elle commençait même à l'inquiéter.

Il avait conscience que s'il laissait la situation s'enliser un peu plus, s'il ne faisait rien pour y mettre un terme, elle les conduirait tout droit là où il ne voulait pas aller.

Vers un divorce.

Une fois déjà, il avait vécu la douleur d'avoir été abandonné par son père. Même s'il avait été témoin de la mésentente chronique qui existait entre ses parents, il n'avait pas pu s'empêcher de voir dans cet abandon quelque chose de personnel.

Longtemps, il avait eu le sentiment qu'il aurait pu empêcher son père de quitter sa maison et avec elle sa famille. En employant les bons mots, les bons arguments, il aurait pu le retenir, ce père dont ils avaient tous tant besoin !

Malheureusement, il en avait été incapable.

Il n'avait rien trouvé à dire et son père avait disparu pour une destination qui, jusqu'à ce jour, lui était encore inconnue. Même sa mère n'en savait rien ou, si elle savait, n'en avait jamais rien laissé filtrer.

Cette plaie, encore vive, s'était rouverte lorsque Claire l'avait mis à la porte. Il avait revécu ce même sentiment d'injustice et d'impuissance à les savoir, elle et son enfant, loin de lui.

Mais cette fois il avait décidé de ne pas rester passif et d'agir.

Il avait décidé de se battre. De rester optimiste. Il en allait de la survie de son couple.

Même si cela ne lui facilitait pas la vie, il était certain d'avoir pris la bonne décision en venant s'installer chez les Strickland.

En étant sur place, en mettant toutes ses forces et

toute son énergie dans cette bataille, il mettait du même coup les chances de son côté pour inverser la tendance et regagner l'amour de sa femme.

Ragaillardi, il but d'un trait le triple expresso qu'il avait emporté avec lui pour se maintenir éveillé.

Il s'en félicita lorsque, un peu plus tard, et alors qu'il arrivait en vue de la pension, il n'accusait pas le moindre signe de fatigue.

Son bouquet sous le bras, il pénétra dans la maison où une délicieuse odeur de poulet grillé vint lui chatouiller les narines, et amena un sourire sur ses lèvres. Visiblement, les fleurs allaient servir à célébrer une victoire.

Il passa la tête par la porte de la cuisine pour voir si Claire s'y trouvait toujours.

Les lieux étaient déserts.

Puis il se rendit dans le salon, lui aussi déserté.

Elle ne pouvait donc être qu'à l'étage, dans sa chambre, avec leur fille.

Le cœur battant comme celui d'un adolescent se rendant à son premier rendez-vous, il gravit les marches quatre à quatre.

10

A la grande surprise de Levi, ce ne fut pas Claire qui vint lui ouvrir la porte de sa chambre mais Melba.

— Oui ? demanda celle-ci, son regard noir incendiaire fixé sur lui.

De son corps replet, elle lui bloquait non seulement l'accès à la pièce mais elle l'empêchait également de jeter un coup d'œil à l'intérieur.

Soucieux de rester courtois, il fit de son mieux pour cacher son impatience et sa frustration.

— Je voulais savoir comment s'était passé ce grand jour pour Claire, expliqua-t-il.

De réprobateur, le regard de Melba se fit sceptique.

— Un grand jour ? répéta-t-elle. En quoi aujourd'hui serait un grand jour ?

— Eh bien, parce qu'elle a dû officier toute seule en cuisine, répondit-il.

— Et… ?

— Et elle était inquiète de ne pas y arriver, rétorqua-t-il alors que la mauvaise volonté évidente de Melba commençait à l'agacer. Je suis donc venu pour voir comment elle s'en était tirée.

— Très bien, répondit Melba en haussant les épaules pour signifier que Claire n'avait tout de même pas réalisé un exploit.

Malgré tout le respect qu'il avait pour Melba, il ne put cacher plus longtemps l'impatience qui le gagnait.

— Pourriez-vous être plus précise, Melba, s'il vous plaît ? demanda-t-il.

Tout en parlant il chercha à voir par-dessus l'épaule de Melba qui, aussitôt, fit un pas en avant et referma la porte derrière elle.

— Que voulez-vous que je vous dise, mon garçon ? s'enquit-elle, feignant de ne pas comprendre.

— Pouvez-vous me dire si Claire s'en est bien sortie ? Si elle est contente d'elle ?

Encore une fois, Melba ne répondit pas à sa question.

— Son grand-père l'a emmenée au cinéma à Kalispell pour fêter ça, répondit-elle. Que pouvez-vous en conclure ?

— Ils sont allés au cinéma ? répéta-t-il un peu bêtement, sidéré par cette réponse.

Au début de leur rencontre, Claire et lui y allaient régulièrement. Ils aimaient tous les deux les films d'action, ceux qui les maintenaient en haleine jusqu'à la dernière minute.

L'arrivée de Bekka dans leur vie avait non seulement marqué le début de pas mal de renoncements mais elle avait également été le début de son ambition dévorante et de tout ce que cela impliquait.

Il avait fait les mauvais choix pour de bonnes raisons.

— C'est bien ce que j'ai dit, confirma Melba.

— Ils sont déjà partis ? s'enquit-il.

— Oui.

— Non, nous sommes encore là, s'éleva la voix de Gene, derrière lui. Claire m'aidait à faire mon nœud de cravate. Un homme se doit de soigner sa tenue lorsqu'il sort avec une jolie femme. Mais ce n'est pas à toi que je vais expliquer cela, n'est-ce pas ?

Gene se déplaça légèrement, de manière à avoir en même temps Levi et Claire dans son champ de vision.

Melba semblait fulminer.

— Dis-moi, ma chérie, reprit Gene à l'adresse de Claire, s'il est vrai que j'aurais adoré t'accompagner au cinéma, il n'en est pas moins vrai que je suis un vieil homme capable de s'endormir en pleine séance. Il te faudrait quelqu'un de plus jeune que moi, quelqu'un avec qui tu pourrais échanger tes impressions.

— Ce n'est pas grave, grand-père, nous n'irons pas, répliqua Claire. Ce n'est pas une obligation, tu sais.

Elle lui sourit, cherchant manifestement à cacher sa déception, car elle devait se faire une joie de cette sortie.

— Non, non, j'insiste, s'obstina Gene dont le regard vint alors se poser sur Levi.

Voyant où le vieil homme voulait en venir, il avait pris le parti de ne pas intervenir.

— Levi, puis-je te mettre à contribution ? s'enquit Gene. Je voudrais que ma petite-fille passe une bonne soirée. Elle l'a bien mérité.

— Eugene, gronda Melba d'un ton menaçant qui laissait présager des représailles imminentes.

— Bien sûr, Gene, s'empressa d'accepter Levi.

Et le sourire de Gene, au lieu de se dissiper, ne fit que s'élargir un peu plus.

— Je savais bien que je pouvais compter sur toi, mon garçon. Allez, c'est entendu ! Et bien sûr, c'est moi qui invite.

Il sortit de sa poche deux billets qu'il lui fourra dans la main.

— J'insiste, ajouta-t-il alors que Levi ouvrait la

bouche pour protester. Et maintenant, pressez-vous un peu, les enfants, sinon vous allez être en retard. Claire te racontera sa journée durant le trajet.

Joignant le geste à la parole, il poussa gentiment le couple vers la sortie.

— Il faut que nous parlions, Gene, grommela Melba.

— Amusez-vous bien, leur lança Gene, feignant de ne pas avoir entendu. Je compte sur vous, n'est-ce pas ?

Il les accompagna jusqu'au bout du couloir tandis que leur parvenaient les récriminations de sa femme.

— Quel film avez-vous envie de voir ? s'enquit Gene alors qu'il leur emboîtait le pas dans l'escalier.

— *Le Grand Bill*, répondit Claire sans hésiter. Un vieux western avec Gary Cooper et Loretta Young. Grand-père, ajouta-t-elle, ce n'est vraiment pas la peine de faire une chose pareille, tu sais.

Ces mots heurtèrent Levi : Claire rechignait à passer une soirée en tête à tête avec lui.

Piqué au vif, il décida que le moment était venu de ne plus se voiler la face en attendant que les choses s'arrangent d'elles-mêmes. Si Claire ne souhaitait pas passer cette soirée en sa compagnie, soit. Il respecterait sa volonté. En revanche, elle devait l'exprimer clairement.

— Dois-je comprendre que tu refuses d'aller au cinéma avec moi ? demanda-t-il en la regardant droit dans les yeux.

— Non, pas du tout, répondit-elle avec un accent de sincérité qui ne trompait pas.

Ces mots lui procurèrent un intense soulagement qui l'encouragea à poursuivre sur sa lancée.

— Dans ce cas, allons-y.

— Mais toi, Levi, tu en as vraiment envie ?

— Bien plus que tu ne peux l'imaginer, répondit-il. Mais pourquoi une telle question ?

— Parce que j'ai eu l'impression que grand-père t'a un peu forcé la main.

— Tu te trompes, Claire. Tu te rappelles ? Nous allions régulièrement au cinéma lorsque nous nous sommes rencontrés. Nous en avons vu des films !

Un sourire nostalgique vint flotter sur les lèvres de Claire.

— Je m'en souviens, oui. J'ai l'impression que cela remonte à une éternité.

— Pourtant, ce n'est pas si vieux.

Il lui avait dit cela dans le but de la rassurer, de lui faire comprendre que rien n'était perdu et qu'il entendait le regret qui perçait derrière ces paroles anodines.

— Et si cela ne te dérange pas de m'accompagner, alors sache que cela me rendra très heureux.

— Dans ce cas, je serais ravie que nous y allions ensemble, affirma-t-elle en lui offrant son plus beau sourire.

Le cœur de Levi se mit à battre plus fort, empli d'espoir.

— J'allais oublier ! se souvint-il en lui tendant le bouquet qu'il tenait toujours à la main. Tiens, c'est pour toi.

Visiblement émue, elle abaissa les yeux sur ses fleurs préférées.

— Des œillets…, murmura-t-elle, au comble de l'émotion. Tu n'as pas oublié. Je vais les mettre dans l'eau. Attends-moi là, j'en ai pour une minute.

Mais avant de se précipiter vers la cuisine, elle s'approcha de lui et effleura sa joue d'un baiser léger.

— Merci.

Puis elle s'esquiva avant de revenir moins de cinq minutes plus tard.

— Voilà, je suis prête, annonça-t-elle d'une voix enjouée.

— Alors, nous pouvons y aller, répliqua-t-il, tout aussi enthousiaste.

Il plaça une main dans le creux de ses reins, comme il aimait à le faire, et la conduisit ainsi jusqu'à la fourgonnette de fonction qui lui servait de véhicule.

— Ce n'est pas le grand luxe, s'excusa-t-il alors qu'il lui ouvrait la portière du côté passager.

— Une simple fourgonnette pour l'un peut devenir une merveilleuse berline pour quelqu'un d'autre, objecta-t-elle tandis qu'elle s'installait dans son siège.

Il referma doucement la portière, puis alla se glisser derrière le volant.

— Sais-tu dans quelle salle se joue ce film ? lui demanda-t-elle quand il eut bouclé sa ceinture de sécurité.

— A Kalispell, répondit-il, se souvenant de ce que lui avait annoncé Melba. J'imagine que je retrouverai la route. Contrairement à ce que tu as dit, cela ne fait pas si longtemps que nous y sommes allés.

— Cela fait plus d'un an, Levi, rétorqua-t-elle.

Il mit la clé dans le contact et fit tourner le moteur.

— C'est parti ! annonça-t-il joyeusement.

Il l'écoutait lui indiquer le chemin, heureux comme il ne l'avait pas été depuis trop longtemps. L'escapade serait de courte durée, certes, mais il entendait bien s'engouffrer dans la brèche pour mettre de son côté toutes les chances de sauver leur mariage.

Oui, tout espoir n'était pas perdu.

Deux heures et demie plus tard, ils sortaient de la salle de cinéma au son de la musique du générique de fin. Ils se dirigèrent tout droit vers leur voiture, garée à quelque trois cents mètres de là.

Au moment où ils traversaient la rue, Claire trébucha sur quelque chose qui la déséquilibra et manqua de la faire tomber. Aussitôt, Levi la rattrapa par le bras, lui évitant ainsi de chuter.

Lorsqu'il la sentit de nouveau stable, il enserra sa taille d'un bras.

— Ça va ? s'enquit-il tout en cherchant la réponse sur son visage.

— Ça va, répondit-elle. Si l'on excepte ma fierté qui vient d'en prendre un coup.

— Tu devrais te tenir à moi jusqu'à ce que nous ayons atteint la fourgonnette. Ce serait plus prudent.

Et sans attendre sa réponse il prit son bras et le passa sous le sien.

Levi avait beau être animé de bonnes intentions, elle prit néanmoins ombrage de ce geste protecteur qui la ramenait à l'enfance.

— Je ne suis pas impotente, s'insurgea-t-elle.

— Loin de moi cette idée ! s'empressa-t-il de répliquer. Il n'empêche que cette voie est truffée de cailloux et qu'on ne voit strictement rien. En plus, j'ose à peine imaginer l'accueil que me réserverait Melba si je lui ramenais sa petite-fille estropiée. Elle serait bien capable de m'écorcher vif !

Elle éclata de rire.

— Grand-père ne la laisserait pas faire, affirma-t-elle. Il tient beaucoup trop à toi.

— Au cas où tu ne l'aurais pas remarqué, c'est quand même elle qui dicte sa loi, commenta-t-il. Et tout son entourage la craint.

— Moi, elle ne me fait pas peur, répliqua-t-elle.

Levi se garda de tout commentaire, même s'il paraissait sceptique.

— Pas du tout, même, ajouta-t-elle crânement.

— Elle a beau être petite, elle effraierait un régiment, insista-t-il.

— Elle a vécu avec un mari et quatre fils, la défendit-elle. Il a bien fallu qu'elle s'impose, sans quoi elle n'aurait jamais eu son mot à dire.

— Si tu veux mon avis, elle a bien réussi.

Puis, sans qu'elle sache pourquoi, un silence pesant s'installa entre eux.

Levi sortit la voiture de la place de parking où elle était garée et il prit la direction de Strickland Boarding House.

— Cette soirée nous rappellerait presque le bon vieux temps, tu ne trouves pas ? demanda-t-il enfin.

Elle ne répondit pas tout de suite.

— Presque, tu l'as dit, finit-elle par murmurer.

— Nous sortions tous les week-ends. Tu te rappelles ? lança-t-il.

En guise de réponse, elle poussa un long soupir plein de nostalgie.

— Oui, très bien, avoua-t-elle. Mais il faut dire que nous étions plus jeunes.

Comme si cette précision justifiait à elle seule la fin de ces jolis moments.

— Tu exagères. Nous n'étions pas beaucoup plus jeunes qu'aujourd'hui.

Elle fut tentée de renoncer à le convaincre, mais une bouffée de ressentiment refit surface, qui la poussa à ajouter :

— Surtout, nous n'avions pas encore Bekka.

— Il est vrai que devenir parents change quelque peu la donne, approuva-t-il.

Car pour lui les choses étaient sans doute simples et suivaient une logique implacable : on ne pouvait changer ce qui ne pouvait l'être. Sans compter qu'il adorait être père.

Un silence de plomb s'ensuivit qu'il fut le premier à rompre.

— Pourquoi les choses sont-elles devenues si compliquées entre nous ? demanda-t-il, comme pour lui-même.

— Parce que nous avons eu un enfant, répondit-elle.

— L'arrivée d'un enfant au sein d'un foyer est censée rendre une vie heureuse, rétorqua-t-il. Pas conduire à une séparation. Il existe des familles de trois, quatre, voire cinq enfants. Comment font leurs parents ?

— Cinq enfants, c'est exceptionnel. Surtout de nos jours.

— Peut-être mais ça existe. Comment font-ils ? insista-t-il.

Elle ferma les yeux, cherchant comment éviter la dispute. Elle n'avait pas envie de gâcher cette journée qui, jusque-là, s'était révélée parfaite en tout point.

— Je l'ignore, Levi, dit-elle simplement. J'ignore comment font ces femmes.

— Je ne parle pas des femmes, précisa-t-il. Je parle des deux parents.

Elle se tourna à demi pour le regarder, bien décidée à imposer son point de vue.

— Pourtant, dans quatre-vingt-dix pour cent des cas, ce sont les femmes qui assument l'éducation des enfants, commença-t-elle. Le père, s'il fait partie du paysage, ne voit pas beaucoup ses enfants, à moins qu'il ne soit père au foyer mais, personnellement, je n'en connais pas. Aussi n'ont-ils aucune idée de ce à quoi ressemble une journée entière passée avec un bébé qui ne cesse de hurler ou de pleurer.

Contre toute attente, Levi ne répondit pas. Il semblait muré dans un profond silence durant lequel elle scruta son profil qui se découpait dans la pénombre.

Avait-il seulement écouté ce qu'elle venait de dire ? Ou, s'il lui avait prêté attention, préférait-il abandonner ce sujet épineux ?

— Tu ne dis rien, Levi ?

— Je réfléchissais.

— A quoi ?

— Je me disais que nous pourrions faire un échange pendant deux ou trois jours.

Elle le dévisagea, perplexe.

— Un échange de quoi ? s'enquit-elle.

— Echanger nos vies, répondit-il. En admettant que je te fasse bénéficier d'une formation intensive et que mon patron soit d'accord, tu pourrais venir prendre ma place et moi, je pourrais essayer de prendre la tienne à la maison, auprès de Bekka.

Elle nota mentalement qu'il avait utilisé le mot « essayer » pour parler de son activité de mère au foyer.

Devait-elle le croire ou avait-il lancé cette idée en l'air, juste pour lui donner l'impression qu'il était un mari attentif aux désirs de sa femme ?

Et puis, pourquoi fallait-il qu'elle bénéficie d'une formation quand lui imaginait se glisser dans son rôle du jour au lendemain sans que cela lui pose le moindre problème d'adaptation ?

— Tu vends des meubles, dit-elle. Qu'y a-t-il de si difficile à cela ?

— Je suis le directeur, rectifia-t-il, vexé. Cette fonction implique bien d'autres responsabilités que celles d'un simple vendeur. C'est moi qui gère les salaires, qui dois faire face aux réclamations des clients ou à leurs exigences, qui dois m'assurer que les visiteurs vont trouver chez moi ce qu'ils sont venus y chercher, bref, répondre à leurs attentes.

En effet. Autrement dit, en ne faisant qu'entrevoir ce que pouvait être le métier de son mari, elle était restée bien en deçà de la réalité.

— Peux-tu m'en dire plus ? s'enquit-elle.

— Eh bien, je peux te donner l'exemple d'un couple qui est venu récemment dans le but de faire l'acquisition d'un canapé. La femme a eu un coup de cœur pour un modèle exposé en magasin mais qui, malheureusement, était beaucoup trop grand pour leur salon.

— Comment le savais-tu ? Tu es allé chez eux ?

Il opina avant de poursuivre :

— C'est un service que j'ai eu l'idée de mettre en place et qui me permet de maintenir le magasin en tête des ventes. Etant donné toutes les facettes de mon métier, tu ne pourrais pas me remplacer sans être passée au préalable par une courte formation. Je pourrai te guider et puis, si tu es prise au dépourvu, tu pourras toujours m'appeler et je te donnerai les instructions par téléphone.

Si elle admirait une qualité chez Levi, c'était bien cette capacité à rendre possible ce qui paraissait impossible.

— Je doute que ton patron soit d'accord, objecta-t-elle, amusée.

Car elle avait bien conscience de ce que Levi essayait de lui faire comprendre à travers cette hypothèse parfaitement farfelue : que son travail n'était pas une sinécure et qu'il lui demandait du temps et des sacrifices.

Elle se sentit soudain coupable non seulement de l'avoir mis à la porte mais aussi de lui en avoir voulu de quitter leur appartement tous les matins quand elle y restait confinée avec un bébé difficile.

Elle était toujours perdue dans ses pensées lorsqu'ils arrivèrent en vue de Strickland Boarding House.

Levi gara sa fourgonnette sur la seule place restée vacante.

— Nous voilà arrivés, annonça-t-il.

Elle mit quelques secondes à revenir à la réalité. Elle était si profondément absorbée dans ses pensées qu'elle n'avait pas vu le temps passer.

Il faisait nuit noire à présent. Seule la lampe de l'entrée restée allumée par les bons soins de Gene et Melba perçait l'obscurité totale.

C'était si calme qu'on aurait pu croire qu'ils étaient les seuls survivants d'un monde déserté.

Ce fut cette étrange sensation d'être seuls au monde qui poussa Claire à agir comme elle le fit.

11

Levi avait coupé le moteur depuis un bon moment déjà, pourtant ni lui ni Claire n'esquissèrent le moindre geste pour sortir du véhicule.

C'était comme s'ils savaient qu'à la seconde où ils ouvriraient leur portière la magie de cette soirée, où ils avaient tenté de rattraper le passé, se dissiperait instantanément et qu'ils ne voulaient pas prendre un tel risque.

Car alors ils vivraient de nouveau la vie d'un couple séparé, en proie aux affres d'une séparation irrévocable.

Claire se refusait farouchement à prendre une décision qu'elle pourrait regretter par la suite. Elle ne voulait pas envisager son avenir sans son mari ou s'attarder sur ce qu'elle perdrait en mettant sa menace à exécution. Pour l'heure, tout ce qu'elle souhaitait, c'était prolonger ce moment privilégié le plus longtemps possible.

Si seulement Levi la désirait autant qu'elle le désirait, d'un amour passionné qu'elle n'avait encore jamais ressenti pour lui !

Obéissant à une impulsion, elle se rapprocha légèrement de lui. A peine deux centimètres et elle avait empiété sur son espace.

Elle s'immobilisa soudain, le souffle court, le cœur battant, humant avec délice l'odeur virile — mélange fruité et boisé — qui émanait de son mari et qui lui grisait les sens à chaque fois.

Les yeux rivés aux siens, Levi se mit à son tour à grignoter du terrain jusqu'à combler totalement l'espace qui les séparait encore. Elle s'immobilisa un peu plus, laissant à Levi le soin de prendre l'initiative.

Cette fois, elle ne chercherait pas à se soustraire à l'inévitable, à fuir sa bouche qui n'allait pas manquer de se poser sur la sienne. Au contraire, même, elle l'appelait de toutes ses forces, de toute son âme.

Lorsque, enfin, il prit ses lèvres, elle répondit à son baiser et y fit passer tout l'amour qu'elle lui portait encore.

Levi avait l'impression d'avoir été frappé par la foudre. Mais il n'allait pas s'en plaindre, n'est-ce pas ?

Aiguillonné par le désir intense qui l'électrisait tout entier, il se plaqua contre Claire, indifférent au levier de vitesses qui lui entrait dans la chair. Pour elle, pour qu'elle ne lui échappe pas encore une fois, il était prêt à supporter n'importe quoi.

Le feu qui embrasait le corps de Claire se propagea au sien avec une rapidité inouïe. Emu par cet instant de grâce qui frôlait la perfection, il se mit à prier pour que cela ne cesse pas d'un coup.

Reprends-toi, Levi, s'intima-t-il.

Car il ne voulait pas que Claire lui reproche, plus tard, d'avoir profité d'une situation qui les rendait vulnérables au point d'en perdre la tête.

Le désir violent qui les poussait l'un vers l'autre dépassait largement la simple attirance physique. Il était doublé de l'amour immodéré qu'ils se portaient encore.

Aussi, même si son corps n'aspirait qu'à se fondre

dans celui de sa femme, devait-il se montrer vigilant. Il risquait de la perdre à tout moment, et de manière définitive, pour peu qu'elle s'imagine le voir agir dans l'unique but d'assouvir une soif purement charnelle.

C'était ce trait de son caractère qui lui avait plu lorsqu'ils s'étaient rencontrés : cette pureté, cette intransigeance qui l'empêchaient de se donner à un homme si elle n'éprouvait pas pour lui le moindre sentiment.

Claire, de son côté, sentait sa volonté fléchir au fil des secondes.

D'ici peu, elle serait capable de laisser Levi la prendre, là, sur le siège de sa voiture, indifférente au fait de se trouver sur le parking de la pension de ses grands-parents. Car plus rien ne comptait que ses sens aiguisés et qu'elle voulait apaisés.

Pourtant, un reste de raison l'emporta.

Céder à cette pulsion ne ferait que repousser le problème car il ne faisait pas l'ombre d'un doute qu'ils se retrouveraient confrontés à la réalité, leur réalité, aussitôt qu'ils seraient redescendus sur terre.

Non, décida-t-elle fermement. Mieux valait tenter de surmonter en pleine conscience l'épreuve qu'ils traversaient maintenant depuis trop longtemps. Elle gratifia donc son mari d'un ultime baiser dans lequel elle insuffla l'amour immense qu'elle lui portait. Puis, bien à contrecœur, elle s'écarta de lui.

— Je crois que nous ferions mieux de rentrer, murmura-t-elle dans un souffle.

Elle avait raison, songeait-il, alors même que son corps en fusion lui criait de la retenir.

Sans qu'elle les ait formulées, Levi devait deviner les

raisons qui la poussaient à refuser ce rapprochement providentiel et l'invitaient, de manière tacite, à l'imiter.

Quel choix avait-il sinon celui d'obtempérer et de prendre son mal en patience ?

Il devait s'y résoudre : désormais il y avait de nouvelles règles, établies par elle, et il devait s'y soumettre s'il voulait avoir la moindre chance de voir son rêve se réaliser.

— Comme tu voudras, concéda-t-il.

En vérité, ce qu'elle aurait voulu était bien éloigné de ce qu'elle venait de leur faire vivre. Elle aurait aimé lui arracher ses vêtements en même temps qu'il lui arracherait les siens. Elle aurait aimé qu'ils fassent l'amour inlassablement, jusqu'à épuisement. Elle aurait aimé que cette épreuve leur ait été épargnée.

Mais tous ces regrets elle les garda pour elle, car elle était amplement fautive. C'était elle qui avait chassé Levi. Elle, encore, qui avait plié bagage et qui, sa fille sous le bras, était venue trouver refuge ici, chez ses grands-parents. Pourtant, malgré cette soudaine prise de conscience, elle ne pouvait pas rétablir la situation d'un simple claquement de doigts.

Qu'en était-il de Levi ? Comment réagirait-il ?

Certes, il venait de lui prouver qu'il avait toujours envie d'elle, mais comment pourrait-il lui pardonner son comportement inconséquent ? Et d'ailleurs, en avait-il envie ? Pourquoi voudrait-il reprendre sa place auprès d'une épouse acariâtre et d'humeur versatile ?

A vrai dire, il avait toutes les raisons de ne pas lui revenir. Cette évidence la submergea d'une profonde tristesse.

Elle enfouit son désir au plus profond d'elle-même

puis, après avoir opiné d'un hochement de tête silencieux, elle sortit de la voiture.

Elle aurait aimé qu'un souffle d'air froid la saisisse pour lui rafraîchir les sens. Malheureusement, elle n'eut droit qu'à une douce brise estivale qui ne fit que raviver le feu allumé en elle par Levi.

Elle inspira une longue bouffée d'air et referma la portière derrière elle. Puis, redressant les épaules, elle prit la direction de l'entrée, suivie de près par Levi qui n'avait pas attendu pour lui emboîter le pas.

— Ce n'est pas la peine de me raccompagner jusqu'à ma porte, lui dit-elle sans même se retourner.

Car sa grande crainte, c'était que Levi cherche à franchir le seuil de sa chambre, ce qu'elle serait bien incapable de lui interdire.

— Je ne voudrais pas t'importuner, mais je te rappelle que je vis aussi ici, rétorqua-t-il.

L'espace d'un bref instant, trop absorbée dans ses pensées, elle avait oublié.

Comment était-ce possible ? Elle n'avait pourtant pas l'âge d'être sénile.

— Oui, bien sûr. Je m'en souviens.

Seule la lampe du couloir était allumée, signe que tous les occupants de l'établissement étaient couchés ou pas encore rentrés.

Sans un mot, elle commença à monter l'escalier.

Elle avait une conscience aiguë de la présence de Levi derrière elle.

Alors qu'elle gravissait les marches, elle se livra à une bataille intérieure qu'elle n'était pas certaine de remporter. Allait-elle proposer à Levi d'entrer pour voir sa fille avant de le laisser rejoindre sa propre chambre ? Après tout, de quel droit pourrait-elle le lui interdire ?

Peu importaient les problèmes qu'ils rencontraient. Bekka demeurait la fille de ses deux parents et, à ce titre, elle avait le droit de profiter de son papa aussi souvent que celui-ci en émettrait le désir.

Sa décision était prise.

Elle se tourna vers Levi et riva son regard au sien.

— Veux-tu que nous allions voir si Bekka est réveillée ? lui proposa-t-elle. Tu pourrais lui dire bonsoir avant d'aller te coucher.

Elle vit son visage rayonner d'un bonheur intense.

— Bien sûr, s'empressa-t-il d'accepter. Si cela ne te dérange pas.

Elle fixa sur lui un regard surpris.

— Pourquoi veux-tu que cela me dérange ? demanda-t-elle. Si c'était le cas, je ne te l'aurais pas proposé.

— C'est exact, admit-il avec un sourire carnassier. Je suppose que tu n'aurais rien dit. En tout cas, merci.

— De rien, répondit-elle, chavirée par ce sourire qui accélérait toujours les battements de son cœur.

Dès qu'elle ouvrit la porte, elle vit son grand-père venir vers elle.

— Bekka s'est endormie il y a à peine dix minutes, chuchota-t-il. Ce qui signifie que tu as trois bonnes heures devant toi avant qu'elle ne réclame un biberon.

Son regard amusé alla de Claire à Levi, puis il lança, d'un air faussement désinvolte :

— Profitez-en bien.

Ayant proféré ce qu'il devait considérer comme un bon conseil, il s'éclipsa ensuite, un sourire satisfait aux lèvres.

Levi resta immobile, indécis.

— Bien, marmonna-t-il en s'apprêtant à partir, je pense qu'il vaudrait mieux que je…

— Tu peux quand même aller la voir, si tu veux, le coupa-t-elle. Tu pourras même la contempler plus facilement dans son sommeil.

— Très juste, approuva-t-il avant de se diriger sur la pointe des pieds vers le berceau où reposait Bekka.

Il se courba légèrement en avant et, après s'être accoudé sur le rebord, se mit à observer presque religieusement son adorable minois.

— On dirait un ange, tu ne trouves pas ? murmura-t-il sans quitter sa fille des yeux.

— Dieu a sans doute voulu compenser son caractère difficile, plaisanta-t-elle, un sourire aux lèvres.

— En grandissant, elle va se calmer, tu verras, prédit-il. Je te parie que d'ici à…

Il s'interrompit, faisant mine de réfléchir.

— … cinq ans environ, nous devrions être tranquilles, ajouta-t-il en étouffant un petit rire, visiblement heureux de son trait d'humour.

Peu au fond lui importait que Bekka soit un bébé souvent irascible. Car, pour lui, elle était et resterait à jamais l'enfant qu'il chérirait d'un amour inconditionnel jusqu'à la fin de ses jours.

— J'espère que tu as raison, chuchota-t-elle, consciente de la chance de Bekka d'avoir un papa aussi aimant.

Ils restèrent ainsi un long moment, silencieux, unis dans une belle complicité retrouvée.

Lorsque, au bout d'un moment, Levi lui prit la main, elle crut que son cœur allait s'arrêter de battre. Encore une fois, elle fut la proie de la plus grande des confusions.

Que faire ?

Elle était tiraillée entre l'envie de l'encourager

— comme chaque fibre de son corps le lui criait — et celle de l'en dissuader.

Elle n'eut pas à choisir. Ce fut Levi qui, en parlant le premier, coupa court à ses tergiversations.

— Gene a bien dit qu'elle allait dormir pendant trois heures d'affilée, n'est-ce pas ? chuchota-t-il.

Elle opina d'un hochement de tête.

— Elle a commencé à avoir un rythme plus régulier la semaine dernière. Tu imagines un peu le soulagement que j'ai pu ressentir !

— Tout à fait. Et c'est pour cela que je vais te laisser suivre les conseils de ton grand-père. Mets à profit ces quelques heures pour te reposer.

Il s'immobilisa sur le seuil et se tourna à demi pour lui lancer à voix basse :

— A demain.

Elle éprouva alors un sentiment d'urgence infini. Si elle ne prenait pas l'initiative de le retenir, en dépit de tous les beaux discours qu'elle s'était tenus, ils risquaient de laisser passer la chance de se sortir de l'impasse dans laquelle ils se trouvaient.

— Levi…

Il se tourna tout à fait vers elle.

— Oui, Claire ?

Même la façon dont il prononçait son nom, d'une voix grave et chaude, la faisait chavirer d'un désir qu'elle ne voulait plus contenir. Ses dernières résistances tombèrent.

Elle fit les quelques pas qui la séparaient de lui et noua ses bras autour de son cou. Puis, se hissant à demi sur la pointe des pieds, elle scella ses lèvres aux siennes.

Surpris, Levi tenta manifestement de résister…

En vain.

Le désir l'emporta.

Lorsqu'il mit fin à ce moment magique, ce fut juste pour s'inquiéter de savoir si Claire n'agissait pas sur une impulsion qu'elle risquait plus tard de regretter.

— Tu es bien sûre que…

— Chuuutt…, lui intima-t-elle, le souffle court. Ne dis plus un mot.

Emportée dans un tourbillon de volupté, elle ne voulait plus se poser de questions. Tout ce qu'elle savait, c'était qu'elle ne pouvait — et ne voulait — plus résister au feu de la passion.

Elle ne voulait que suivre son instinct et n'écouter que leurs deux corps qui vibraient délicieusement à l'unisson.

Même si, elle n'en doutait pas, elle regretterait sa décision le matin venu.

Pour l'heure, tout ce qui comptait, c'était qu'elle ne se pardonnerait pas de laisser Levi regagner sa chambre seul.

12

Le désir qui submergeait Levi était si intense qu'il en devenait presque douloureux. Il lui rappela avec acuité à quel point serrer Claire dans ses bras et lui faire l'amour lui avaient manqué.

Pourtant, et malgré l'envie qu'il avait de sa femme, une logique implacable revint le tourmenter.

Pour la seconde fois en l'espace de quelques minutes, il s'écarta légèrement et murmura contre sa bouche entrouverte :

— Bekka…

Claire comprit instantanément à quoi il voulait faire allusion. Elle s'éloigna de lui pour se diriger vers le berceau.

Un détail le frappa. Le petit lit ne se trouvait plus accolé au sien, comme d'ordinaire, mais à quelques centimètres.

Un sourire amusé vint flotter sur les lèvres de Claire. Elle s'était sans doute fait la remarque elle aussi. Ce devait être Gene qui, bien avant eux, avait pressenti ce qui allait se passer.

Claire s'empara du plaid en polaire qu'elle prenait soin de toujours laisser au pied de son lit et le tendit entre les deux bords du berceau, prenant bien garde à laisser un espace suffisant.

Ainsi, si par hasard Bekka se réveillait avant les trois heures dont ils disposaient, elle ne pourrait voir que ce que la couverture lui permettrait de voir.

Claire tourna enfin le dos au berceau et lui offrit un sourire qui en disait long sur ses intentions. Rassuré, il lui ouvrit les bras et l'attira à lui pour retrouver sans perdre de temps le goût de ses lèvres pulpeuses sur les siennes.

Il fit courir ses mains sur ses formes harmonieuses, trop heureux de cette union retrouvée.

— Tu m'as tellement manqué, lui susurra-t-il à l'oreille.

— Toi aussi, tu m'as manqué.

Puis, leurs lèvres toujours scellées, elle l'entraîna vers son lit.

De ses mains fébriles, elle déboutonna sa chemise, défit la boucle de sa ceinture et fit glisser son pantalon et son caleçon le long de ses jambes.

Elle l'avait presque totalement déshabillé qu'il ne lui avait retiré que son T-shirt et son soutien-gorge. Mais rapidement vint le tour de son short qui dévoila le minuscule triangle de dentelle rose de son slip.

Dans la seconde qui suivit, ses doigts impatients se glissaient de chaque côté de l'élastique et envoyaient le string rejoindre le petit tas de vêtements qui gisait sur le sol. Impatiente de sentir le contact de son corps nu sur le sien, elle s'installa à califourchon sur lui et offrit la pointe dressée de ses seins à ses lèvres avides.

Trop heureux de l'offrande qu'elle lui faisait, il s'amusa à les agacer du bout de la langue avant de les engloutir dans sa bouche, ne les libérant que pour les lécher et les sucer de nouveau.

Il l'enveloppa soudain de ses bras musculeux puis,

dans un mouvement à la fois adroit et délicat, il la fit basculer sur le côté et prit place au-dessus d'elle.

Tout en veillant à ne pas peser de tout son poids sur son corps, il se mit à couvrir son cou et sa gorge de baisers ardents.

Guidée par ce qui ressemblait à un reste de conscience, elle parvint à lui retirer les quelques vêtements qu'il portait encore.

Claire aimait que ce soit Levi qui mène le jeu.

Lorsqu'elle avait rencontré Levi, elle n'avait guère d'expérience et il lui avait fait découvrir des plaisirs infinis qu'elle ne soupçonnait même pas. Des plaisirs aussi précieux que merveilleux auxquels elle s'était très vite livrée avec délectation.

Elle ferma les yeux pour mieux sentir ses lèvres qui, à présent, lui effleuraient les épaules puis descendaient jusqu'à la naissance de ses seins et encore plus bas, sur son ventre tendu.

Lorsqu'elles continuèrent leur descente, fouillant les replis de son intimité moite, elle s'arc-bouta et s'ouvrit pour s'offrir encore plus à cet homme qu'elle aimait tant. Son corps, trop longtemps sevré des plaisirs de l'amour physique, fut secoué de spasmes convulsifs qui lui donnèrent l'impression de vivre une douce et lente agonie.

Elle se mordit les lèvres, seule façon de se museler pour ne pas hurler le plaisir qu'il lui prodiguait. Elle ondulait, s'arc-boutait un peu plus, les mains agrippées à des bouts de draps comme à une bouée de sauvetage.

Dieu qu'elle aimait ses sensations que seul Levi savait susciter en elle !

Elle se raidit dans un dernier spasme puis retomba, inerte, vidée, telle une poupée de chiffons.

Mais, alors qu'elle venait à peine de reprendre son souffle, Levi lui écarta doucement les cuisses et guida en elle sa verge raide et tendue pour se mettre à aller et venir doucement en elle, tout en délicatesse, comme s'il craignait de lui faire mal.

A croire que c'était la première fois qu'il lui faisait l'amour, songea-t-elle, amusée. Alors que chacun connaissait l'autre par cœur.

Il la traitait en fait avec la déférence que l'on devait à une jeune mariée. Cette pensée l'émut au point qu'elle en oublia aussitôt tous les griefs qu'elle avait nourris à son égard et qu'elle retomba amoureuse de lui, avec l'intensité des premiers jours.

Par le rythme qu'il lui imposait, Levi l'entraînait sur des montagnes russes qui la faisaient passer en quelques secondes d'un bref répit au déchaînement le plus fou.

Sachant qu'il la suivrait dans ses attentes, elle accéléra elle-même la cadence, en proie à une passion qui lui donnait toutes les audaces. Agrippée à lui comme un naufragé à sa bouée de sauvetage, elle le conduisit sur les crêtes d'un plaisir indicible.

Ils naviguèrent ainsi, bien loin des rivages de la réalité et ce fut encore ensemble et toujours étroitement unis qu'ils redescendirent lentement sur terre.

Elle resta longtemps plaquée contre lui, désireuse de prolonger ce moment de plénitude qu'elle aurait voulu voir s'éterniser.

Elle appréciait tant d'avoir de nouveau l'homme qu'elle aimait à ses côtés, prêt à la protéger, d'accomplir avec lui toutes les petites choses qui scellent le quotidien, comme ils le faisaient avant l'arrivée de Bekka dans leur vie.

Même lorsque, leurs sens enfin assouvis, l'euphorie se dissipa totalement, elle n'aspirait qu'à rester blottie dans l'abri rassurant que formaient ses bras autour d'elle.

Pourtant, le moment arriva où la réalité la rattrapa.

Elle inspira profondément puis enfouit son visage au creux de son épaule, s'attardant encore un peu à jouer les amantes avant de reprendre son rôle de mère.

Il resserra son étreinte. Le feu qui couvait encore dans ses veines était prêt à s'embraser à la moindre étincelle.

Comme Levi aurait voulu que cette nuit ne prenne jamais fin ! Tout à ses pensées, il embrassa ses cheveux puis lui caressa l'épaule dans un geste d'une infinie tendresse.

— Comme tout cela m'a manqué, murmura-t-il.

Elle leva la tête, juste assez pour pouvoir croiser son regard.

— A moi aussi, répondit-elle dans un souffle.

Il aurait voulu lui dire tant de choses !

Mais aussi, l'entendre dire — ou plutôt lui promettre — que sa période d'exil était terminée, qu'ils allaient reprendre le cours de leur vie là où ils l'avaient interrompu.

Ces mots auraient pour lui valeur de trésor. Eux seuls parviendraient à mettre un terme au mal de vivre qu'il avait chevillé au corps depuis que Claire l'avait repoussé.

Pourtant, il ne provoquerait pas la discussion car ce serait prendre le risque de voir tous ses espoirs réduits à néant par un seul petit mot : « non ». Ce serait aussi prendre le risque de s'entendre rétorquer que cette incursion dans leur vie passée n'avait rien changé à sa décision.

Non, mieux valait rester dans l'ignorance plutôt que d'entendre la femme qu'il aimait comme un fou lui signifier une fin de non-recevoir.

A coup sûr, il en mourrait.

Il n'avait pas eu le temps de se protéger, d'ériger autour de lui les barrières défensives qui lui auraient permis d'encaisser les coups sans broncher.

Il se sentait trop fragile, trop vulnérable. Aussi fit-il le choix de rester silencieux et de la serrer un peu plus étroitement contre lui.

Le silence l'enveloppa tout entière.

Au début, elle n'y avait pas prêté particulièrement attention et puis, d'un coup, il était devenu assourdissant.

C'était comme si, après avoir vécu cette parenthèse merveilleuse, ils se retrouvaient au même point que quelques heures plus tôt.

— Quelque chose ne va pas ? s'entendit-elle demander tant elle était mal à l'aise.

— Non, répondit Levi avec un peu trop d'empressement. Pourquoi ? Qu'est-ce qui te fait penser que quelque chose ne va pas ?

— Je ne sais pas. Tu ne dis rien.

— Vraiment ? Pourtant, j'aurais juré avoir entendu le son de ma voix.

Puis, comme pour illustrer son propos, il laissa éclater un rire sonore qui sonnait faux.

— Tu vois ?

Mais au lieu de s'amuser de ce trait d'esprit, elle s'en agaça.

— Tu sais bien ce que je veux dire.

— Non, je ne vois pas, répliqua-t-il sincèrement surpris par son insistance.

Elle se dressa sur un coude afin de pouvoir scruter son visage.

— Nous venons de faire l'amour, constata-t-elle comme si cela suffisait.

— Je sais. J'étais là, répliqua-t-il toujours sur le même mode faussement léger.

— Levi, tu me donnes l'impression de vouloir faire marche arrière.

— Mais non. Tu vois bien que je suis toujours là.

— Levi, cesse de te moquer de moi. Tu sais parfaitement ce que je veux dire. Que ressens-tu au juste ?

Elle pointa son index à l'endroit où battait son cœur.

Eludant toujours ses questions, il persista dans sa ligne de conduite.

— Eh bien, je sens un muscle qui s'appelle le cœur et qui, heureusement, ne semble présenter aucun signe de dysfonctionnement.

Elle poussa un long soupir en même temps qu'elle fermait les yeux. Lorsqu'elle les rouvrit, elle reformula sa question plus précisément mais avec une pointe d'impatience.

— Je parle de ce que tu ressens au niveau émotionnel, Levi. Je parle de quelque chose d'intangible.

L'occasion qu'elle lui donnait d'esquiver encore un peu était visiblement trop belle pour qu'il ne s'en saisisse pas.

— Quelque chose d'intangible, répéta-t-il. Comme les fantômes, tu veux dire ?

*
* *

Délibérément, Levi repoussait le moment où Claire lui livrerait ses impressions. Car, s'il brûlait de l'entendre dire qu'elle voulait la reprise de leur vie commune et que cette vie commune lui manquait, il redoutait tout autant qu'elle ne le dise pas.

Car rien ne serait pire à ses yeux que Claire ne lui tourne de nouveau le dos et ne l'abandonne, comme son père l'avait fait avant elle.

Il ne pourrait plus supporter un tel désespoir.

— Les fantômes n'ont rien à voir dans cette discussion, trancha-t-elle d'une voix teintée de colère. Ce que je veux savoir, Levi, c'est ce que tu ressens au fond de toi. Ce qui nous a fait tomber amoureux l'un de l'autre puis nous séparer quatre ans après.

Elle se redressa tout à fait, couvrant sa poitrine du drap.

— M'as-tu jamais aimée, Levi ? s'enquit-elle sans ambages.

— Bien sûr que je t'ai aimée…

Conscient que ces paroles pouvaient être mal interprétées, il s'empressa de corriger.

— … que je t'aime.

Elle ne paraissait pas vraiment convaincue, semblant attendre une réponse plus précise.

— Si tu m'aimes autant que tu le dis, explique-moi pourquoi, cette fameuse nuit, tu as préféré aller jouer au poker plutôt que de rentrer à la maison et de privilégier d'autres jeux avec moi ?

A vrai dire, il l'ignorait, mais Claire ne se contenterait pas d'une réponse aussi simpliste. Elle l'accuserait encore une fois de vouloir se dérober.

— Tu étais en train de discuter avec cette femme et…, commença-t-il sans grande conviction.

— Et alors ? le coupa-t-elle. Je me suis toujours rendue disponible, moi. Contrairement à toi, ne put-elle s'empêcher d'ajouter avec un regain de ressentiment.

— Je ne suis pas disponible, moi ? Pourquoi dis-tu ça ?

— Tu te moques de moi, Levi ? J'ai vécu ta négligence tous les jours et je ne parle même pas des soirs où tu partais directement à tes réunions.

— Mais il s'agit de mon travail, Claire. Cela n'a rien de personnel. Tu ne peux pas me reprocher une chose aussi injuste !

Elle l'effleura d'un regard dédaigneux et cependant lourd de sens.

— Eh bien, j'y ai vu quelque chose de personnel, moi, figure-toi ! lança-t-elle. Et tu comprendrais ce que je veux dire si seulement tu avais un tant soit peu conscience de ce que tu m'as fait vivre.

Voilà, le moment tant redouté était venu.

Il le sentait.

Le pressentait.

Encore une fois, elle voulait l'entraîner dans la spirale infernale de ses récriminations.

S'il ne se levait pas dans la seconde pour lui échapper, elle allait l'accabler des reproches habituels, le ton monterait et ils se sépareraient sur une note amère qui ne ferait qu'accentuer un peu plus le fossé qui les séparait.

S'il ne partait pas, il lui donnerait l'occasion de poursuivre sur sa lancée, gommant du même coup le rapprochement que cette nuit de plaisir leur avait permis de vivre.

Quitte cette chambre !, songea-t-il encore, afin de ne garder en mémoire que les émotions et les sentiments qui avaient affleuré de nouveau et lui avaient permis de ne pas perdre espoir.

Obéissant à ce que la raison lui dictait, il se redressa et posa les pieds par terre. Puis il ramassa ses vêtements épars et commença à se rhabiller.

Claire le regardait, à la fois méchusée et muette d'étonnement.

— Que fais-tu ? s'enquit-elle lorsqu'elle eut recouvré l'usage de la parole.

Sans cesser d'enfiler son pantalon, il lui coula un regard en biais.

— Comme tu le vois, je m'habille.

— En effet, rétorqua-t-elle d'un ton cinglant. Juste comme cela ?

— Figure-toi que je n'ai pas encore trouvé de meilleur moyen pour m'habiller.

Elle plissa les yeux et le fusilla d'un regard noir.

— Ce n'est pas le sens de ma question.

— Dans ce cas, je te suggère d'améliorer ta façon de communiquer.

Elle en resta de nouveau sans voix.

Visiblement, sa repartie l'avait atteinte, car les yeux de Claire se brouillèrent de larmes de déception.

Décidément, le problème était loin d'être réglé.

— Sors, lui intima-t-elle en désignant la porte.

Le cœur brisé, il sortit et referma derrière lui, juste au moment où, d'un geste rageur, Claire jetait son oreiller dans sa direction.

- 13 -

Une fois de plus, Claire l'avait rejeté.

Au fond de lui, Levi savait que ce n'était plus qu'une question de jours avant qu'elle ne le chasse de sa vie, tout comme elle l'avait fait à l'issue de ce fichu mariage auquel ils avaient assisté.

Mais cette fois il y avait de fortes chances pour qu'elle le rejette de manière définitive. Qu'elle l'abandonne comme l'avait fait son père avant elle.

Ce serait là la preuve ultime qu'il n'était pas digne d'être aimé. Ni par son père, ni par sa femme.

Il ne valait pas que Claire se batte pour lui ou tente d'aplanir les obstacles afin qu'ils puissent mieux les surmonter.

Assis au bord de son lit, dans l'obscurité de sa chambre, il ressassait.

Telle était l'histoire de sa vie, songeait-il dans un mélange d'amertume et de désespoir. Pourquoi s'acharner à vouloir continuer ? Pourquoi s'accrocher ainsi à une existence révolue qui ne serait plus ? Il ferait mieux de partir que de rester là, à attendre que Claire le lui demande.

Cette pensée lui vrilla une pointe douloureuse dans le cœur.

C'était sa faute. Comment une femme comme Claire

pouvait-elle l'aimer pour ce qu'il était ? Comment avait-il pu être assez présomptueux pour s'imaginer qu'elle supporterait la vie qu'il leur offrait, à elle et à leur fille ?

Pour être tout à fait honnête, il savait depuis le début que ce jour viendrait. C'était pour cette raison qu'il avait gardé une certaine réserve après l'amour, ce soir.

S'il n'avait pas voulu se livrer, laisser libre cours à ses émotions, c'était dans le but de se protéger, car pour Claire la situation resterait inchangée.

Mais il avait beau faire, la douleur était bien là, présente, lancinante. A croire que ses barrières défensives n'avaient pas été très efficaces !

Il ne lui restait plus qu'à s'endurcir et à quitter les lieux, son cœur en bandoulière. En effet, quelles raisons aurait-il désormais de s'éterniser ici ? Rester ne servirait à rien sinon à lui faire courir le risque de se heurter sans cesse à Claire.

Demain, aussitôt rentré, il ferait ses valises et retournerait chez lui, à Bozeman.

Le lendemain, et malgré ses bonnes résolutions de la veille, il se sentit trop fatigué pour entreprendre de plier bagage et de refaire le trajet en sens inverse.

Il n'était plus à un jour près, maintenant.

Il partirait le lendemain.

Mais le jour suivant il n'eut pas plus de courage que la veille. Il fit face à la même réticence et par voie de conséquence au même résultat. Comme le jour d'après. Et encore celui d'après.

Jusqu'à ce qu'il admette qu'il n'irait nulle part et qu'il préférait vivre dans l'incertitude plutôt que de prendre une décision qui pourrait clore définitivement un chapitre de sa vie. Car, une fois refermé, il serait impossible à rouvrir, il en était certain.

Enfin, l'heure du service s'acheva ! Claire pouvait enfin aller se réfugier dans sa chambre et apprécier la douce quiétude des lieux.

Depuis des jours maintenant, elle travaillait de façon mécanique et était épuisée.

Fort heureusement — et elle lui en était reconnaissante —, elle savait pouvoir compter sur son grand-père qui veillait sur Bekka autant qu'elle le souhaitait.

Comme elle enviait la joie de vivre de Gene ainsi que sa faculté à être heureux !

Voilà bien un état qu'elle ne connaîtrait plus.

Comment avait-elle pu être assez bête pour croire que Levi l'aimait encore ? Elle aurait donné n'importe quoi pour avoir tort, malheureusement Levi lui avait donné la preuve qu'elle ne comptait pas beaucoup dans sa vie.

Depuis son adolescence, elle manquait de confiance en elle. Aussi, pour se donner un peu d'assurance, avait-elle pris l'habitude de se maquiller et de se coiffer de manière irréprochable afin de renvoyer l'image d'une femme parfaite.

Etre rejetée par Levi l'avait renvoyée à la réalité. A sa réalité. Malgré ses couches de fard, elle n'était pas digne d'être aimée par un homme comme lui.

Que ferait-il avec une femme comme elle ? Pourquoi voudrait-il s'enchaîner à elle pour le restant de ses jours ?

Elle s'était pourtant donné du mal pour le retenir. Ah ça, il ne pouvait pas l'accuser de négligence !

Pas même le jour de son accouchement.

Elle ne l'avait appelé pour qu'il l'emmène à l'hôpital qu'après avoir pris soin de retoucher son maquillage et de rectifier sa coiffure. Elle avait même poussé la coquetterie jusqu'à s'envelopper d'une fine brume de son parfum préféré.

Tous ces gestes répétés jour après jour, elle les faisait en pensant à lui. Pour lui.

Pour qu'il la trouve parfaite, chaque fois qu'il posait les yeux sur elle. Pour qu'il ne lui prenne jamais l'envie d'en aimer une autre et de la quitter.

A croire que ce n'était pas suffisant et que, malgré tous ses efforts, il avait fini par se lasser d'elle. Il ne l'aimait plus, c'était certain.

Elle l'avait bien senti, la nuit où ils avaient fait l'amour. Il ne s'était pas complètement abandonné. Et que dire de ses réticences à lui parler, sinon qu'il voulait lui épargner des propos qu'il avait dû juger blessants pour elle.

Un sursaut de fierté l'avait poussée à faire de même.

Levi voulait jouer à l'indifférent ? Parfait ! Elle aussi pouvait se montrer habile à ce petit jeu.

Mais aujourd'hui elle le regrettait amèrement. Elle se retrouvait seule, face à sa solitude et à un désespoir qu'elle essayait de cacher tant bien que mal à ses proches. Seule Melba semblait ne pas être dupe. Cependant, et contre toute attente, elle s'était abstenue de tout commentaire.

A la pensée de ce qu'elle partageait jadis avec Levi et qu'elle semblait avoir définitivement perdu, ses yeux se brouillèrent de larmes qu'elle ne chercha plus à refouler. Submergée d'une immense tristesse, elle se jeta sur son lit et enfouit le visage dans son oreiller, le corps secoué de spasmes.

Elle ne sut trop combien de temps elle resta ainsi, à pleurer toutes les larmes de son corps mais, lorsqu'elle émergea enfin du profond désespoir dans lequel elle était plongée, elle était épuisée.

Ce fut à ce moment-là qu'elle entendit frapper à sa porte.

Prise au dépourvu, elle ne manifesta pas sa présence, espérant que son visiteur, ou sa visiteuse, pensant la chambre vide, s'en irait.

Mais l'intrus n'en fit rien. Au contraire, il insista, frappa de nouveaux coups.

Elle se raidit, bien déterminée à ne pas céder. Elle n'était vraiment pas d'humeur à discuter.

Elle ferma ses yeux brûlant de larmes et enroula les bras autour de ses genoux, l'oreille aux aguets, attendant avec une pointe d'agacement de retrouver sa tranquillité. Aussi, quelle ne fut pas sa surprise d'entendre le bruit d'une clé qu'on insérait dans la serrure et de voir sa porte s'ouvrir à la volée !

Le cœur battant, elle se redressa d'un bond et essuya à la hâte, du bout des doigts, ses joues encore humides de larmes et ses paupières rouges et gonflées.

— Pourquoi ne répondais-tu pas ? s'enquit Melba sans détour.

Sourcils froncés, mains sur les hanches, elle était magistrale malgré sa petite taille.

Claire baissa les yeux sur le dessus-de-lit froissé et afficha la mine d'une enfant prise en faute.

— Je suis désolée, s'excusa-t-elle. J'ai dû m'endormir. Je ne t'ai pas entendue frapper.

Une ride se creusa au milieu du front de Melba tandis qu'elle fronçait un peu plus les sourcils. Elle fit une moue visant à signifier son scepticisme et s'approcha pour lui prendre le menton et lui relever légèrement le visage, la forçant à la regarder droit dans les yeux.

— Depuis quand ment-on à sa grand-mère ? gronda-t-elle gentiment.

Claire croisa les mains, trahissant ainsi sa grande nervosité.

— Je ne mens pas, répondit-elle d'une voix qu'elle voulait ferme. Je…

— Tu méditais sur une erreur que tu aurais pu faire, peut-être ? avança Melba à sa place.

Claire se sentit soudain mise à nu. Vulnérable. Il fallait qu'elle échappe à l'œil par trop scrutateur de son aïeule.

Alors, bondissant de son lit, elle demanda d'une voix forte :

— Y a-t-il quelque chose que je puisse faire pour toi, grand-mère ?

— Oui, répondit cette dernière tout aussi fermement. Je voudrais que tu cesses de t'en vouloir.

Se sentant attaquée, Claire se mit aussitôt sur la défensive.

— Je ne m'en veux pas, affirma-t-elle avant de s'arrêter net.

A quoi bon nier ? De toute façon, Melba aurait vite fait de rétablir la vérité, elle qui avait la capacité de lire en vous comme personne.

— Comment le sais-tu ? demanda-t-elle.

— Le privilège de l'âge, ma chérie. Rien ne m'échappe, tu le sais bien.

Elle marqua une brève pause avant de reprendre :

— C'est à cause de ton mari, n'est-ce pas ?

Ce fut au tour de Claire de rester silencieuse quelques secondes.

— Si je te disais « non », me croirais-tu ? finit-elle par dire.

Sa grand-mère posa sur elle son regard pénétrant.

— Qu'en penses-tu ?

Claire la connaissait assez pour savoir qu'il ne servait à rien de lui mentir.

— Je dirais que non.

Melba opina d'un hochement de tête.

— Bien raisonné, approuva-t-elle. Alors, raconte-moi un peu ce qui se passe entre Levi et toi.

Elle avait parlé d'un ton ferme qui n'entendait pas être discuté.

— Il y a une semaine, poursuivit-elle, tout semblait aller mieux entre vous deux et là, je vous retrouve embringués dans une espèce de guerre froide.

Face au silence obstiné de Claire, elle insista :

— Je t'écoute, ma petite-fille.

Claire savait qu'il était inutile de tourner autour du pot. Aussi lâcha-t-elle dans un murmure :

— Il ne veut plus de moi.

— Ma chérie, si c'était le cas, il y a longtemps que ton bonhomme aurait mis les voiles, tu peux me croire. Personne ne lui met un revolver sur la tempe pour le forcer à rester, que je sache !

Elle prit le temps d'aller s'asseoir à ses côtés avant de poursuivre :

— Je vais être très franche avec toi, Claire. Si on m'avait demandé mon avis, j'aurais dit que Levi Wyatt n'était pas un garçon pour toi. Mais j'ai appris à le connaître et à l'apprécier. Cela crève les yeux qu'il t'aime et qu'il est fou de Bekka. Maintenant, s'il est un peu distant, quoi de plus normal ? Je te rappelle quand même que c'est toi qui l'as mis à la porte. Qu'est-ce qui te fait penser qu'il ne t'aime plus ?

Claire prit une profonde inspiration et détourna la tête.

— Je ne suis pas assez jolie, répondit-elle dans un murmure.

— Pardon ?

Claire poussa un nouveau soupir. Avait-elle vraiment besoin de répéter ? Elle comprit soudain que vider son sac ne pourrait que lui faire du bien.

Alors, elle se lança :

— J'ai essayé d'être parfaite, commença-t-elle. Levi ne m'a jamais vue sans maquillage. Pas une fois, précisa-t-elle avec une pointe de fierté. Mais cela n'a pas l'air de lui suffire. Je ne dois pas être assez jolie ou assez intéressante pour pouvoir le retenir.

Melba la fixa un si long moment sans rien dire qu'elle en fut mal à l'aise.

— Donc, si je suis bien ton raisonnement, répliqua-t-elle enfin, tu es en train de prétendre que tu as épousé un pauvre crétin superficiel.

— Non ! se récria-t-elle, outrée que sa grand-mère puisse qualifier ainsi le père de son enfant.

Mais Melba continuait d'afficher un air dubitatif.

— Pourtant, seul un pauvre crétin pourrait cesser d'aimer une femme sous le prétexte qu'elle n'est pas aussi jolie qu'il le pensait. Levi appartient-il à ce genre d'homme ?

Sa grand-mère l'épingla de ses prunelles noires, la défiant de défendre l'indéfendable.

— Non, pas du tout, rétorqua Claire. Mais il n'empêche que je ne suis pas assez jolie pour le retenir.

Melba secoua la tête, suggérant qu'elle avait encore beaucoup à apprendre !

— Ma chérie, il a y une foule de choses qui permet de maintenir un mariage à flot et le physique n'entre même pas dans les vingt premiers critères. La beauté extérieure est éphémère, nous le savons toutes, et la seule cause qu'elle peut servir, ce sont les spots publicitaires destinés à vanter des produits de maquillage. Quant à ton mari, il est doué d'un sacré bon sens, tu peux me croire ! S'il y en a un qui a bien la tête sur les épaules et qui agit selon des valeurs morales le plus souvent absentes chez les autres, c'est bien lui !

Elle marqua une brève pause puis reprit, les yeux toujours rivés à ceux de Claire :

— Ton mari se moque d'avoir une femme parfaitement maquillée et coiffée. Lui, ce qu'il veut, c'est que sa femme l'aime et qu'elle lui parle. D'ailleurs si la perfection existait, cela se saurait. Et si la vie m'a appris quelque chose, c'est bien que le mariage n'est pas seulement pavé de roses. Il peut être le paradis, comme l'enfer, tout dépend de ce que chacun y apporte. Le mariage exige des efforts, des sacrifices, mais c'est ce qui le rend d'autant plus précieux. Et puis, quelle fierté de se dire qu'on ne doit son bonheur ou celui de son couple qu'à soi et à soi seul ! Alors, si j'ai un conseil à te donner, ma petite fille, c'est de sortir de cette chambre et d'aller t'assurer vraiment que ton mari ne t'aime plus.

Claire aurait bien aimé suivre les consignes de son aïeule mais, l'estomac noué et la gorge serrée, elle s'en sentait incapable.

— C'est trop tard, s'entêta-t-elle.

Melba se leva et l'obligea à l'imiter.

— Il ne sera trop tard que lorsque l'un de vous deux sera mort, et ce n'est pas pour demain, décréta-t-elle avec le bon sens qui la caractérisait. Pour l'heure, ton mari est bien vivant et il rentrera ce soir ici, comme il le fait tous les soirs. Levi ne partira que si c'est toi qui le lui demandes, Claire. Aussi, cesse de lui donner l'impression que c'est ce que tu veux.

Claire secoua la tête.

— Tu te trompes. C'est lui qui fait machine arrière. Je l'ai bien senti.

Melba prit sa main dans la sienne et la tapota douce-ment, dans un geste plein de tendresse et d'affection.

— Tu ne peux pas le lui reprocher. C'est sans doute une façon de se protéger. Toi-même, si tu avais été échaudée, tu agirais de la même manière.

Voyant qu'elle n'esquissait pas le moindre geste pour quitter la pièce, Melba insista encore.

— Tu dis que ton mariage est fini. Tu n'as donc rien à perdre en essayant une dernière fois de le sauver. Et puis, je suis encore assez valide pour te donner une bonne fessée si tu ne m'obéis pas, ajouta-t-elle en souriant.

Ce trait d'humour eut l'effet escompté : Claire ne put se retenir d'éclater de rire.

— Peut-être, dit-elle. Mais je ne suis plus une enfant, grand-mère. Je suis une adulte.

— Tu es une adulte, répéta Melba. Eh bien dans ce cas, prouve-le.

Claire considéra sa grand-mère en silence avant de demander, les yeux ronds :

— Je ne comprends pas. Que veux-tu dire ? Prouve-le. Que veux-tu que je fasse ?

Melba poussa un soupir exaspéré.

— Je te demande de te comporter comme une adulte, précisa-t-elle. Lorsque Levi rentrera ce soir, va le trouver et présente-lui des excuses. Explique-lui que tu as ta part de responsabilité et que cette situation a fini par vous échapper complètement. Admets que, toi aussi, tu as fait des erreurs car, faut-il te le rappeler, il faut être deux pour danser un tango.

Elle marqua une pause durant laquelle elle la dévisagea encore sans indulgence.

— Et pour l'amour de Dieu, laisse-lui voir ton visage tel qu'il est. Tu n'as pas besoin de ressembler en permanence à une gravure de mode. Si Levi t'aime — ce dont je ne doute pas une seconde —, il t'aime pour toi, pour ce que tu es et pas pour l'image que tu veux lui renvoyer. Et crois-moi, ce ne sont pas tes fonds de teint et tes mascaras qui gommeront tes prétendus défauts.

Elle s'interrompit encore pour lui porter l'estocade finale.

— Ton mari n'est pas aveugle, Claire. Ni idiot. Tu peux lui reconnaître cela, tout de même.

Claire avait écouté la longue tirade de sa grand-mère sans chercher à l'interrompre. Elle était surprise de découvrir que, finalement, cette dernière paraissait apprécier sincèrement Levi.

— D'ailleurs, reprit Melba, je ne vois pas ce qui pourrait clocher dans ton physique. En revanche, ce qui cloche c'est ton manque d'assurance et ton peu de confiance en toi.

Une nouvelle fois, elle s'interrompit brusquement.

— En dépit de ce que tu peux penser, sache que je ne suis pas ici pour te faire la leçon. J'aimerais juste te faire prendre conscience de ce que tu risques de perdre si tu ne te secoues pas un peu. Je te le répète, cesse de t'en vouloir. Et retourne donc dans ta cuisine, Cendrillon, ajouta-t-elle après avoir jeté un coup d'œil à sa montre. Gina est en convalescence, elle a encore besoin de ton aide.

Sur ces mots, elle ouvrit la porte. Et au moment d'en franchir le seuil, elle lança par-dessus son épaule :

— Lorsque tu travailleras, réfléchis un peu à tout ce que je viens de te dire. Réfléchis-y bien.

— Bien, grand-mère, répliqua Claire en la regardant partir, émue aux larmes.

Comment ne pas lui faire confiance, quand elle avait épousé un homme, un vrai, pas l'un de ces princes charmants de contes de fées dont on vous abreuve quand vous êtes petite fille !

Or Levi était de la trempe de Gene. Il méritait bien qu'elle l'admette. Ne l'avait-il pas suivie jusqu'ici alors qu'elle l'avait mis à la porte ? Cela ne comptait pas pour rien, tout de même. Peut-être l'aimait-il vraiment, après tout. Elle, et pas seulement l'image qu'elle avait à cœur de lui renvoyer chaque jour depuis leur rencontre.

En outre, ce n'était pas Levi qui lui avait demandé un tel sacrifice. Cette habitude, elle l'avait prise bien avant de le rencontrer lorsque, toute jeune fille, elle avait décrété qu'elle serait beaucoup plus belle et attirante ainsi.

Même sa garde-robe en pâtissait. Car, suivant cette logique, elle ne la remplissait que de tenues ultra-féminines d'où étaient bannis tennis et autres survêtements.

Sa grand-mère avait raison, il était grand temps de laisser tomber les masques et de prendre les choses en main. De montrer à Levi qui était la véritable Claire, avec ses qualités mais surtout ses défauts.

Elle consulta sa montre, comptant les heures et les minutes qui la séparaient du moment où Levi rentrerait de son travail.

Pourvu seulement qu'il ne lui oppose pas une fin de non-recevoir.

Levi fixait le ruban noir que la route déroulait devant lui. Presque déserte, celle-ci avait sur lui un pouvoir hypnotique.

Aussitôt qu'il avait quitté le magasin, il avait pris une grande décision : ce soir, il effectuerait pour la dernière fois le trajet qui le conduisait à Strickland Boarding House.

Le moment était venu de regarder les choses en face. Claire et lui ne sortiraient pas de l'impasse dans laquelle ils se trouvaient. Autant qu'il en tire les conclusions qui s'imposaient : il n'avait plus qu'à faire ses bagages et à quitter la pension de Gene et de Melba pour rentrer chez lui, dans son appartement.

Feindre de croire que les choses finiraient par s'arranger n'était qu'illusion et ne ferait que prolonger sa douleur.

Il n'avait pourtant pas ménagé sa peine. Il s'était entêté, s'acharnant à vouloir repousser l'inévitable.

Il n'avait certes pas les diplômes qu'avait obtenus Claire, cela ne l'empêchait pas de capter les signes de désamour qu'elle lui envoyait régulièrement et qu'il recevait comme autant de gifles cinglantes.

Leur mariage était fini. Et le plus tôt il l'accepterait, le plus tôt il…

Il quoi ? s'interrogea-t-il avec cynisme. Il tournerait la page ? Il tomberait amoureux d'une autre femme ? Certainement pas ! Cette expérience douloureuse, il se faisait le serment de ne plus jamais la revivre.

Même le plus crétin des hommes devait tirer un enseignement des expériences passées et il était temps pour lui de se confronter à la réalité.

Son destin à lui était d'être abandonné. Son père n'avait pas voulu de lui, et qui sait si sa mère n'aurait pas suivi le même chemin si elle n'avait pas eu ses deux autres fils ?

Il se mordit les lèvres pour ne pas pleurer. Ce n'était pas juste. Il ne méritait pas qu'on le traite de la sorte. Car avec Claire il avait essayé. Il avait *vraiment* essayé. D'être le meilleur mari, le meilleur père.

Peut-être lui avait-il manqué une figure paternelle qui lui aurait servi d'exemple. Un père, vers qui il aurait pu se tourner en cas de coup dur, un père qui l'aurait éclairé de ses conseils avisés, qui lui aurait évité de commettre des erreurs.

Il éclata soudain d'un rire désespéré.

Il n'avait pas de père et, bientôt, il n'aurait plus de

femme. Il pouvait renoncer à ses rêves de réconciliation. C'était seul qu'il regagnerait Bozeman.

Il était si profondément absorbé dans ses pensées qu'il ne s'était même pas rendu compte qu'il venait d'arriver sur le parking de Strickland House.

Il coupa le moteur et resta un long moment assis derrière son volant, se refusant à aller jouer l'ultime manche de ce sinistre match. Puis il haussa les épaules dans un mouvement désabusé. Autant en finir rapidement.

Pour se donner une chance de souffrir le moins possible, il n'avait qu'à trancher dans le vif, de façon nette et rapide ; ensuite, il n'aurait qu'à aller panser ses plaies loin d'ici, loin des deux personnes qui comptaient le plus pour lui.

Panser ses plaies ! Qui croyait-il abuser avec ses bonnes résolutions ? Certainement pas lui.

La souffrance serait dévastatrice et ses plaies, à vif, pour longtemps.

Allons, il est temps d'y aller.

Une fois à l'intérieur, il jeta un coup d'œil dans le salon puis dans la cuisine. L'envie était forte de monter directement dans la chambre de Claire, mais il se fit violence pour ne pas céder à la tentation.

Pourquoi se faire encore un peu plus mal ? De toute façon, l'issue serait la même.

Allons. Comporte-toi en homme et non comme un gamin pleurnichard.

Aussi, au lieu d'aller rôder dans le couloir avec l'espoir de tomber sur Claire et peut-être sur Bekka, se dirigea-t-il directement dans sa chambre.

Il avait ses valises à faire.

*
**

Alors qu'elle venait de faire irruption dans la cuisine désertée, Claire fronça les sourcils.

Elle aurait pourtant juré avoir entendu la porte d'entrée s'ouvrir et se refermer. A cette heure-là, ça ne pouvait être que Levi qui rentrait de son travail.

Mais peut-être s'était-elle trompée. Peut-être s'était-il attardé pour régler des problèmes de dernière minute, comme il avait l'habitude de le faire. Non, compte tenu des circonstances, il ne prendrait pas un tel risque.

Il ne restait qu'une possibilité : il était bien rentré, comme elle l'avait supposé, mais il était monté directement dans sa chambre.

— Quelque chose ne va pas ? s'enquit Gina, venue la rejoindre.

Cette question l'étonna d'autant plus que Gina était la discrétion même, restant toujours à l'écart de ce qu'elle considérait ne pas être ses affaires.

Visiblement, son maquillage n'arrivait pas à cacher ses émotions !

— Non, non… merci, Gina.

Puis, trouvant stupide d'ignorer la main qui se tendait, elle ajouta un timide :

— A vrai dire…

Elle s'interrompit net. Que faisait-elle, là, les bras ballants alors qu'elle devrait être à la recherche de Levi pour essayer de sauver son mariage ? Il n'y avait plus à tergiverser.

— Je reviens, annonça-t-elle précipitamment.

Elle retira son tablier à la hâte et le posa sur le dossier d'une chaise.

Gina opina, comme si elle avait compris les contradictions qui bouillonnaient dans la tête de Claire.

— Prenez votre temps, lui suggéra-t-elle. De toute façon, c'est presque fini.

Ces derniers mots eurent en elle une résonance funeste. Ou pourquoi pas optimiste ?

Alors qu'elle sortait de la pièce, elle croisa son grand-père, Bekka dans ses bras.

— Mais regardez-moi un peu qui est là, roucoula-t-il à l'oreille du bébé. C'est ta maman qui…

— Grand-père, peux-tu la garder encore quelques minutes ? demanda-t-elle, ne sachant pas trop comment lui expliquer le problème.

Mais elle vit tout de suite dans les yeux de son aïeul qu'il n'avait nul besoin d'explication.

— Bien sûr, il n'y a pas de problème, répondit-il. Au contraire, je suis ravi de passer encore un peu de temps avec elle.

Il frotta doucement sa joue ridée contre celle, douce et lisse, du bébé.

— N'est-ce pas, ma princesse ?

Bekka émit un chapelet de gazouillis qui laissait à penser qu'elle avait compris la question de son bisaïeul et qu'elle lui répondait.

Claire exhala un soupir de soulagement. Si elle voulait se montrer convaincante et reconquérir son mari, il lui fallait un peu de temps seule avec lui.

Elle lui tapota le bras juste avant de se ruer vers l'escalier.

— Tu es le plus gentil des grands-pères ! lui cria-t-elle sans se retourner.

— Tu devrais essayer d'en persuader ta grand-mère ! lui cria-t-il en retour.

— Je le ferai. Promis.

Mais ses pensées volaient déjà vers son mari.

Alors qu'elle gravissait les marches quatre à quatre, elle se surprit à croiser les doigts même si elle ne croyait pas à ce genre de superstition.

Pourvu que tout se passe bien, pria-t-elle en son for intérieur.

Arrivée sur le palier, elle s'arrêta à quelques mètres de la chambre de Levi. Elle prit une grande inspiration, redressa les épaules et fit les quelques pas qui la séparaient de la porte.

Elle posa la main sur la poignée, la tourna, mais alors qu'elle s'attendait à voir la porte s'ouvrir sans résistance, elle constata qu'elle était fermée à clé.

Levi avait verrouillé sa chambre.

Imaginer le sens qu'elle pouvait donner à ce geste la fit trembler d'appréhension. Que Levi puisse se fermer à une éventuelle visite de sa part n'était pas de bon augure.

Elle laissa sa main retomber et tourna le dos à la porte, prête à retourner vers son grand-père et sa fille.

Ce fut alors qu'elle entendit la voix moqueuse de sa grand-mère résonner à ses oreilles.

« Tu abandonnes déjà ? Sans même te battre ? Si tu fais cela, tu n'es pas digne d'être ma petite-fille. »

Piquée au vif en même temps que poussée par un sursaut de fierté, elle se replanta devant la porte close.

— Je vais te prouver le contraire, grand-mère, déclara-t-elle à voix haute.

Surprise de son audace, elle jeta un coup d'œil par-dessus son épaule pour s'assurer qu'elle n'avait pas été entendue. Il ne manquerait plus qu'on la surprenne à parler seule, maintenant !

Dans la seconde qui suivit, elle frappait à la porte.

— Levi ? appela-t-elle. Tu es là ?

Elle se heurta à un silence assourdissant. Pourtant, malgré son appréhension, elle frappa de nouveau, plus fort cette fois.

— Levi ? appela-t-elle encore.

Toujours rien.

Son cœur se mit à battre à coups redoublés. Soit la chambre était vide, soit — mais c'était pire — Levi était là et refusait de lui ouvrir.

Qu'est-ce que tu t'imaginais, ma pauvre fille ? Que Levi allait attendre indéfiniment ton bon vouloir ? Laisse tomber. Il ne veut plus te voir et tu n'as que ce que tu mérites.

Elle tourna les talons, le cœur en miettes.

Mais alors qu'elle avait descendu trois marches, elle entendit la porte s'ouvrir derrière elle.

Ivre de joie, elle sentit renaître l'espoir.

Elle s'arrêta net, osant à peine se retourner. Et si ce n'était pas Levi ? Si c'était l'un des pensionnaires qui logeait au même étage ?

Lentement, comme au ralenti, elle pivota sur elle-même.

Son cœur se mit à battre la chamade alors qu'elle découvrait Levi campé dans le couloir. Mais la joie qui l'avait portée quelques secondes plus tôt se dissipa instantanément lorsqu'elle remarqua son visage fermé.

« Ce n'est pas bon signe, lui souffla une petite voix intérieure qu'elle aurait voulu ignorer. Tu n'as rien à perdre, alors fonce et fais de ton mieux. »

— Il est arrivé quelque chose à Bekka ? s'enquit Levi d'une voix blanche.

De fait, pour quelle autre raison se serait-elle donné la peine de partir ainsi à sa recherche ? Et surtout d'insister comme elle l'avait fait pour lui parler ?

Elle faillit saisir la perche que Levi venait de lui tendre mais elle y renonça aussitôt. Ce n'était pas sur des mensonges qu'ils pourraient repartir.

La vérité. Voilà ce qu'elle allait dire à son mari.

Il lui revint en mémoire que c'était une valeur essentielle aux yeux de Levi. Il lui avait confié un jour ne pas aimer les femmes qui jouaient un double jeu.

Oui, c'était l'une des premières choses qu'il lui avait dites lorsqu'ils s'étaient rencontrés : qu'il chérissait par-dessus tout la franchise, l'honnêteté et la loyauté.

— Ne t'inquiète pas, s'empressa-t-elle de dire pour le rassurer. Bekka est en pleine forme.

Elle marqua une pause avant de lancer d'une traite :

— Je voulais te dire qu'il y a quelque chose qui cloche chez moi.

Il la regarda droit dans les yeux, visiblement inquiet.

— Qu'y a-t-il, Claire ? demanda-t-il en lui prenant la main. Tu es malade ?

Certes, elle avait la tête qui tournait, mais de là à en faire le sujet principal de leur conversation...

Concentre-toi. Ne perds pas de vue ton objectif et la raison pour laquelle tu te trouves là.

— Puis-je entrer ?

— Bien sûr.

Il ouvrit la porte en grand et s'écarta pour la laisser passer.

— Assieds-toi, ajouta-t-il en désignant le lit.

Puis les questions fusèrent, exprimant une inquiétude qui allait croissant.

— Veux-tu que je te serve un verre d'eau ? Faut-il que j'appelle ta grand-mère ?

— Non à la première question, répondit-elle. Et non

à la seconde. Je n'ai besoin ni d'eau ni de ma grand-mère. Tout ce dont j'ai besoin, c'est de toi.

Elle avait prononcé cette dernière phrase en détachant chaque mot, un peu comme si elle se délectait de les entendre prononcés à voix haute.

Si Levi fut surpris, il n'en laissa rien paraître.

— Je ne comprends pas, répondit-il, manifestement sur la réserve.

Elle ouvrit la bouche, prête à préciser sa pensée, mais elle la referma aussitôt. Elle venait d'apercevoir, sur son lit, les valises ouvertes, à moitié remplies.

Les battements de son cœur s'accélérèrent tandis que son vertige s'accentuait.

— Tu pars en voyage ? demanda-t-elle d'un ton faussement désinvolte.

Il chercha son regard et s'y accrocha un long moment.

— Je rentre à l'appartement, finit-il par répondre.

— Tu pars d'ici, alors ?

Elle avait bien conscience de ce que sa question avait de stupide, mais le flou total où elle se trouvait l'empêchait de raisonner correctement.

— Oui, affirma-t-il en refermant la porte derrière lui. L'avantage, c'est que je ne t'ennuierai plus.

— Et si…

Elle s'interrompit, submergée par une émotion qui l'empêchait de poursuivre.

— Et si je te demandais de rester ?

Il la considéra sans parler, de toute évidence incapable de croire à ce qu'il venait d'entendre.

— Je dirais que rien ne pourrait me rendre plus heureux, finit-il par répondre. Malheureusement, nous savons tous les deux que tu ne cherches qu'à me faire marcher. Et à vrai dire, je suis fatigué d'attendre de t'avoir à l'usure. Je ne te veux pas dans ma vie faute de mieux, Claire. Je te veux dans ma vie si, toi, tu en brûles d'envie. Je ne peux pas t'obliger à m'aimer et…

— Pourtant, l'autre nuit, Levi, nous avons fait l'amour et, rassure-moi, c'était exceptionnel, non ?

— C'était bien plus que cela, répondit-il sans la moindre hésitation.

En effet, même ce terme était trop faible pour exprimer le caractère unique de ce qu'ils avaient vécu, dans une osmose parfaite.

— Mais cela ne me suffit pas, précisa-t-il d'un ton catégorique. Je veux plus qu'une bonne entente physique. Je veux plus qu'un feu d'artifice des sens. Je veux tout, Claire.

Il marqua une longue pause avant de lancer la dernière de ses exigences.

— Mais plus que tout, je ne veux plus me torturer en imaginant que tu peux me quitter à tout instant. Je ne veux plus avoir l'impression que fatalement, un jour, je rentrerai dans une maison vide parce que ma femme sera partie avec notre enfant. Certains se contenteraient de ce que tu as à m'offrir, mais pas moi, Claire. Je ne peux pas. Et ce n'est pas juste…

— Tu as raison, approuva-t-elle, lui coupant la parole. Ce n'est pas juste.

— Ce n'est pas ce que j'ai voulu dire, protesta-t-il.

— Dommage ! rétorqua-t-elle d'un ton énigmatique. Puis-je utiliser ta salle de bains ?

Cette requête, formulée à un moment aussi grave de leur existence, dut paraître si incongrue qu'il en resta interloqué.

Il finit par hausser les épaules, lui témoignant ainsi sa profonde incompréhension.

— Bien sûr, finit-il par répondre. C'est par là. Pendant ce temps, je vais finir mes bagages.

Ces derniers mots lui firent l'effet d'une douche froide. Et tandis qu'elle se dirigeait vers la salle de bains, elle fut à deux doigts de renoncer. Le courage lui manquait d'aller plus loin.

Pourtant, elle redressa les épaules et se dirigea vers le cabinet de toilette, résolue à aller au bout de sa démarche.

C'est maintenant ou jamais, s'intima-t-elle. *Grand-mère a raison. Lorsque quelque chose vous tient à cœur, il faut se battre pour l'obtenir.*

Rassérénée, elle s'enferma dans la salle de bains.

- 15 -

En temps ordinaire, c'était le moment où elle allait retoucher son maquillage et s'assurer qu'elle était bien parfaite.

Cela impliquait également de vérifier que sa tenue — en règle générale, une robe ou un short assorti d'un chemisier toujours de bon goût mais sexy — la montrait à son avantage. Elle vérifiait aussi que ses cheveux, lorsqu'elle les portait détachés, étaient bien lisses et soyeux ou, si elle avait opté pour un chignon, que pas une mèche n'en dépassait.

Elle ajoutait alors une paire de boucles d'oreilles discrète et ce n'était qu'une fois ce rituel achevé qu'elle se sentait prête à aller accueillir son époux.

Mais ce soir-là, dans l'intimité de cette salle de bains, elle allait délibérément renoncer à tous les artifices auxquels elle avait habituellement recours pour créer l'image d'une perfection qu'elle était si anxieuse d'offrir.

Ce soir, elle allait se montrer à son mari telle qu'elle était vraiment.

Elle fixa le reflet de son visage dans le miroir de ce qui devait être une armoire à pharmacie. Puis, dans un geste plein de détermination, elle ouvrit le robinet d'eau chaude et, à l'aide de la savonnette qui se trouvait sur le rebord du lavabo, elle se nettoya la peau.

Une fois toute trace de maquillage éliminée, elle se tamponna délicatement avec une serviette-éponge et, alors seulement, elle retourna se regarder dans le miroir.

Voilà. Elle se trouvait face à la vraie Claire, telle que Dieu l'avait créée. Une Claire qui n'avait plus rien à voir avec la créature superficielle qu'elle avait été jusque-là.

— Parfait, lança-t-elle tout haut à son reflet. Il est temps de faire face et de montrer à l'homme que tu aimes qui tu es au naturel.

La voix de Levi lui parvint soudain à travers la cloison.

— Claire ?

Elle se figea, le cœur battant, alors qu'elle élaborait toutes sortes de scénario improbables. Se pouvait-il qu'il l'ait espionnée par le trou de la serrure et qu'il ait assisté à sa métamorphose ?

Elle se tourna vers la porte qui les séparait encore, hésitant à sortir.

— Oui ?

— A qui parles-tu ? s'enquit-il.

— A moi, répondit-elle en toute franchise.

Puis elle expliqua, afin qu'il ne la croie pas devenue folle :

— J'essayais de me donner du courage.

— Du courage ? Pourquoi as-tu besoin de courage ?

En guise de réponse, elle posa la main sur la poignée et la tourna lentement.

Le bruit de la porte qui racla légèrement le sol résonna dans sa tête comme un ultime avertissement.

Le doute, fugace, s'insinua en elle. Lorsqu'elle aurait ouvert la porte de cette salle de bains, il n'y aurait plus moyen de faire machine arrière.

Sa bouche devint sèche comme du buvard ; son cœur

se mit à battre la chamade. Elle retint sa respiration et ouvrit la porte en grand pour se présenter à son mari.

— Pour ceci, répondit-elle dans un souffle.

Levi la scruta de la tête aux pieds puis secoua la tête. Visiblement, quelque chose lui échappait.

— Ceci ? répéta-t-il, sans comprendre. Mais de quoi parles-tu, Claire ?

Elle ne pouvait croire qu'il était sincère. Comment ne voyait-il pas la métamorphose physique qui s'était opérée en elle ? Ou bien était-il tellement habitué à la côtoyer qu'il ne la voyait pas vraiment telle qu'elle se présentait à lui mais telle que son subconscient la percevait.

— Ceci, s'entêta-t-elle en plaquant ses deux mains sur ses pommettes.

Mais Levi lui offrait toujours le même air d'incompréhension totale. Il ne remarquait toujours pas à quel point son apparence avait changé.

— Ne me dis pas que tu ne t'aperçois de rien, ajouta-t-elle, incrédule.

— Ce que je vois, c'est ma femme, répondit-il. Rien d'autre.

Il fallait qu'elle l'oriente, qu'elle le pousse à trouver seul, dans ce moment si important où elle remettait en question ses croyances.

— Et… ? le pressa-t-elle.

— Et, ma foi, elle est très jolie, conclut-il.

Mais il dut deviner à son air exaspéré que ce n'était pas la réponse qu'elle attendait.

— Claire, cesse ce petit jeu, veux-tu, et dis-moi plutôt ce que tu cherches à me faire découvrir.

Elle jeta les mains en avant, dans un geste de reddition.

— Je ne porte aucun maquillage, Levi ! cria-t-elle, déçue. Aucun !

Etait-il donc aveugle à ce point ?

Levi secoua la tête mais garda un visage impassible.

— Je vois bien, finit-il par dire. Et si je peux me permettre un commentaire, je trouve que c'est mieux.

Cette réponse la stupéfia.

— Quoi ?

— Je trouve que c'est mieux ainsi, répéta-t-il. Tu parais plus… je ne sais pas… plus fraîche, plus éclatante.

Il s'interrompit pour lui adresser un sourire radieux.

— Plus jolie, ajouta-t-il. Apprêtée comme tu aimes l'être, tu me donnes toujours l'impression que tu attends de moi que je t'emmène dans un restaurant chic. Et puis aussi, que tu attends l'occasion de tomber sur quelqu'un de mieux que moi. Quelqu'un qui pourrait t'offrir une vie plus brillante, de celles que tu ne connaîtras jamais avec moi.

Elle avait du mal à comprendre sa réaction. Elle inclina la tête, cherchant à lire entre les lignes, à savoir s'il parlait sérieusement.

— Tu es en train de me dire que tu me préfères ainsi, sans maquillage ?

Fidèle à sa nature, il s'en tint à la ligne de conduite qui était la sienne depuis toujours. Tâchant de ménager sa susceptibilité, il allait certainement lui dire la vérité.

— Oui, admit-il. Tu es plus authentique. Je ne veux pas dire que tu n'es pas belle maquillée, s'empressa-t-il aussitôt d'ajouter, mais je te trouve plus… réelle ainsi.

Cela faisait deux ans qu'ils étaient mariés. Et avant cela, ils avaient vécu deux ans ensemble. Durant ces quatre années, elle ne s'était jamais présentée à lui sans s'être fardée.

Cela méritait une explication qu'elle se hâta de lui demander.

— Si tu me préfères ainsi, pourquoi ne m'as-tu jamais rien dit ?

— Te dire que tu manquais de naturel ? Claire, je ne suis peut-être pas très futé mais je ne suis pas non plus complètement idiot. Je tiens à rester en vie, figure-toi. D'ailleurs, te maquiller avait l'air de te faire tellement plaisir !

Elle encaissa le coup sans broncher.

Il fallait qu'elle soit certaine qu'elle ne se trompait pas.

— Ainsi, tu m'aimes vraiment comme cela, sans maquillage ? insista-t-elle.

— « Aimer », le mot est faible, objecta-t-il. Je t'adore, plutôt.

Il avait beau avoir l'air de ne pas se moquer, elle hésitait encore à le croire. Ce fut alors que son regard tomba sur ses valises béantes.

— Dans ce cas, pourquoi es-tu en train de faire tes bagages ?

Face à tant de sincérité et de franchise, il ne pouvait certainement faire moins que de jouer, lui aussi, la carte de l'honnêteté.

— Parce que je ne veux plus vivre comme cela, dans une incertitude permanente, répondit-il.

La plus grande confusion s'empara d'elle. Levi était plus âgé et plus complexe, et elle avait toujours admiré chez lui cette assurance qui lui faisait tant défaut. Tout cela était si nouveau pour elle !

— Incertitude, dis-tu ?

Il exhala un long soupir. Les choses se révélaient donc plus difficiles qu'elle ne les avait imaginées.

— Oui. Je vis dans la hantise que tu ne m'abandonnes au moindre conflit.

— Tu as raison, acquiesça-t-elle simplement.

— Tu veux dire que tu m'aurais quitté à la prochaine dispute ?

Il parut s'assombrir.

— Non, corrigea-t-elle. Je voulais dire que tu as raison de ne plus vouloir vivre comme cela. Aussi, je te propose de considérer cette période difficile que nous venons de traverser, comme un temps d'adaptation. Nous avions besoin d'en passer par là, de nous roder à cette nouvelle existence de parents. Un bébé qui arrive, c'est toujours beaucoup de stress, de part et d'autre, et il nous a fallu apprendre la manière de tout concilier : ta vie professionnelle, notre vie personnelle, les besoins de Bekka. Et puis, tant que nous y sommes…

Elle marqua une pause pour réfléchir à ce qu'elle allait dire et à la façon dont elle allait l'exprimer.

— J'avais tort, finit-elle par confesser.

Levi semblait perplexe. Il devait avoir l'impression confuse que chaque problème en cachait un autre, un peu selon le principe des poupées russes.

— A quel sujet avais-tu tort ? s'enquit-il.

Quitte à être franche, autant aller au bout des choses et donner à Levi tous les tenants et les aboutissants de son raisonnement.

— J'ai eu tort de te faire la scène que je t'ai faite parce que tu es allé jouer au poker avec ces hommes que tu ne connaissais même pas. Après tout, tu avais bien le droit de te détendre un peu.

La surprise de Levi fut si grande qu'il en resta interloqué.

— Tu es sérieuse, là ? demanda-t-il lorsqu'il put parler de nouveau.

Elle opina, un sourire aux lèvres.

— Absolument. Je m'en veux vraiment d'avoir eu cette réaction excessive, Levi. En fait, je vivais comme un abandon le fait de te voir partir tous les matins, même si je savais que c'était pour ton travail, alors que moi, je devais rester confinée à la maison pour m'occuper de notre bébé.

Déconcerté, il contourna le lit et vint s'asseoir à côté d'elle. Il semblait avoir momentanément oublié ses valises. Il n'y avait plus urgence. Elles pouvaient bien attendre un peu !

— Pourquoi, Claire ? voulut-il savoir. Pourquoi avoir si peu d'assurance ?

Les raisons ne manquaient pas mais elle choisit de lui donner la plus simple.

— Je ne suis même pas capable de calmer mon bébé. Même mon grand-père s'y prend mieux que moi.

— D'abord, commença-t-il, visiblement touché par la détresse qui pointait sous son excès de franchise, il est normal que Gene s'y prenne mieux que toi, il a eu quatre enfants. Qui plus est, quatre garçons. Il m'a expliqué que l'expérience vient avec le temps. Toi aussi, tu vas y arriver, mais à ton propre rythme. Et puis, tu sais, j'ai ma part de responsabilité là-dedans. Je ne t'ai pas été d'un grand soutien.

Elle aurait pu sauter sur l'occasion pour l'incriminer, mais elle n'en fit rien, ce qui parut redonner de l'espoir à Levi.

— Tu avais d'autres préoccupations et je le comprends aujourd'hui. Ta responsabilité à toi, c'est de gagner l'argent qui met ta famille à l'abri du besoin. Cela n'a pas dû être facile pour toi de rentrer tous les soirs en sachant que tu allais retrouver une épouse acariâtre et vindicative.

Levi ne put résister à l'envie de la taquiner un peu.

— Eh, ne soyez pas aussi sévère avec ma femme ! Elle avait des raisons d'être comme elle était.

Puis il marqua une pause pour scruter attentivement son visage.

— Je me trompe si je pense que, finalement, nous avons une chance que cela marche entre nous ? se hasarda-t-il à demander.

Il avait posé la question d'une voix douce teintée d'espoir. Elle sentit son visage s'éclairer d'un large sourire.

— Non, Levi, tu ne te trompes pas. Je brûle d'impatience que nous rentrions chez nous !

Sans hésiter, il l'attira contre lui et l'enveloppa de ses bras rassurants.

— Nous sommes déjà chez nous, assura-t-il.

Elle fixa sur lui un regard d'incompréhension.

— Ici ? dit-elle en balayant la pièce du regard.

— Je vais aller voir tes grands-parents pour leur demander si je pourrais leur louer une chambre plus spacieuse que celle-ci. Une chambre pour nous trois, où nous pourrions séjourner quelques semaines.

Pourquoi diable ? Qu'est-ce que cela signifiait ? Elle interrogea son époux du regard.

— La société a décidé d'ouvrir un magasin à Kalispell, annonça-t-il. Ce sera beaucoup plus proche d'ici et j'y gagnerai en temps de trajet, si bien que je pourrai être davantage auprès de vous.

Elle opina, le cœur chaviré de joie. Finalement, il semblait que leurs vies allaient finir par se rejoindre.

— De mon côté, cela me donnera la possibilité de continuer à travailler ici, dit-elle. Grand-mère ne verra pas d'inconvénient à ce que je poursuive ma formation auprès de Gina. Quand j'y pense, ajouta-t-elle avec un éclat de rire joyeux, jusqu'à présent, j'étais incapable de faire cuire un œuf ! Finalement, j'adore cuisiner et je ne dois pas si mal me débrouiller puisque grand-mère ne s'est encore jamais plainte. Mais si toutefois elle souhaitait reprendre sa place derrière les fourneaux lorsque Gina et son mari partiront s'installer plus près de leurs enfants, comme il en est question, je pourrais toujours essayer de me faire embaucher à mi-temps à la crèche de Kalispell.

Il contempla sa femme, de toute évidence admiratif et ravi de l'enthousiasme qu'elle manifestait.

— Tu peux faire tout ce que tu veux, Claire. Tu en es tout à fait capable.

— L'avantage, poursuivit-elle sur sa lancée, c'est que si j'arrivais à décrocher un poste là-bas, de ton côté, tu n'aurais pas à travailler autant que tu le fais. Tu pourrais lever un peu le pied, ce qui nous permettrait de passer plus de temps en famille.

— Cela me paraît être une bonne idée, renchérit-il. Une très bonne idée, même.

Il accompagna ses paroles d'un baiser plein de tendresse qui communiqua à Claire une délicieuse onde de chaleur.

— Et si nous passions un marché ? proposa-t-il soudain.

— Un marché ? répéta-t-elle tout en cherchant à deviner de quoi il pouvait s'agir.

Il hocha la tête.

— A partir d'aujourd'hui, nous prendrons toutes

nos décisions ensemble. Comme la famille que nous sommes. Lorsque l'un de nous aura quelque chose en tête, il le soumettra à l'autre, de sorte que nous aurons une discussion constructive et que nous prendrons la décision d'un commun accord. Qu'en penses-tu ?

— A partir du moment où je peux vivre avec toi, c'est tout ce qui m'intéresse, répondit-elle.

Elle eut soudain l'impression que l'énorme fardeau pesant sur ses épaules depuis plusieurs mois venait de s'envoler.

— Tu es bien certain que cela ne te dérange pas de me voir ainsi, sans maquillage ? s'enquit-elle pour la dernière fois.

— Certain, assura-t-il. D'ailleurs, ajouta-t-il avec malice, si je n'étais pas devenu de marbre, je t'aurais montré de quoi je suis capable.

Enchantée par la tournure qu'avait prise cette remise en question, elle entra allégrement dans son jeu. Elle ferma les poings et lui donna une bourrade dans les côtes.

— Voilà ma Claire de retour, s'esclaffa-t-il. Il y avait longtemps que tu ne m'avais pas chahuté ainsi.

— Et encore, ce n'est rien ! Tu mériterais que je te roue de coups mais j'ai mieux à faire : je dois rattraper le temps perdu.

— J'aurais quelques propositions à te faire si, toutefois, tu étais à court d'idées, suggéra-t-il alors qu'une lueur de désir traversait son regard. Des propositions bien plus intéressantes que me rouer de coups, car cela m'empêcherait de t'embrasser comme je vais le faire.

Il se pencha alors vers elle et effleura ses lèvres d'un baiser sensuel qui lui envoya des ondes de chaleur à travers tout le corps.

— Un bon point pour toi, murmura-t-elle contre sa bouche. Et puis, je m'en voudrais d'étouffer des élans aussi spontanés.

— Justement, combien de temps crois-tu que nous pouvons laisser encore Bekka à ton grand-père ? s'enquit-il d'une voix enjôleuse.

— Autant de temps que nous voudrons. Il a pour habitude d'attendre que ce soit moi qui aille la récupérer dans sa chambre.

Les yeux de Levi se mirent à briller d'une flamme ardente qui ne cachait rien de ses intentions.

— Dans ce cas, il ne verra aucun inconvénient à ce que nous nous accordions deux petites heures d'intimité ?

— Aucun, je peux te l'affirmer. Il nous bénira même de lui permettre de passer plus de temps avec notre fille.

Il fixa sur elle un long regard pénétrant.

— Je voulais m'assurer que Bekka n'allait pas surgir au mauvais moment, tu comprends.

La vision de leur petite Bekka échappant à la vigilance de Gene pour venir rejoindre ses parents était si drôle qu'elle éclata de rire.

— Je te rappelle que notre fille n'a que huit mois et qu'elle est encore loin de marcher, souligna-t-elle.

— Elle est peut-être loin de marcher, mais elle a des yeux pour voir, si jamais ton grand-père avait la mauvaise idée de nous l'amener ici au moment fatidique.

— Et moi, je te propose de reporter cette conversation à plus tard, lui souffla-t-elle à l'oreille. Et de t'occuper plutôt de moi. Qu'en penses-tu ?

— Je pense que c'est une excellente idée et que l'éducation de Bekka peut attendre quelques heures. Pour l'instant, c'est en effet à toi que je vais m'intéresser de près.

Il encadra son visage de ses deux mains et la regarda droit dans les yeux.

— Dieu que tu m'as manqué, ma chérie !

— Je suis là, Levi. Et je te fais le serment de ne plus jamais partir.

En guise de remerciement, il scella sa bouche d'un baiser où passait tout l'amour qu'il lui portait.

— Je t'aime, Claire, murmura-t-il.

— Je t'aime aussi, Levi, chuchota-t-elle en retour avant de sombrer avec lui dans un tourbillon de volupté plein de promesses.

Epilogue

Les yeux toujours fermés, Claire étira avec volupté son corps encore délicieusement engourdi de sommeil. Il lui fallait encore un peu de temps pour reprendre pied avec la réalité.

Lorsque, enfin, elle fut tout à fait réveillée, elle constata que ses membres n'étaient plus mêlés à ceux de Levi. Elle tâtonna de la main la place vide à côté d'elle.

Elle se redressa d'un bond, l'esprit en alerte.

Levi n'était plus là.

Après avoir fait l'amour, la veille, ils s'étaient rhabillés avant de redescendre ensemble pour récupérer leur petite Bekka.

Gene avait gentiment proposé de la garder encore un peu mais ils avaient refusé. Ni Levi ni elle ne souhaitaient précipiter l'annonce de leur réconciliation.

Comme si elle avait senti que ses parents avaient besoin d'un peu d'intimité supplémentaire pour mieux savourer leurs retrouvailles, Bekka, aussitôt couchée, avait sombré dans un profond sommeil.

Par miracle, elle ne s'était pas réveillée trois ou quatre fois dans la nuit comme c'était pourtant son habitude. Elle avait dormi d'une traite, ce qui leur avait permis d'apprécier les joies de partager le même lit.

Elle ne se souvenait pas d'avoir été aussi heureuse

que lorsqu'elle avait trouvé le sommeil, apaisée et sereine, dans l'abri rassurant que formaient pour elle les bras de son mari.

Le rêve, pourtant, venait de prendre fin de manière brutale.

Elle s'était réveillée dans un lit vide et froid.

Un rapide coup d'œil lui apprit que Bekka non plus n'était pas dans la chambre.

Son cœur de mère s'affola soudain. Sa fille était-elle malade ? Levi l'avait-il descendue pour demander de l'aide à Melba ? Ou, pire, l'avait-il conduite à l'hôpital ?

Non, c'était impossible. Dans un cas aussi extrême, Levi l'aurait prévenue.

Pourtant, elle ne put empêcher le vent de panique qui vint la submerger. Elle rejeta le drap et se leva d'un bond, prête à enfiler n'importe quoi pour partir à la recherche de son enfant.

Mais la porte s'ouvrit à cet instant sur Levi qui tenait sa fille au creux de son bras droit, un biberon de lait dans la main gauche.

— Regarde, Bekka, dit-il gaiement, maman est déjà debout et elle est toute nue. Non, finalement, ne regarde pas, ajouta-t-il pour la taquiner.

Prise de court mais soulagée à l'extrême, Claire sentit ses joues s'empourprer violemment. Elle saisit la robe de chambre qui se trouvait au pied du lit et s'empressa de se couvrir.

— Où étiez-vous ? s'enquit-elle. Je me suis inquiétée !

Levi prit le temps d'aller placer Bekka dans son berceau puis d'embrasser Claire avant de répondre :

— Je suis désolé, finit-il par répondre, mais lorsque Bekka a commencé à s'agiter, j'ai préféré m'en occuper avant qu'elle ne te réveille. Tu avais bien besoin de dormir. Surtout après nos exploits de la nuit, ajouta-t-il avec un clin d'œil complice.

— Tu l'as descendue ? répéta-t-elle, perplexe.

— Bien obligé. Son lait se trouve dans la cuisine, au rez-de-chaussée.

Elle fixa sur son mari un regard sceptique, quoique teinté de reconnaissance.

— Sa couche doit être trempée, dit-elle. Il faut que je la change.

— C'est fait, annonça-t-il avec fierté.

— Je n'y crois pas ! s'exclama-t-elle. En moins d'une journée d'apprentissage, voilà que tu te débrouilles mieux que moi.

— Certainement pas ! s'écria-t-il. Il y a tant de choses que tu fais bien mieux que moi. Je voulais juste te laisser dormir.

— Merci, Levi, c'est une attention si délicate ! murmura-t-elle avec un regard empli d'amour. T'avoir à mes côtés est si précieux. Il faut que je me presse un peu, ajouta-t-elle après avoir consulté sa montre. Il va bientôt être l'heure que je descende en cuisine.

D'un geste résolu, elle resserra les liens de son peignoir et se dirigea vers le lit. Elle avait largement le temps de le faire avant de quitter la chambre.

Mais, alors qu'elle venait de retaper les draps, elle aperçut une bosse du côté où Levi avait dormi, juste sous l'oreiller.

Intriguée, elle passa une main sous le drap et en sortit un petit écrin de velours noir. Son regard interrogateur alla de l'écrin à son mari.

— Qu'est-ce que c'est ? demanda-t-elle.

— Ouvre-le, tu verras bien, répondit-il d'un ton faussement désinvolte.

Elle obtempéra, d'une main tremblante. A l'intérieur se trouvait son alliance, qui brillait de mille feux.

— Mon alliance ! s'exclama-t-elle, les larmes aux yeux. Car c'est bien mon alliance, n'est-ce pas, Levi ?

— En effet, assura-t-il.

— Je l'ai cherchée partout après t'avoir mis à la porte, expliqua-t-elle, remuée de revivre un souvenir aussi douloureux. Comment as-tu…

— Lorsque tu l'as jetée, répondit-il, elle est tombée dans la cage d'escalier. Je suis allée la récupérer avec l'espoir qu'un jour tu me demanderais de revenir.

Visiblement aussi ému qu'elle, il lui prit l'écrin des mains et en sortit l'anneau.

— Claire Strickland, commença-t-il d'une voix grave, voulez-vous me faire l'immense honneur de redevenir ma femme ?

— Oui, Levi ! répondit-elle en lui enroulant les bras autour du cou. Mille fois oui !

Si vous avez aimé *Des vœux si précieux*,
ne manquez pas la suite des aventures
des Maverick, disponible dès le mois prochain !

Découvrez ce mois-ci

une trilogie inédite de Catherine Mann

en un seul volume :

Un ranch en héritage

*Entre ambition et passion,
rien ne va plus au Hidden Gem Ranch*

HARLEQUIN
www.harlequin.fr

Retrouvez en septembre, dans votre collection

Passions

Tentée par un cow-boy, de Sarah M. Anderson - N°615

SÉRIE L'EMPIRE DES BEAUMONT TOME 2

Pour Jo Spears, avoir décroché un emploi dans le prestigieux ranch des Beaumont représente une consécration. Et travailler à la rééducation du fougueux étalon Sun, mascotte et futur champion, est un véritable défi professionnel qu'elle est impatiente de relever. Hélas, un fâcheux détail vient bientôt noircir ce tableau idyllique : la présence constante à ses côtés de Phillip Beaumont, le propriétaire du ranch, un homme plus sauvage que tous les chevaux qu'elle ait jamais domptés. Face à cet irrésistible play-boy, qui lui évoque autant de souvenirs douloureux que de pensées sensuelles, Jo doit rester concentrée. Car elle a une mission à mener à bien, et il est hors de question qu'elle échoue...

Au hasard d'une rencontre, de Teresa Southwick

Depuis le temps qu'elle l'observait de loin et qu'il semblait insensible à ses charmes ! Alors qu'elle désespérait d'attirer l'attention de l'inspecteur Russ Campbell, Lani a trouvé l'astuce idéale pour parvenir à ses fins : un coup d'éclat au mariage le plus attendu de Rust Creek Falls, suivi d'un rapide passage derrière les barreaux ! La voilà maintenant récompensée de ses efforts, car le baiser que Russ a fini par lui donner valait tous les sacrifices du monde... Pourtant, Lani le sait, il est impensable d'étudier plus avant cette attirance irrésistible qui crépite entre eux, car une dangereuse menace pèse sur Rust Creek Falls et, pour Russ, le travail passe avant tout...

SÉRIE LE SERMENT DE BLACK CASTLE TOMES 1 ET 2

Sensuelle ennemie, d'Olivia Gates - N°616

Lorsqu'il aperçoit Eliana parmi la foule qui se presse dans sa propriété de Rio, Rafael Salazar a l'impression d'être emporté par un ouragan de désir. Aussitôt, il prend sa décision : la délicieuse inconnue sera sienne. D'autant qu'Eliana semble éprouver pour lui la même attirance magnétique... Pourtant, les instants magiques où leurs cœurs ont battu à l'unisson sont balayés en une fraction de seconde, quand Eliana lui fait une terrible révélation : elle est la fille de son ennemi. Très vite, Rafael comprend que le plan de vengeance qu'il a élaboré depuis des années va en être irrémédiablement bouleversé... tout comme ses projets fous avec la douce Eliana.

Le désir défendu, d'Olivia Gates

Hannah McPherson... Comment Raiden aurait-il pu oublier la plus grande menteuse qu'il ait jamais rencontrée, une femme capable d'aller jusqu'à se forger une fausse identité pour l'approcher et le faire chanter ? Alors, quand il la voit s'avancer vers lui, le jour de ses propres fiançailles, il sent la rage le gagner. La rage, mais aussi un autre sentiment bien plus perturbant... qu'il identifie bientôt comme étant du désir. Car, malgré l'insupportable trahison de Hannah, les étreintes brûlantes qu'il a partagées avec elle sont restées gravées dans son esprit. Il revoit encore ses yeux couleur saphir étincelants de plaisir... Un plaisir qu'il donnerait cher pour lui offrir de nouveau.

 HARLEQUIN    *Passions*

Neuf mois pour t'accueillir, de Tracy Madison - N°617

Elle va être... maman ? Si Anna est bouleversée par cette nouvelle, Logan Daugherty, le futur papa qu'elle connaît à peine, l'est visiblement tout autant. Pourtant, très vite, il lui propose de l'épouser. Oh, ce ne serait rien de plus qu'un mariage temporaire pour lui permettre de créer des liens avec elle et son bébé. Malgré sa surprise, Anna est émue par l'affection que Logan semble déjà porter à leur futur enfant. Même si elle sait qu'elle ne doit surtout pas se laisser attendrir. Ni confondre ce froid arrangement avec une véritable histoire d'amour.

Un secret à découvrir, d'Allison Leigh

Que fait Seth Banyon dans la petite ville de Weaver ? Cet inconnu intrigue Hayley au plus haut point. Pas seulement parce que son corps athlétique et ses yeux bleus perçants hantent ses rêves depuis qu'il s'est installé non loin de chez elle, mais aussi parce qu'il semble cacher un secret. Un terrible secret, qui lui pèse comme un fardeau. En tant que psychologue, Hayley est rompue à repérer ce genre de comportement. Alors tant pis : même s'il est le premier homme depuis des années à éveiller ainsi sa sensualité, elle se tiendra à distance de ce mystérieux séducteur.

Prisonniers de la tempête, d'Andrea Laurence - N°618

SÉRIE LES MARIÉES DE NASHVILLE TOME 1

La règle d'or des associées de From this Moment, agence de *wedding planner*, est simple : rester professionnelles en toute circonstance. Que la mariée renverse du vin sur sa robe, qu'un invité se comporte mal... ou que le futur époux soit votre ex-petit-ami. Briana connaît bien cette règle, mais il n'en demeure pas moins qu'organiser le mariage d'Ian Lawson lui brise le cœur. Surtout que, en tant que photographe de l'agence, elle aura l'honneur de s'occuper de la séance photo des fiancés, dans un chalet perdu dans la montagne ! Hélas, aucun guide n'indique la conduite à tenir lorsque l'on se retrouve piégée par la neige avec pour seule compagnie l'homme qu'on a toujours aimé...

Petites filles recherchent maman, de Helen Lacey

« Je suis de retour pour de bon. » Ce n'était pas du tout ce que Grady avait envie d'entendre, ni maintenant ni jamais. Pourquoi faut-il que Marissa Ellis soit revenue vivre à Cedar River, a fortiori dans le ranch voisin du sien ? La meilleure amie de sa défunte épouse le trouble depuis si longtemps ! Le plus simple serait encore de refuser de la fréquenter, mais, pour Grady, c'est impensable : ses trois adorables petites filles ont besoin d'une présence féminine, et leur attachement à Marissa est particulièrement fort. Il n'a pas d'autre choix que de lui faire une place dans sa vie... tout en lui cachant celle qu'elle occupe réellement dans son cœur.

Le bébé du réveillon, de Brenda Harlen - N°619

Après trois ans de collaboration, Avery Wallace a été stupéfaite de découvrir qu'elle n'était toujours pas immunisée contre le charme de Justin Garrett, le séduisant directeur des urgences du Mercy Hospital. Mais il faut bien l'admettre : l'étreinte qu'ils ont partagée, le soir du réveillon, l'a ébranlée au plus profond d'elle-même. Depuis qu'ils ont vécu cet instant d'intimité, elle ne pense plus qu'à lui, quels que soient les signaux contraires qu'elle essaie de lui envoyer. Hélas, elle ne pourra pas éternellement le maintenir à distance et le rejeter. Pour la simple et bonne raison qu'Avery vient d'apprendre qu'elle attendait un enfant de lui...

Une délicieuse trahison, de Tracy Wolff

Une menteuse, une voleuse... Marc Durand sait exactement à quoi s'en tenir au sujet d'Isabella Moreno. Il faut dire qu'ils ont été fiancés et qu'il a payé le prix fort en découvrant sa véritable nature. Alors, pourquoi sa première idée en la revoyant, après six ans de séparation, a-t-elle été de l'embrasser ? Cherche-t-il à se venger ? Ou est-il simplement incapable de résister au charme de la brillante jeune femme ? Marc n'en a pas la moindre idée. Il lui serait de toute façon impossible de réfléchir, quand son esprit – et son corps – ne fait que réclamer Isabella.

OFFRE DE BIENVENUE

Vous êtes fan de la collection Passions ?
Pour prolonger le plaisir, recevez gratuitement

◆ **1 livre Passions gratuit** ◆
et 2 cadeaux surprise !

Une fois votre colis de bienvenue reçu, si vous souhaitez continuer à recevoir nos romans Passions, cela se fera automatiquement. Vous recevrez alors chaque mois 3 volumes doubles inédits de cette collection au tarif unitaire de 7,40€ (Frais de port France : 1,99€ - Frais de port Belgique : 3,99€).

➡ **ET AUSSI DES AVANTAGES EXCLUSIFS :**

➡ **LES BONNES RAISONS DE S'ABONNER :**

Des cadeaux tout au long de l'année.
◆
Des réductions sur vos romans par le biais de nombreuses promotions.
◆
Des romans exclusivement réédités notamment des sagas à succès.
◆
L'abonnement systématique et gratuit à notre magazine d'actu ROMANCE.
◆
Des points fidélité échangeables contre des livres ou des cadeaux.

Aucun engagement de durée ni de minimum d'achat.
◆
Aucune adhésion à un club.
◆
Vos romans en avant-première.
◆
La livraison à domicile.

➡ **REJOIGNEZ-NOUS VITE EN COMPLÉTANT ET EN NOUS RENVOYANT LE BULLETIN !**

✂

N° d'abonnée (si vous en avez un) ⊔⊔⊔⊔⊔⊔⊔⊔⊔⊔

RZ6F09
RZ6FB1

Mme ☐ Mlle ☐ Nom : ....   Prénom : ....

Adresse : ....

CP : ⊔⊔⊔⊔⊔   Ville : ....

Pays : ....   Téléphone : ⊔⊔⊔⊔⊔⊔⊔⊔⊔⊔

E-mail : ....

Date de naissance : ⊔⊔ ⊔⊔ ⊔⊔⊔⊔
☐ Oui, je souhaite être tenue informée par e-mail de l'actualité d'Harlequin.
☐ Oui, je souhaite bénéficier par e-mail des offres promotionnelles des partenaires d'Harlequin.

Renvoyez cette page à : Service Lectrices Harlequin – BP 20008 – 59718 Lille Cedex 9 - France

Vous n'avez pas le temps de lire tous les
romans Harlequin ce mois-ci ?
**Découvrez les 4 meilleurs
avec notre sélection :**

[COUP DE
COEUR]

HARLEQUIN

La romance sur tous les tons

Toutes nos actualités et exclusivités sont sur notre site internet.

E-books, promotions, avis des lectrices, lecture en ligne gratuite, infos sur les auteurs, jeux-concours… et bien d'autres surprises !

Rendez-vous sur
www.harlequin.fr

facebook.com/LesEditionsHarlequin

twitter.com/harlequinfrance

pinterest.com/harlequinfrance

HARLEQUIN
www.harlequin.fr

OFFRE DÉCOUVERTE !

Vous souhaitez découvrir nos collections ? Recevez **votre 1er colis gratuit*** avec **2 cadeaux surprise !** Une fois votre colis de bienvenue reçu, si vous souhaitez continuer à recevoir nos livres, cela se fera automatiquement. Vous recevrez alors chaque mois vos livres inédits en avant première.

Vous n'avez aucune obligation d'achat et cette offre est sans engagement de durée !

*1 livre offert + 2 cadeaux / 2 livres offerts pour la collection Azur + 2 cadeaux.

☛ **COCHEZ la collection choisie et renvoyez cette page au**
Service Lectrices Harlequin – BP 20008 – 59718 Lille Cedex 9 – France

Collections	Références	Prix colis France* / Belgique*
❏ **AZUR**	ZZ6F56/ZZ6FB2	6 livres par mois 27,59€ / 29,59€
❏ **BLANCHE**	BZ6F53/BZ6FB2	3 livres par mois 22,90€ / 24,90€
❏ **LES HISTORIQUES**	HZ6F52/HZ6FB2	2 livres par mois 16,29€ / 18,29€
❏ **ISPAHAN***	YZ6F53/YZ6FB2	3 livres tous les deux mois 22,96€ / 24,97€
❏ **HORS-SÉRIE**	CZ6F54/CZ6FB2	4 livres tous les deux mois 32,35€ / 34,35€
❏ **PASSIONS**	RZ6F53/RZ6FB2	3 livres par mois 24,19€ / 26,19€
❏ **NOCTURNE**	TZ6F52/TZ6FB2	2 livres tous les deux mois 16,29€ / 18,29€
❏ **BLACK ROSE**	IZ6F53/IZ6FB2	3 livres par mois 24,34€ / 26,34€
❏ **SAGAS**	NZ6F54/NZ6FB2	4 livres tous les deux mois 30,85€ / 32,85€
❏ **VICTORIA****	VZ6F53/VZ6FB2	3 livres tous les deux mois 25,95€ / 27,95€

*Frais d'envoi inclus, pour ISPAHAN : 1er colis payant à 22,96€ + 1 cadeau surprise. (24,97€ pour la Belgique).
**Pour Victoria : 1er colis payant à 25,95€ + 1 cadeau surprise. (27,95€ pour la Belgique)

N° d'abonnée Harlequin (si vous en avez un) ⸽⸽⸽⸽⸽⸽⸽⸽

Mme ❏ Mlle ❏   Nom : _____

Prénom : _____   Adresse : _____

Code Postal : ⸽⸽⸽⸽⸽   Ville : _____

Pays : _____   Tél. : ⸽⸽⸽⸽⸽⸽⸽⸽⸽⸽

E-mail : _____

Date de naissance : _____

❏ Oui, je souhaite recevoir par e-mail les offres promotionnelles des éditions Harlequin.
❏ Oui, je souhaite recevoir par e-mail les offres promotionnelles des partenaires des éditions Harlequin.

Date limite : 31 décembre 2016. Vous recevrez votre colis environ 20 jours après réception de ce bon. Offre soumise à acceptation et réservée aux personnes majeures, résidant en France métropolitaine et Belgique, dans la limite des stocks disponibles. Prix susceptibles de modification en cours d'année. Conformément à la loi Informatique et libertés du 6 janvier 1978, vous disposez d'un droit d'accès et de rectification aux données personnelles vous concernant. Par notre intermédiaire, vous pouvez être amenée à recevoir des propositions d'autres entreprises. Si vous ne le souhaitez pas, il vous suffit de nous écrire en nous indiquant vos nom, prénom et adresse à : Service Lectrices Harlequin BP 20008 59718 LILLE Cedex 9. Service Lectrices disponible du lundi au vendredi de 8h à 17h : 01 45 82 47 47 ou 33 1 45 82 47 47 pour la Belgique.

Composé et édité par HARLEQUIN

Achevé d'imprimer en juillet 2016

La Flèche
Dépôt légal : août 2016

Pour l'éditeur, le principe est d'utiliser des papiers
composés de fibres naturelles, renouvelables, recyclables,
et fabriquées à partir de bois issus de forêts gérées selon
un système d'aménagement durable. En outre, l'éditeur attend
de ses fournisseurs de papier qu'ils s'inscrivent dans
une démarche de certification environnementale reconnue.

Imprimé en France